W0272673

BASTEI
LÜBBE

**Über die Autorin:**

Michaela Thewes, geboren 1972, lebt mit ihrem Mann und ihren zwei kleinen Söhnen bei Düsseldorf. Nach verschiedenen Tätigkeiten in der Verlags- und Werbebranche ist die gelernte Verlagsbuchhändlerin seit mehreren Jahren selbstständig. Sie arbeitet als freie Werbetexterin und Autorin sowie als Kolumnistin für eine Frauenzeitschrift.
Mehr Infos unter: ww.michaela–thewes.de.

Michaela Thewes

# DER KATER DER BRAUT

Roman

BASTEI
LÜBBE

BASTEI LÜBBE TASCHENBUCH
Band 15 886

1. Auflage: August 2008
2. Auflage: September 2008
3. Auflage: Oktober 2008

Bastei Lübbe Taschenbücher in der Verlagsgruppe Lübbe

Originalausgabe
© 2008 by Michaela Thewes und
Verlagsgruppe Lübbe GmbH & Co. KG, Bergisch Gladbach
Lektorat: Ann-Kathrin Schwarz
Titelillustration: mauritius images/Jo Kirchherr
Umschlaggestaltung: Bettina Reubelt
Satz: Urban SatzKonzept, Düsseldorf
Druck und Verarbeitung: CPI – Ebner & Spiegel, Ulm
Printed in Germany
ISBN 978-3-404-15886-7

Sie finden uns im Internet unter
www.luebbe.de
Bitte beachten Sie auch: www.lesejury.de

Der Preis dieses Bandes versteht sich einschließlich
der gesetzlichen Mehrwertsteuer.

# Prolog

Als ich wach wurde, wusste ich sofort, dass etwas nicht stimmte. Mist! Irgendetwas war hier faul, verdammt faul sogar. Die Frage war bloß: was?!?

Mit dem Vorsatz, mich langsam und behutsam an das wie auch immer geartete Problem heranzutasten, blieb ich erst mal ein Weilchen regungslos liegen. Dann holte ich tief Luft, nahm all meinen Mut zusammen … und atmete noch ein paar Mal kräftig ein und aus. Bis mir schwummerig wurde. Bevor die exzessive Frischluftzufuhr mein Gehirn komplett lahmlegen konnte, machte ich mich schließlich daran, die Lage vorsichtig zu sondieren. Ein mutiger Mensch hätte zu diesem Zweck die Augen geöffnet; ich ließ sie geschlossen. Nur nichts überstürzen!

Ich probierte zu schlucken. Vergeblich. Meine Zunge pappte an meinem Gaumen, als wäre sie dort mit Sekundenkleber festgeleimt. Was im Übrigen auch diesen widerlichen Geschmack in meinem Mund erklärte. Obendrein machte mein Magen Zicken, aber das war längst nicht so unangenehm wie das dumpfe Dröhnen des Düsenjets, der dicht über meinem Kopf kreiste. Oder befand sich das nervige Flugobjekt womöglich gar nicht *über*, sondern *in* meinem Kopf? Na, wie auch immer, für solche Nebensächlichkeiten war jetzt keine Zeit. Denn größere Sorgen bereitete mir ein anderes Geräusch, das sich aus den Tiefen meines Unterbewusstseins soeben den Weg an die Oberfläche gebahnt hatte.

Da! Da war es wieder! Ein leises Röcheln und Schnaufen, ganz dicht an meinem Ohr.

Wie von der Tarantel gestochen fuhr ich hoch, riss die Augen auf und versuchte, im Dämmerlicht etwas zu erkennen. Ich musste erst einige Male blinzeln, bevor ich schräg gegenüber ein wenig unscharf die Silhouette eines Sessels ausmachen konnte. Rechts von mir befand sich eine kleine Frisierkommode mit einem dreibeinigen Hocker davor. Und auf meiner linken Seite, wo die schnaufenden Geräusche herkamen, lugten unter der Bettdecke Teile eines muskulösen, gebräunten Rückens, eine nicht minder appetitliche Männerschulter mit einem sichelförmigen Muttermal und ein dunkler, fast schwarzer Haarschopf hervor.

O nein!!!

Ich biss mir auf die Lippen. Beinahe hätte ich laut aufgeschrien. Plötzlich bekam der Begriff Morgengrauen eine völlig neue Bedeutung, denn langsam, ganz langsam begann es mir zu dämmern: Dieser Haarschopf, oder vielmehr dessen Besitzer, war gemeinsam mit etlichen Strawberry Margaritas für das flaue Gefühl in meinem Magen verantwortlich. Großer Gott, was hatte ich getan?!?

Ich war garantiert nicht die erste Frau, die sich am Morgen danach mit dieser Frage herumschlug. Was aber nur wenig tröstlich war, denn den Austausch von Körperflüssigkeiten zu bereuen ist eine Sache, den Austausch eines symbolträchtigen Schmuckstücks eine ganz andere!

Das musste man mir wirklich lassen: Ich war gründlich. Mit halben Sachen hatte ich mich noch nie zufriedengegeben. Wenn ich in die Scheiße packte, dann gleich richtig.

Meine Gedanken fuhren Karussell. Dieser verdammte Alkohol! Ich vertrug ihn einfach nicht. Doch das war keine Entschuldigung. Andere Frauen ließen sich im Suff vielleicht dazu hinreißen, mit einem Mann in die Kiste zu springen. Aber nein, mir reichte so ein bisschen Sex ja nicht. Ich musste den Kerl im Vollrausch gleich heiraten. Heiliger Bimbam, wenn das mal kein böser Fehler gewesen ist, dachte ich.

Frustriert zog ich mir die Bettdecke über den Kopf. Mit etwas Glück würde ich erstickt sein, bevor mein frisch angetrauter Ehemann wach wurde. Die aufsteigende Erinnerung verstärkte meine Übelkeit noch.

Wie war ich nur in diesen furchtbaren Schlamassel hineingeraten?

# Kapitel 1

So, liebe Rhein-Radio-Hörer«, meldete sich der Moderator gut gelaunt zu Wort, »während ihr gemütlich am Frühstückstisch sitzt oder eurem Chef zuliebe so tut, als würdet ihr arbeiten, bin ich für euch in die kalten, dunklen Katakomben unseres Archivs hinabgestiegen und habe einen alten Song von Frank Sinatra hervorgekramt.« Kurz darauf drangen die ersten Klänge von *Singing in the Rain* aus dem Radio.

Kein schlechtes Motto für den heutigen Tag. Durch die große Schaufensterscheibe warf ich einen Blick auf die Straße. Es war nicht verwunderlich, dass die Kunden uns nicht gerade die Tür einrannten. Wer konnte, blieb bei dem düsteren grauen Schmuddelwetter lieber zu Hause. Just in diesem Moment öffnete der Himmel wieder seine Schleusen. Ein heftiger Platzregen prasselte auf den Asphalt. Typisch April: wechselhaft und launisch. Aber ich wollte mich auf keinen Fall von dieser miesepetrigen Stimmung anstecken lassen.

Leise vor mich hinsummend, zerrte ich einen Stapel Pullover aus dem Regal und deponierte ihn vor mir auf dem Verkaufstresen. Unglaublich, in welch kurzer Zeit es den Kunden gelang, das Geschäft in ein Schlachtfeld zu verwandeln. Wie Tornados fegten sie über Regale und Vitrinen, über Kleiderständer, liebevoll arrangierte Warenauslagen und arme, hilflose Verkäuferinnen wie mich hinweg. Zurück blieb eine Schneise der Verwüstung. Einige Pappenheimer hatte ich sogar im Verdacht, sich unter Vortäuschung falscher Tatsachen bei uns einzuschleichen. Sie tarnten sich als harmlose Kunden, gaben vor, eine Bluse, eine Hose oder irgendein anderes Kleidungsstück zu suchen, doch in

Wirklichkeit wollten sie sich einfach nur mal nach Herzenslust austoben.

»Scheißwetter«, murrte meine Kollegin Jenny, die soeben aus dem Hinterzimmer kam. Interessiert beobachtete sie, wie ich einen Pullover nach dem anderen von dem zerwühlten Haufen nahm, ausschüttelte und danach wieder ordentlich zusammenfaltete. Die Handgriffe waren mir im Laufe der Zeit in Fleisch und Blut übergegangen. Man konnte mich mitten in der Nacht aus dem Schlaf reißen – ich faltete alles, was ich zwischen die Finger bekam, akkurat zusammen. Inklusive des Störenfrieds, der es gewagt hatte, mich zu wecken ...

»Mensch, das geht ja echt fix bei dir«, lobte mich Jenny, machte aber keine Anstalten, mir bei der Arbeit zur Hand zu gehen. Stattdessen beugte sie sich über den Verkaufstresen, hauchte gelangweilt auf die Glasplatte und begann, mit dem Ärmel ihrer Bluse an der Scheibe herumzupolieren. Schon nach kurzer Zeit verlor sie jedoch die Lust an diesem unkonventionellen Frühjahrsputz und deutete mit einer Kopfbewegung in Richtung Radio. »Dieser Typ hat echt 'ne erotische Stimme. Findest du nicht?«

»Und ob!« Dank meiner Mutter, die fast alle seine Platten besaß, war ich seit frühester Kindheit bekennender Frank-Sinatra-Fan.

»Was meinst du«, Jenny knabberte nachdenklich an ihrer Unterlippe herum, »ob der wohl genauso sexy aussieht, wie seine Stimme klingt?«

»Das bezweifle ich. Ständig in so 'nem dunklen, stickigen Sarg rumliegen – das kann auf Dauer nicht gut für den Teint sein.«

»Frank Sinatra ist tot?« Jenny sah betroffen aus. »Wie schade.« Einen Moment später schien sie das schnelle und unerwartete Ableben des großen Entertainers bereits verarbeitet zu haben und lachte wieder. »Na ja, irgendwann beißen wir eben alle mal ins Gras. Aber eigentlich meinte ich gar nicht Frank Sinatra, sondern Philipp, den Radiomoderator.«

»Ach so.« In der Tat, mir war auch schon aufgefallen, dass dieser Radiofritze über eine sehr männliche, fast erotische Stimme verfügte, die bei seinen weiblichen Hörern unweigerlich den Gedanken an Mr. Bombastic – breite Schultern und den immer wieder gerne und viel zitierten Knackarsch – hervorrufen musste. Was das betraf, war ich persönlich misstrauisch. Meist versprach die Stimme mehr, als der dazugehörige Body halten konnte. Gelegentlich war auch ich schon auf diesen Etikettenschwindel hereingefallen. Was für eine Enttäuschung, wenn sich das imaginäre Holzfällersteak in natura als kleiner, unappetitlicher Fleischklops entpuppte. Womit ich diesem Philipp natürlich nichts unterstellen wollte, sondern lediglich eine Möglichkeit in Betracht zog, die erfahrungsgemäß in neunundneunzig Prozent aller Fälle zutraf.

Wenn man vom Teufel sprach ... Die Musik verebbte, und Moderator Philipp meldete sich wieder zu Wort: »Endspurt, Leute! Wie jeden Mittwoch spielen wir heute *Ich packe meinen Koffer*. Mitmachen lohnt sich. Denn auf den glücklichen Gewinner wartet eine Reise nach Griechenland. Eine Woche für zwei Personen in einem Fünfsterneklubhotel. Na, wär das nichts? Ihr müsst lediglich nach der nächsten Musiknummer hier anrufen und mir sagen, was ich in der letzten Stunde in den Koffer gepackt habe. Und bevor der Deckel endgültig geschlossen wird, wandert jetzt noch ein kleines gelbes Quietscheentchen ins Reisegepäck.«

»Schwimmflügelchen, Badelatschen, Ohropax, Hawaiihemd, ein Kofferradio, Kohletabletten, Frisbeescheibe, ein Bikini oder 'ne Badehose, Zahnbürste, Taucherbrille und ein Quietscheentchen«, leierte ich die Reiseutensilien halblaut herunter.

»Hey, Belinda, ich hab 'ne tolle Idee: Warum schreibst du das ganze Zeug nicht einfach auf?« Jenny warf mir über den Verkaufstresen hinweg einen Beifall heischenden Blick zu.

»Ein bisschen Gedächtnistraining hält die kleinen grauen

Zellen in Schwung. Könnte dir übrigens auch nicht schaden.« Aber das ging bei Jenny zum einen Ohr rein und zum anderen wieder raus. Dazwischen war nämlich nicht viel, was es hätte aufhalten können. Meine Kollegin war wirklich eine Seele von Mensch, aber leider nicht besonders helle.

»Finito, der Koffer ist voll, Leute«, tönte erneut Philipps volle dunkle Stimme durch den Laden. »Und jetzt legt eure Zeitung, eure Arbeit oder euren Partner beiseite und greift zum Telefonhörer. Denn ihr wisst, heute ist Mittwoch, da könnt ihr richtig absahnen! Und hier noch mal die Telefonnummer: 0800-52 …«

O. K., das war's. Ich stellte das Radio leiser und zog den nächsten Stapel aus dem Regal.

»Was tust du da?«, fragte Jenny mit weit aufgerissenen Kulleraugen.

»Ich falte Pullunder«, erklärte ich ihr geduldig. Mit den Pullovern war ich Gott sei Dank fertig.

»Nein, nein, vergiss die Pullunder. Ich meine das Radio.«

»Was soll mit dem Radio sein? Ich hab es leiser gestellt. Game over.«

»Von wegen game over. Jetzt geht's doch erst richtig los! Du musst anrufen und die Reise gewinnen«, verkündete sie eifrig. »Das ist schließlich der Sinn dieses Spiels.«

O Gott, wie sollte ich ihr verständlich machen, dass ich nicht das geringste Bedürfnis verspürte, mich vor Zeugen zum Affen zu machen. Was das betraf, war der Zeitgeist irgendwie an mir vorbeigegangen. Früher hatten sich die Menschen nichts sehnlicher gewünscht, als in den Himmel zu kommen, heute wollten sie nur noch ins Fernsehen oder ins Radio. Und um dieses hochgesteckte Ziel zu erreichen, durfte man nicht verklemmt oder zimperlich sein. Lautete das Thema einer Sendung »Ich habe Schweißfüße und bin stolz darauf!«, dann bekannte man sich eben zu seinen Käsemauken. Ging es um »Impotenz«, riss sich jeder Depp darum, dem Publikum in epischer Breite von seinen Erektionsstörungen zu berichten. Erst kurz zuvor hatte ich in eine muntere TV-Talkrunde mit diesem Thema hineingezappt.

»Voll krass. Du kannst mir 'ne Schnitte nackt auf den Bauch binden, und bei mir rührt sich nichts. Ich schwöre! Absolut tote Hose«, bekräftigte dort ein Gast seine Daseinsberechtigung in der Sendung.

Bei so viel Offenheit war ich hin und her gerissen zwischen Mitleid und Erleichterung. Mitleid, weil sich in der Region oberhalb der Halskrause offenbar genauso wenig abspielte wie unterhalb der Gürtellinie. Erleichterung, weil dieser Idiot die nächste Generation wohl nicht mit seinem Erbgut beglücken würde.

Herrgott noch mal, so viel Elend konnte doch kein Mensch ertragen! Aber anstatt die Glotze sofort auszuschalten, hatte ich die Sendung mit dem gleichen wohligen Grusel verfolgt, den ich als Kind beim Besuch einer Geisterbahn verspürt hatte.

Natürlich wäre ich nie im Leben so vermessen, den therapeutischen Nutzen dieser Talksendungen infrage zu stellen. Wie gut, dass wir mal darüber geredet haben ... Fein! Wenn der Leidensdruck der Betroffenen dadurch kleiner wurde, dass die Nachbarn, der Postbote, der Friseur und zigtausend andere Menschen danach Bescheid wussten, freute mich das aufrichtig.

Im Vergleich zu einer Talkshow war ein Gewinnspiel natürlich relativ harmlos, aber man konnte nie wissen, was für Geheimnisse oder intime Details ein geschulter Moderator einem ganz nebenbei entlockte.

»Ich ruf da nicht an. Feierabend«, verkündete ich kategorisch.

»Mensch, Belinda, überleg doch mal. Das ist so, als würde Michael Schumacher kurz vor der Ziellinie rechts ranfahren und seine Karre parken«, zerrte Jenny spielerisch an meinen Nerven. Ich wusste, sie würde mit der Quengelei nicht eher aufhören, bis ich entweder beim Radiosender angerufen oder ihr hoch und heilig versprochen hatte, es am kommenden Mittwoch zu tun.

Und bevor ich eine Woche lang ihr Genörgel ertrug, griff ich lieber gleich zum Telefonhörer. Außerdem: Was sollte schon großartig passieren? Ich war mir sicher, ohnehin nicht durchzukommen. Und so war es dann auch.

Nach dreimal Klingeln sprang eine Bandansage an. Eine freundliche Frauenstimme bat in monotonem Singsang um ein wenig Geduld und forderte mich auf, in der Leitung zu bleiben.

Währenddessen versuchte Moderator Philipp, die Spannung in die Höhe zu treiben. »Die oder der Glückliche, der die Chance bekommt, diese Traumreise zu gewinnen, wird in ein paar Sekunden zu mir ins Studio durchgeschaltet.« Er machte eine kleine Kunstpause, dann fuhr er fort: »So, jetzt ist es so weit. – Hallo? Mit wem spreche ich?«

Stille.

»Einen wunderschönen guten Morgen, hier ist Philipp. Mit wem habe ich denn bitte das Vergnügen?«

Wieder Stille. Offenbar hatte die Aussicht auf einen fetten Gewinn und die unverhoffte Popularität dem Anrufer die Sprache verschlagen. Außer einem leisen, flachen Atmen war nichts zu hören.

Das geschieht diesem Idioten recht!, frohlockte ich voller Schadenfreude. Wer so bescheuert ist, bei einer Radiosendung anzurufen, der muss einfach dafür bestraft werden. Das Schweigen zog sich wie Kaugummi. Ich kicherte. Jenny, die direkt neben dem Radio stand, gluckste auch – verzog dabei jedoch keine Miene. Schock, schwere Not. War das etwa mein dämliches Kichern gewesen, das ich gerade gehört hatte? Ach, du heiliger Strohsack! Ich war auf Sendung. Wer rechnete schon mit so was?! Mein erster Reflex war, den Hörer auf die Gabel zurückzupfeffern. Aber irgendetwas hielt mich in letzter Sekunde davon ab. Vielleicht war es meine gute Erziehung oder die dunkle, sympathische Stimme des Moderators. Möglicherweise aber auch der Anblick der tropfnassen Regenschirme und der blassen mürrischen Gesichter, die sich am Schaufenster vorbeischoben und bei mir eine heftige Fernwehattacke hervorriefen.

»Hi, hier ist Belinda«, meldete ich mich schließlich.

»Guten Morgen, Belinda. Scheint so, als wärst du eine echte rheinische Frohnatur«, flachste Moderator Philipp.

Haha, sehr witzig. Ich beschloss, diese plumpe und überflüssige Anspielung auf mein Gekicher zu ignorieren und hüllte mich in Schweigen. An mir, das nahm ich mir vor, würde dieser Radiofuzzi sich die Zähne ausbeißen.

»Von wo genau rufst du an?«

»Aus Düsseldorf«, antwortete ich einsilbig.

»Und was treibst du in Düsseldorf gerade?«, versuchte Philipp mich aus der Reserve zu locken.

Netter Versuch. Aber nicht mit mir! »Ich telefoniere«, ließ ich ihn eiskalt auflaufen.

»Schön, Belinda aus Düsseldorf, du bist wohl nicht in Plauderstimmung. Verrätst du mir trotzdem, ob du schon mal in Griechenland gewesen bist?«

»Ja, fünf Mal.«

»Hey, dann bist du ja gewissermaßen eine Expertin. Was gefällt dir so an diesem Land, dass du sogar noch ein sechstes Mal hinreisen möchtest?«

Plötzlich waren meine Nervosität und meine Reserviertheit wie weggeblasen. »Ich liebe Griechenland: die Atmosphäre, die Farben, die Menschen, die Musik, das Essen – einfach alles«, geriet ich regelrecht ins Schwärmen. Was, zum Henker, war nur los mit mir? Ausgerechnet ich, die Menschen, die in aller Öffentlichkeit ihr Innerstes nach außen kehrten, immer für bemitleidens- bis therapiewürdig gehalten hatte, plauderte hier munter aus dem Nähkästchen.

»Na dann mal los! Wenn du mir jetzt noch verrätst, was sich im Koffer befindet, kannst du schon nächste Woche dort sein.«

Ich räusperte mich. »Ein Paar Schwimmflügelchen, Badelatschen, Ohropax, ein Hawaiihemd ...«, begann ich zaghaft und versuchte mich zu konzentrieren.

Was gar nicht so einfach war. Denn aus den Augenwinkeln sah ich, wie Jenny, die am liebsten in das Radiogerät hineingekrochen wäre, an dem Lautstärkeregler herumfingerte. Von einer bösen Vorahnung ergriffen, zeigte ich ihr einen Vogel und gestikulierte wild in ihre Richtung. Fröhlich grinsend winkte Jenny zurück. Mit Zeige- und Mittelfinger formte sie das Victoryzeichen.

»... ein Kofferradio, Kohletabletten, 'ne Frisbeescheibe ...«

Plötzlich jagte ein schrilles Pfeifen wie ein Kugelblitz durch meine Gehörgänge.

»Könntest du vielleicht dein Radio ausschalten oder zumindest etwas leiser drehen?«, bat Philipp mit einem milden Vorwurf in der Stimme.

Hektisch machte Jenny sich an dem Knopf zu schaffen und drehte ihn prompt in die verkehrte Richtung. Autsch! Die Rückkoppelung sprengte mir fast das Trommelfell.

Toll, dieser Philipp musste mich für den Trottel der Nation halten. Womit er vermutlich auch nicht ganz falsch lag, denn sonst hätte ich mich auf diesen Radiozirkus gar nicht erst eingelassen.

»... Bikini oder Badehose, eine Taucherbrille und ein Quietscheentchen«, beendete ich in dem Bestreben, schnell wieder aufzulegen, hastig meine Aufzählung.

»Prima, Belinda. Eine Kleinigkeit hast du allerdings vergessen.«

»Vergessen?!« Langsam war ich der Verzweiflung nahe.

»Was macht man morgens als Erstes?«, versuchte Philipp, mir auf die Sprünge zu helfen.

Ich hatte keine Ahnung, was er nach dem Aufwachen so trieb. Und wenn ich's mir recht überlegte, wollte ich es auch lieber gar nicht wissen. Aber *ich* ging morgens gewöhnlich erst mal aufs Klo. Pullern. Ein höchst menschliches Bedürfnis – trotzdem hatte ich nicht die geringste Lust, die Schwächen und Gewohnheiten meiner Blase im Radio auszudiskutieren.

Gott sei Dank kam in diesem Moment der rettende Geistesblitz: »Zahnbürste!«, rief ich. »Ich hab die Zahnbürste vergessen.«

»Herzlichen Glückwunsch, Belinda!« Der Rhein-Radio-Jingle erklang. »Du hast gewonnen. Pack schon mal die Koffer, in ein paar Tagen geht's ab in die Sonne!«

»Klasse!«, jauchzte ich. Juhu, Griechenland, ich komme! Plötzlich stutzte ich. »Und die Reise gehört wirklich mir? Ich kann's noch gar nicht glauben. Ich hab noch nie was gewonnen!«

»Tja, dann hattest du wohl heute zum ersten Mal den richtigen Glücksbringer.«

»Glücksbringer?« Der Mann sprach in Rätseln. Jenny konnte er nicht meinen; ich hatte sie mit keiner Silbe erwähnt. »Was für einen Glücksbringer meinst du denn?«

»Na *mich* natürlich!«, antwortete Philipp so empört, als wäre die Frage an sich schon eine Beleidigung. »Wie gut, dass ich nächste Woche frei hab«, flachste er nun schelmisch. »Wenn du also noch eine Reisebegleitung suchst – ich stelle mich gerne zur Verfügung.«

Der Typ klang zwar ausgesprochen sympathisch, aber das taten die Mitarbeiter der Telefonseelsorge auch. Allerdings war das noch lange kein Grund, mit ihnen gemeinsam in Urlaub zu fahren.

»Ich weiß dein selbstloses Angebot wirklich zu schätzen«, ging ich gut gelaunt auf Philipps Späße ein. Zu meiner eigenen Überraschung stellte ich fest, dass ich zunehmend lockerer und mitteilungsfreudiger wurde. »Kommen eigentlich alle Hörer, die bei euch eine Reise gewinnen, in den Genuss dieses Begleitservice?«

»Nur die weiblichen«, kam es wie aus der Pistole geschossen zurück. »Und nur, wenn sie so hübsch und charmant sind wie du.«

Potz Blitz, versuchte der Spaßvogel etwa gerade mit mir zu flirten? Auf jeden Fall war es ihm gelungen, mir das Gefühl zu vermitteln, wir wären bei diesem kleinen Schwätzchen ganz unter uns. Auf einmal hatte ich es gar nicht mehr so eilig, das Gespräch zu beenden. Im Gegenteil, ich hätte noch stundenlang mit Philipp quatschen können.

»Woher willst du wissen, dass ich hübsch bin?«, versuchte ich ihn in die Enge zu treiben. »Vielleicht hab ich ja eine ekelige dicke Warze auf der Nase, wiege drei Zentner oder schiele ganz fürchterlich.«

»Das Risiko würde ich eingehen. Auf meine Intuition war bisher immer Verlass. Außerdem – wie heißt es doch gleich? – die Schönheit liegt im Auge des Betrachters. Na, wie dem auch sei, du hast jedenfalls eine sehr angenehme Stimme.«

Ein äußerst fragwürdiges Kompliment. Ob ich Philipp in meine Holzfällersteak-Fleischklöpschen-Theorie einweihen sollte? Nein, besser nicht, am Ende fühlte er sich noch persönlich angesprochen.

»Hallo, Belinda, bist du noch dran?«

»Äh ... ja. Klar.« Ich räusperte mich und nahm den Gesprächsfaden wieder auf: »Und was hätte ich davon, wenn ich dich mit nach Griechenland nehmen würde?«

»Das kann nur eine Frau fragen, der ich noch nie den Rücken eingecremt habe.« Philipp lachte. Nicht so ein albernes, aufgesetztes Radiolachen, sondern richtig tief aus dem Bauch heraus. Zumindest bildete ich mir das ein. »Aber natürlich würde ich dich nicht nur vor Sonnenbrand bewahren. Auch aufdringliche Verehrer und Insekten schlage ich in null Komma nichts in die Flucht.«

»Das klingt zwar sehr viel versprechend, aber ich fürchte, ich muss dir trotzdem einen Korb geben.«

»Wirklich schade«, bedauerte Philipp. »Also, dann mal raus mit der Sprache, wer fliegt mit nach Griechenland?«

»Der liebste Mensch auf der Welt.« Das hörte sich zwar etwas pathetisch an, entsprach aber durchaus der Wahrheit.

»Wer immer das auch ist – deine Reisebegleitung ist echt zu beneiden.«

Nachdem Philipp mir einen schönen Urlaub gewünscht und sich herzlich von mir verabschiedet hatte, wurde ich mit seiner Assistentin verbunden, die meine Daten aufnahm und mich mit dem organisatorischen Ablauf und den Details der Reise vertraut machte. Kommenden Montag sollte ich bereits im Flieger gen Süden sitzen. Schluck, so bald schon! Ergo blieb mir nicht viel Zeit, um mich – und vor allem meinen Chef! – mental auf den Griechenlandtrip vorzubereiten.

Wie auf Kommando bimmelte in diesem Moment die Türglocke und Markus betrat, einen Stapel Kartons vor sich her balancierend, den Laden. Donnerwetter, wie macht der Mann das bloß?, überlegte ich. Seine Haare und seine Klamotten waren vom Regen total durchweicht. Trotzdem sah er fantastisch aus! Knusprig und zum Anbeißen. Wie ein frisch gebackenes Brötchen. Auch wenn Markus das vehement bestritt, war ich mir sicher, dass er seinen von Natur aus dunklen Teint gelegentlich auf der Sonnenbank auffrischte. Der eigentliche Hingucker waren jedoch seine leicht ergrauten Schläfen, die ihn zwar weder erfahren noch weise, dafür aber wahnsinnig interessant und sexy wirken ließen. Schwer zu sagen, ob er dieses gewisse Etwas seinem Alter oder den geschickten Händen seines Friseurs zu verdanken hatte.

So oder so, die Frauen flogen auf ihn – was bedauerlicherweise nicht auf Gegenseitigkeit beruhte. Ein Jammer! Und ein echter Verlust für die Damenwelt. Denn wie die meisten schwulen Männer war Markus nicht nur extrem attraktiv, sondern darüber hinaus auch noch sensibel, einfühlsam und verständnisvoll. Kurz gesagt: Er verfügte über all jene Extras, die bei Männern nicht gerade zur normalen Grundausstattung gehörten. Leider galt für diese seltene Luxusausführung die Devise: anschauen, aber nicht anfassen! Seufz, ähnlich unbefriedigend war nur ein Schaufensterbummel am Sonntagnachmittag!

Trotzdem – oder vielleicht gerade deshalb – verband mich mit Markus über unser Arbeitsverhältnis hinaus eine herzliche Freundschaft. Auch Jenny liebte Markus heiß und innig. Entsprechend erfreut stürmte sie ihm nun entgegen. Sie umsprang Markus wie ein junger Hund. »Halt dich fest, Boss! Es gibt sensationelle Neuigkeiten«, krakelte sie lauthals. »Belinda fliegt nächste Woche nach Griechenland!«

Ihre Anteilnahme war rührend. Allerdings hätte ich wetten können, dass es diplomatischere Wege gab, den Boss um eine Woche Urlaub zu bitten.

Markus war unser Chef und Inhaber des Modegeschäfts NOMEN, das sich seit der Eröffnung vor zwei Jahren in Düsseldorf zu einem echten Geheimtipp gemausert hatte. Der Name war in unserem Laden tatsächlich Programm, denn wir führten ausschließlich Designerware. Allerdings fanden die Kunden in unseren Regalen nicht nur bekannte Modelabel wie Gucci, Prada oder Armani, sondern auch Modelle aus den Kollektionen junger, weitgehend unbekannter Designer, die auf den großen Laufstegen dieser Welt noch nicht zu finden waren. Und genau diese Mischung machte den Reiz unseres Geschäfts aus. Markus verfügte über einen exzellenten Geschmack und einen untrüglichen Riecher für alles, was mit Mode zu tun hatte.

Ein weiterer Pluspunkt von NOMEN war die Lage. Unser Geschäft befand sich etwa hundert Meter von der Königsallee entfernt in einer kleinen Seitenstraße. Weit genug von Düsseldorfs Prachteinkaufsmeile entfernt, um weniger gut betuchte Kunden nicht abzuschrecken, und nahe genug dran, um für die High-Society-Ladys bequem erreichbar zu sein. Von der Königsallee aus konnten sie mal eben einen kleinen Abstecher zu uns machen, ohne unter der Last ihres dicken Portemonnaies und der vielen Einkaufstüten zusammenzubrechen.

Markus, der von Jennys stürmischer Begrüßung noch sichtlich benommen war, stellte die Kartons auf dem Boden ab. Dann kratzte er sich am Kopf. »Mist, ich werde alt. Du hast nächste Woche frei? Das hab ich völlig verschwitzt.«

Bevor Jenny mir erneut zuvorkommen konnte, erzählte ich Markus von dem Gewinnspiel. »Sollte das mit dem Urlaub ein Problem sein, werde ich von der Reise zurücktreten«, bot ich – natürlich nur der Höflichkeit halber und pro forma – an. »Ist ja ziemlich kurzfristig.«

»So leid es mir tut, Belinda, dann wirst du wohl auf Griechenland verzichten müssen.«

Ich schluckte schwer. Tapfer bemühte ich mich, mir die Enttäuschung nicht anmerken zu lassen. War ja klar, wenn ich mal ausnahmsweise was Spontanes oder Verrücktes machen wollte, ging das garantiert in die Hose.

Markus lachte. »Hallo?! Das war ein Scherz!«

»Du hast echt einen merkwürdigen Humor«, knurrte Jenny. »Es wäre deinen Angestellten gegenüber nur fair, wenn du deine Witze in Zukunft vorher ankündigen würdest. Damit wir wissen, wann wir lachen müssen.«

»Also, entschuldigt bitte, ich kann doch nicht jedes Mal ›Kennt ihr schon den …?‹ sagen, bevor ich einen Scherz mache.« Markus drückte mich herzlich an sich. »Natürlich bekommst du Urlaub. Lass dich in diesem Luxushotel mal so richtig verwöhnen.«

»Genau, lass dich mal so richtig verwöhnen«, echote Jenny mit einem süffisanten Grinsen.

# Kapitel 2

Gegen Abend legte der Regen endlich eine kleine Verschnaufpause ein. Was mir sehr gelegen kam, denn nach der Arbeit war ich zum Joggen verabredet. Mit dem liebsten Menschen der Welt! Und das hatte ich im Radio nicht einfach nur so dahingesagt. Wäre Mareike ein Kerl, hätte ich ihr ohne zu zögern einen Heiratsantrag gemacht. Den sie – ebenfalls ohne zu zögern – abgelehnt hätte.

Mareike hatte nämlich die Nase gestrichen voll von der Ehe. Vor ein paar Monaten hatte sie sich von ihrem Noch-Ehemann Christian getrennt. Nun fieberte sie ungeduldig dem Scheidungstermin entgegen, um dieses unglückselige Kapitel ihres Lebens endgültig abzuschließen. Allerdings gab es auch Momente, in denen sie mit Wehmut an die Zeit mit Christian zurückdachte. Nicht alles war schlecht gewesen, und manches vermisste sie sogar schmerzlich. Beispielsweise den begehbaren Kleiderschrank und die Zitronenpresse, die sie und Christian irgendwann einmal von seiner Schwester geschenkt bekommen hatten. Aber da sowohl Schrank als auch Presse nur in Kombination mit Christian zu haben waren, verzichtete Mareike schweren Herzens auf beides.

Ihrem Göttergatten selbst weinte sie jedoch nicht eine Träne nach. Kein Wunder, denn mit seiner krankhaften Eifersucht hatte er ihr das Leben zur Hölle gemacht. Er war bereits ausgeflippt, wenn sie den Postboten oder den Busfahrer auch nur freundlich angelächelt hatte. Ich konnte es meiner Freundin nicht verdenken, dass ihre Begeisterung für den ehelichen Lebensbund aufgrund dessen stark abgeflaut war. »Ehe« war nach Mareikes ganz spezieller Definition die Abkürzung für »Errare humanum est«. Irren ist menschlich. Auf ihre Beziehung mit Christian sowie auf jede dritte andere Ehe in Deutschland mochte das zutreffen. Aber war das ein Grund, alles gleich so schwarz zu sehen?! Immerhin: Die Mehrheit aller Ehen hielt.

Ganz davon abgesehen, war ich ohnehin kein allzu großer Freund von Statistiken. Irgendwie gingen die doch immer haarscharf am wirklichen Leben vorbei. Schenkte man den statistischen Erhebungen Glauben, so würde ich vor dem Einsetzen der Menopause noch 1,3 Kinder zur Welt bringen. Auweia! Zum Glück wurden in den Krankenhäusern jedoch keine halben Kinder geboren. Bloß ganze.

Allen Statistiken und Unkenrufen zum Trotz hielt ich die Ehe für eine fantastische, durchaus erstrebenswerte Einrichtung. Vorausgesetzt, man hatte den passenden Partner zur Hand. Und genau das war mein Problem. Leider befand ich mich immer noch auf der Suche nach dem Mann, mit dem ich mir vorstellen konnte, nicht nur die nächsten vierzehn Tage, sondern den Rest meines Lebens zu verbringen. Langsam wurde ich ein wenig ungeduldig. Schließlich war ich keine sweet sixteen mehr. Ich steuerte mit strammen Schritten auf die dreißig zu. Wenn es nach mir gegangen wäre, hätte mein Traummann mal langsam auf der Bildfläche erscheinen können. Aber egal, wie lange er mich noch zappeln ließ – mein Glaube an die eine große wahre Liebe im Leben war nicht so schnell kleinzukriegen. Was Mareike gerne als verklärte Kleinmädchenträumerei abtat und belächelte.

In diesem Moment war sie jedoch weit davon entfernt, sich über mich lustig zu machen. »Hey, willst du mich umbringen? Schalt mal 'nen Gang runter«, keuchte sie und wischte sich mit hochrotem Kopf ein paar Schweißperlen von der Stirn. »Du rennst ja, als wäre der Teufel hinter dir her.«

»Nächste Woche wirst du mir dankbar sein, dass ich dich so

gescheucht habe. Es ist nämlich an der Zeit, dass wir unsere Alabasterkörper mal wieder im Bikini zeigen.« Ich machte ein geheimnisvolles Gesicht. »Was würdest du davon halten, eine Woche in einem Fünfsternehotel in Griechenland zu verbringen?«

Meine Freundin winkte ab. »Och nee, das wär nichts für mich. Wahrscheinlich haben die Griechen zu dieser Jahreszeit tolles Wetter, und man holt sich einen Sonnenbrand. Da lob ich mir doch die vielen Regenwolken und das nasskalte Klima hier. Das ist viel gesünder.« Sie lief einen Schlenker, um einer Pfütze auszuweichen. »Belinda, was stellst du bloß für saudumme Fragen?!« Mit Handzeichen gab sie mir zu verstehen, was sie von meinem Geisteszustand hielt: gar nichts. »Wovon sollten wir uns so einen Luxusurlaub leisten können? Oder hast du vielleicht im Lotto gewonnen?«

»So ungefähr.« Zum zweiten Mal an diesem Tag erzählte ich von Philipp, dem Gewinnspiel und der Reise, die ich abgesahnt hatte.

»Waaaahnsinn!«, rief Mareike und flog mir um den Hals. Ich schloss daraus, dass sie mich nach Griechenland begleiten wollte. Trotz Sonnenbrandgefahr.

»Meinst du denn, du bekommst so kurzfristig überhaupt frei?« Mareike war Erzieherin. Vier Wochen im Jahr wurde das Terrorhauptquartier, wie sie ihre Arbeitsstätte – einen Kindergarten – liebevoll zu nennen pflegte, komplett dichtgemacht. Über ihre restlichen Urlaubstage konnte Mareike mehr oder weniger frei verfügen.

»Lass das mal meine Sorge sein. Mensch, Belinda, das ist ja der absolute Hammer. Wir zwei in Griechenland. Stell dir das mal vor!«

Nichts lieber als das! »Kristallklares Wasser!«, jauchzte ich.

»Weiße Strände.«

»Sonne.«

»Sirtaki.«

»Ouzo.«

»Frische Scampi mit Knoblauch.« Genießerisch verdrehte ich die Augen.

Mareike stand der Sinn allerdings mehr nach Fleisch als nach Fisch: »... und zum Nachtisch ein paar attraktive, gut gebaute Kerle zum Vernaschen!«

Na, das konnte ja heiter werden! Hilfe! Ich war im Begriff, mit einer ausgehungerten, männermordenden Hyäne zu verreisen.

»Hey, was schaust du mich so vorwurfsvoll an?«, lachte meine Freundin. »Ich hab eben Nachholbedarf. Du weißt doch, wie es zum Schluss um meine Ehe bestellt war. Im Schlafzimmer ist nichts mehr gelaufen – außer dem Fernseher natürlich.«

Eine Weile trabten wir schweigend nebeneinander her und hingen unseren Gedanken nach. »Dir würde ein kleiner Urlaubsflirt bestimmt auch guttun«, spann Mareike den Faden schließlich weiter. »Wie lange ist die Geschichte mit Jan schon wieder her?«

»Fast ein Jahr.« Nur sehr ungern wurde ich an diese Zeit erinnert. Was war ich in den Kerl verliebt gewesen! Ich hätte es wohl nie verwunden, wenn er mich wegen einer anderen Frau verlassen hätte. Aber das Glück war mir hold, denn unsere Beziehung ging nicht wegen *einer* anderen Frau in die Brüche, sondern gleich wegen eines halben Dutzends. Leider hatte ich viel zu spät begriffen, dass Jan Treue für Weiberkram hielt. Wie Lippenstift oder Damenbinden. Unwillkürlich entschlüpfte mir ein tiefer Seufzer. Zwar waren Jans Vorgänger nicht fremdgegangen, aber auch mit ihnen war es irgendwie nicht so das Wahre gewesen.

»Den Mann fürs Leben findest du noch früh genug. Entspann dich! Werd einfach mal ein bisschen lockerer. Wenn du weiter so verbissen suchst, steht dein Traumprinz vielleicht irgendwann vor dir und du merkst es vor lauter Verkrampfung nicht einmal.«

»Nie im Leben«, widersprach ich Mareike entschieden. »Da müsste ich schon blind und taub sein.« In Bezug auf Mr. Right hatte ich ziemlich klare Vorstellungen. Auf Anhieb konnte ich meiner Freundin eine detaillierte Personenbeschreibung von ihm geben. »Um die dreißig, intelligent, humorvoll, attraktiv, sportlich, zuverlässig, kinderlieb, zärtlich, ehrlich, treu, begeisterungsfähig, kontaktfreudig, unternehmungslustig ...« Dann gingen mir aber doch so langsam die Puste und die Ideen aus.

»Und sonst? Sag bloß, das ist schon alles!?« Mareikes Stimme triefte vor Sarkasmus. »Meine Güte, Belinda! Sei doch nicht so anspruchslos. Komm, denk noch mal nach. Ein paar Kleinigkeiten werden dir bestimmt noch einfallen. Vielleicht irgendwelche speziellen Wünsche bezüglich der Optik? Das Auge isst schließlich auch mit. Blond? Dunkel? Blaue Augen? Braune Augen? Groß? Klein? Dick? Dünn?«

»Nicht zu dick und nicht zu klein. Ansonsten bin ich, was das Äußere betrifft, flexibel.« Ich grinste. »Ach, 'ne Kleinigkeit hab ich noch vergessen: Natürlich sollte er Nichtraucher sein.«

»Natürlich. Nichtraucher, was sonst«, pflichtete Mareike mir mit einem amüsierten Funkeln in den Augen bei. »Jedenfalls kann man dir nicht vorwerfen, du wüsstest nicht, was du willst. Aber falls du es noch nicht mitgekriegt haben solltest: Die Partnersuche funktioniert leider Gottes nach dem Trial-and-Error-Prinzip. Oder um es anders zu sagen: Man muss viele Nieten ziehen, bevor man einen Hauptgewinn landet. Und was spricht dagegen, in der Zwischenzeit mit den Nieten noch ein bisschen Spaß zu haben?«

»Meintest du vielleicht Sex, als du gerade Spaß gesagt hast?«

Mareike smilte von einem Ohr zum anderen. »Wie man so hört, sollen diese beiden Dinge außerhalb der Ehe ja identisch sein.«

»Schon möglich. Aber ich suche keinen Kerl fürs Bett, sondern einen Vater für meine Kinder.«

Mareike riss überrascht die Augen auf. »Du hast doch noch gar keine.«

»Na eben drum.«

Ich hatte mit den Nieten dieser Welt genug Zeit verplempert, nun wartete ich sehnsüchtig auf den Hauptgewinn. Schluss mit den halben Sachen, keine faulen Kompromisse mehr!

Diese Spielchen hatte ich so was von satt! Man investierte 'ne Menge Zeit und Gefühle, und am Ende saß man doch wieder mit einer Familienpackung Kleenex und einem gebrochenen Herzen allein vorm Fernseher und zog sich irgendeinen Schmachtfetzen und Berge von Schokolade rein. Nach meinem letzten Beziehungsdebakel und der anschließenden *Brigitte*-Diät hatte ich mir geschworen, in Zukunft von Männern die Finger zu lassen. Natürlich nicht für immer, aber zumindest so lange, bis ich mir hundertprozentig sicher war, den Richtigen getroffen zu haben.

Ein paar Gramm näher an meiner Bikinifigur schleppte ich mich nach dem Joggen die Treppenstufen zu meiner Wohnung hinauf. Vielleicht hatten wir es mit dem Laufpensum vor lauter Urlaubseuphorie etwas übertrieben. Ich spürte bereits die ersten Vorboten des Muskelkaters. Mist! Auch der knackigste Po wirkt nur halb so sexy, wenn man ihn humpelnd zur Schau trägt ...

Als ich stöhnend in die Hocke ging, um unter der Fußmatte meinen Schlüssel hervorzuholen, öffnete sich die Tür der Nachbarwohnung, und Frau Groß trat, mit einer kleinen Gießkanne bewaffnet, in den Hausflur.

Die alte Dame kümmerte sich nicht nur rührend um den Ficus benjamina, der das Treppenhaus auf unserer Etage verschönerte, sondern auch um mich. Seit ein paar Jahren wohnten wir Tür an Tür. Mit der Zeit war sie für mich zu einer Art Ersatzoma geworden. Meine Großeltern waren schon lange tot. Das Einzige, was mich an sie erinnerte, speziell an meine Großmutter väterlicherseits, waren meine riesigen Füße, die mit Ach und Krach in Größe 43 hineinpassten. Ich fand das unfair. Andere erbten von ihren Großeltern ein hübsches Häuschen oder wertvolle Klunker, ich lediglich diese Quadratlatschen.

Zum Glück war Frau Groß noch weit davon entfernt, das Zeitliche zu segnen. Die alte Dame erfreute sich bester Gesundheit. Sie wirkte rüstig und quietschfidel. Wann immer ich Zeit hatte, klingelte ich nebenan, um mit ihr ein Pläuschchen zu halten und eine Tasse Tee zu trinken. Liefen wir uns zufällig im Treppenhaus über den Weg, steckte sie mir des Öfteren ein Töpfchen selbst gemachte Marmelade oder ein paar gute Ratschläge zu. Aber damit war es bedauerlicherweise nun vorbei.

»Belinda – wie schön, dass wir uns treffen! Dann kann ich Ihnen gleich Lebewohl sagen.«

O nein, ich hasste Abschiede! »Ist es so weit?«

»Ja, morgen früh geht's los.« Ihre kleinen Apfelbäckchen glühten vor Aufregung.

Zeitlebens hatte Frau Groß sparsam und bescheiden gelebt. Nun wollte sie es noch einmal richtig krachen lassen. Andere Damen ihres Alters wären vielleicht auf Weltreise gegangen oder hätten sich einen jungen Gigolo zugelegt. Frau Groß schwebte für ihren Lebensabend jedoch etwas ganz Spezielles vor: eine bunte Mischung aus Kluburlaub und Hanni und Nanni im Internat. Aus diesem Grund hatte sie sich in der Villa Kunterbunt, einem familiären Seniorenstift am Stadtrand, eingemietet. Und wie ich die quirlige alte Dame kannte, würde sie den Laden und dessen Bewohner ordentlich aufmischen.

»Frau Groß, Sie werden mir fehlen!«, raunte ich ihr ins Ohr, während wir uns umarmten.

»Sie mir auch, Kindchen, Sie mir auch.« Meine Ersatzoma drückte mich so heftig an sich, dass mir fast die Luft wegblieb. Dann schob sie mich brüsk zur Seite, wischte sich verstohlen eine vorwitzige Träne aus dem Augenwinkel und fuhr resolut fort: »So, jetzt wollen wir aber mal nicht sentimental werden. Außerdem weiß ich Sie ja in guten Händen. Habe ich es eigentlich schon erwähnt – der Vermieter ist einverstanden, dass mein Enkel meine Wohnung übernimmt. Wirklich ein ganz reizender Mensch.«

Nun ja, wenn man eine Schwäche für getürkte Nebenkostenabrechnungen und lauwarme Heizkörper hatte, dann musste man unseren Vermieter ganz einfach lieben. Bisher hatte Frau Groß ihn immer als Verbrecher, Wucherer oder Halsabschneider bezeichnet, aber noch nie als reizenden Menschen. Wie es zu diesem plötzlichen Sinneswandel gekommen war, konnte ich nicht ganz nachvollziehen.

»Sie werden bestimmt wunderbar mit Paul Junior klarkommen. Da bin ich mir ganz sicher.«

Ach so, der Enkel. Weil ihr Sohn ebenfalls Paul hieß, nannte Frau Groß ihren Enkel Paul Junior. Während ich dem großen Paul ein paarmal begegnet war, hatte ich den kleinen Paul nie kennen gelernt. Sehr zum Bedauern von Frau Groß hatte sich bis jetzt nie die richtige Gelegenheit ergeben. Aber das, ging mir durch den Kopf, wird sich ja nun in Kürze ändern.

»Mein Enkel ist übrigens sehr musikalisch«, erzählte mir meine Nachbarin bestimmt schon zum hundertsten Mal. »Er spielt Saxophon.«

Na toll! Meiner Meinung nach sprach das eher gegen als für Paul Junior. Die Wände in unserem Haus waren dünn wie Klopapier. Ich stellte mich schon mal darauf ein, dass ich in Zukunft als musikalische Untermalung der Tagesschau die Tonleiter zu hören bekam. Allein bei dem Gedanken rollten sich mir die Fußnägel auf.

Frau Groß war mein skeptischer Gesichtsausdruck nicht entgangen. Sie ließ nichts unversucht, um das Image ihres Enkels zu retten. »Er spielt richtig gut. Und zwar nicht nur so für den Hausgebrauch. Er ist Mitglied in ...« Sie hielt kurz inne, so als würde sie nach dem richtigen Wort suchen. »Er ist Mitglied in einer Kapelle.«

Diese Information war in der Tat neu. Auch das noch! Musik für Hardcoreschunkler. Bei aller Liebe: Für Humba-humba-täterä-Musik hatte ich nun wirklich nichts übrig.

»Aber ihr jungen Leute nennt das ja heute anders.« Frau Groß rieb so aufgeregt an ihrem Gießkännchen herum, als würde sie einen Flaschengeist beschwören. »Wie sagt ihr doch gleich? Ach ja, richtig, jetzt hab ich's wieder: Er spielt in einer Band.« Das Wort »Band« sprach sie sehr deutsch aus, nämlich so wie in Haarband, Bandsalat oder Bandwurm. Mit der englischen Sprache stand die alte Dame auf Kriegsfuß. Erst vor ein paar Tagen hatte ich gerätselt, was sie wohl unter einem »Motorradfräck« verstand. Es hatte ein Weilchen gedauert, bis ich dahintergekommen war, dass sie einen Motorradfreak gemeint hatte.

»Und kochen kann er auch«, fuhr Frau Groß fort, mir die Vorzüge ihres Enkels in den leuchtendsten Farben zu schildern. Langsam wurde mir der Knabe unheimlich. Mein neuer Nachbar schien ja das reinste Wunderkind zu sein. Aber ein bisschen Skepsis war wohl angebracht. Niemand konnte wissen, was der Junge seiner Oma für Märchen aufgetischt hatte. Vielleicht handelte es sich aber auch lediglich um ein Definitionsproblem. Manche Männer nannten es ja bekanntlich bereits kochen, wenn sie sich einen Tee oder eine 5-Minuten-Terrine aufbrühten.

»Ich verstehe gar nicht, dass er noch nicht verheiratet ist. An jedem Finger könnte der Bengel eine haben. Er ist so ein patenter Kerl. Und ein Bild von einem Mann. Habe ich Ihnen eigentlich schon mal ein Foto von Paul Junior gezeigt?«

Ich nickte. Natürlich hatte sie. Für Großeltern waren ihre Enkelkinder einfach die Größten. Das war ein Naturgesetz. So wie alle Mamis Stein und Bein schwören, dass ihr Baby das süßeste Kind ist, das je das Licht der Welt erblickt hat. Ich entsann mich, dass Paul Junior auf dem Foto wirklich nicht übel ausgesehen hatte.

Nachdem mir Frau Groß zum fünften Mal das Versprechen abgenommen hatte, sie bald in der Villa Kunterbunt zu besuchen, verabschiedeten wir uns herzlich. Ihr Enkel würde sich ordentlich ins Zeug legen müssen, wenn er seiner Oma auch nur ansatzweise das Wasser reichen wollte.

Kaum hatte ich die Wohnungstür hinter mir zugezogen, da klingelte das Telefon. »Och nee, muss das jetzt sein?!«, murmelte ich. Kurz überlegte ich, ob ich den Anrufbeantworter die Arbeit übernehmen lassen sollte. Ich stank wie ein Puma und sehnte mich nach einer heißen Dusche. Aber wie üblich siegte meine Neugier über meine Bequemlichkeit.

»Fischer«, meldete ich mich, während ich die Turnschuhe von den Füßen kickte und versuchte, mich mit der freien Hand aus meinen verschwitzten Klamotten zu pellen.

»Jippiiiii! Jippiiiii!«, brüllte der Anrufer – wer immer es auch sein mochte – mir ins Ohr. Offenbar jemand, der meinen Radioauftritt mitverfolgt hatte und seiner Freude über meinen Gewinn Ausdruck verleihen wollte. Der Gratulant traktierte weiter mit spitzen Schreien mein Mittelohr. Besten Dank. Ein wohltemperiertes »Herzlichen Glückwunsch« oder ein anerkennendes »Gut gemacht!« hätte es für meinen Geschmack auch getan.

»Hey, Belinda, bezieh schon mal das Gästebett und kauf Cornflakes!«

Das wurde ja immer besser! Zum zweiten Mal an diesem Tag war ich sprachlos. Ich hatte lediglich eine Reise und keine Million gewonnen, und trotzdem wurde ich schon angeschnorrt.

»Ich hab den Studienplatz sicher! Es ist dir doch recht, wenn ich bei dir wohne, oder? Bitte, bitte, sag, dass es dir recht ist!«

Erst jetzt erkannte ich die Stimme meiner kleinen Schwester Lili, die in diesem Moment für ihre Verhältnisse außergewöhnlich zaghaft und unterwürfig klang. »Wenn du mir nicht Asyl gewährst, werde ich hier in dem Kaff versauern, mit zwanzig einen Bauern heiraten und viele kleine Ferkel in die Welt setzen. Kannst du das mit deinem Gewissen vereinbaren?«

»Gewissen? Was soll das sein? Außerdem weiß ich gar nicht, was du hast. Das Leben auf dem Land hat durchaus seine Vorzüge«, kam ich nun endlich mal zu Wort. Ehe ich meine Einwilligung gab, den kleinen Plagegeist bei mir aufzunehmen, wollte ich Lili noch ein bisschen im eigenen Saft schmoren lassen. »Gummistiefel sind viel bequemer als High Heels. Und denk bloß an die frische, gesunde Landluft ...«

»... und an die Bauerntrampel, die einem beim Feuerwehrball auf den Füßen und auf den Nerven herumlatschen«, ergänzte Lili ironisch.

Das waren allerdings starke Argumente. »Schon gut, schon gut. Überredet!« Ich hatte mich nach dem Abi ebenfalls im wahrsten Sinne des Wortes vom Acker gemacht und die gesunde Landluft mit Freuden gegen Großstadtsmog und Autoabgase eingetauscht.

Meine Schwester wollte hier in Düsseldorf Anglistik studieren. Dass sie ihr Studium nicht wie die meisten Studenten zum Winter-, sondern erst zum Sommersemester begann, war typisch für sie. Nach dem Abitur hatte sie erst einmal eine »kreative Pause« eingelegt. Zum Faulenzen und Meditieren. Lili war fast zehn Jahre jünger als ich und das Paradebeispiel eines verwöhnten Nachzüglers. In puncto Sturheit und Dickköpfigkeit konnte ich noch viel von ihr lernen. Lilis Trotzphase hatte mit drei begonnen und bis heute nicht aufgehört. Erschwerend kam hinzu, dass meine kleine Schwester über mindestens genauso viel Charme wie Eigensinn verfügte. Eine fatale Mischung, die es fast unmöglich machte, ihr einen Wunsch abzuschlagen.

»Gib mir Belinda mal«, rief meine Mutter aus dem Hintergrund. Kurz darauf hörte ich Schritte, die eilig näher kamen.

»Also, Schwesterherz, dann bis nächste Woche! Unsere Glucke will dich noch mal sprechen. Sie schlägt schon ganz aufgeregt mit den Flügeln.«

Wie beim Staffellauf wurde der Telefonhörer von Lili an meine Mutter weitergereicht. Dank jahrelanger Übung klappte der fliegende Wechsel perfekt.

»Ich hab bei ihrer Erziehung alles falsch gemacht. Ich hätte sie nie zum Sprechen ermuntern sollen«, schimpfte meine Mutter gespielt empört, als sie an den Apparat kam. »Ist es auch wirklich O.K. für dich, Lili bei dir aufzunehmen? Natürlich zahlen wir deine halbe Miete. Ich hab einfach ein besseres Gefühl, wenn sie erst einmal bei dir wohnt.«

»Kein Problem.«

Trotz des großen Altersunterschieds und aller Gegensätzlichkeiten liebten meine Schwester und ich uns heiß und innig. Hoffentlich bleibt das auch so, wenn wir uns tagtäglich auf der Pelle hängen, hoffte ich im Stillen.

Nachdem ich den Hörer aufgelegt hatte, fühlte ich mich, als wäre ein Wirbelsturm über mich hinweggefegt. Besser ich gewöhnte mich schon mal daran, denn wenn Lili erst einmal in meiner Wohnung campierte, war es ganz sicher vorbei mit der Ruhe und der Beschaulichkeit.

# Kapitel 3

Die paar Tage bis zum Urlaub vergingen wie im Flug. Am Abend vor der Abreise stand ich neben meinem Koffer und überlegte, was ich einpacken sollte. Am liebsten hätte ich meinen ganzen Kleiderschrank mitgenommen. Abschließen, Kofferanhänger dran, fertig. Aber das ging natürlich nicht – schon aus versicherungstechnischen Gründen. Ich hatte für die kommende Woche lediglich eine Gepäck- und keine Hausratversicherung abgeschlossen.

Unschlüssig drapierte ich eine Auswahl an farbenfrohen Sommerklamotten auf dem Bett. Gottlob, in Griechenland herrschten um diese Jahreszeit bereits angenehm warme Temperaturen. Das erleichterte die Sache. T-Shirts und luftige Kleider nehmen ja bekanntlich nicht so viel Platz im Koffer weg. Andererseits konnte es sich abends noch empfindlich abkühlen. Apropos abkühlen: Schneestürme waren im Frühjahr wohl eher selten. Aber man wusste ja nie ... Wahrscheinlich würde ich doch wieder so viele Klamotten mitnehmen, dass ich einem dreimonatigen Fluglotsenstreik gelassen entgegensehen konnte.

Fast beneidete ich Mareike, die kaum noch was zum Anziehen hatte. Durch die Trennung von Christian hatte sie gleich in doppelter Hinsicht überflüssigen Ballast abgeworfen. Seit sie nicht mehr jeden Abend für den Herrn Gemahl kochen musste, hatten die Kilos die Massenflucht angetreten. Als Belohnung fürs Abspecken hatte ich Mareike nach Feierabend und in etlichen Nachtschichten ein Kleid geschneidert, das ihre neue gertenschlanke Figur perfekt zur Geltung brachte. An diesem Tag sollte die letzte Anprobe stattfinden.

Im Gegensatz zu meiner Freundin hatte ich seit dem vergangenen Sommer wohl eher zu- als abgenommen. Manchmal hatte ich den Verdacht, dass sogar das Fett aus meiner Tagescreme auf den Hüften landete. Ich beschloss, auf Nummer sicher zu gehen und die Sommerfähnchen kurz anzuprobieren, bevor ich sie im Koffer verstaute.

Für diese kleine private Modenschau drehte ich die Musik noch etwas lauter. Dann tauschte ich Jeans und Baumwollpullover gegen ein schwarzes Minikleid mit Spaghettiträgern ein. Puh, Schwein gehabt! Das Kleid saß wie angegossen. Zufrieden betrachtete ich mich im Spiegel. Mein volles kastanienbraunes Haar fiel mir in weichen Wellen über die Schultern. Ich empfand diese pflegeleichte Mähne als Geschenk des Himmels – und als gerechte Wiedergutmachung für meine Elefantenfüße. Die Hände in die Hüften gestützt, posierte ich wie ein Model vor dem Spiegel. Dann drehte ich mich einmal schwungvoll um die eigene Achse, lauthals den Refrain meines Lieblingssongs mitgrölend: »I am what I am, I don't want praise, I don't want pity …«

Ein Geräusch aus der Diele ließ mich zusammenzucken. Ertappt fuhr ich herum – und erstarrte mitten in der Bewegung zur Salzsäule. In meiner Wohnung stand ein wildfremder Mann! Natürlich hatte es sich auch schon bis zu mir herumgesprochen, dass die Kriminalität in Großstädten Besorgnis erregend hoch war. Allen einschlägigen Reportagen und Zeitungsberichten zum Trotz hatte ich mich in meinen eigenen vier Wänden jedoch bislang immer sehr sicher gefühlt. So sicher, dass sich mitunter ein gewisser Leichtsinn eingeschlichen hatte. Das rächte sich jetzt bitter.

Ich war das ideale Opfer: weiblich, alleinstehend und zu allem Überfluss auch noch relativ spärlich bekleidet. Wie ein dummes Schaf, das sich für den bösen Wolf extra noch ein rotes Schleifchen um den Hals gebunden hatte …

Was tun? Ich dachte fieberhaft nach. Angriff war bekanntlich die beste Verteidigung! Den Kleiderbügel, den ich mir reflexartig vom Stuhl gegrapscht hatte, konnte ich für diesen Zweck schon mal vergessen. Der zerbrach, wenn man ihn nur scharf anschaute. Blieb noch die Möglichkeit, den Eindringling mit einem gezielten Tritt in die Weichteile schachmatt zu setzen. Doch erstens wollte ich niemandem voreilig die Familienplanung zerstören – im Zweifel für den Angeklagten –, und zweitens hatte ich vom Joggen immer noch solchen Muskelkater, dass ich kaum einen Fuß hochbekam. Falls mein Gegner nicht über ein Gemächt wie ein Stier verfügte, das bis zu den Knien herunterbaumelte, hatte ich verdammt schlechte Karten. Aber vielleicht gelang es mir ja, ihn mit einer Verbalattacke in die Flucht zu schlagen.

»Wie kommen Sie denn hier rein?!«, blaffte ich den Kerl mit dem Dreitagebart an.

»Wie jeder normale Mensch: durch die Tür.«

Weil ich befürchtet hatte, dass ich bei der lauten Musik die Klingel überhören könnte, hatte ich die Tür für Mareike angelehnt gelassen.

Ich versuchte, mir meine Panik nicht anmerken zu lassen, und verschanzte mich hinter einer großen Klappe: »Und verraten Sie mir auch, was Sie hier zu suchen haben?!«

»Ich wollte nur kurz Hallo sagen.«

»Ach, das ist wohl so ein Tick von Ihnen, in offene Häuser oder Wohnungen reinzuspazieren, um mal eben Hallo zu sagen.«

»Normalerweise nicht. Ich bin der neue Nachbar.«

Eigentlich hätte man den Stein, der mir vom Herzen fiel, laut plumpsen hören müssen.

»Ach, der Enkel«, kombinierte ich erleichtert.

»Eigentlich ist mein Name Philipp«, sagte er mit einem spitzbübischen Grinsen und einer kleinen Verbeugung. »Gestatten, Philipp Groß.«

»Moment mal, ich dachte, du heißt Paul.« Ich war immer

noch ein wenig misstrauisch. Schließlich kam es nicht alle Tage vor, dass ein wildfremder Kerl einfach so mir nichts, dir nichts in meine Wohnung spazierte.

»Paul ist mein zweiter Vorname. Meine Oma ist die Einzige, die mich Paul Junior nennt.«

O. K., Entwarnung. Solche Marotten sahen Frau Groß ähnlich! Nachdem ich von der Identität meines neuen Nachbars überzeugt war, nahm ich mir endlich die Zeit, mein Gegenüber genauer in Augenschein zu nehmen.

Philipp Paul Groß war ein Typ, der nicht nur aufgrund seines Namens aus dem Rahmen fiel. Angestrengt überlegte ich, was ihn von den meisten Männern, die ich kannte, auf den ersten Blick unterschied.

Philipp wirkte irgendwie lässiger! Aber es war nicht diese coole Lässigkeit, die sich manche Typen wie einen fetten Bizeps mühevoll antrainieren, sondern das entspannte Auftreten eines Menschen, der innere Ruhe und Gelassenheit ausstrahlt. Von der Körperhaltung bis hin zu seinem Äußeren – es gab nichts an Philipp, das unnatürlich oder gekünstelt gewirkt hätte.

Da waren zum Beispiel seine kurzen dunklen Haare, die wild und ungebändigt in alle Himmelsrichtungen abstanden. Der perfekte Strubbellook! Doch während andere Männer morgens stundenlang vorm Spiegel standen und sich allen möglichen Kleister in die Haare schmierten, damit ihre Frisur aussah, als wären sie eben erst aus dem Bett gekrabbelt, hätte ich wetten können, dass Philipps Haare tatsächlich nie einen Kamm zu Gesicht bekamen. Und trotz Dreitagebart wirkte mein neuer Nachbar keinesfalls ungepflegt. Eher ein bisschen verwegen. Lediglich die dunkelbraunen Bambiaugen, mit denen er meinen Blick offen erwiderte, wollten nicht so recht ins Bild passen.

»Sag mal, kennen wir uns nicht irgendwoher?«, unterbrach Philipp in diesem Moment meine kritische Musterung.

Offenbar verwechselte er mich mit jemandem, der ihm diesen

Bockmist abkaufte! Also, ehrlich, etwas mehr Originalität hätte ich ihm schon zugetraut.

»Ich weiß, ich weiß, das klingt wie eine dumme Anmache.«

»Richtig«, bestätigte ich, ohne eine Miene zu verziehen.

»Aber da wir ja ohnehin schon im Gespräch sind und du mir gewissermaßen sogar freien Zutritt zu deiner Wohnung gewährt hast, glaubst du mir hoffentlich, dass das nicht einfach nur ein blöder Spruch gewesen ist. Ich meine es ernst. Irgendwie, irgendwo müssen wir uns schon mal begegnet sein. Ich vergesse nämlich nie eine Stimme.«

Stimme? Plötzlich machte es in meinem Kopf klick. »Wir treffen uns wohl immer beim Kofferpacken.« Mit dem Daumen wies ich durch die halb geöffnete Tür ins Schlafzimmer, wo mein Koffer mit gierig aufgerissenem Schlund darauf wartete, dass ich ihn weiter mit Reiseutensilien fütterte.

»Ach stimmt, jetzt hab ich's wieder.« Philipp schlug sich vor die Stirn. »Du bist die nette Hörerin, die letzte Woche die Griechenlandreise gewonnen hat. Die Frohnatur aus dem Rheinland.«

»O Gott«, stöhnte ich. »Erinnere mich bloß nicht daran! Wenn ich mich das nächste Mal blamieren will, lauf ich gleich nackt über die Königsallee.« Ich erzählte ihm, wie Jenny mich erst zu dem Anruf überredet und dann auch noch am Radio herumgespielt hatte.

»Erstens fand ich dich überhaupt nicht peinlich«, log Philipp charmant, »und zweitens hat es sich echt gelohnt. Das Hotel, in dem ihr wohnen werdet, ist der absolute Wahnsinn. Luxus pur. Apropos, wer ist denn nun der liebste Mensch auf der Welt, der mitfahren darf? Dein Freund? Dein Mann?«

Ich schüttelte den Kopf. »Nein, ich bin nicht verheiratet.« Über etwaige Freunde und Lebensabschnittsgefährten ließ ich ihn erst einmal im Ungewissen.

»Aber du hast Kinder.« Das klang nicht wie eine Frage, sondern wie eine Feststellung. Kinder! Man achte auf den Plural!

So weit war es also schon gekommen. Reflexartig zog ich in dem dünnen Sommerfummel meinen Bauch ein. Zugegeben, ein paar straffende Sit-ups hätten mir nicht geschadet, aber so schwabbelig, dass man mich gleich für eine Gebärmaschine halten musste, die die Kinder im Akkord auf die Welt brachte, war mein Bauch nun wirklich nicht.

»Keine Kinder«, antwortete ich schroff.

»Bist du dir sicher?«

»Ganz sicher. Glaub mir, ich hätte bemerkt, wenn ich Wehen oder ein Kind bekommen hätte.«

Philipp feixte. »Dann schneiderst du das Outfit wohl für dich selbst?« Er wies auf die Nähmaschine, neben der sieben rote Zipfelmützen und kleine Schürzen mit Obstapplikationen aufgereiht lagen. Eigentlich war ich gelernte Schneiderin. Als das Atelier, in dem ich gearbeitet hatte, Pleite gegangen war, hatte Markus gerade sein Geschäft eröffnet und mir bei NOMEN einen Job angeboten. Seitdem war die Näherei nur noch ein Hobby von mir.

»Meine Freundin Mareike ist Erzieherin«, erklärte ich Philipp. »Sie ist übrigens diejenige, die mich nach Griechenland begleiten wird. Und was die Zipfelmützen betrifft: Ich nähe die Kostüme für das Sommerfest des Kindergartens, in dem sie arbeitet.«

»Da bin ich ja beruhigt. Obwohl – eine Frau wie du kann natürlich alles tragen. Und so eine Zwergenmütze ist bestimmt sehr kleidsam.«

»Na ja, die Geschmäcker sind nun mal verschieden«, murmelte ich und gab mir Mühe, dabei nicht allzu auffällig auf Philipps bunt zusammengewürfelte Klamotten zu schielen. Die Farbkombination war wirklich jenseits der Schmerzgrenze.

»Soll ich mich vielleicht um deine Pflanzen oder um irgendwelche Haustiere kümmern, während du weg bist?«

Meine Pflanzen hatte ich schon vor etlicher Zeit auf Hydrokultur umgestellt und so zur Selbstständigkeit erzogen. Haustiere besaß ich, abgesehen von ein paar kleinen Silberfischen im Bad, keine. Die Einzige, die in den nächsten Tagen vielleicht ein wenig Aufmerksamkeit und Zuspruch vertragen konnte, war Lili.

»Es wäre nett, wenn du dich ein bisschen um meine kleine Schwester kümmern würdest.«

»Ich soll mich um deine Schwester kümmern?«, fragte Philipp leicht verdattert. »Wie alt ist denn die Kleine?«

Rasch klärte ich ihn darüber auf, dass Lili sich bereits selbst die Schuhe zubinden konnte und sich auch sonst sehr gut allein zu helfen wusste.

»Kein Problem, wenn deine Schwester auch nur annähernd so nett ist wie du, werde ich ihr gerne die ganze Stadt zeigen.« Täuschte ich mich, oder versuchte er schon wieder, mit mir zu flirten? Ach was, Blödsinn! Sicher ist er bei allen Frauen, seine Oma eingeschlossen, so charmant. Eine Art Berufskrankheit, vermutete ich.

»Ja dann ...« Philipp machte Anstalten zum Aufbruch.

»Ja dann ...«, echote ich nicht besonders einfallsreich und trat unschlüssig von einem Fuß auf den anderen.

Schade, dass er jetzt schon gehen wollte. Ich hätte mich gerne länger mit ihm unterhalten, aber dann würde der Flieger morgen früh ohne mich abheben. Mareike konnte jeden Moment auftauchen, und ich hatte noch nicht einmal meinen Koffer fertig gepackt. Ganz zu schweigen von anderen, dringend erforderlichen Urlaubsvorbereitungen. Verglichen mit meiner Bikinizone war der Regenwald am Amazonas eine gepflegte Grünanlage. Philipp griff nach der Türklinke. »Man sieht sich ...«

»Bestimmt. Und wenn ich aus Griechenland zurück bin, können wir ja mal ein Glas Wein zusammen trinken«, schlug ich hastig vor.

»Gute Idee!« Philipp lächelte. »Viel Spaß im Urlaub! Und mach dir wegen deiner Schwester keine Gedanken. Ich werde ein Auge auf sie werfen. Versprochen.«

Vielleicht lag es an der Formulierung, aber irgendwie war es mir auf einmal gar nicht mehr so recht, dass Philipp sich um Lili kümmern wollte.

Er hatte kaum die Wohnung verlassen, da stand auch schon Mareike auf der Matte. Nach einer knappen Begrüßung fuchtelte sie mit ihrem Regenschirm vor meiner Nase herum. »Gestehe!« Sie tat, als hielte sie ein Gewehr im Anschlag. »Was verheimlichst du vor mir? Wer war der Kerl, der gerade aus deiner Wohnung gekommen ist?« Ihren tropfnassen Regenschirm warf sie achtlos in die Spüle. »Den würde ich auch nicht von der Bettkante schubsen.«

»Untersteh dich! Der Mann wird nicht geschubst! Weder *von* der noch *auf* die Bettkante.« Ich stellte zwei Weingläser auf den Tisch, dann nahm ich eine angebrochene Flasche Beaujolais aus dem Kühlschrank. »Der Typ, der eben meine Wohnung verlassen hat, war Philipp, der Radiomoderator, von dem ich dir erzählt habe. Zufällig wohnt er seit heute nebenan.«

»Waaaas? Er ist der Enkel von der alten Dame, die neben dir gewohnt hat? Das gibt's doch gar nicht! So viel Schwein ist nicht normal. Bei der Glückssträhne, die du im Augenblick hast, solltest du unbedingt Lotto spielen. Du bist echt zu beneiden. Erst gewinnst du 'ne super Reise und dann fällt dir auch noch so ein schnuckeliger Nachbar in den Schoß.«

»Also, wie du das sagst!«, protestierte ich. »Philipp ist mir nicht in den Schoß gefallen.«

»Na ja, was nicht ist, kann ja noch werden.« Meine Freundin schüttete sich ein Glas Wein ein. »An deiner Stelle würde ich in Zukunft freiwillig das Treppenhaus putzen.« Sie grinste süffisant. »Nackt natürlich.«

»Ich putze immer nackt«, erwiderte ich todernst.

»Aber jetzt mal Spaß beiseite. Wie ist er denn so, dein neuer Nachbar?«

Ich zuckte die Schultern. »Wie soll er schon sein? Ganz O. K., glaube ich. Das war bei der tollen Oma eigentlich auch nicht anders zu erwarten.«

»Ganz O. K.? Mensch, Belinda, 'ne Tiefkühlpizza ist ganz O. K., aber doch nicht dieser Typ!«

»Na gut, ich geb's ja zu: Er ist wirklich ganz süß. Laut Frau Groß soll er übrigens fantastisch kochen können.«

»Löblich, löblich. Und weiter?«

»Was weiter?

»Na was wohl!« Über so viel Begriffsstutzigkeit verdrehte Mareike die Augen. »Ist er in festen Händen? Hat er eine Freundin? Und falls ja, wie müsste die Frau aussehen, für die er sie verlassen würde?«

»Keine Ahnung. Das hat er mir nicht verraten. Nach seinen sexuellen Vorlieben hab ich ihn übrigens in den fünf Minuten, die wir zwischen Tür und Angel zusammen gequatscht haben, auch nicht gefragt.«

»Mach dir nichts draus. Das kann man nachholen.« Mareike prostete mir zu. Nachdem sie einen tiefen Schluck Wein genommen hatte, wechselte sie abrupt das Thema: »Und jetzt verrat mir mal lieber, warum in deiner Wohnung überall pinkfarbene Zettel verstreut sind.« Sie stand auf, beugte sich über den Abfalleimer und las laut vor: »Müll täglich rausbringen. Fruchtfliegen!!!« Die Botschaft an der Fensterbank lautete: »Kakteen nicht gießen!« Mareike wanderte kopfschüttelnd von einem pinkfarbenen Zettel zum nächsten. »Leidest du neuerdings unter Alzheimer, oder was ist los?«

»Ich nicht, du aber offenbar schon. Mein Schwesterchen kommt doch morgen mit Sack und Pack aus der Eifel angereist. Sie hat zwar einen Schlüssel für meine Wohnung und war schon öfter zu Besuch, trotzdem ist mir nicht ganz wohl bei dem Gedanken, dass sie sich die ersten Tage allein durchwurschteln muss.«

»Sofern die Kleine schon lesen kann, dürfte ihr das nicht allzu schwerfallen.« Angelegentlich wies Mareike auf die pinkfarbenen Instruktionen an der Kühlschranktür: »Hühnerfrikassee und Gulasch bei 600 Watt fünf Minuten in der Mikrowelle erwärmen.« Hängt auf der Toilette vielleicht auch noch eine illustrierte Schritt-für-Schritt-Anleitung, wie man sich am besten den Hintern abputzt? Belinda, deine Schwester ist neunzehn! Neunzehn! Und nicht neun!«

»Ich will doch bloß, dass sie sich hier wohl fühlt«, verteidigte ich mich. Schon möglich, dass ich es mit meiner Fürsorge ein wenig übertrieben hatte.

»Kleine Frage am Rande: In welchem Zimmer wird Lili denn logieren?«

In der Tat, das war ein logistisches Problem, das mir einiges Kopfzerbrechen bereitet hatte. Mit knapp siebzig Quadratmetern bot die Wohnung genug Platz für zwei. Theoretisch. Der Haken an der Sache war nur, dass die Zimmeraufteilung recht eigenwillig, um nicht zu sagen hirnverbrannt war. Ich war mir sicher, dass es keine andere Wohnung gab, in der das Einrichtungskonzept »Wohnküche« so konsequent umgesetzt worden war, wie in meiner. Mir blieb nichts anderes übrig, als mich die meiste Zeit in der riesigen Küche aufzuhalten, denn die übrigen Räume waren, zumindest was die Größe betraf, eigentlich gar nicht vorhanden. Blieb also nur die Frage, ob ich Lili in meinem kleinen Schlafzimmer oder in meinem winzigen Nähzimmer einquartieren sollte. Letzten Endes hatte ich mich dafür entschieden, Lili mein Bett zu überlassen, ich selbst wollte in Zukunft auf der ausziehbaren Couch campieren, die im Nähzimmer stand. Allein bei dem Gedanken hörte ich meine Bandscheiben und meinen Orthopäden empört aufjaulen.

Auch Mareike hatte an meiner Planung was rumzumäkeln. »Du willst deiner Schwester das ruhige Zimmer zum Hof hin überlassen? Tickst du noch richtig?« Nachdenklich schaute sie mich an. »Ich hoffe, Lili weiß das zu schätzen. Mein Bruder hätte mich im Besenschrank untergebracht. Du musst die kleine Kröte wirklich sehr lieben. Wenn es hart auf hart käme, würdest du dein letztes Hemd für sie geben, oder?«

»Kann schon sein.« Ich spürte, wie meine Augen feucht wurden. Och nee, das war eindeutig der falsche Zeitpunkt für gefühlsduselige Anwandlungen. Schluss jetzt!, rief ich mich zur Ordnung. Ich warf Mareike das Kleid zu, das ich für sie genäht hatte. »So, und jetzt zieh endlich den gottverdammten Fummel an, sonst werden wir nie fertig.«

# Kapitel 4

Zum Glück kam das Taxi, das mich zum Flughafen bringen sollte, pünktlich. Schon mal ein Unsicherheitsfaktor weniger. Gewöhnlich herrschte um zehn Uhr morgens auf den Straßen zwar nicht allzu viel Verkehr, aber einen kleinen Stau musste man immer einkalkulieren.

Ich gähnte. Am vergangenen Abend war es spät geworden. Bis ich Mareikes Kleid geändert, mein Körperpflegeprogramm absolviert, meinen Koffer gepackt, ausgepackt, umgepackt und schließlich fertig gepackt hatte, war es bereits zwei Uhr früh gewesen. Aber jetzt konnte eigentlich nichts mehr schiefgehen, oder?

An einer roten Ampel kontrollierte ich bestimmt schon zum hundertsten Mal, ob ich meinen Personalausweis eingepackt hatte. Jawohl, er war da, wo er hingehörte: in meiner großen Umhängetasche, wo sich auch eine Ersatzzahnbürste, ein frischer Slip, mein Lieblingsshirt, ein Reiseführer, ein Deoroller, ein Kamm, eine Magnumflasche Sonnenmilch sowie diverser anderer Kleinkram befand. Der Taxifahrer warf einen ungläubigen Blick auf dieses Sammelsurium. Was gab's denn da so blöd zu glotzen? Schließlich sollte es gelegentlich vorkommen, dass ein Koffer an einem anderen Urlaubsziel landete als sein Besitzer. Man hörte das ja immer wieder. Ich jedenfalls war für alle Eventualitäten und Launen meines Reisegepäcks gerüstet.

Mareike und ich waren am Flughafen verabredet. Obwohl ich bereits zwanzig Minuten vor der vereinbarten Zeit am Treffpunkt in der Abflughalle eintraf, wurde ich bereits von meiner Freundin erwartet. Sie stürmte mir aufgeregt entgegen. »Gut, dass wir nicht mit dem Taxi nach Griechenland fahren. Laut Statistik, also laut Statistik ...« Sie geriet ins Stottern und kicherte.

»Guten Morgen erst mal.« Ich versuchte meine Freundin zu umarmen, aber sie zappelte dabei so hin und her, dass ich mir um ein Haar einen rechten Schwinger eingefangen hätte. »Was ist los mit dir? Hast du nicht gut geschlafen?«, fragte ich argwöhnisch.

Mareike schien meine Frage gar nicht registriert zu haben. Sie war mit ihren Gedanken ganz woanders.

»Ja also, weißt du, die haben da so eine Untersuchung gemacht ...« Für einen Moment verstummte sie, so als habe sie vergessen, was sie mir mitteilen wollte.

»Wovon redest du eigentlich?« Mareike kam mir gelinde gesagt ein bisschen überdreht vor. Klar, ich war auch aufgekratzt, aber bei ihr musste das Reisefieber schon weit über vierzig Grad gestiegen sein. Und ganz nüchtern war sie auch nicht mehr.

»Ach so, die Statistik ... eine Statistik, das ist so eine Auswertung ...«

»Mareike, ich weiß, was eine Statistik ist«, unterbrach ich sie. »Was ist denn nun damit?«

»Das wollte ich dir doch gerade erklären«, murrte sie gekränkt. »Wenn du mich nicht ständig unterbrechen würdest, wüsstest du längst, was ich dir sagen wollte.« Sie nestelte an ihrer Jacke herum. »Gut, also dann halt noch mal: Es ist viel wahrscheinlicher, bei einem Autounfall als bei einem Flugzeugabsturz ums Leben zu kommen.« Sie schaute mich so triumphierend an, als wäre diese Erkenntnis auf ihrem eigenen Mist gewachsen.

Entsetzt warf ich einen Blick auf die Uhr. Außer Karneval hatte ich meine Freundin vormittags noch nie angesäuselt erlebt. Dass sie unter Flugangst litt, war mir auch neu. Woher hätte ich das wissen sollen? Während der letzten Jahre hatten wir es gerade mal mit Ach und Krach geschafft, gemeinsam ein paar Tage in Holland zu verbringen. In die Luft gegangen war bei diesem Kurztrip nur einer: Christian, Mareikes Mann, der es ganz und gar nicht witzig gefunden hatte, dass sich seine Frau ohne ihn vergnügen wollte.

Allmählich machte ich mir ernsthaft Sorgen um Mareike. Wenn es hier überhaupt jemandem zugestanden hätte, hysterisch zu werden, dann ja wohl mir. Schließlich war ich der Schisshase von uns beiden. Aber soweit es das Fliegen betraf, dachte ich nüchtern und pragmatisch: Sollte der Vogel wie ein Stein vom Himmel fallen, würden wir auf der Stelle mausetot sein. Den Gedanken fand ich längst nicht so beängstigend wie die Vorstellung, verstümmelt aus einem Autowrack geborgen zu werden. Allerdings war ich mir nicht sicher, ob Mareike mir in diesem Punkt zustimmte, und der Zeitpunkt, um das zu klären, war wohl gerade extrem ungünstig. Sie faselte schon wieder etwas von dieser vermaledeiten Unfallstatistik: »Die aufblasbaren Kissen vorne im Auto – Belinda, sag schnell, wie heißen noch mal diese komischen Ballons?«

»Airbags«, antwortete ich mechanisch.

»Richtig, Airbags heißen die Dinger. Jedenfalls sind Airbags auch nicht so sicher, wie man vielleicht denken könnte. Du wirst es nicht glauben, aber in dieser Statistik ...«

Langsam reichte es mir!

»Hast du auch wirklich nichts zu Hause vergessen?«, unterbrach ich Mareike, um sie endlich auf andere Gedanken zu bringen. »Personalausweis, Geld, Sonnencreme, Reiseapotheke ...?«

Mareike winkte ab. »Mach dir um mich mal keine Sorgen! Ich hab alles im Griff. Schau, ich hab's genauso gemacht wie du. Das Wichtigste ist hier drin.« Dabei klopfte sie auf ihre Handtasche, die kaum größer war als ein Rittersport-Täfelchen.

Zweifelnd beäugte ich das winzige Täschchen und verglich es mit meiner prall gefüllten Umhängetasche, die fast aus den Nähten platzte. »Und du willst mir tatsächlich verklickern, dass da alles Notwendige reingepasst hat, ja?«

»Du glaubst mir nicht, stimmt's?« Meine Freundin zog einen beleidigten Schmollmund. »Na gut, dann werde ich es dir halt beweisen.« Ehe ich sie daran hindern konnte, öffnete Mareike ihr Handtäschchen und kramte wild darin herum. »Lebenswichtig – ein kussfester Lippenstift!« Stolz präsentierte sie mir ein nigelnagelneues Exemplar, auf dem sogar noch das Preisschildchen klebte. »Ohne den sollte eine Frau nie das Haus, geschweige denn das Land verlassen.«

Aufgekratzt fuhr Mareike mit der Inventur ihrer Handtasche fort: »Portemonnaie, Personalausweis, Tempotaschentücher und ... jetzt pass auf, jetzt kommt die Hauptsache. – Tatatataaa!« Mit einer schwungvollen Bewegung zog meine Freundin eine Reihe in Zellophan eingeschweißter Kondome aus der Tasche und schwenkte sie wie eine Trophäe übermütig durch die Gegend.

Bitte, lieber Gott, mach, dass ich träume!, betete ich. Oder dass der Flughafen jetzt sofort und auf der Stelle wegen einer Bombendrohung geräumt wird!

Vermutlich war es in der Abflughalle zu laut. Vielleicht war der liebe Gott aber auch gerade zu beschäftigt – auf jeden Fall erhörte er meinen Wunsch nicht.

Andere hingegen schenkten uns mehr Aufmerksamkeit, als mir lieb war. Eine Horde Jugendlicher, die mit etlichen Kilo Marschgepäck und Schlafsäcken auf dem Rücken zu einem Rucksackurlaub aufbrachen, johlte und machte schlüpfrige Bemerkungen. Einer der Jungs blinzelte Mareike im Vorübergehen anzüglich zu. »Sorry, Süße«, rief er, »unser Flieger geht gleich. Sonst jederzeit gerne.«

Rotzlümmel! Der Bengel war noch ganz grün hinter den Ohren. Wenn er sich körperlich betätigen will, dann soll er gefälligst an den Bundesjugendspielen teilnehmen!, dachte ich empört.

»Mareike, es reicht«, flehte ich meine Freundin an. »Steck sie bitte wieder weg!«

»Aber warum denn? Hey, was ist schon dabei? Ich hab bloß

Kondome in der Handtasche. Keine Drogen oder Schusswaffen.« Aufgebracht stemmte sie die Hände in die Hüften. »In jedem zweiten Film treiben sie es wie die Karnickel, ja selbst im Vorabendprogramm werden schon nackte Titten gezeigt. Und trotzdem ist es den meisten Menschen weniger peinlich über ihre Verdauung als über Verhütung zu sprechen. Tut mir leid, ich versteh das nicht. Erklär mir das mal!«

»Nun, ich glaube …«

Hatte die rhetorische Frage eigentlich einen kleinen Bruder? Gab es ihn, den rhetorischen Imperativ? Falls nicht, so hatte Mareike ihn soeben erfunden. Sie erwartete nämlich gar keine Erklärung von mir, sondern fuhr fort, die Zellophanschlange mit den Kondomen wie ein Lasso durch die Luft zu wirbeln.

Aus den Augenwinkeln sah ich, dass sich nach den jungen Wilden nun auch das Mittelalter für uns zu interessieren begann. Noch unschlüssig, ob sie es wagen sollten, uns anzusprechen, beobachteten zwei allein reisende Herren wie gebannt unser Treiben. Heiliger Strohsack! Wenn Mareike so weitermachte, würden wir schneller Anschluss finden, als uns lieb war.

»Nun gib schon endlich die Kondome her«, zischte ich zunehmend ärgerlicher.

»Mensch, Belinda, jetzt hab dich doch nicht so.« Im Gegensatz zu mir hatte Mareike sichtlich Spaß an unserer Kabbelei. »Wenn du die Lümmeltüten haben willst, musst du sie dir schon holen!« Grinsend hielt sie die Kondome über ihrem Kopf in die Höhe und hüpfte auf und ab. Als ich versuchte, ihr die Zellophanschlange mit Brachialgewalt zu entwinden, flogen die Verhüterlis plötzlich im hohen Bogen durch die Luft. Während ich hilflos zusah, schwirrten mir allerhand wirre Gedanken durch den Kopf.

Ich dachte: Mareike ist meine beste Freundin.

Ich dachte: Es ist schön, eine beste Freundin zu haben.

Ich dachte: Aber eigentlich reicht es auch, wenn man eine zweitbeste Freundin hat.

Die Kondome setzten zum Landeanflug an und gingen über dicht besiedeltem Gebiet zu Boden. Das wäre der perfekte Zeitpunkt gewesen, um sich still und leise aus dem Staub zu machen.

»Da! Dahinten sind sie!«, krakelte Mareike.

»Du hältst bei unseren Koffern die Stellung, verstanden?!«, befahl ich ihr im Kasernenton.

So unauffällig wie möglich pirschte ich mich an die japanischen Geschäftsleute heran, in deren Mitte das ungewöhnliche Flugobjekt gelandet war. Mit dem Mut der Verzweiflung kämpfte ich mich zum Zentrum des Geschehens vor und rutschte unter den neugierigen Blicken der asiatischen Delegation auf allen vieren zwischen ihren Beinen herum, um die Kondome einzusammeln. Ein kurzer Blick nach oben bestätigte mein Gefühl: Ich sah in ein Dutzend breit smilender Gesichter.

Hey, Moment mal, machten die Jungs sich etwa über mich lustig?! Ach, Quatsch! Japaner sind außerordentlich höfliche und freundliche Menschen. Die lächeln immer. Reflexartig. Die können gar nicht anders, das hängt irgendwie mit ihrer Kultur zusammen. Wenn ich andauernd in eine Kamera starren müsste, würde ich garantiert auch mit einem Cheeeese-Dauergrinsen durch die Weltgeschichte laufen.

»Thanks a lot«, bedankte ich mich bei einem hilfsbereiten Asiaten, der einen Schritt zurückgetreten war, damit ich besser an die Zellophanverpackung mit dem brisanten Inhalt drankam.

»You are welcome«, parierte der kleine Mann prompt.

Höflichkeit hin oder her, in Anbetracht der Tatsache, dass ich gerade mit einem Jumbopack Kondome vor ihm kniete, fand ich diese Redewendung ziemlich unpassend. Na, egal. Hauptsache, ich hatte meine Mission erfolgreich erfüllt. Aufatmend ließ ich die Zellophanschlange in meiner Umhängetasche verschwinden.

Ich war unendlich erleichtert, als wir endlich eingecheckt

hatten und im Flieger saßen. Aber falls ich gedacht hatte, Mareike würde nun Ruhe geben, hatte ich mich geirrt. Mit gerunzelter Stirn verfolgte sie die Sicherheitsinstruktionen auf dem Monitor. »Die Notausgänge befinden sich auf der rechten und auf der linken Seite. Bitte folgen Sie den orangefarbenen Markierungen auf dem Boden.«

Während alle anderen Passagiere gelangweilt in ihren Bordjournalen blätterten, hielt Mareike nach den farbigen Pfeilen Ausschau.

Aufgeregt stupste sie mich in die Seite. »Belinda, wir nehmen den Ausgang rechts. Hörst du, rechts! Der ist näher.« Ohne meine Antwort abzuwarten, winkte sie die Stewardess herbei.

»Äh ... hallo! Ich hätte da mal eine Frage. Nur für den Fall, dass der Vogel hier vom Himmel fällt ...«

Obwohl es sich bei einem Flugzeugabsturz keinesfalls um ein sehr spaßiges Thema handelte, war das Lächeln unserer Flugbegleiterin wie festgebacken. Unermüdlich zeigte sie uns ihre ebenmäßigen Jacketkronen.

»... dürfte ich meine Schwimmweste vielleicht mal kurz ausprobieren?«

Für einen Moment verschlug es der Stewardess ihr sorgfältig einstudiertes Lächeln. Doch ruck, zuck hatte sie sich wieder gefangen. »Tut mir leid, das ist bedauerlicherweise nicht möglich«, versuchte sie Mareike freundlich, aber bestimmt abzuwimmeln. Diese Jacketkronen waren einfach unglaublich. Ob ich sie mal nach der Telefonnummer von ihrem Zahnarzt fragen sollte?

»Nicht möglich? Aber warum denn nicht?! Womöglich pustet sich das blöde Ding nicht auf. Könnte doch sein!«, beharrte Mareike widerborstig auf ihrem Wunsch.

Am liebsten hätte ich mich in Luft aufgelöst. Ich tat, als würde ich lesen, und versteckte mich hinter einer Zeitung.

»Besser ertrinken, als von Haien gefressen werden«, zischte ein Passagier in der Reihe vor uns. Gott sei Dank hatte Mareike diese aufbauende Bemerkung nicht mitbekommen. Sie diskutierte immer noch heftig mit der Stewardess, die nach und nach die Geduld verlor. Entnervt drückte sie Mareike einen Delfin mit dem bunten, werbewirksamen Aufdruck der Fluggesellschaft in die Hände. »Da! Den dürfen Sie aufblasen.«

Damit war Mareike fürs Erste ruhig gestellt. Eine halbe Stunde und zwei Gläser Wein später hielt sie, den aufblasbaren Delfin fest an sich gedrückt, ein kleines Nickerchen.

Ich beschloss, die Verschnaufpause zu nutzen und zur Einstimmung auf den Urlaub ein bisschen in meinem Reiseführer zu blättern. Dummerweise befand sich das Buch nebst Kartenmaterial in meiner Tasche und die wiederum in einem der Gepäckfächer über den Sitzen. Vorsichtig, um Mareike nicht zu wecken, turnte ich über sie hinweg und machte mich unter den missbilligenden Blicken unserer Lieblingsstewardess am Handgepäck zu schaffen. Ich wühlte gerade in meiner Tasche herum, als das Flugzeug ohne Vorwarnung in Turbulenzen geriet.

Hoppla! Der Flieger machte einen Hopser, neigte sich kurz nach rechts und, bevor ich mein Gewicht entsprechend verlagern oder mich irgendwo festhalten konnte, sofort wieder nach links. Ich geriet ins Straucheln. Dabei glitt mir die halb geöffnete Tasche aus den Händen. Na bravo! Der größte Teil meines Survivalpacks lag nun verstreut im Gang.

»Kann ich vielleicht helfen?«

Ertappt wirbelte ich herum. Mir blieb an diesem Tag aber auch wirklich nichts erspart! Kaum hatte ich eine Turbulenz überstanden, geriet ich schon in die nächste: Ich ertrank fast in einem Paar strahlend blauer Augen, die mich freundlich-amüsiert musterten. Was für eine Verschwendung, schoss es mir durch den Kopf, eine Frau würde für diese Wimpern morden! Ansonsten hatte mein Gegenüber allerdings so gar nichts Feminines an sich – mit seinen breiten Schultern und seiner durchtrainierten Figur wirkte er sogar ausgesprochen männlich. Er überragte mich um ein ganzes

Stück. Seine langen Beine steckten in anthrazitfarbenen, modisch geschnittenen Freizeithosen, dazu trug er ein klassisches weißes Hemd, das das Wahnsinnsblau seiner Augen vorteilhaft betonte. Ich versuchte mich zu erinnern, ob ich ihn schon mal irgendwo gesehen hatte. Vielleicht in einer Zeitschrift oder auf einer Plakatwand? In einem Werbespot für einen Rasierapparat? So scharf, dass er hinter Gitter muss ... Der Mann hatte zweifelsohne Modelqualitäten.

In dem Moment begannen sich seine wunderbar sinnlichen Lippen zu bewegen. »Diese Luftlöcher sind wirklich tückisch.«

Ich nickte mechanisch. Dabei wanderten meine Augen von seinem Mund nach oben. Wenn es so etwas wie eine perfekte Nase gab – dieser Mann hatte sie. Nicht zu groß und nicht zu klein, eben perfekt. Ich versuchte, sein Alter zu schätzen. Den feinen Falten auf seiner Stirn und um die Augen herum nach zu urteilen, war er auf keinen Fall jünger als ich, wahrscheinlich sogar noch ein wenig älter. Anfang dreißig, eher Mitte dreißig.

»Alles in Ordnung?« Fürsorglich schob er seine Hand unter meinen Ellenbogen, um mich zu stützen. »Verträgst du das Fliegen nicht?« Er beugte sich besorgt zu mir herunter. Nun befanden wir uns etwa auf einer Augenhöhe. Erwartungsvoll schaute er mich an. Erst jetzt wurde mir bewusst, dass ich ihn die ganze Zeit angestarrt hatte, ohne auch nur einen Mucks von mir zu geben. Wie war noch gleich die Frage gewesen?

»Doch, doch, mir geht's gut«, beeilte ich mich zu versichern. Wenigstens wusste er nun schon mal, dass ich nicht taubstumm war. »Mir war nur kurz etwas schwindelig.«

Haarscharf an der Wahrheit vorbeigeschrammt, aber auch nicht wirklich gelogen.

Ich stand da wie betäubt, während mein gut aussehender Samariter in die Hocke ging, um meine Notfallausrüstung für mich aufzulesen.

Als Erstes reichte er mir meine Umhängetasche, dann die

Sonnenmilchflasche, den Reiseführer, ein Paket Tempotaschentücher und mein Lieblingsshirt. Während ich die Utensilien nacheinander wieder verstaute, stellte ich zu meiner großen Erleichterung fest, dass der Slip nicht herausgepurzelt war. Puh, sollte ich tatsächlich mal Glück gehabt haben?

Damit mich dieser Wahnsinnstyp nicht für komplett verblödet hielt, war es wohl langsam an der Zeit, etwas Geistreiches von mir zu geben. Oder wenn schon nichts Geistreiches, dann zumindest ein wenig Smalltalk.

»Fliegst du auch nach Griechenland?«

Um seine Mundwinkel herum zuckte es. »Falls der Pilot nicht von der Route abkommt oder der Flieger entführt wird, hoffe ich das doch schwer.«

In diesem Moment machte die Maschine erneut einen kleinen Hüpfer. Doch ich hatte aus dem Malheur mit der Tasche gelernt und stand da wie festbetoniert. Vermutlich der nächste Fehler. Denn wie oft im Leben bekam frau schon die Gelegenheit, sich so einem Adonis im wahrsten Sinne des Wortes an den Hals zu werfen?

»Hoppla, ganz schön turbulent.« Meine Reisebekanntschaft schenkte mir ein breites Lächeln, wobei eine Reihe strahlend weißer Zähne zum Vorschein kam. »Egal wie oft man fliegt, wenn die Kiste in ein Luftloch gerät, überfällt einen doch jedes Mal ein mulmiges Gefühl.«

»Geht mir genauso.«

Na bitte, die erste Gemeinsamkeit! Darauf konnte man aufbauen. »Aber wenn man der Statistik glaubt, dann ist es viel wahrscheinlicher, bei einem Autounfall als bei einem Flugzeugabsturz ums Leben zu kommen«, zitierte ich Mareike.

O Gott, was laberte ich bloß für einen Stuss?! Er tauchte erneut ab, um meine restlichen Sachen vom Boden aufzulesen. Sicher hatte ihn der Statistikmist gelangweilt – was man ihm nicht verdenken konnte.

»Darf ich dich mal etwas Persönliches fragen?«, tönte es plötzlich von unten.

»Klar!«

Im Geiste legte ich mir schon mal die passenden Antworten zurecht: Nein, ich bin nicht verheiratet. Ja, ich liebe Kinder. Damit wären eigentlich alle wesentlichen Dinge zwischen uns geklärt gewesen. Für den Anfang hätte es mir allerdings schon gereicht, wenn er mich nach meinem Namen gefragt hätte.

»Schleppst du immer so viel Zeug in deiner Handtasche mit dir herum?«

Gerade wollte ich mit einer Erklärung loslegen, überlegte es mir jedoch in letzter Sekunde anders. Erfahrungsgemäß gab es wenige Männer, bei denen man mit Phobien oder Neurosen punkten konnte. Deshalb hielt ich meine Antwort betont vage: »Ich bin eben immer gerne für alle Notfälle gerüstet.«

»Ah ja, das sehe ich.« Er hob eine Schachtel Tampons vom Boden auf. Na, wenigstens hatte ich mich im Drogeriemarkt nicht lumpen lassen. Anstatt wie üblich bei den peplosen No-Name-Produkten zuzugreifen, hatte ich mal richtig auf den Putz gehauen und die teuren o.b.s mit den geschwungenen Rillen erstanden – angeblich der letzte Schrei auf dem Tamponmarkt. Im günstigsten Fall hielt mich meine Reisebekanntschaft jetzt für eine moderne, innovative Frau, die auch bei ihrer Monatshygiene gerne mal was Neues ausprobiert.

Trotzdem: Peinlicher ging es doch wohl kaum, oder?

Doch, ging es sehr wohl.

»Gehe ich recht in der Annahme, dass das auch noch dir gehört?« Beim Aufstehen übergab er mir grinsend die berüchtigte Zellophanschlange mit den Kondomen. »Sehr umsichtig. Du bist wirklich für alle Notfälle gerüstet.«

»Danke«, murmelte ich, entriss ihm die Kondome und ließ sie zum zweiten Mal an diesem Tag mit hochrotem Kopf in der Tasche verschwinden.

Warum nur?, fragte ich mich wütend, warum muss ich für Mareikes Sünden büßen? Noch dazu für Sünden, die sie noch gar nicht begangen hatte. Das war einfach nicht fair!

Wenn mir doch bloß irgendeine witzig-spritzige Erwiderung einfallen würde! Jetzt sofort und nicht erst auf der Rückreise ...

Ganz Herrin der Lage, machte ich schließlich das, was Frauen in heiklen Situationen zu tun pflegen: weglaufen.

Ich nuschelte mir irgendein wirres Zeug in den Bart, das ebenso gut ein Gebet wie ein Abschiedsgruß hätte sein können, dann kraxelte ich so elegant wie möglich über die schlafende Mareike hinweg auf meinen Sitz zurück.

»Mach's gut. Und schönen Urlaub!«, verabschiedete sich der Fremde und begab sich nach einem freundlichen Winken auf den Rückweg zu seinem Platz im hinteren Teil des Fliegers. Ich war mir sicher, dass man ihn dort schon sehnlich vermisste – oder auch nicht?! Zu gerne hätte ich gewusst, ob er allein oder in weiblicher Begleitung reiste, doch nach der peinlichen Vorstellung mit den Kondomen traute ich mich nicht, mich nach ihm umzudrehen.

Leider war in der Zwischenzeit auch Mareike wieder aufgewacht. Ich entschied mich, das kleine Intermezzo auf dem Flugzeuggang erst einmal für mich zu behalten, und hoffte, dass die Geschichte am Abend, untermalt von Meeresrauschen und Sirtakimusik, nicht mehr ganz so peinlich klang.

Zufall oder nicht – die nächste Fuhre Getränke wurde uns von einer anderen Flugbegleiterin gereicht. Mareike sprach erneut kräftig dem Wein zu. Schließlich musste sie sich Mut antrinken, denn wahnsinnig viele Unfälle passierten ja bei der Landung. Das behauptete zumindest diese dämliche Statistik, die Mareike auswendig gelernt zu haben schien.

Als der Pilot uns über Lautsprecher mitteilte, dass wir uns kurz vor dem Landeanflug befänden, wurde sie auf einmal ganz hektisch.

»Hallo!« Sie winkte die Stewardess herbei.

»Wir möchten gerne zahlen.«

Die Stewardess grinste. »Geht aufs Haus.«

Mareike war glücklich. »Sie sind aber nett. Da könnte sich Ihre Kollegin mit den falschen Zähnen mal 'ne Scheibe von abschneiden.«

Als die Stewardess sich schmunzelnd entfernt hatte – wahrscheinlich konnte sie ihre Kollegin auch nicht besonders leiden –, strahlte Mareike mich zufrieden an. »So was nenn ich Service.«

# Kapitel 5

Philipp hatte nicht zu viel versprochen. Die weitläufige Klubanlage war ein Traum in Blau und Weiß. Ein sattes, volles Blau, nicht zu vergleichen mit dem faden Abklatsch des kleinkarierten Weißwürschtel-Freistaats.

Schnuckelige Bungalows waren terrassenförmig um das Hauptgebäude und den Swimmingpool gruppiert. Unser Zimmer befand sich im zweiten Stockwerk des Hauptgebäudes. Vom Balkon aus hatte man freien Blick auf das Meer, das postkartengerecht in der gleichen Farbe leuchtete wie die Fensterläden.

Ich kam mir vor wie eine griechische Göttin auf dem Olymp. Die Sonne strahlte, nicht der kleinste Wolkenfetzen war zu sehen. Überall um uns herum blühten üppige Pflanzen, die betörend nach Urlaub dufteten. Der feine weiße Sandstrand, der gleich hinter der Klubterrasse begann und zum Meer hin flach abfiel, musste ebenfalls aus dem Paradies-Fertigbausatz stammen.

Wir wateten durch das kristallklare Meerwasser. Ach, was ging's uns gut! Mareike, die ihren kleinen Rausch erfolgreich mit einer kalten Dusche und zwei Tassen Espresso niedergekämpft hatte, freute sich wie ein kleines Kind, als sie zwischen Treibholz und Steinen eine schneckenhausförmige, rosa schimmernde Muschel entdeckte. Mit schräg gelegtem Kopf hielt sie sich das Fundstück ans Ohr.

»Na, was hörst du? Stimmen von Klabautermännern, die keine Ruhe finden?«, zog ich sie auf.

»Besser, viel besser!« Mareike machte ein geheimnisvolles Gesicht. »Diese Muschel ist eine besondere Muschel. Ein griechisches Orakel.«

»Und was sagt uns das Orakel voraus?«

»Das Orakel weissagt, dass wir einen unvergesslichen Urlaub erleben werden«, vertraute mir Mareike im Flüsterton an.

»Hey, dafür brauchen wir kein Orakel. Das hätte ich dir auch so sagen können.«

Mareike legte den Finger auf die Lippen, um mich zum Schweigen zu bringen. Sie tat, als würde sie angestrengt ins Innere der Muschel hineinlauschen. »Traummänner werden uns wie reife Kokosnüsse vor die Füße fallen.«

»Traummänner? Oder *der* Traummann?«, hakte ich kichernd nach.

Mareike hielt sich erneut die Muschel ans Ohr. »Sorry, da will sich das Orakel nicht so genau festlegen.«

Nach einer ausgedehnten Erkundungstour, bei der wir auch den Golfplatz, das Wassersportcenter, die Tennisplätze und den Wellnessbereich besichtigt hatten, kehrten wir hungrig in unser Hotelzimmer zurück. Höchste Zeit, uns zum Essen fertig zu machen. Wir hatten gerade geduscht und unsere Koffer ausgepackt, da klopfte es an unsere Zimmertür.

Als ich öffnete, stand ein Hotelmitarbeiter in türkisfarbener Uniform vor mir. »Entschuldigen Sie bitte die Störung. Ich soll das hier für Sie abgeben.« Schwupp, wie ein geölter Blitz war er auch schon wieder um die Ecke verschwunden.

»Aber …?!« Es war alles so schnell gegangen, dass ich gar nicht dazu gekommen war, irgendwelche Fragen zu stellen, geschweige denn ein Trinkgeld zu geben. Verwundert betrachtete ich den weißen Umschlag und das längliche, in Geschenkpapier gehüllte Päckchen, das der junge Mann mir in die Hand gedrückt hatte. So viel war sicher: Hier musste eine Verwechslung vorliegen. Vielleicht ein Zahlendreher in der Zimmernummer.

Nein, kein Zahlendreher, das Päckchen war tatsächlich für mich bestimmt, auf dem Umschlag stand mein Name.

»Gerade erst angekommen und schon hast du Verehrer«, foppte mich Mareike. »Die Südländer fackeln nicht lange. Vielleicht schickt dir ein Kavalier Pralinen. Oder besser noch: Juwelen. Wer weiß.«

»Oder eine Briefbombe«, fügte ich trocken hinzu.

»Ach was, papperlapapp, jetzt mach schon auf!«

Das ließ ich mir nicht zweimal sagen. Neugierig riss ich den Umschlag auf. Ein Fax kam zum Vorschein. Rechts oben auf dem Papier prangte in der Ecke ein Logo: ein stilisiertes Mikro mit dem Schriftzug »Rhein-Radio« darüber. »Liebe Belinda«, las ich laut vor, »genieß die Tage in Griechenland! Ich wünsche dir einen wunderschönen Urlaub und freue mich schon auf unser Wiedersehen. Liebe Grüße, Philipp.«

In Windeseile machte ich mich über das hübsch eingewickelte Päckchen her, das mit einem Aufkleber der Klubboutique versehen war. Ich hatte ja bereits so eine Vermutung ... Und richtig: Eine rote Zahnbürste kam mir entgegengepurzelt.

»Immer schön die Zähnchen putzen, dann klappt's auch mit dem Nachbarn«, zog mich Mareike auf.

Ich merkte, wie mir die Hitze ins Gesicht stieg. Und das lag bestimmt nicht an der griechischen Sonne, denn selbstverständlich war unser Hotelzimmer mit einer hochmodernen Klimaanlage ausgestattet, die über mehr Knöpfe, Hebel und Rädchen verfügte als das Cockpit von Raumschiff Enterprise. Außer Yoga und Töpfern konnte man hier im Klub in einem zweitägigen Intensivkurs sicher auch den richtigen Umgang mit der Klimaanlage erlernen. Wenn wir bis dahin nicht längst erfroren waren ...

»Ich sag dir: Dieser Philipp steht auf dich.«

»Ach was. Der wollte einfach nur nett sein. Und die Idee mit der Zahnbürste ist ja auch wirklich ganz witzig.« Rasch schob ich den Gedanken an Philipp beiseite. »Beeil dich mal lieber mit dem Anziehen. Ich hab nämlich einen Bärenhunger.«

Im Speiseraum des Klubs wurden alle Mahlzeiten in Büfettform eingenommen. Außerdem gab es auf der Anlage zwei Spezialitätenrestaurants, in denen man nach vorheriger Tischreservierung à la carte essen konnte. Das Büfett erschien Mareike und mir aber ohnehin die weitaus verlockendere Variante. Ein bisschen hiervon, ein bisschen davon ... Und außerdem hatte man zwischen den einzelnen Gängen auch noch etwas Bewegung. So stellten wir uns einen sportlichen und aktiven Kluburlaub vor. Ansonsten wollten wir in der kommenden Woche nichts als faulenzen! Was sich in der Praxis jedoch als schwierig erweisen würde, wenn man unseren Tischnachbarn, zwei Ehepaaren aus Hamburg, Glauben schenken durfte.

Nachdem wir uns als Klubfrischlinge geoutet hatten, bekamen wir von ihnen sofort einen Einführungskurs in Sachen Klubleben spendiert. Regel Nummer 1: Alle Klubgäste sind gleich, darum duzt man sich untereinander. (Manche Gäste waren gleicher als gleich, wie Mareike und ich rasch feststellen sollten.) Regel Nummer 2: Der Klubtanz ist ein wichtiges Ritual, um das Wir-Gefühl unter den Gästen zu stärken. Wer meint, dass er dabei albern oder lächerlich aussieht, hat vermutlich Recht. Trotzdem: Drücken gilt nicht! Regel Nummer 3: Wenn dich von hinten etwas anspringt – Ruhe bewahren! Es handelt sich nämlich nicht um einen großen Hund, sondern um einen Animateur. Und der will auch nur spielen ... Regel Nummer 4: Merke: Du bist hier nicht auf Mallorca. Die Liege frühmorgens mit einem Handtuch zu reservieren wird mit bösen Blicken, öffentlicher Ächtung und Ausschluss vom Klubtanz bestraft. Und last but not least das fünfte und wichtigste Gebot: Eigentlich gibt es hier im Klub gar keine Regeln. Sei einfach nur du selbst, und genieße deinen Aufenthalt.

Prima. Denn genau das hatten wir vor! Sehr zum Missfallen unserer Tischnachbarn beschlossen Mareike und ich gleich am ersten Tag das abendliche Animationsprogramm zu schwänzen und auf direktem Wege die Poolbar anzusteuern.

»So, jetzt stoßen wir erst einmal auf unseren Urlaub an«, jauchzte Mareike und schwang sich elegant auf einen Barhocker.

Beim Blick in die Getränkekarte bekam ihre Stimmung jedoch einen herben Dämpfer verpasst. Die Auswahl an Longdrinks und Alkoholika war gigantisch – die Preise leider auch. Zwar hatte der Radiosender ein kleines Taschengeld springen lassen, aber das hätte nicht einmal gereicht, um die Obstdekoration an den Cocktailgläsern zu bezahlen.

»Ich weiß echt nicht, wie ich mich entscheiden soll«, überlegte Mareike laut. »Leiste ich mir heute einen Schwips oder lieber nächstes Jahr ein neues Auto? Beides ist unmöglich.«

»Ach komm, vergiss einfach die Kohle. Wir haben Urlaub.«

»Na, du hast gut reden. Du hast ja schon nach einer Mon-Chéri-Praline einen im Kahn.« Mareike zog mich gerne damit auf, dass ich nicht besonders trinkfest war. Je nach Tagesform setzten mich bereits ein paar Bierchen außer Gefecht. Und das waren wohlgemerkt die guten Tage.

Während wir noch mit uns haderten, was wir bestellen sollten, bekamen wir Gesellschaft. »Ganz allein, Mädels?«, dröhnte eine tiefe Bassstimme hinter uns. »Dürfen wir uns vielleicht zu euch gesellen?«

Die Frage war wohl eher rhetorischer Natur, denn bevor wir etwas darauf erwidern konnten, hatten sich drei Kerle wie Bodyguards hinter unseren Barhockern aufgebaut. Bei näherer Betrachtung traute ich dem Trio jedoch nicht mal zu, das Leben eines Goldhamsters zu schützen.

Ihr Frontmann, der uns gerade so forsch angequatscht hatte, war derart klein, dass er kaum über die Theke gucken konnte. Was ihm an Höhe fehlte, machte er an Breite locker wieder wett. Hilfe, Explosionsgefahr! Seine dicke Plauze sprengte fast die Knöpfe seines Hemds. »Ich bin übrigens Klaus«, stellte er sich mit einer angedeuteten Verbeugung vor. Einer seiner Begleiter knuffte ihn in den Rücken. »Ach ja, und die beiden Spaßvögel hinter mir sind Theo und Wolfgang.«

Ohne viel Begeisterung machten wir uns mit den Mitgliedern dieser schon etwas in die Jahre gekommenen Boygroup bekannt. Wahrscheinlich hatte einer von ihnen in einer Illustrierten beim Arzt gelesen, dass Frauen unseres Alters auf Männer mit grauen Schläfen abfuhren, und nun wollten sie dieses neu erworbene Wissen in der Praxis testen.

»Ich könnte wetten, dass ihr gerade erst angereist seid«, ließ Klaus nach einem prüfenden Blick auf unsere käsigen Beine verlauten. »Sonst wärt ihr uns schon früher aufgefallen. So hübsche junge Damen wie euch kann man doch gar nicht übersehen.« Nachdem wir widerstrebend bestätigt hatten, dass wir erst vor ein paar Stunden auf griechischem Boden gelandet waren, bestand er darauf, uns einen Begrüßungscocktail zu spendieren. »Zwei Moskitos für die hübschen Ladys hier«, rief er dem smarten Barkeeper zu. »Und drei Lager.«

»Zwei Mojitos und drei Lager – kommt sofort.«

»Ach was, lass die Lager und mach fünf Moskitos.«

»M-o-c-h-i-t-o-s«, berichtigte der glutäugige Grieche hinter der Theke freundlich die Aussprache. Er warf Mareike und mir einen mitfühlenden Blick zu, den ich dankbar erwiderte. »Moskitos – sag ich doch«, fuhr Klaus den Barkeeper wütend an. Und an uns gewandt: »Ganz schön vorlaut, der Knabe. In einem Fünfsternehotel kann man doch wohl erwarten, dass man dem Personal gute Manieren und richtiges Deutsch beibringt, bevor man es auf die Gäste loslässt«, echauffierte sich der kleine Wicht. »Also, wenn ich hier der Manager wäre ...«

Man sah ihm an, dass er am liebsten mit dem Fuß auf den Boden gestampft hätte. Wie Rumpelstilzchen. Oder wie ein Gartenzwerg auf Ecstasy. Kleine Männer waren mit Vorsicht zu genießen. Genau wie kleine Hunde. Meist entpuppten sie sich als Kläffer und Wadenbeißer, denen man besser nicht über den Weg traute.

»Bitte sehr, der Herr, Ihre M-o-s-k-i-t-o-s«, meldete der Barkeeper übertrieben unterwürfig, als er die mit frischen Minzeblättchen dekorierten Cocktails auf die Theke stellte.

Jetzt erkannte ich, dass das vertrauliche Duzen im Klub durchaus seine Vorteile hatte. Das leidige Brüderschafttrinken, bei dem man erst einen feuchten, schlabbrigen Kuss und zwanzig Minuten später Herpes bekommt, fiel zum Glück flach.

Unsere Verehrer waren vielleicht nicht besonders attraktiv, dafür aber umso freigebiger. Sie spendierten uns nicht nur einen Mojito, sondern als Zugabe auch noch eine kostenlose Mammographie. Vor allem Klaus, der neben Mareikes Barhocker stand, nutzte es gründlich aus, dass sich unser Busen genau auf seiner Augenhöhe befand und glotzte uns, während er sich mit uns unterhielt, permanent in den Ausschnitt.

»Und was treibt ihr beiden Hübschen so beruflich?«, fragte er Mareikes Brüste. Als diese beharrlich schwiegen, fühlte ich mich verpflichtet, an ihrer Stelle zu antworten: »Mareike ist Erzieherin, und ich arbeite als Verkäuferin.«

Klaus lachte dröhnend. »Ja klar, meine Putzfrau steigt auch immer in einem Fünfsternehotel ab. Habt ihr das gehört, Jungs? Verkäuferin und Erzieherin. Haha, guter Witz!« Er schlug Theo – oder war es Wolfgang? – wiehernd auf die Schulter. Pflichtschuldig stimmte der Backgroundchor in sein schallendes Gelächter ein.

Als Klaus bemerkte, dass seine Späßchen bei uns nicht ganz so gut ankamen wie bei seinen Kumpels, versuchte er einzulenken: »Nichts für ungut, Mädels. Ich hab's nicht böse gemeint.« Er hob sein Glas und prostete uns zu. »Wo kämen wir denn hin, wenn alle Welt Jura oder Medizin studieren würde, nicht? Verkäuferinnen und Erzieherinnen muss es schließlich auch geben.« Vertraulich rückte er uns noch ein wenig näher auf die Pelle. »Ich hoffe, ihr genießt euren Urlaub. Ihr habt doch sicher lange für diese Reise gespart.«

»Oh, wenn du dich da mal nicht täuschst«, erwiderte ich kühl. Eher hätte ich mir die Zunge abgebissen, als dem arroganten, selbstgefälligen Schnösel auf die Nase zu binden, dass wir den Aufenthalt in diesem Luxusschuppen einem Gewinnspiel im Radio zu verdanken hatten. »Wir haben Mareikes reiche Erbtante Emilie um die Ecke gebracht. Gott hab sie selig.«

Klaus stutzte. Einen Moment war er unschlüssig, ob er die Geschichte vom gewaltsamen Ableben der Erbtante für bare Münze nehmen sollte. Dann ließ er erneut sein bellendes Lachen hören.

»Schließlich müssen wir alle arbeiten, um unsere Brötchen zu verdienen, oder? Ich zum Beispiel, ich bin Börsenbroker.« Er gab uns einen Moment, um diese Neuigkeit sacken zu lassen. Als wir uns dann immer noch nicht angemessen beeindruckt zeigten, fügte er erklärend hinzu: »Ich kaufe und verkaufe Aktien an der Börse.«

Na toll. Offenbar hielt uns diese Niete für dümmer als die Erdnüsse, die er sich unablässig in den Mund stopfte.

»In gewissem Sinn also auch ein Verkäufer«, witzelte einer seiner Kumpels – wenn mich nicht alles täuschte, war es Theo – und schaute Beifall heischend in die Runde. Doch Klaus konnte über alles lachen, nur nicht über sich selbst. Und von Wolfgang, dem Dritten im Bunde, durfte Theo auch keine Unterstützung erwarten. Der segelte im Windschatten vom Klaus, dessen Hintern schien gewissermaßen sein zweiter Wohnsitz zu sein.

»Vielleicht habt ihr ja zufällig schon mal was vom DAX gehört oder gelesen?« Klaus sprach mit uns, als wären wir nicht nur finanziell, sondern auch geistig minderbemittelt.

Mareike lächelte ihn treuherzig an. »Dachs? Ist das nicht dieses entzückende Tierchen mit dem Streifen auf dem Rücken?«

»DAX ist die Abkürzung für Deutscher Aktien Index«, meldete sich Backgroundsänger Theo in dem Bestreben, seinen Fehler wieder auszumerzen, eifrig zu Wort. »Im DAX sind große deutsche Aktiengesellschaften vertreten, die ...«

»Hört einfach nicht auf ihn«, fuhr Klaus seinem Kumpel rüde über den Mund. »Es wäre Sünde, eure hübschen Köpfchen mit so langweiligem Zeug vollzustopfen. Nichtsdestotrotz ist mein Job natürlich ausgesprochen spannend. Tag für Tag geht es um riesige Geldbeträge. Wenn man es richtig anstellt, kann man in guten Zeiten an der Börse ein Vermögen machen. Aber das ist nichts für schwache Nerven.« Klaus warf sich in die Brust – schätzungsweise Körbchengröße 85 C –, um zu demonstrieren, dass er selbstverständlich nicht zu diesen Memmen gehörte, die sich gleich ins Hemd machten, wenn sie ein paar Millionen in den Sand setzten. »Ja, ja, das Börsenparkett ist verdammt rutschig. Da hat sich schon so mancher das Genick gebrochen.«

Mareike machte große Kulleraugen. »Wie leichtsinnig! Warum verlegen die an der Börse anstelle von Parkett nicht einfach Teppichboden? Es gibt heutzutage sehr hübsche, strapazierfähige Auslegeware ... Ist ja auch viel preiswerter als Parkett.« Hut ab! Die Rolle des Fleisch gewordenen Blondinenwitzes beherrschte Mareike perfekt.

Kläuschen lächelte von oben herab – soweit das bei seiner Größe überhaupt möglich war. Es war ihm an der Nasenspitze anzusehen, dass er mit dem Verlauf des Abends überaus zufrieden war. Wahrscheinlich wähnte er sich im Schlaraffenland, wo ihm die gebratenen Täubchen geradewegs in den Mund flatterten. Erzieherin und Verkäuferin – wenn das mal keine leichte Beute war ...

Schwupp, wie zufällig legte der kleine Lustmolch seine rechte Hand auf Mareikes Knie. Mein lieber Scholli, der gab Gas! Wahrscheinlich dachte er, dass er außer den Zähnen und den Haaren eh nichts mehr zu verlieren hatte. Und so baggerte Klausi-Mausi fröhlich weiter – an seinem eigenen Grab. Als Erzieherin wusste Mareike, wie sie mit unartigen Jungs umzugehen hatte.

Während Klaus weiter rumsülzte, begab sich sein vorwitziges

Patschhändchen auf Wanderschaft. Mit jedem Zentimeter, den Kläuschen sich an ihrem Oberschenkel hocharbeitete, schob Mareike ihren Ellenbogen näher an sein Cocktailglas heran. Und so ging es weiter, Zug um Zug. Als Klaus im Eifer des Gefechts besonders wagemutig vorpreschte, war es schließlich so weit: Zeit für eine kleine Abkühlung! Mareike versetzte dem Glas einen Schubs, und schon ergoss sich die Flüssigkeit in einem Schwall auf Kläuschens Hosenschlitz. Volltreffer! Mitten auf die Zwölf! Alle Achtung, wirklich gut gezielt. Mareikes erzieherische Maßnahme zeigte auf der Stelle Wirkung. Klaus' Hand war blitzschnell von ihrem Bein verschwunden. Na bitte, dachte ich, geht doch! Warum nicht gleich so?!

»Nein, dass ich aber auch immer so ungeschickt bin!« Mareike gab sich nicht einmal Mühe, besonders überzeugend zu heucheln. »Das tut mir wirklich schrecklich leid.«

Und Kläuschen erst! Der stand da wie ein begossener Pudel. Mit hochroter Birne klaubte er sich ein paar Minzeblättchen von der Hose und leitete nach dieser schmachvollen Niederlage den Rückzug ein. So schnell ihn seine kurzen Beinchen trugen, hastete er von dannen, um sich in seinem Hotelzimmer umzuziehen und seine Wunden zu lecken. Gottlob, den waren wir los!

Mit ihrem Rädelsführer hatte die anderen beiden wohl auch der Mut verlassen. »Schönen Abend noch«, haspelte Theo unbeholfen und schob Cocktailglas nebst Kollegen ans andere Ende der Theke.

Mittlerweile war es dunkel geworden. Pechfackeln und Kerzen tauchten die holzüberdachte Poolbar in ein anheimelndes Licht. Für die meisten Klubgäste ging der Abend jetzt erst richtig los. Immer mehr Pärchen strömten auf die Tanzfläche. Während in der Klubdisko zu fetzigen Rhythmen abgezappelt wurde, war hier unter freiem Himmel Paarschwof angesagt. Gerade lief eine langsame Rumba. Ich gähnte. Wenn es nach mir gegangen wäre, hätten wir nun in aller Ruhe unsere Cocktails ausgetrunken und uns danach schnurstracks ins Bett begeben. Aber Mareike hatte offenbar andere Pläne. Während ich geräuschvoll die letzten Tropfen meines Mojitos ausschlürfte, hob sie ihr Glas und prostete jemandem zu. Mäßig interessiert wandte ich den Kopf zur Seite, um zu sehen, mit wem meine Freundin so ungeniert anbandelte.

Donnerwetter! Das war schon ein anderes Kaliber als Kläuschen und seine Kumpel. Groß, dunkelhaarig, breite Schultern … In diesem Moment schaute der Mann wieder zu uns herüber. Als sich unsere Blicke trafen, spürte ich, wie mir das Blut in den Kopf schoss.

»Scheiße, ich kenn den Typ«, zischte ich Mareike zu.

»Du kennst ihn?! Und warum hast du mir diesen Adonis dann noch nicht vorgestellt?« Mareike zog einen beleidigten Schmollmund. »'ne schöne Freundin bist du.«

»Na ja, kennen ist vielleicht ein bisschen zu viel gesagt.« In knappen Sätzen erzählte ich Mareike von dem kleinen Intermezzo im Flieger.

»Das gibt's doch nicht. Da hält man nur für ein paar Minuten ein Nickerchen, und schon verpennt man das Beste.« Sie feixte. »O.K., geschenkt, dann hast du natürlich die älteren Rechte. Sein Freund sieht ja auch ganz niedlich aus.«

»Nun mach mal halblang. Du kannst doch nicht einfach wildfremde Männer wie eine Tafel Schokolade unter uns aufteilen. Außerdem: Vielleicht sind ihre Begleiterinnen nur mal eben zur Toilette gegangen.«

»Gleichzeitig? Das wäre bei diesen Prachtexemplaren allerdings ausgesprochen leichtsinnig.«

Nun hatte meine Flugzeugbekanntschaft mich offenbar auch wiedererkannt. Ein Lächeln breitete sich auf seinem Gesicht aus wie Tinte auf einem Löschblatt. Mit seinem Freund im Schlepptau kam er zu uns herüber.

»Hallo! Das ist ja 'n Zufall.«

»Tja, so schnell sieht man sich wieder.«

»Wir haben uns im Flugzeug noch gar nicht richtig vorgestellt. Das ist Jochen«, er wies auf seinen Begleiter, »und ich bin Ludger.«

»Mareike, Belinda.«

Nach einem freundlichen Shakehands wartete ich darauf, dass er die Jumbopackung Kondome erwähnen oder zumindest ein paar Andeutungen machen würde. Doch nichts dergleichen geschah. Entweder war er taktvoll und wollte mich nicht in Verlegenheit bringen, oder er hob sich diesen Trumpf für später auf.

Wir machten ein bisschen Smalltalk und quatschten über das Wetter, den Klub, das Essen und anderes belangloses Zeug.

»Und was treibt ihr in Düsseldorf so?« Mareike hatte sich offenbar vorgenommen, den Stier bei den Hörnern zu packen und das heikle Thema gleich auf den Tisch zu bringen.

»Rechtsverdreher, alle beide«, lachte Jochen. »Wir arbeiten in der gleichen Anwaltspraxis. Ludger ist gewissermaßen mein Chef. Die Kanzlei gehört nämlich seinem alten Herrn.«

Der letzte Satz hinterließ bei mir einen leicht schalen Nachgeschmack. Tja, nobody is perfect. Aber es gab ja bekanntlich schlimmere Mankos. Andere Kerle hatten Mundgeruch oder Pickel, Ludger nur wohlhabende Eltern.

»Und ihr? Was macht ihr beruflich?«, wollte Jochen wissen.

»Ich bin Köchin«, antwortete Mareike wie aus der Pistole geschossen. Ich traute meinen Ohren kaum. Mareike hatte soeben kurzerhand ihr Hobby zum Beruf gemacht. Sie war wirklich eine begnadete Köchin; ihre Pasta und ihre Aufläufe waren 'ne Wucht! Da Köchin im Vergleich zu Erzieherin jedoch keinen nennenswerten Aufstieg oder Prestigegewinn bedeutete, fabulierte Mareike munter weiter: »Mir gehört ein kleines Restaurant in Düsseldorf-Flingern. Vielleicht kennt ihr es ja sogar. Das Lokal heißt Tischlein deck dich. Nicht ganz leicht zu finden, aber mittlerweile ein echter Insidertipp.«

Ludger schüttelte bedauernd den Kopf. »Tut mir leid. Ich hab noch nichts von deinem Laden gehört.«

»Tischlein deck dich, Tischlein deck dich«, murmelte Jochen und legte wie zum Beweis, dass er auch wirklich nachdachte, die Stirn in Dackelfalten. »Irgendwo hab ich das schon mal gehört oder gelesen. Vielleicht in einer Restaurantkritik?«

Meines Wissens verstanden die Brüder Grimm sich zwar mehr auf Märchen als auf Gastrokritiken, aber ich wollte Mareike den Spaß nicht verderben.

»Und du«, sprach Ludger mich nun direkt an, »was machst du beruflich?«

»Belinda ist Modedesignerin«, kam Mareike mir schnell zuvor. Und wenn sie nicht gestorben sind …

»Wow, Designerin, das klingt spannend. Was entwirfst du denn so für Klamotten? Und für welches Modelabel arbeitest du?«

»Kein Kommentar«, blockte ich kurz entschlossen ab. So weit kam das noch. Wenn Mareike meinte, den beiden einen Bären aufbinden zu müssen – bitte schön. Aber mich sollte sie da gefälligst raushalten.

Ludger lachte. »Eigentlich hast du Recht, die paar Urlaubstage sind viel zu kostbar, um sie mit Gedanken an die Arbeit zu verplempern.« Er griff nach meiner Hand. »O. K., wenn du schon nicht reden möchtest – was hältst du von tanzen?«

Im Prinzip viel. Allerdings hatte ich die schmerzhafte Erfahrung gemacht, dass die meisten Männer meines Alters noch nie eine Tanzschule von innen gesehen hatten. Sie benutzten ihre Tanzpartnerin als Rammbock, um störende Hindernisse – wie etwa tragende Wände oder Säulen – gewaltsam aus dem Weg zu räumen. Aber auch in den Armen der etwas rücksichtsvolleren Herren wollte auf dem Tanzparkett oftmals keine rechte Freude und schon gar kein Gespräch aufkommen. Denn wie zum Kuckuck sollte man mit jemandem plaudern, der im Flüsterton den Takt mitzählte und dabei auch noch auf den Boden starrte, als hätte er dort unten etwas verloren?!

Dementsprechend skeptisch ließ ich mich von Ludger zur Tanzfläche führen. Dass ausgerechnet ein Kerl wie er außer jeder Menge Testosteron auch noch Rhythmus im Blut haben sollte, war schwer vorstellbar. Der Mann sah blendend aus, besaß Humor und schien, da er Jura studiert hatte, auch nicht gerade auf den Kopf gefallen zu sein. Das war bereits mehr, als die meisten Männer zu bieten hatten. Die Wahrscheinlichkeit, dass er sich darüber hinaus auch noch als guter Tänzer erweisen würde, war etwa so groß, wie viermal hintereinander vom Blitz getroffen zu werden.

Und ich sollte Recht behalten. Ludger war wirklich kein guter Tänzer. Er war ein fantastischer Tänzer! Wow, der Mann hatte es echt drauf. Er sah nicht nur aus wie ein griechischer Gott, er tanzte auch so. In seinen Armen schmolz ich dahin wie Butter in der Sonne. Ich vertraute ihm blind und überließ mich widerstandslos seiner Führung. Und das war keineswegs selbstverständlich, denn normalerweise ging mir die traditionelle Rollenverteilung beim Tanzen gewaltig gegen den Strich. Wo blieb denn da die Gleichberechtigung? Ich meine, man kann doch über alles reden. So in der Art: Diesen Tanz führst du, den nächsten ich. Oder warum nicht einfach darum knobeln, wer die Richtung bestimmt? Irgendwie hatte die Emanzipation vor dem Tanzparkett Halt gemacht. Als echter Kontrollfreak hasste ich es, wie ein willenloses Möbelstück von A nach B geschoben zu werden.

Doch in Ludgers Armen war das etwas völlig anderes. Ich genoss es geradezu, ihm die Führung zu überlassen, seine Hand durch den dünnen Stoff auf meinem Rücken zu spüren und mich um nichts kümmern zu müssen. Mit schlafwandlerischer Sicherheit dirigierte er mich zwischen den anderen Paaren hindurch, ohne auch nur ein einziges Mal irgendwo anzuecken.

Wir harmonierten perfekt. Während Mareike und Jochen sich an der Theke angeregt miteinander unterhielten, ließen wir kaum einen Tanz aus. Obwohl ich längst auf Cola umgestiegen war, fühlte ich mich wie berauscht. Beinahe schwerelos. Meine Güte, warum nahmen die Kids Drogen? Das hier war besser, viel besser! Ob Ludger genauso empfand? Zufrieden stellte ich fest, dass er mich beim Tanzen enger an sich zog, als nötig gewesen wäre. Ich hatte ganz bestimmt nicht die Absicht davonzulaufen ...

»Könntest du mir die nächsten hundert Tänze reservieren?«, flüsterte Ludger mir ins Ohr.

Was für eine Frage? Für ihn hätte ich sogar Brad Pitt oder Superman einen Korb gegeben.

»Ich werde sehen, was sich machen lässt.«

Auch während der kleinen Tanzpausen, die wir einlegten, um uns an der Bar zu erfrischen, wich Ludger nicht von meiner Seite. Wir quatschten über dies und das. Der übliche Blödsinn, den man halt so redet, wenn man sich gerade erst kennen gelernt hat. Von mir aus hätten wir uns über Modelleisenbahnen unterhalten können – Hauptsache, ich durfte dabei weiter in Ludgers blaue Augen schauen. Darum war es nicht verwunderlich, dass mir so ziemlich alles, was sich außerhalb von Ludgers Gesicht abspielte, entging.

»Feierabend, Leute!« Erst als der Barkeeper die Kerzen ausblies und die Musik schlagartig verstummte, registrierte ich, dass außer Ludger, Mareike, Jochen und mir nur noch eine Hand voll Gäste müde an der Theke herumlungerte. Zeit, Abschied zu nehmen. In der allgemeinen Aufbruchstimmung drückte Ludger mich kurz an sich. »Schlaf gut und träum was Schönes.« Das würde ich ganz bestimmt! Ich hatte auch schon eine vage Ahnung, wovon ...

Selbst als Mareike und ich längst wieder auf unserem Hotelzimmer waren, hatte ich immer noch das Gefühl, in Ludgers Armen zu einer imaginären Musik über die Tanzfläche zu schweben. Selig summte ich vor mich hin. Das war wirklich ein gelungener Urlaubsauftakt gewesen!

Während wir uns bettfertig machten, ließen wir die vergangenen Stunden noch einmal Revue passieren.

»Hast du Klaus' verdattertes Gesicht gesehen, als ich ihm den Cocktail über die Hose gekippt habe?«, kostete Mareike im Nachhinein noch einmal ihren Triumph aus.

Ich kicherte. »So wie er dir in den Ausschnitt gekrochen ist, hatte er eine Abkühlung auch dringend nötig. Ich hoffe, die Blamage ist diesem Schmierlappen eine Lehre gewesen.« Ohne hinzusehen griff ich nach Zahnpasta und Zahnbürste. Wie es der Zufall wollte, erwischte ich das feuerwehrrote Exemplar, das Philipp mir geschickt hatte. Während ich mir die Zähne putzte, wanderten meine Gedanken nach Hause, zu Lili. Und zu meinem neuen Nachbarn. Von hinten hätten Ludger und er ohne weiteres Zwillinge sein können. Die gleiche Haarfarbe, die gleiche Größe. Aber damit hörten die Gemeinsamkeiten auch schon auf.

»Ludger ist echt 'n klasse Typ«, bemerkte Mareike, als ich mir den Mund ausspülte.

»Ja, er ist wirklich ganz nett.« Ich bemühte mich, mir meine Begeisterung nicht allzu deutlich anmerken zu lassen. Noch kannte ich Ludger schließlich kaum. »Jochen macht übrigens auch einen sehr sympathischen Eindruck.«

»Stimmt, wir haben uns hervorragend unterhalten. Zum Beispiel über mein Restaurant. Der Gute ist untröstlich, dass er noch nie im Tischlein deck dich gewesen ist.«

Ich zeigte Mareike einen Vogel. »Sag mal, spinnst du? Warum hast du den beiden denn solch einen Bären aufgebunden?«

»Das fragst du noch? Du hast doch gesehen, wie Klaus und Co reagiert haben, als sie gehört haben, was wir beruflich machen. Die haben mit uns geredet, als könnten wir nicht bis drei zählen.« Mareike runzelte die Stirn und bearbeitete mit der Bürste aufgebracht ihren blonden Pagenkopf. Plötzlich hellten sich ihre Gesichtszüge wieder auf. »Außerdem ist es doch ganz lustig, mal für 'ne Weile in eine andere Rolle zu schlüpfen. Ich finde, ich mache mich ganz gut als Gastronomin. Und solange keinen Menschen oder Tieren damit geschadet wird, kann man ruhig ein bisschen flunkern.«

»Aber warum musstest du ausgerechnet behaupten, dass ich Designerin bin?!«

»Weil du das bald sein wirst, meine Liebe.«

»Deinen Optimismus möchte ich haben.«

Ich fand es rührend, was für ein grenzenloses Vertrauen meine Freunde in mich setzten. Vor etwa einem Monat hatte ich Markus' Drängen nachgegeben und mich an der Düsseldorfer Fashion Academy um einen Studienplatz beworben. Während meiner Schneiderlehre hatte ich damit begonnen, Klamotten zu entwerfen. Anfangs hatte ich lediglich fertige Schnitte abgewandelt, mit der Zeit war ich jedoch dazu übergegangen, eigene Modelle zu kreieren. Meinen Stil bezeichnete Markus als »schlichte Raffinesse«. Ich hasste überflüssigen, verspielten Schnickschnack. Je geradliniger und schnörkelloser, desto besser. Gelegentlich wurde ich sogar von Fremden auf meine Klamotten angesprochen. Trotzdem wäre ich nie auf die Idee gekommen, aus meinem Hobby einen Beruf zu machen. Andere besaßen, da war ich mir sicher, viel mehr Talent als ich! Aber Markus berief sich auf sein Bauchgefühl. Er schwor Stein und Bein, dass die Mappe mit Arbeitsproben, die ich eingereicht hatte, die Dozenten überzeugen und ich einen der begehrten Studienplätze ergattern würde. Die Fashion Academy war eine Privatschule, die in der Branche einen hervorragenden Ruf genoss. Wer sich dort behauptete, dem standen danach viele Türen offen.

»Seien wir doch mal realistisch: Auf jeden Studienplatz kommen fünf Bewerber. Meine Chancen tendieren also gegen null«, überlegte ich laut. »Ist vielleicht auch besser so. Ich kann mir das Studium doch sowieso nicht leisten.«

»Ach papperlapapp, das sind doch bloß faule Ausreden. Markus hat dir schließlich angeboten, neben dem Studium und in den Semesterferien weiter für ihn zu arbeiten. Außerdem hast du, wie ich dich kenne, in den letzten Jahren einiges auf die hohe Kante gelegt. Oder willst du vielleicht von vornherein kneifen?«

Entschieden schüttelte ich den Kopf.

»Na siehst du.« Mareike gähnte herzhaft. »So, und jetzt nichts wie ab in die Kiste! Morgen müssen wir fit sein. Wir sind nämlich mit Jochen und Ludger nach dem Frühstück zum Tennisspielen verabredet.«

»Was sind wir?« Vor Schreck ließ ich die Tube mit der Gesichtscreme ins Waschbecken plumpsen.

»Tennis. Na, du weißt schon, diese Sportart, bei der man eine kleine gelbe Filzkugel über den Zaun dreschen muss.«

»Dieser Zaun heißt Netz«, korrigierte ich sie. Aber damit hörten meine theoretischen Kenntnisse leider auch schon auf. »Ich hab noch nie im Leben einen Tennisschläger in der Hand gehalten. Und du auch nicht, soviel ich weiß.«

»Das hab ich Jochen auch gesagt«, erwiderte Mareike unbekümmert. »Aber er meinte, das sei überhaupt kein Problem. Er und Ludger würden uns das schon beibringen.«

# Kapitel 6

Als wir nach dem Frühstück die Stufen zur Terrasse der Tennisanlage erklommen, begann mein Magen leise zu grummeln. Früher in der Schule war beim Völkerballspielen sogar um mich gelost worden. Niemand wollte eine solche Lusche in seinem Team haben. Ballsportarten waren einfach nicht mein Ding! Herrje, dachte ich, auf was hab ich mich da bloß eingelassen?! Viel Zeit, mich weiter verrückt zu machen, blieb mir jedoch nicht, denn in diesem Moment tauchten, fröhlich winkend, unsere Tennislehrer auf. Wie selbstverständlich nahm Ludger mich unter seine Fittiche, Mareike zog zufrieden grinsend mit Jochen von dannen.

Beklommen wartete ich auf weitere Instruktionen. Doch Ludger schien es mit dem Tennisspielen nicht so eilig zu haben. Kaum waren wir auf dem Platz unter uns, sah er mir tief in die Augen und griff nach meiner Hand. Im Prinzip hatte ich gegen diese vertrauliche Geste nichts einzuwenden – und auch mein Körper reagierte mit einer Gänsehaut bei knapp dreißig Grad im Schatten hocherfreut –, aber irgendwie fühlte ich mich von diesem plötzlichen Annäherungsversuch etwas überrumpelt. Ich setzte zum Protest an, doch da hatte Ludger mir schon einen Schläger in die Hand gedrückt und erklärte mir die richtige Griffhaltung.

Danach hatte ich zum Glück erst einmal Pause. Zu Demonstrationszwecken ließ Ludger einen Tennisball aus seiner linken Hand gleiten und drosch ihn mit Karacho über das Netz. Dann kam der nächste Ball an die Reihe. Wenn es nach mir gegangen wäre, hätte ich noch stundenlang bewegungslos neben dem Netzpfosten verharren können, um seine harmonischen Bewegungen und das Spiel seiner Muskeln zu bewundern. Aber daraus wurde nichts – ich musste selbst ran.

Ludger forderte mich auf, erst einmal ein paar Vorhände ohne Ball auszuprobieren. Es kam mir zwar reichlich albern vor, Löcher in die Luft zu schlagen, aber offenbar stellte ich mich dabei ganz geschickt an. Mein Trainer war jedenfalls ausgesprochen zufrieden mit meiner Leistung. »Super machst du das! Jetzt hast du den Bogen raus, Belinda. Schön locker durchschwingen.«

Und tatsächlich war es gar nicht so schwer! Eigentlich sogar ein Kinderspiel. Leichtfüßig tänzelnd schlug ich eine Vorhandgranate nach der anderen. Hey, ich war ein echtes Naturtalent! Ein Jammer, sinnierte ich, dass ich nicht ein paar Jährchen jünger bin, sonst könnte noch eine zweite Steffi Graf aus mir werden. Die Sache hatte nur einen klitzekleinen Haken: Tennis wurde nicht ohne Grund als »Ballsport« bezeichnet. Nachdem ich bei den Trockenübungen so brilliert hatte, war ich nach Ludgers Meinung reif für die nächste Lektion. Er stellte sich neben mich und ließ einen Tennisball wenige Zentimeter vor mir auf den Boden plumpsen. Die kleine gelbe Filzkugel titschte auf, sprang nach oben und wartete auf Prügel. Ich fixierte mein Ziel, holte elegant aus – und schlug nicht minder elegant daneben. Nun gut, wenigstens wusste ich jetzt, wo meine Schwachstelle lag: Am Treffpunkt musste ich noch arbeiten.

Doch auch die nächsten Versuche scheiterten kläglich. Mist! Wie zum Teufel sollte ich mich auch unter diesen Umständen – Ludger stand so dicht neben mir, dass ich sein Aftershave riechen konnte – konzentrieren?! Gelegentlich erhöhte er sogar noch den Schwierigkeitsgrad, indem er seine Hand auf meine Hüfte oder meinen Arm legte. Um meine Körperhaltung zu korrigieren, wie er sagte. Seine Bemühungen trugen Früchte. Am Ende der Stunde gelang es mir, drei Bälle in Folge übers statt ins Netz zu schlagen. Besser würde ich nicht werden, das wusste ich. Und da man bekanntermaßen aufhören soll, wenn's am schönsten ist, beendete ich meine Laufbahn als Tennisprofi auf dem Höhepunkt meiner Karriere.

Nachdem ich meinen Rücktritt vom Tenniszirkus erklärt hatte, durfte ich die nächsten Tage im Liegestuhl nach Herzenslust relaxen. Nichtsdestotrotz sollte ich genauso käsig abreisen, wie ich angekommen war, denn alle fünf Minuten cremte Ludger mich mit Sonnenmilch ein.

Gelegentlich unternahmen wir zu viert kleine Spritztouren ins Landesinnere. Ludger und Jochen hatten ein Auto gemietet. Zum Glück einen Geländewagen, denn viele Straßen befanden sich in katastrophalem Zustand. Alle naselang rumpelte der Jeep durch Schlaglöcher, die so tief waren, dass sich streunende Hunde oder kleine Kinder darin verstecken könnten. Obwohl man von dem Gehopse fast eine Gehirnerschütterung bekam, freute ich mich über jede Unebenheit, die Ludger und mich auf der Rücksitzbank einander näher brachte.

Es knisterte und funkte heftig zwischen uns. Trotzdem hatte Ludger noch keinen Versuch unternommen, mich in sein Bett zu locken. Er schien ein echter Gentleman zu sein. Das rechnete ich ihm hoch an. Mit einem flauen Gefühl in der Magengegend dachte ich hin und wieder an das Ende des Urlaubs. Die Zeit raste nur so dahin. Eine Woche war viel zu kurz, und die Hälfte davon war sogar schon rum.

Während Mareike und Jochen an diesem Abend losgezogen waren, um die Disko unsicher zu machen, hatten Ludger und ich uns für einen Strandspaziergang entschieden.

Die milde Nachtluft, die meine nackten Schultern umschmeichelte, war weich wie Samt. Ich folgte Ludgers Beispiel und zog meine Schuhe aus. Barfuß liefen wir über den warmen Sand. Zwischendurch blieben wir immer wieder stehen, um in den Himmel zu schauen und die unzähligen Sterne zu bewundern, die über uns um die Wette funkelten. Ein romantisches Szenario, das wie gemacht war für das Cover einer Kuschelrock-CD. Kitschig, schmalzig – aber soooo schön!

Tief in Gedanken versunken, starrte Ludger auf das Meer hinaus. Nur zu gern hätte ich gewusst, was in seinem Kopf vor sich ging. Doch eher hätte ich mir die Zunge abgebissen, als ihn danach zu fragen. Die typische Frauenfrage »Woran denkst du gerade?« war im Spiel der Geschlechter eine der größten Todsünden und von Seiten des Mannes nur noch durch »Wie war ich?« zu toppen.

In der Ferne tuckerte ein hell erleuchtetes Ausflugsboot vorüber. Musik und Stimmfetzen wehten an Land. Dann war alles wieder still. Gebannt lauschte ich dem leisen Plätschern der Wellen, die im steten Gleichklang an den Strand rollten. Wie gierige Zungen, die am Ufer leckten ... Also, bitte!, rief ich mich zur Ordnung. Was sind denn das für merkwürdige Fantasien? Ich hatte scheinbar zu viel Sonne abbekommen! Oder es lag an Mareike, die fast pausenlos von Sex schwafelte.

Als Ludgers Hand zufällig meinen Po streifte, rieselte ein Schauer durch meinen Körper.

»Frierst du?«, fragte er.

»Ein bisschen.«

Da Ludger selbst weder Jacke noch Pullover dabeihatte, legte er mir fürsorglich seinen Arm um die Schulter. »Besser?«

»Viel besser!«

Eng aneinandergekuschelt, schlenderten wir den Strand entlang. Ich hätte noch Ewigkeiten so weiterlaufen können. Bis nach Albanien oder bis ans andere Ende der Welt. Leider sind es oft die ganz banalen Dinge, die einem im Leben einen Strich durch die Rechnung machen, in diesem Fall ein Maschendrahtzaun mit einem Verbotsschild, das uns unmissverständlich klarmachte: bis hierher und nicht weiter! Und so mussten wir wohl oder übel umkehren.

Wieder im Hotel angekommen, begleitete Ludger mich die Treppen zu meinem Zimmer hinauf. Vor der Tür blieben wir stehen. Zärtlich strich er mir eine Haarsträhne aus der Stirn. »Danke für den schönen Spaziergang.«

Wie jetzt? Das sollte es schon gewesen sein? Nach so einem romantischen Abend fand ich das offen gestanden ein wenig dürftig. Ich erwartete ja nicht, dass Ludger mich stürmisch in seine Arme reißen und mir ewige Liebe schwören würde. Aber so ein klitzekleiner Gutenachtkuss musste doch drin sein!

Sein Mund kam im Zeitlupentempo näher. Heiliger Bimbam, der Mann verstand es wirklich, die Vorfreude zu schüren. Gleich – gleich … Doch kurz bevor sich unsere Lippen zu einem zärtlichen oder gar leidenschaftlichen Kuss treffen konnten, wandte er den Kopf ein kleines Stück zur Seite und drückte mir einen flüchtigen Schmatzer auf die Wange. Möglicherweise war es aber auch nur ein zarter Windhauch oder eine Motte, die mein Gesicht gestreift hatte.

Im Bett grübelte ich, ob ich etwas falsch gemacht hatte. Der Abend war perfekt gewesen. Bis auf die Verabschiedung. Hatte Ludger vielleicht auf ein Zeichen von mir gewartet? War er trotz seines selbstbewussten Auftretens Frauen gegenüber schüchtern? Oder hatte ich womöglich Mundgeruch?

Im Gegensatz zu mir schien Mareike voll auf ihre Kosten zu kommen. Als ich endlich einschlief, war ihre Seite des Doppelbetts immer noch leer. Na ja, abgesehen von einem halben Dutzend T-Shirts und mindestens ebenso vielen Röcken, die sie dort auf der Suche nach dem ultimativen Abendoutfit ausgebreitet hatte.

Am nächsten Morgen lagen die Anziehsachen immer noch wild verstreut und unberührt an der gleichen Stelle. Von Mareike selbst fehlte jede Spur. Meine Gedanken schlugen Purzelbäume.

O mein Gott! Es musste etwas passiert sein! Die Frage war bloß: was? Vielleicht hatte Mareike einen schrecklichen Unfall gehabt – oder fantastischen Sex. Je mehr Zeit verstrich, desto mehr tendierte ich zu Unfall, wollte den Sex aber nicht gänzlich ausschließen. Es sollte ja auch schon Unfälle beim Sex gegeben haben …

Um mich abzulenken, griff ich nach der Bedienungsanleitung der Klimaanlage. Höchste Zeit, die Höllenmaschine endlich in den Griff zu bekommen. Aber da ich weder über technischen Sachverstand noch über griechische Sprachkenntnisse verfügte, gab ich schon nach wenigen Minuten auf. Ärgerlich pfefferte ich das Heftchen in die Ecke und tappte unter die Dusche.

Gerade spülte ich mir den Schaum aus den Haaren, da hörte ich die Zimmertür klappern. Kurz darauf kam eine etwas verknautscht wirkende Mareike mit entrücktem Gesichtsausdruck und einem verklärten Lächeln auf den Lippen ins Badezimmer geschlurft.

»Na endlich!«

Mareike grinste selig. »Genau das hab ich zu Jochen auch gesagt, als er mir die Kleider vom Leib gerissen hat.«

Während ich aus der Dusche stieg und nach einem Handtuch griff, klappte Mareike den Klodeckel runter und machte es sich dort gemütlich.

»Ach, Belinda«, seufzte sie. »Jetzt weiß ich erst, was ich mit Christian in all den Jahren verpasst habe! Das, was wir während unserer Ehe im Bett fabriziert haben, war kein Sex, sondern Seniorengymnastik. Falls überhaupt mal was stattgefunden hat. Himmel, vermutlich hatten sich vor gewissen Körperöffnungen schon Spinnweben festgesetzt.« Ihr Mund, der keine Minute stillstand, war damit ganz sicher nicht gemeint. Sie plapperte in einer Tour. »Stell dir das so vor: Du machst eine Diät – nur Pampelmusen, Knäckebrot und so 'n fades Zeug –, und dann darfst du nach monatelanger Abstinenz endlich wieder ein Stückchen Schokolade naschen.« Genießerisch verdrehte sie die Augen.

»Na dann pass mal auf, dass du davon nicht zunimmst.« Ich knüllte mein Handtuch zusammen und simulierte einen dicken Babybauch. Aber diesbezüglich brauchte ich mir wohl keine Sorgen zu machen. Mit Mareikes Kondomvorrat konnte ein ganzer Swingerklub problemlos in Griechenland überwintern.

»Ich wusste gar nicht, wie viele erogene Zonen ich habe. Als Jochen mich ...«

Lachend hob ich die Hände. »Sei so gut, und erspar mir die Details.«

»Sag mal«, neckte sie mich, »bist du vielleicht ein kleines bisschen neidisch?«

»Quatsch, wie kommst du denn darauf? So ein One-Night-Stand wäre sowieso nichts für mich.«

»Woher willst du das wissen, wenn du es noch nie ausprobiert hast?«

»Ich weiß es eben.« Ich musste nicht erst mit dem Kopf vor die Wand rennen, um festzustellen, dass mir das nicht guttat.

»Jahrzehntelang hat man uns Frauen weisgemacht, dass wir für einen Orgasmus Liebe und die ganze romantische Schlagsahne bräuchten. Dabei reicht schon ein halbwegs ungestörtes Plätzchen.« Mareike grinste. »Aber um noch mal auf dich und Ludger zurückzukommen: Wer sagt denn, dass es bei einem One-Night-Stand bleiben muss?«

Ich horchte auf. Jetzt wurde die Sache interessant! Vielleicht hatte Mareike ja Recht. Ludger und ich wohnten sogar in derselben Stadt, es gab schlechtere Ausgangsbedingungen. »Du meinst also, es könnte mehr daraus werden?«

»Klar!«, sprach mir meine Freundin Mut zu. »One-Night-Stand kommt bekanntlich aus dem Englischen und bedeutet, dass man eine Nacht miteinander verbringt.«

Auch wenn ich meine Englischkenntnisse in den letzten Jahren ein wenig vernachlässigt hatte, so verwahrlost waren sie nun auch wieder nicht. Ich konnte One-Night-Stand auch ohne fremde Hilfe übersetzen. Trotzdem war mir nicht ganz klar, worauf Mareike eigentlich hinauswollte. Sicherheitshalber fragte ich nach.

»Wir reisen erst am Montag ab, du Dummerchen«, antwortete Mareike lachend. »Wenn ihr euch also ranhaltet, bleiben euch nicht etwa nur eine, nicht zwei, sondern sage und schreibe drei volle Nächte. Und nicht zu vergessen: die Tage! Carpe diem, wie der Lateiner sagt. Das ist kein One-Night-Stand. Das kann man schon ohne weiteres als Affäre bezeichnen.«

Das war eigentlich nicht so ganz das, was ich hatte hören wollen. »Denkst du denn nie darüber nach, was aus dir und Jochen wird? Nach dem Urlaub ...? Wenn wir wieder in Deutschland sind?«

»Nein, wieso sollte ich?« Mareike gähnte, dann reckte und streckte sie sich wie eine Katze. »Das ist ja gerade das Schöne an einer Urlaubsaffäre. Keine Versprechungen, keine Verpflichtungen. Man hat 'ne schöne Zeit und tollen Sex zusammen, und dann geht jeder wieder seiner Wege.«

»Du sprichst von Jochen wie von ...« Ich suchte nach einem passenden Vergleich.

»... wie von einem kleinen Pausensnack, den man zwischen zwei Mahlzeiten vernaschen kann, ohne sich den Appetit zu verderben«, kam mir Mareike, die im Schneidersitz auf dem Klodeckel thronte, bereitwillig zu Hilfe. »Du hast's erfasst.« Sie warf mir einen prüfenden Blick zu. »Warum willst du das eigentlich so genau wissen? Du hast dich doch nicht etwa verliebt, oder?«

»Ach was!«, wehrte ich erschrocken ab.

»Na, dann ist ja gut.«

# Kapitel 7

Der Rest des Urlaubs verging wie im Flug. Ruck, zuck war der Tag unserer Abreise gekommen. Und Ludger hatte immer noch keinen nennenswerten Annäherungsversuch gestartet. Die harmlosen Küsschen und flüchtigen Berührungen, die wir ausgetauscht hatten, waren kaum der Rede wert. Hatte ich mir die Spannung und das Knistern zwischen uns etwa nur eingebildet? Ich konnte mir Ludgers Verhalten beim besten Willen nicht erklären. Er hatte mir unzählige Komplimente gemacht, bei jeder Gelegenheit meine Nähe gesucht und heftig mit mir geflirtet – aber das war's auch schon. Bis jetzt hatte er mich noch nicht mal nach meiner Adresse gefragt. Bei dem Gedanken, Ludger niemals wiederzusehen, zog sich alles in meinem Inneren zusammen. Vielleicht bekam ich aber auch lediglich meine Periode …

Nachdem wir unsere gepackten Koffer an der Rezeption deponiert hatten, luden Ludger und Jochen uns noch auf einen Abschiedsdrink an die Poolbar ein. Der Moment der Trennung rückte unaufhaltsam näher. Denn während für Mareike und mich der Urlaub an dieser Stelle zu Ende war, wartete auf Ludger und Jochen noch eine Woche Inselhopping an Bord einer griechischen Segelyacht.

Der Countdown lief, nur noch zwanzig Minuten, noch zehn, noch fünf … Der Kloß in meinem Hals schwoll an wie ein fieser Wespenstich. Ich bekam kaum noch Luft.

»Nicht traurig sein.« Ludger zog mich in seine Arme und küsste mich zärtlich. Ich hätte heulen können – vor Glück und Verzweiflung. Als wir uns voneinander lösten, hatte ich den leicht bitteren Geschmack von Blutorangen und Abschied auf den Lippen.

Dann war es auch schon höchste Zeit zum Aufbruch. Wie betäubt folgte ich Mareike zur Rezeption. Als wir dort ankamen, standen an der Stelle, wo sich vor einer halben Stunde noch meterhohe Gepäckberge aufgetürmt hatten, nur noch zwei einsame, verwaiste Koffer. Unsere Koffer.

Der Bus war uns vor der Nase weggefahren, nun mussten wir uns für den Transfer zum Flughafen wohl oder übel ein Taxi leisten. Dabei machten wir die Erfahrung, dass »Auto« in südlichen Ländern ein sehr weit gefasster und großzügig ausgelegter Sammelbegriff für alles mit vier Rädern war. Der herbeigerufene Wagen, der mit quietschenden Bremsen und klapperndem Auspuff vor dem Haupteingang hielt, war kein Taxi, sondern ein mobiler Abenteuerspielplatz. Der Fahrer wusste schon, warum er die Kiste nie wusch, denn so wie's aussah, wurden die einzelnen Karosserieteile nur noch von einer dicken, verkrusteten Dreckschicht zusammengehalten. In der Fremde lernte man gewisse Dinge erst richtig zu schätzen und vermisste sie schmerzlich. Das eigene Bett beispielsweise. Oder den TÜV, den ich in Deutschland schon etliche Male verflucht hatte. Plötzlich hielt ich die ungeliebte Prüfstelle für eine sehr löbliche und sinnvolle Einrichtung.

»Ludger hat mich noch nicht einmal nach meiner Adresse gefragt«, seufzte ich, nachdem wir auf der zerschlissenen Rückbank Platz genommen und »Airport« als Fahrziel angegeben hatten.

»Aber mich«, triumphierte Mareike. »Wahrscheinlich wollte er dich überraschen.«

»Und?«

»Was und?«

»Hast du ihm meine Adresse gegeben?«, hakte ich nach.

»Klar. Was glaubst denn du?!«

Kam es mir nur so vor, oder leuchtete die Sonne plötzlich um einiges heller? Ach, war das Leben nicht wunderbar?! Ich hätte Mareike vor Freude und Erleichterung abknutschen können.

»Übrigens 'ne wirklich schöne Gegend, in der du wohnst.« Mareike zwinkerte mir zu. »Wenn ich Modedesignerin wäre, würde ich mir auch eine schicke Altbauwohnung in einem Stadtteil wie Oberkassel suchen.«

Mir schwante Böses. »Du hast Ludger doch nicht etwa gesagt, ich würde in Oberkassel wohnen?«

»Auf der Luegallee. Schicke Gegend, Ia-Lage. Gut, nicht wahr? Du könntest als Agentin beim BND anfangen, ich hab dir eine wasserfeste Legende gebastelt«, freute sich Mareike. »Bei Jochen bin ich gar nicht erst in die Bredouille geraten, mir etwas ausdenken zu müssen. *Er* hat *mir* seine Anschrift und seine Telefonnummer gegeben. Ich hab zwar behauptet, dass mein Filofax wegen Überfüllung geschlossen sei, aber er hat mir seine Adresse regelrecht aufgedrängt.« Sie wühlte in ihrer Handtasche, kramte einen kleinen weißen Notizzettel hervor und betrachtete ihn sinnend. »Ach, Jochen, es war schön mit dir«, seufzte sie übertrieben theatralisch und setzte in normalem Tonfall hinzu: »Aber man sollte wissen, wann es vorbei ist, mein Lieber.« Ehe ich etwas dazu sagen konnte, hatte sie das Papier in kleine Schnipsel gerissen und aus dem Fenster geworfen.

O nein! Da flog sie hin, meine letzte Chance, Ludger jemals wiederzutreffen. Ich kam mir vor wie auf einem sinkenden Schiff, und Mareike hatte soeben den einzigen Rettungsring, den es gab, über Bord geschmissen.

Die Aussichtslosigkeit der Lage trieb mir die Tränen in die Augen. »Wie soll ich Ludger denn jetzt finden?«, krächzte ich.

»Scheiße. Du hast dich doch in ihn verliebt, nicht?«

Stumm nickte ich mit dem Kopf.

»Stop the car!«, brüllte Mareike den Taxifahrer an. Der arme Mann ging vor Schreck so heftig in die Eisen, dass wir um ein Haar eine Massenkarambolage verursacht hätten. Kaum war der

Wagen zum Stehen gekommen, rissen wir in stillschweigendem Einvernehmen die Türen auf, sprangen hinaus und liefen am Straßenrand etwa hundert Meter zurück, bis zu der Stelle, wo Mareike den zerrissenen Zettel aus dem Fenster geworfen hatte. Unter den erstaunten Blicken des Taxifahrers krochen wir auf allen vieren durch den Dreck und sammelten alle Papierfetzen auf, die wir finden konnten.

Mir war durchaus bewusst, dass wir dem Ruf der deutschen Touristen soeben einen irreparablen Schaden zugefügt hatten. Ich konnte mir lebhaft vorstellen, wie der Taxifahrer sich am Abendbrottisch im Kreise seiner Familie über das merkwürdige Verhalten seiner Fahrgäste auslassen würde. »Kinder, vor den Deutschen müsst ihr euch in Acht nehmen. Das sind schlimme Psychopathen.«

Tja, so entstanden Vorurteile, aber daran konnte ich nun auch nichts mehr ändern.

Wir trugen die kostbaren Fundstücke zum Auto und gaben dem Fahrer ein Zeichen zum Weiterfahren.

»Are you sure?«, fragte er misstrauisch.

Was für eine Frage! Natürlich waren wir uns sicher! Nur der Taxifahrer sich offenbar nicht. Wahrscheinlich überlegte er gerade, ob er uns aus seiner Karre schmeißen, in eine Zwangsjacke stecken oder um Vorkasse bitten sollte. Schlussendlich betätigte er jedoch einfach den Zündschlüssel und gab Gas.

Auf der Fahrt zum Flughafen versuchten Mareike und ich die Papierschnipsel zusammenzusetzen. Ein Puzzle mit tausend Teilen war dagegen ein Klacks. Vor lauter Hektik und aus Angst, ein entscheidendes Fragment zu übersehen, hatten wir so ziemlich alles vom Boden aufgesammelt, was uns in die Finger gekommen war. Nun mussten wir den ganzen Müll erst mal sortieren. Puh, die reinste Sisyphusarbeit! Nachdem wir unzählige Fetzen von Flaschenhalsetiketten, Werbezetteln und Zigarettenschachtel ausgesiebt hatten, blieben lediglich drei Papierstücke übrig, die mit etwas Glück von dem gesuchten Notizzettel stammen konnten. Der Rest war wohl vom Winde verweht worden.

»Was für eine Sauklaue! Diese Hieroglyphen kann doch kein Mensch entziffern«, beschwerte sich Mareike, die sich mit der Auswertung des ersten Papierfragments beschäftigte. Eine echte Herausforderung, denn die überdimensional großen, nachlässig aufs Papier geworfenen Kugelschreiberstriche konnte man nur mit viel Fantasie und Wohlwollen als Buchstaben identifizieren. Fragte sich nur welche. Erst nachdem Mareike und ich gemeinsam eine Weile herumgerätselt hatten, wagten wir, uns festzulegen: O-C-H-E-N-S-C-H-U –.

Unser detektivischer Spürsinn sagte uns, dass bei »ochen« vorne das »J« amputiert worden war, bei »Schu« musste es sich demnach um die Anfangsbuchstaben des Nachnamens handeln.

»Na wunderbar! Damit haben wir ihn doch schon fast gefunden«, konstatierte ich ironisch. »Schumann, Schulte, Schubert, Schumacher, Schuster, Schulz – alles sehr seltene und ausgefallene Nachnamen, die es bestimmt nur ein einziges Mal in Düsseldorf gibt. Oder fällt dir womöglich noch ein anderer Name ein, der mit ›Schu‹ beginnt?«

Betreten starrte Mareike auf ihre Schuhspitzen. »Och, wenn du mich so fragst ...«

Die beiden anderen Fragmente brachten auch keine nennenswerten Hinweise. Abgesehen von etwaigen Fingerabdrücken war der zweite Papierfetzen leer. Auf Fundstück drei standen lediglich ein paar Ziffern, die ebenso gut zur Telefonnummer wie zur Postleitzahl gehören konnten. Vielleicht waren es aber auch nur die Gewinnzahlen der griechischen Lotterie. Wir vermochten nicht einmal mit Bestimmtheit zu sagen, ob es sich um Jochens Handschrift handelte.

Das Ergebnis unserer Bemühungen war niederschmetternd: Wir hatten völlig umsonst den guten Ruf der deutschen Urlauber aufs Spiel gesetzt. Denn wie man die Puzzleteile auch drehte und wendete – sie brachten uns nicht wirklich weiter.

Mareike war total geknickt. »Du glaubst gar nicht, wie leid mir das tut!«

Bestimmt nicht halb so leid wie mir!

Ein paar Stunden später hatten wir wieder deutschen Boden unter den Füßen – und deutsche Regenwolken über dem Kopf. Willkommen daheim!

Der Rückflug war ziemlich schweigsam verlaufen. Mareike hatte mit ihrer Flugangst und ich mit meinem Liebeskummer zu kämpfen gehabt. Und als wäre das noch nicht genug, erwartete mich zu Hause bereits die nächste Katastrophe. Als meine Schwester Mareike und mir die Wohnungstür öffnete, traute ich meinen Augen kaum.

»O Gott!«, hauchte ich anstelle einer Begrüßung.

»Seit wann so förmlich?«, flachste Lili und flog mir um den Hals.

Ich drückte sie kurz an mich, schob sie dann aber, um sie besser anschauen zu können, um Armeslänge von mir. »Wer war das? Red schon, wer hat dich so zugerichtet?! Den werde ich mir vorknöpfen! Wenn ich mit ihm fertig bin, wird er es bereuen, je auf die Welt gekommen zu sein.«

»Wie ich höre, wird mein Typ verlangt.« Philipp kam aus der Küche in die Diele.

»Du warst derjenige, der sich an Lilis Haaren zu schaffen gemacht hat?« Zornig funkelte ich ihn an.

»Stets zu Diensten, gnädige Frau. Möchten Sie auch einen Termin? Waschen, schneiden, legen?« Mit einem spitzbübischen Lächeln im Gesicht machte er eine einladende Geste Richtung Badezimmer. Mein Ärger verdampfte wie Wassertropfen auf einer heißen Herdplatte.

»Sieht geil aus, oder?« Meine Schwester fuhr sich durch ihre langen, seidig glänzenden Haare. Bei ihrem letzten Besuch waren sie noch kastanienbraun gewesen. Wie meine. Nun leuchteten sie in einer Farbe, die je nach Lichteinfall mal zu Pumucklrot, dann wieder mehr zu Neonpink tendierte.

Die neue Haarpracht war sicher nur ein kleiner Appetizer auf das, was mich in den nächsten Wochen noch mit meiner kleinen Schwester erwarten würde, fürchtete ich. Mareike gingen offenbar ähnliche Gedanken durch den Kopf: »Sieh's positiv«, versuchte sie, mich aufzubauen. »Ebenso gut könntest du ihr eine Kuhglocke um den Hals hängen. Mit der Haarfarbe geht Lili nirgendwo verloren. Wenn du sie demnächst nachts in irgendwelchen dunklen Klubs und Kaschemmen suchen musst, wirst du Philipp noch dankbar sein.«

Grund zur Dankbarkeit hatte ich wirklich. Wie sich nämlich herausstellte, hatte meine Schwester vorgehabt, Mareike und mich mit einem Begrüßungsessen zu überraschen. Eine echte Gefahr für Leib und Leben! Denn wo immer Lilis Talente auch liegen mochten – in der Küche ganz sicher nicht! Mit Schaudern erinnerte ich mich an Lilis Spezialrezept: eine Minestrone, salzig wie das Tote Meer! Ähnliche Anschläge auf unsere Geschmacksnerven würden uns, so hoffte ich, an diesem Tag erspart bleiben, denn Philipp hatte angeboten, den Küchendienst zu übernehmen. Jetzt würde sich zeigen, ob Frau Groß in Bezug auf seine Kochkünste zu viel versprochen hatte.

Während Mareike und Philipp sich in der Küche miteinander bekannt machten und beschnupperten, begann ich schon mal, meinen Koffer auszupacken.

»Und, was sagst du, ist Flippi nicht süß?«, wollte meine Schwester, die mir wie ein Hündchen gefolgt war, aufgekratzt wissen.

Die Fliegerei musste mir auf die Ohren geschlagen sein. Ich verstand immer »Flippi«, kannte aber bloß Flip, den Grashüpfer. »Bitte *wer?*«, hakte ich nach.

»Na Flippi!« Lili verdrehte die Augen. »Philipp meine ich natürlich!«

»Und warum nennst du ihn Flippi?«

»Das fragst du noch? Schau ihn dir doch an! Sein Outfit ist ja wohl echt ausgeflippt, oder?«

»Gewöhnungsbedürftig trifft's meiner Meinung nach eher.« In puncto Mode schien Philipp über einen sehr eigenwilligen Geschmack zu verfügen. Davon hatte ich mich bei unserem ersten Zusammentreffen ja bereits überzeugen dürfen. Jetzt war er komplett in Schwarz gekleidet, was normal oder gar langweilig gewirkt hätte, wären da nicht die Strümpfe gewesen, die aufgrund ihrer Farbe sofort ins Auge stachen: Die rechte Socke war braunrot, die linke giftgrün.

Falls das ein neuer Trend war, dann hatte ich ihn glatt verpennt. Ehrlich gesagt wusste ich auch nicht so recht, ob es mir gelingen würde, mich für diesen modischen Gag zu erwärmen. Obwohl – praktisch war's allemal. Wenn ich nur daran dachte, wie viele einzelne Strümpfe mir im Laufe der Jahre auf unerklärliche Weise abhanden gekommen waren …

»Von seinen Kochkünsten kannst du dich ja gleich selbst überzeugen. Außerdem spielt er wahnsinnig toll Saxophon.« Lilis Wangen glühten. »Und er hat keinen Führerschein.«

»Alkoholprobleme?«, fragte ich mitfühlend.

»Warum sollte er ein Alkoholproblem haben? Wie kommst du denn darauf?«

»Die werden ihm den Lappen ja wohl kaum wegen seiner schönen braunen Augen abgenommen haben.«

»Blödsinn! Was du gleich wieder denkst. Er hat nie einen Führerschein besessen. Zum Sender fährt er übrigens jeden Tag mit dem Fahrrad. Sag bloß, das wusstest du nicht?!«

»Nein, das ist mir neu. Seinen Kontostand und seine Blutgruppe hat er mir in den zehn Minuten, die wir uns bis jetzt unterhalten haben, auch noch nicht verraten«, erwiderte ich trocken. »Aber sag mir mal lieber, woher *du* so gut informiert bist.«

»Flippi hat mir erklärt, wie ich am besten mit der Bahn zur Uni komme. Bei der Gelegenheit waren wir auch gleich zusammen ein Bierchen trinken. Da erfährt man so einiges. Den Rest hat er mir beim Haarefärben erzählt. Ach ja, und gestern hat Flippi für mich Spaghetti Carbonara gekocht.«

Das klang ja fast so, als wären die beiden während meiner Abwesenheit unzertrennlich gewesen.

»Er ist schwer in Ordnung. Wir können echt froh sein, dass wir jetzt so einen netten Nachbarn haben«, erklärte Lili eifrig.

Obwohl das Plädoyer für Philipp keinesfalls gegen Frau Groß gerichtet war, verspürte ich das Bedürfnis, sie in Schutz zu nehmen. »Mit Flippis ... äh ... ich meine, Philipps Oma bin ich all die Jahre auch wunderbar zurechtgekommen. Wenn du sie kennen würdest, wüsstest du, was für eine Seele von Mensch sie ist.«

»Gute Seele hin oder her, aber hat sie auch so 'nen klasse Hintern wie ihr Enkel?«

Ach, guck mal einer an, dachte ich, das ist Lili also auch schon aufgefallen.

Beim Essen stellte ich fest, dass Philipp tatsächlich noch mehr zu bieten hatte als einen knackigen Po. Sein Risotto mit Gorgonzola konnte sich ohne weiteres mit den kulinarischen Genüssen eines Spitzenrestaurants messen. Mareike und ich mussten es schließlich wissen, denn unsere Gaumen waren in der vergangenen Woche nach allen Regeln der Kochkunst verwöhnt worden. Trotzdem fehlte mir irgendwie der rechte Appetit. Während Mareike sich schon zum dritten Mal den Teller von Philipp nachfüllen ließ, sortierte ich die Reiskörner mit der Gabel von rechts nach links.

»So, jetzt mal raus mit der Sprache.« Lili ließ ihr Besteck sinken. »Was ist los? Bist du krank? Ich kenne dich schon mein ganzes Leben, und wenn du so ein herrliches Essen verschmähst, ist irgendetwas nicht in Ordnung.«

Ich spielte das Unschuldslamm. »Was soll denn nicht in Ordnung sein?«

»Wenn ich das wüsste, würde ich nicht fragen.« Das klang einleuchtend.

»Also, die Sache ist die ...«, begann ich etwas umständlich. »Gleich am ersten Abend nach unserer Ankunft haben wir an der Poolbar ...«

»Lange Rede, kurzer Sinn: Belinda hat sich im Urlaub unglücklich verliebt«, fiel Mareike mir ins Wort.

»Oje, und der Typ ist verheiratet«, riet Lili aufs Geratewohl.

»Nein, ist er nicht. Zumindest nicht, dass ich wüsste.«

»Warte, warte, sag nichts. Gleich hab ich's: Er ist Grieche!« Philipp seufzte theatralisch. »Gegen diese Südländer können wir deutschen Männer einfach nicht anstinken. Was haben die bloß, was wir nicht haben?«

»Du meinst, außer Charme, Temperament und Sexappeal?«, neckte ihn Lili übermütig. »Südländer haben nicht nur das gewisse Etwas, sie wissen auch, wie man richtig damit umgeht. Die Jungs sollen nämlich verdammt gute Liebhaber sein.«

Philipp winkte ab. »Ach, das sind doch alles Märchen aus Tausendundeiner Nacht. Aber warum fragen wir nicht einfach Belinda? Die muss es doch schließlich wissen.« Erwartungsvoll schauten Lili und Philipp mich an.

»Ludger ist Deutscher«, knurrte ich. »Er kommt sogar aus Düsseldorf.«

»Das ist doch perfekt!«, freute sich Lili.

»Nein, ist es nicht.«

»Ist es nicht?« Lili verstand die Welt nicht mehr. »Aber warum nicht? Er ist nicht verheiratet und wohnt sogar in Düsseldorf. Wo liegt da das Problem?«

*Das* Problem? Es gab kein Problem, zumindest kein einzelnes.

Nur einen ganzen Sack voller Probleme. Mareike übernahm es, Philipp und Lili in mein amouröses Urlaubsdesaster einzuweihen. Ich ließ sie gewähren, denn intime Details, die sie im Eifer des Gefechts hätte ausplaudern können, gab es ja bedauerlicherweise sowieso nicht.

»Mein Gott, es wäre doch gelacht, wenn wir den Kerl nicht finden würden«, verkündete meine Schwester voller Optimismus, als Mareike mit ihrem Urlaubsbericht im Hier und Jetzt angelangt war.

Lili schob ihren Teller beiseite, angelte unter der Fernsehzeitung einen karierten Block hervor und begann, sich Notizen zu machen. Irgendwie hatte ich so meine Zweifel, ob sie bei den Vorlesungen an der Uni genauso fleißig mitschrieb.

»Also, dann lass uns mal zusammenfassen, was wir über deinen Traumprinzen alles wissen. Der Mann heißt mit Vornamen Ludger, Nachname unbekannt, er sieht wahnsinnig gut aus – was du im Übrigen gleich noch etwas genauer präzisieren müsstest –, wohnt in Düsseldorf, ist vierunddreißig Jahre alt, seine Hobbys sind Tennis und Segeln. Und er ist Juniorpartner in der Kanzlei seines Vaters.« Sie trommelte mit dem Kuli auf dem Papier herum. Dabei sah sie mich vorwurfsvoll an. »Und das sind schon alle Informationen, die du über ihn hast? Das kann doch nicht wahr sein! Worüber habt ihr euch denn die ganze Woche unterhalten?«

Gute Frage, nächste Frage.

Meine Güte, ich wusste doch selbst, dass das verdammt dürftig klang. Aber nachdem mir Mareike kurzerhand zu einer erfolgreichen Karriere als Modedesignerin verholfen hatte, war ich der Ansicht gewesen, dass es besser war, allzu persönliche Dinge bei unseren Gesprächen auszuklammern. Dafür wusste ich jetzt ganz genau, was Ludger über das Dosenpfand, Tierversuche, das atomare Abrüsten, James Bond und Jennifer Lopez dachte. Bei den meisten Themen waren wir sogar einer Meinung gewesen, lediglich beim Popo der Latino-Queen hatten wir es nicht geschafft, auf einen gemeinsamen Nenner zu kommen. Aber was war schon ein Hintern im Vergleich zum Weltfrieden? Bedauerlicherweise brachten mich all diese wunderbaren Übereinstimmungen keinen Schritt weiter.

»An seine Schuhgröße und an seine Zimmernummer kann ich mich noch erinnern«, bemerkte ich kleinlaut.

»Na bitte, das ist doch schon was!« Lili klappte den Block zu. »Warum rufst du nicht einfach im Klub an und lässt dir seinen Namen und seine Adresse geben!«

»Und du glaubst, die rücken die so ohne weiteres raus?« Ich zeigte ihr einen Vogel. »Wohl noch nie was von Datenschutz gehört, was?«

Lili zog nachdenklich ihr Näschen kraus. »Na ja, du müsstest dir natürlich schon einen triftigen Grund einfallen lassen, warum es so wichtig ist, dass sie dir verraten, wo du ihn erreichen kannst. Wenn's beispielsweise um Leben oder Tod geht, sind die Leute erfahrungsgemäß eher bereit, mal ein Auge zuzudrücken.«

Danke für den Tipp! Ich tat, als hielte ich einen Telefonhörer in der Hand. »Schönen guten Tag, hier ist Belinda Fischer. Der Gast, der heute aus Zimmer 225 ausgezogen ist, hat mir ein Spenderherz versprochen. Nur hat er leider vergessen zu erwähnen, wo ich es mir abholen kann. – Meinst du so etwas in der Art?«

»Im Prinzip schon. Allerdings solltest du vielleicht besser nicht ganz so dick auftragen«, antwortete Lili grinsend. »Du könntest doch einfach behaupten, dass du ein Kind von ihm erwartest.«

Entsetzt riss ich die Augen auf. Das wurde ja immer besser! »Aber wir haben gar nicht ...« Als ich Philipps interessierten Gesichtsausdruck sah, errötete ich bis zu den Haarwurzeln. »Also, nicht dass ihr jetzt denkt ... Was ich damit sagen will, ist ...«

Mareike hatte ein Einsehen und erlöste mich von meinen Qualen: »Schon gut, schon gut, ich glaube, alle haben kapiert, worauf du hinauswillst.«

Lili feixte. »Und dein Gestotter betrachten wir wohlwollend als Sprechübung.«

»Du könntest über unseren Radiosender eine Suchmeldung rausgeben«, schaltete sich Philipp nun auch noch ein. »Das machen viele. Du glaubst gar nicht, wie oft es passiert, dass Männer und Frauen nur tiefe Blicke, aber keine Telefonnummern austauschen. Das übliche Spiel: Jeder wartet darauf, dass der andere den ersten Schritt macht. Und wenn einer von beiden endlich seine Schüchternheit oder seine Lähmungserscheinungen überwunden hat, ist es zu spät. Der Bus fährt ab, das Schwimmbad schließt oder wie auch immer. Und wenn sie's dann verbockt haben, wenden sie sich Hilfe suchend an uns, damit wir ihnen aus der Klemme helfen.«

»Du meinst also auch, dass ich die Sache selbst vermasselt habe?« Na, wer denn sonst? Mist, verdammter! Ich hätte Ludger einfach nur nach seiner Telefonnummer fragen müssen, anstatt darauf zu warten, dass er die Initiative ergriff. Verstohlen wischte ich mir eine Träne aus dem Augenwinkel.

»Nein, das wollte ich damit nicht sagen. Bei dir liegt der Fall natürlich völlig anders«, erklärte Philipp, der Frauen offenbar nicht weinen sehen konnte, hastig. »Wenn ich's mir recht überlege, bin ich sogar schuld an der ganzen Misere. Hätte ich dir beim Gewinnspiel nicht geholfen, wärst du gar nicht erst nach Griechenland geflogen, hättest diesen Ludger nie kennen gelernt, und alles wäre in schönster Ordnung.«

Mareike hob den Finger. »Sofern hier überhaupt einer für dieses Desaster die Verantwortung trägt, dann ja wohl ich. Mea culpa. Schließlich war es meine Idee, dich als Designerin auszugeben, und *ich* hab Ludger die falsche Adresse gegeben.«

»Das ist unfair«, murrte Lili und tat, als wäre sie beleidigt. »Da kann ich nicht mithalten.«

»Ach, kommt schon, es ist ja wirklich süß, dass ihr euch darum reißt, wer mehr Schuld hat. Aber seien wir doch mal ehrlich: Ich hab's selbst vergeigt.« Erwartungsvoll schaute ich in die Runde. Doch anstatt mir erneut heftig zu widersprechen, nickten nun alle zustimmend. So hatte ich mir das nicht vorgestellt. »Na ja, aber ein kleines bisschen Mitschuld tragt ihr natürlich auch.« Seufzend spielte ich mit dem Dessertlöffel. »Vielleicht ist es ja auch besser so. Aus der Traum. Das mit Ludger und mir hätte doch sowieso nicht hingehauen. Der arme Kerl würde auf der Stelle tot umfallen, wenn er wüsste, dass er sich mit einer Verkäuferin abgegeben hat. Vermutlich war das Ganze für ihn eh nicht mehr als ein netter kleiner Urlaubsflirt, den er längst wieder vergessen hat.«

»Dann solltest du das am besten auch tun.« Philipp nestelte an seiner Jacke herum, die über der Stuhllehne hing. Zu meinem Entsetzen zog er ein Päckchen Marlboro und ein Feuerzeug aus der Brusttasche.

»Du rauchst?«, fragte ich so angewidert, als hätte er uns gerade offenbart, dass er an den Fußnägeln kaute.

»Ja, gelegentlich. Wieso? Stört's dich? Ich wollte ohnehin auf den Balkon gehen.«

»Du hast bei meiner Schwester gerade auf einen Schlag tausend Sympathiepunkte verloren«, antwortete Lili an meiner Stelle. »Belinda ist die militanteste Nichtraucherin, die ich kenne. Im Vergleich zu ihr ist jeder Greenpeace-Aktivist ein lahmer Pantoffelheld.«

»Komm, jetzt übertreibst du. Aber Lili hat schon Recht. Ich mag es wirklich nicht besonders, wenn jemand raucht.«

Philipp ließ die Zigaretten wieder in der Jackentasche verschwinden. Er grinste. »Für ein gutes nachbarschaftliches Verhältnis würde ich sogar mit der Qualmerei aufhören.«

»Nicht nötig. Aber wehe, du verführst meine Schwester!« Ich spürte, dass ich schon wieder puterrot wurde. »Zum Rauchen meine ich natürlich«, setzte ich, um Missverständnissen vorzubeugen, rasch hinzu.

Als Nachtisch servierte Philipp Tiramisu und einige nicht minder köstliche Anekdoten aus dem Sender. Fast täglich hatte er es mit skurrilen oder amüsanten Höreranrufen zu tun, die er nun für uns zum Besten gab. Bei einigen besonders gelungenen Imitationen standen uns vor Lachen fast die Tränen in den Augen. Als Mareike sich um halb zehn ein Taxi rief, stellte ich zu meiner Überraschung fest, dass es mir bereits viel besser ging. Ich fühlte mich nicht mehr sterbenselend, sondern nur noch elend. Immerhin …

Kurz nach meiner Freundin ging auch Philipp. Ich brachte ihn zur Tür. »Vielen Dank für den netten Empfang und das tolle Essen. Ach ja, und natürlich für die Zahnbürste.«

»Gern geschehen. Wenn du Lust hast, kannst du mich ja mal im Sender besuchen«, schlug Philipp beim Abschied vor.

»Mal sehen«, antwortete ich vage.

# Kapitel 8

Nun gab es in Düsseldorf also einen Singlehaushalt weniger. Einerseits war es schön, nicht mehr jeden Abend in eine leere, ausgestorbene Wohnung zurückzukehren, andererseits stellte ich schnell fest, dass auch die neue Weiberwirtschaft so ihre Tücken hatte.

In den ersten Tagen rasselten Lili und ich häufig aneinander. Angeblich war der Deckel der Zahnpastatube ja ein beliebter Zankapfel. Bei uns nicht. Da Lili Flaschen und Tuben generell offen ließ, hatte ich mich rasch daran gewöhnt, dass die Zahnpastatube nie zugeschraubt war. Damit konnte ich leben. Es war Lilis Schlampigkeit im Allgemeinen, die mich zur Weißglut trieb. Abends, wenn ich von der Arbeit nach Hause kam, konnte ich lückenlos rekonstruieren, was meine kleine Schwester während meiner Abwesenheit getrieben hatte. Im Flur stolperte ich bereits über Lilis Sporttasche, auf der Spüle lagen Brötchenkrümel und ein schmutziges Nutellamesser, und der Küchentisch verschwand in der Regel unter einer dicken Schicht Zeitschriften und einer wechselnden Anzahl von Kaffeetassen, die an den Rändern unterschiedliche Lippenstiftfarben trugen. Ich hatte nichts dagegen, dass Lili Freundinnen zu uns nach Hause einlud, nur verspürte ich nicht die geringste Lust, auch noch hinter denen herzuräumen. Die allabendliche Krönung war jedoch Lilis nasses Handtuch auf dem Boden neben der Dusche.

Überhaupt entwickelte sich das Badezimmer zum Hauptkrisenherd. Seit Lilis Einzug glich es einem Chemielabor. Es war mir ein Rätsel, was für Substanzen sich in all den Tiegeln, Tuben, Töpfchen und Fläschchen befanden, die Lili angeschleppt hatte.

Meist dauerte es Ewigkeiten, bis ich meine Antifaltencreme und mein Deo in diesem Wust von Kosmetikpräparaten gefunden hatte – was aber nicht weiter tragisch war, da ich ohnehin kaum noch ins Badezimmer vordrang. Lili belegte diesen Raum fast rund um die Uhr mit Beschlag.

Auch mit der Arbeitsteilung haperte es ein wenig. Mein Vorschlag, zu Beginn jeder Woche einen Haushaltsplan aufzustellen, war von meiner Schwester als »spießig« abgeschmettert worden. Na schön, ich wollte nicht spießig sein. Aber ich wollte die Hausarbeit auch nicht allein erledigen. Ergo lief es darauf hinaus, dass ich Lili von Zeit zu Zeit kleine Aufgaben übertrug, wie etwa einkaufen gehen oder die Spülmaschine ausräumen, die sie auch brav erledigte. Es dauerte nur unter Umständen ein paar Tage.

Nun ja, früher oder später würde meine Schwester schon noch kapieren, dass meine Wohnung nicht das »Hotel Mama« war. Zu dem Verwöhnprogramm, in dessen Genuss Lili zu Hause gekommen war, gehörte auch der allmorgendliche Weckdienst. Im Gegensatz zu meiner Mutter fehlte mir jedoch morgens sowohl die Lust als auch die Zeit, um in Fünfminutenintervallen vor Lilis Bett aufzukreuzen und sie mit allen möglichen Tricks, Versprechungen oder Drohungen zum Aufstehen zu bewegen. Und mich zum Dank womöglich auch noch beschimpfen zu lassen. Mit neunzehn war meine Schwester wirklich kein Baby mehr und alt genug, selbst dafür zu sorgen, dass sie rechtzeitig zur Uni kam. Hatte ich zumindest gedacht. Nachdem sie jedoch drei Tage in Folge verschlief, konnte ich das Elend nicht mehr länger mit ansehen. Wie sollte sie ihr Studium packen, wenn sie es nicht mal bis in den Hörsaal schaffte?

»Hilfe zur Selbsthilfe« war hier gefragt. Überall in Lilis Zimmer verteilte ich Wecker, die morgens im Abstand von drei Minuten losbimmelten. Um die Krachmacher zu entschärfen, musste sie das Bett verlassen. Was sie aber trotzdem nicht daran hinderte, anschließend wieder unter die warme Decke zu kriechen.

Doch das Weckritual erfüllte noch einen ganz anderen Zweck. Die Vorstellung, dass Frau Kötter, ihres Zeichens Rentnerin, und Dackel Rudi, seines Zeichens Schlafmütze, jeden Morgen um die gleiche Zeit senkrecht im Bett standen, bereitete mir ein diebisches Vergnügen. Die beiden wohnten eine Etage tiefer und waren die einzigen Mieter im Haus, die ständig etwas zu meckern hatten.

Zumindest lenkten mich der Trouble und die Aufregung, die Lili verbreitete, zwischendurch von meinem Liebeskummer ab. Der Gedanke, den Mann fürs Leben gefunden und sofort wieder verloren zu haben, wurde langsam aber sicher zu einer fixen Idee.

»Du kennst ihn doch kaum«, beschwor mich Philipp immer wieder. »In Wirklichkeit ist er bestimmt gar nicht so ein Supertyp, wie du glaubst.« Schon möglich. Aber um das herauszufinden, musste ich Ludger erst einmal finden! In meiner Verzweiflung hatte ich mich von Lili und Philipp sogar dazu überreden lassen, einen Aufruf übers Radio zu starten. Doch Ludger blieb verschollen. Ich war fest davon überzeugt: Mein Liebesleben war gelaufen, für immer, ebenso gut konnte ich gleich ins Kloster gehen.

Bei unserer regelmäßigen Joggingrunde, zu der ich mich nur Mareike zuliebe und nach einigem Lamentieren aufraffte, gab meine Freundin sich alle Mühe, mir aus meinem Jammertal hinauszuhelfen: »Glaub mir, früher oder später kommst du über Ludger hinweg.«

Wie tröstlich! Allerdings war mir »früher oder später« als Zeitangabe etwas zu schwammig, um wirklich aufmunternd zu wirken. Und so suhlte ich mich weiter in Selbstmitleid. »Ich werde nie wieder einen Mann wie Ludger finden. Er war mein absoluter Traummann!«

»Ja, ja, schon gut.« Die Arme kannte die Leier schon in- und auswendig. »Komm, lass uns mal über was anderes reden. Was macht Lili, der kleine Satansbraten? Hat sie sich gut bei dir eingelebt?«, bohrte Mareike zielsicher in der nächsten Wunde herum.

»O ja, bestens. Sie fühlt sich schon ganz wie zu Hause. Überall lässt sie ihre Klamotten rumliegen, und das Badezimmer hat sie in einen Beautysalon verwandelt, den sie nur zum Essen verlässt. Das ich ihr selbstverständlich zubereiten muss.«

»Du lässt der kleinen Kröte viel zu viel durchgehen. Warum verdonnerst du Lili nicht auch mal zum Kochen?«

»Hab ich doch schon. Letzten Montag hat sie mir ein vegetarisches Zigeunerschnitzel serviert.«

»Oh, klingt interessant.« Nach einer kurzen Pause hakte Mareike nach: »Was hab ich mir denn unter einem vegetarischen Zigeunerschnitzel vorzustellen?«

»Zigeunersoße pur, ohne alles.« In gespielter Verzweiflung hob ich die Arme gen Himmel. »Herr, schmeiß Hirn vom Himmel! Ich hab immer gedacht, Maggi-fix-Gerichte seien idiotensicher. Lili hat mich vom Gegenteil überzeugt. Auf dem Beutel stand »Zigeunerschnitzel« – da hat mein Schwesterlein angenommen, dass mit dem Pülverchen für die Soße auch noch ein Schnitzel aus der Tüte gepurzelt kommt.«

Im Wesentlichen waren damit alle Neuigkeiten ausgetauscht, und so trabten wir in einträchtigem Schweigen nebeneinander her. Als wir etwa die Hälfte unseres üblichen Laufpensums absolviert hatten, schoss mein Adrenalinpegel plötzlich wie eine Rakete in die Höhe.

Circa hundert Meter vor uns joggte ein männliches Wesen, das mir schmerzlich vertraut vorkam. Als der Läufer sich den Schweiß von der Stirn wischte und seinen Kopf dabei für den Bruchteil einer Sekunde zur Seite wandte, konnte ich einen kurzen Blick auf sein Profil erhaschen. Aber auch von hinten war es für mich ein Kinderspiel, den Mann zu identifizieren. Die Größe, das kurze dunkle Haar, die breiten Schultern, der knackige Hintern, der sich unter der kurzen schwarzen Sporthose appetitlich abzeichnete – ich würde einen Besen mitsamt der Putzfrau fressen, wenn das nicht Ludger war!

Aufgeregt zupfte ich an Mareikes Sweatshirt und wies in die Richtung des Parks, wo Ludger gerade um die nächste Kurve verschwand. »Daaaaa! Dahinten ist er!«

»Wer?«, fragte Mareike verdattert. »Der Weihnachtsmann?«

Also bitte!, dachte ich. Wegen eines bärtigen alten Mannes mit dicker Plauze und rotem Bademantel gerate ich bestimmt nicht aus dem Häuschen! Manchmal war Mareike wirklich schwer von Begriff.

»Ludger natürlich!« Meine Stimme überschlug sich fast.

»Bist du sicher?«

»Natürlich bin ich sicher. Komm, gib Gas, den erwischen wir noch.«

»Ich weiß nicht, ob ...«

Ohne auf Mareikes Protest zu achten, sprintete ich, wie von einem wilden Affen gebissen, los. Doch die Verfolgungsjagd gestaltete sich schwieriger als erwartet. Als ich um die Kurve bog und endlich wieder freie Sicht auf Ludgers entzückenden Knackarsch hatte, stellte ich mit Entsetzen fest, dass er seinen Vorsprung ausgebaut hatte. Der Typ verfügte über eine beneidenswert gute Kondition. Trotz des hohen Tempos, das er vorlegte, wirkte sein Laufstil leichtfüßig und elegant. So, als könnte er noch stundenlang in dieser Geschwindigkeit weiterrennen. Und genau das bereitete mir Sorgen. Ich schnaufte nämlich bereits nach wenigen Metern wie eine alte Dampflok.

Mist, verdammter, das war nicht fair! Von Chancengleichheit konnte keine Rede sein. Wenn Ludger einen Schritt machte, musste ich mindestens zwei oder drei machen.

Vielleicht würde es mir ja gelingen, ihn durch lautes Rufen auf mich aufmerksam zu machen. »Ludger, Ludger!«, japste ich, sehr zur Belustigung einiger Spaziergänger, die wohl annahmen, dass mein Freund mich beim Joggen abgehängt hatte und das arme Frauchen nun sehen musste, dass es nicht vollends den Anschluss verpasste.

»Hopp, hopp, hopp!«, feuerten mich ein paar Teenager von einer Parkbank aus an, wo sie mit Bierflaschen und Kippen im Mund ein kleines Sit-in veranstalteten. »Komm, Alte, gib Stoff, dann kriegste deinen Macker noch!« Wahrscheinlich hatten sie Wetten darüber abgeschlossen, ob es mir gelingen würde, Ludger einzuholen oder nicht. Wer sich den Verstand noch nicht völlig weggekifft hatte, würde wohl keinen Pfifferling auf mich setzen.

Viele grinsende Gesichter zogen am Wegesrand an mir vorüber. Schlimmer als die Heiterkeitsausbrüche waren jedoch die teils mitleidigen, teils verständnislosen Blicke, die mir einige Geschlechtsgenossinnen zuwarfen. Wie konnte man sich von einem Kerl nur so mies behandeln lassen ...?

Während mir sehr wohl bewusst war, dass wir in den Mittelpunkt des allgemeinen Interesses gerückt waren und wie eine Jahrmarktsattraktion begafft wurden, schien Ludger von alldem nichts mitzukriegen. Er zeigte keine Reaktion und joggte seelenruhig und für meinen Geschmack viel zu schnell weiter.

»Ludger!«

Meine Güte, war der Kerl taub? Er sollte sich mal wieder die Ohren waschen – und nicht nur mit dem Zeigefinger darin rumbohren. Zeitgleich mit den Seitenstichen kam auch die Erleuchtung: Ludger trug Kopfhörer, an denen er von Zeit zu Zeit herumfummelte. Kein Wunder, dass er mich nicht hören konnte!

Meine Kraftreserven gingen langsam aber sicher zur Neige. Bei jedem neuen Atemzug hatte ich das Gefühl, mir würde jemand ein Messer zwischen die Rippen rammen. Doch aufgeben? Nie im Leben! Ludger durfte auf gar keinen Fall entwischen. Ich hätte es mir nie verziehen, wenn mir der Mann meines Lebens durch die Lappen gegangen wäre, nur weil ich mich von läppischen Seitenstichen hatte kleinkriegen lassen!

Erst neulich hatte ich in einer Frauenzeitschrift gelesen, dass die Liebe Flügel verleiht. Alles erstunken und erlogen! Ich konnte förmlich spüren, wie die Blase an meiner Ferse immer größer wurde. Doch ich biss die Zähne zusammen und rannte, als ginge es um mein Leben. Der Abstand zwischen Ludger und mir verringerte sich Meter um Meter. Endspurt!

Ich meinte schon fast, Ludgers Schweiß riechen zu können, als ich plötzlich auf ein unerwartetes Hindernis stieß. Unwillkürlich drosselte ich mein Tempo. Auch das noch! Von links war ein Mann mit einem Hund aufgetaucht.

Mir rutschte das heftig pochende Herz in die Hose. Der Rottweiler sah aus, als würde er kleine Kinder zum Frühstück verspeisen. Aber gegen eine Joggerin für den kleinen Hunger zwischendurch hatte er bestimmt auch nichts einzuwenden.

»Aus dem Weg!« Um meinen Worten mehr Nachdruck zu verleihen, fuchtelte ich mit den Armen in der Luft herum. Eine Fliege hätte sich auf diese Weise vielleicht verscheuchen lassen, doch der Rottweiler und der Mann, der das Kalb an der Leine spazieren führte, rührten sich keinen Zentimeter von der Stelle. Je näher ich dem Gespann kam, desto mulmiger wurde mir. So also fühlte sich ein Kaninchen, das dem Jäger geradewegs vor die Flinte taumelte.

Der Rottweiler bleckte die Zähne. Zu einem breiten Grinsen? Natürlich war mir bekannt, dass der Hund der beste Freund des Menschen ist. Die Frage war nur, ob der finster dreinblickende Rottweiler das auch wusste. Ich beschloss, es lieber nicht darauf ankommen zu lassen und die potenzielle Gefahrenquelle weiträumig zu umlaufen, indem ich einen Haken über den Rasen schlug. Das kostete wertvolle Zeit und Puste. Ludgers Vorsprung war erneut gewachsen.

Die Fabel vom Hasen und dem Igel kam mir in den Sinn.

Schnell, schnell, eine List musste her! Fieberhaft dachte ich nach. Ja, so müsste es gehen.

»Hilfe! Ein Dieb!«, rief ich so laut es eben ging. »Haltet ihn auf! Hilfe!« Doch keiner der Passanten machte Anstalten, sich dem Langfinger in den Weg zu stellen. Also setzte ich versuchsweise noch einen oben drauf: »Haltet den Sittenstrolch!«

Die meisten Spaziergänger taten so, als wären sie gerade furchtbar beschäftigt und ignorierten meine Hilferufe. Lediglich ein älterer Herr reagierte: Mit einem beherzten Sprung hechtete er vom Weg auf die Wiese, damit Ludger freie Bahn hatte und ungehindert passieren konnte. Dieser lief nun mit federnden Schritten auf die nächste Weggabelung zu. Rechter Hand wurde das Parkgelände hügelig. Nein, bitte nicht! Wenn Ludger diese Richtung einschlug, war die ganze Anstrengung für die Katz gewesen. Auf ebener Strecke gelang es mir ja kaum, ihm auf den Fersen zu bleiben, bei einer Steigung würde ich todsicher das Nachsehen haben. Und dann würde ich Ludger womöglich nie, nie, nie im Leben wiedertreffen ... Das Schicksal hatte mir eine zweite Chance gegeben, eine dritte war mehr als unwahrscheinlich.

Die aufsteigende Panik verlieh mir neue Energie. Jetzt oder nie! Ich nahm die Beine in die Hand und gab noch mal alles. »Halt! Anhalten!«, schrie ich mit letzter Kraft, als ich Ludger schon fast erreicht hatte.

Dieses Mal war es mir offenbar gelungen, die Musik aus den Kopfhörern zu übertönen, denn Ludger blieb so abrupt stehen, dass ich ungebremst in ihn hineinrannte.

Meine Nase prallte mit voller Wucht gegen etwas Hartes. »Autsch!« Die Wucht des Zusammenstoßes quetschte das letzte bisschen Sauerstoff aus meinen Lungenflügeln. Egal, gegen eine Mund-zu-Mund-Beatmung hatte ich nichts einzuwenden!

»Ja?« Erwartungsvoll schaute Ludger mich an.

Wie konnte er mir das nur antun?! Ein Albtraum: Was hat ihn

bloß geritten, sich einen Schnauzer wachsen zu lassen?!, dachte ich entsetzt. Ich versuchte mich zu erinnern, ob er in Griechenland auch schon dieses große Muttermal unter der linken Augenbraue gehabt hatte. Ganz sicher nicht! Die Indizien waren eindeutig: So sehr ich es mir auch wünschte – dieser Mann war nicht Ludger.

»Wenn mich nicht alles täuscht, verfolgst du mich schon 'ne ganze Weile. Kompliment, ich hätte nicht gedacht, dass du so lange durchhältst.« Der Fremde taxierte nun seinerseits mein Gesicht. »Tut mir wirklich leid, aber ich weiß echt nicht, wo ich dich hinstecken soll. Müsste ich dich kennen?«

»Ja ... das heißt, nein«, stotterte ich und rang abwechselnd nach Fassung und Luft.

So eine Frechheit! Ich fragte mich, warum dieser Blödmannsgehilfe nicht stehen geblieben war, wenn er bemerkt hatte, dass ich seit Stunden hinter ihm herwetzte. Wahrscheinlich hatte er sich auf meine Kosten königlich amüsiert.

Ob er mein »Haltet den Sittenstrolch!« auch gehört hatte?

Abgesehen von der Hecke auf seiner Oberlippe sah der Fremde eigentlich ganz sympathisch aus. Als könnte er Gedanken lesen, zwinkerte er mir in diesem Moment verschmitzt zu. Er glaubte doch nicht allen Ernstes, dass ich mit ihm anbandeln wollte?

Peinlich berührt senkte ich die Augen. Erst starrte ich auf meine Füße, dann auf seine. »Dein Schnürsenkel ist auf«, stellte ich mechanisch fest.

»Tatsächlich.« Verblüfft schaute der Typ auf seine Turnschuhe runter. »Und um mir das zu sagen, bist du die ganze Zeit hinter mir hergerannt?«

»Äh ... ja«, log ich in dem verzweifelten Versuch, wenigstens einen kleinen Rest meiner Würde zu bewahren. Wer weiß, vielleicht würde ich sie eines Tages ja noch mal brauchen. »Du könntest darüber stolpern und dich verletzen. Wir Jogger müssen schließlich zusammenhalten. Schönen Tag noch!« Lässig hob ich die Hand zum Gruß. Dann trabte ich in die Richtung, aus der ich gekommen war, davon.

»Noch mal danke!«, rief der Fremde mir hinterher. »Das war echt sehr nett von dir.«

»Gern geschehen«, presste ich zwischen zusammengebissenen Zähnen hervor.

Ich joggte so lange weiter, bis eine kleine Baumgruppe mir Sichtschutz bot und der Schnauzer mich nicht mehr sehen konnte. Dann ließ ich mich schwer atmend auf die nächste Parkbank fallen. Ich war nicht nur konditionell, sondern auch nervlich völlig am Ende. Wahrscheinlich wäre es am vernünftigsten, die Parkbank schnellstmöglich gegen die Couch eines Psychiaters einzutauschen. Was war nur aus mir geworden? Eine arme verwirrte Frau, die fremden Männern nachstellte!

»Er war es nicht, oder?«, fragte Mareike voller Mitgefühl, als sie ein paar Minuten später die Bank erreichte.

Verzagt schüttelte ich den Kopf. »Eigentlich hatte er noch nicht einmal besonders viel Ähnlichkeit mit Ludger.«

So ging das nicht weiter! Ich hing total in den Seilen. Vor lauter Liebeskummer hatte ich nicht nur mich selbst, sondern auch meinen Haushalt sträflich vernachlässigt. Schlamperei! Ich durfte mich einfach nicht so hängen lassen! Wenn ich nicht mal bald den Wäscheberg in Angriff nahm, würde er über kurz oder lang der Zugspitze Konkurrenz machen.

An meinem nächsten freien Tag lief ich mit dem Wäschekorb unter dem Arm treppauf und treppab. Ich hasste den Waschkeller, denn man erfuhr dort unten mehr über seine Nachbarn, als einem lieb sein konnte. Hatte Frau Kötter beispielsweise Waschtag, baumelte immer so ein merkwürdiges Teil an der Leine, dessen Verwendungszweck mir auf den ersten Blick nicht so recht einleuchten wollte. Gibt es Zwillingsmützen für Kleinkinder?, fragte ich mich. Da Frau Kötter aus dem gebärfähigen Alter aber längst raus war, musste es sich um ihren Büstenhalter handeln.

Seufzend griff ich nach dem Beutel mit den Wäscheklammern. An diesem Tag war ich also an der Reihe, dem geneigten Publikum meine Unterwäschekollektion zu präsentieren. Meine Slips hingen bereits ordentlich in Reih und Glied auf der quer durch den Raum gespannten Leine. Gerade wollte ich mich den Socken und BHs widmen, da wurde die Tür des Waschkellers aufgerissen, und Philipp trat ein. Ich zuckte zusammen, als hätte er mich bei etwas Verbotenem erwischt.

»Ach, hallo.«

Philipp schenkte mir ein herzliches Lächeln. »Hi, Belinda. Schön, dich zu sehen.«

Wie ein Torwart beim Elfmeterschießen überlegte ich, ob ich mich in die linke oder in die rechte Ecke werfen sollte. Links die Tangas, rechts die bequemen, ausgeleierten Baumwollschlüpfer, die ich zum Joggen trug. Der Gedanke an Frau Kötter und ihre Zwillingsmütze gab den Ausschlag. Ich wollte nicht, dass Philipp jedes Mal, wenn wir uns im Treppenhaus über den Weg liefen, an diese entsetzlichen Liebestöter dachte. Darum hechtete ich nach rechts und versuchte, mich so vor der Wäscheleine zu postieren, dass die unansehnlichen Höschen vor Philipps Blicken geschützt waren. Ein ziemlich hoffnungsloses Unterfangen. Denn selbst, wenn ich ein Kreuz wie Arnold Schwarzenegger gehabt hätte, wäre das als Sichtschutz kaum ausreichend gewesen. Es waren einfach zu viele.

»Was machst du denn hier?«, fragte ich, eifrig darum bemüht, Philipps Aufmerksamkeit auf mich zu lenken. Hoffentlich würde er gleich wieder verschwinden! Aber es war kaum anzunehmen, dass er das Bündel Schmutzwäsche nur so zum Spaß oder aus Langeweile mit sich herumtrug.

Philipp tat, als überlegte er angestrengt. »Ja, was mache ich hier eigentlich? Ich hab gehört, dass es im Keller eine Sauna, ein Schwimmbad und einen Fitnessraum gibt«, ulkte er. »Kannst du mir vielleicht verraten, wo ich hier meine Muckis trainieren kann?«

»Da muss ich leider passen.«

»Und sonst? Alles klar?«, fragte Philipp munter.

»Alles bestens.« In fliegender Hast begann ich, die Wäschestücke, die ich knapp zwei Minuten zuvor erst aufgehängt hatte, wieder abzunehmen.

Mit hochgezogenen Augenbrauen beobachtete Philipp mein hektisches Treiben. Ehe ich einschreiten konnte, riss er plötzlich das erstbeste Teil von der Leine und knetete es prüfend in den Händen. »Aber das Zeug ist doch noch gar nicht richtig trocken. Von mir aus kannst du die Wäsche ruhig hängen lassen. Ich hab genug Platz.« Mit meinem Stringtanga zwischen den Fingern deutete er auf die leere Wäscheleine auf der anderen Seite des Raumes. »Oh.« Plötzlich bekam Philipp große Kulleraugen. Offenbar war ihm jetzt erst aufgegangen, dass er einen Tanga in der Luft herumschwenkte.

Ich starrte auf den Kellerboden. Just in diesem Moment huschte eine dicke behaarte Spinne über den Estrich und verschwand blitzschnell unter der Waschmaschine. Obwohl sich meine Vorliebe für diese Tierspezies in Grenzen hielt, wäre ich am liebsten hinterhergekrochen.

»Da hab ich wohl mal wieder ein sicheres Händchen bewiesen«, flachste Philipp. »Ganz schön sexy.«

Wie peinlich. Die Hitze, die mir ins Gesicht stieg, ließ erstens auf eine gute Durchblutung und zweitens auf eine gesunde Gesichtsfarbe schließen.

Meine Güte, stell dich nicht so an, rief ich mich zur Ordnung. Das ist doch bloß dein guter Kumpel und Nachbar Philipp. Kein Grund, sich zu genieren! Außerdem handelte es sich nicht um

Reizwäsche aus Lack oder Latex, sondern um einen ganz normalen Damenslip.

»Was ich schon immer mal wissen wollte: Fühlt ihr Frauen euch in so etwas eigentlich wohl?« Philipp hielt den schwarzen Stofffetzen in die Höhe und beäugte ihn kritisch. »Irgendwie sehen die Dinger verdammt unbequem aus. Wie Zahnseide für die Poritze.«

So ganz Unrecht hatte er damit nicht. Aber als Frau unterlag man nun mal gewissen modischen Zwängen. Um meine Verlegenheit zu überspielen, plapperte ich einfach munter drauflos. »Sagen wir mal so: Man gewöhnt sich dran. Bei engen Hosen oder Röcken hat man gar keine andere Wahl. Ein normaler Slip würde sich unter dem Stoff abzeichnen ...«

Philipp meisterte die Situation im Gegensatz zu mir völlig souverän. Die Arme vor der Brust verschränkt und den Po lässig gegen die Waschmaschine gelehnt, erwiderte er meinen Blick todernst. »Klar, ich verstehe.« Man hätte meinen können, er würde jeden Tag im Waschkeller rumstehen und über Damenhöschen fachsimpeln. »Wie gut, dass ich ein Mann bin, sonst müsste ich womöglich auch Stringtangas tragen.« Das Zucken um seine Mundwinkel wurde immer stärker. Auch in seinen Augen glitzerte es verräterisch.

Wie auf Kommando prusteten wir los. Gott sei Dank! Der peinliche Moment war vorüber.

Prompt wurde ich übermütig. »Komm, jetzt sag schon: Was trägst du für Unterhosen?« Die Frage war noch nicht ganz raus, da bereute ich sie bereits. Es gab jede Menge unverfängliche Themen – das Wetter oder das Waldsterben –, warum mussten wir uns ausgerechnet über so etwas Intimes wie Unterwäsche unterhalten?

»Ich hab nichts zu verbergen. Soll ich das Geheimnis lüften?« Philipp nestelte am Knopf seiner Jeans herum.

Entsetzt quietschte ich auf. »Lass sie ja an!« Bei meinem

Glück würde Frau Kötter just in dem Moment die Waschküche betreten, in dem Philipp mit heruntergelassener Hose vor mir stünde.

»Du weißt ja gar nicht, was du dir entgehen lässt. Außerdem: Wer sagt denn, dass ich überhaupt was druntertrage?« Philipp grinste wie ein Breitmaulfrosch. »Aber da du ja diesbezüglich so sicher zu sein scheinst, darfst du gerne mal raten.«

Auweia, wo hatte ich mich da nur wieder hineinmanövriert?

Die Unterhose eines Mannes ist so etwas wie seine Visitenkarte, sie lässt gewisse Rückschlüsse auf seine Qualitäten als Partner und Liebhaber zu. Basierend auf unseren eigenen Erlebnissen und den Erfahrungsberichten von Freundinnen, hatten Mareike und ich eine kleine Unterhosen-Typologie entwickelt.

Da gab es zum einen den Verspielten, der kleine bunte Comicfigürchen auf der Unterhose trug. Im Bett legte er den aufgeweckten Charme eines Hundewelpen an den Tag. Verschmust, ein wenig tapsig und unbeholfen, aber durchaus lernfähig. Wer Kapitän Blaubär und Donald Duck über so viele Jahre die Treue gehalten hatte, der konnte doch gar nicht fremdgehen, oder?

Ein Desaster – und zwar in jeder Hinsicht! – waren Tangas im Tigerlook. Der sonnenbankgebräunte Träger litt nicht nur an einem erhöhten Hautkrebsrisiko, sondern auch an gnadenloser Selbstüberschätzung. In der festen Überzeugung, dass allein sein Anblick ausreichte, um eine Frau in Ekstase zu versetzen, entpuppte er sich meist als einfalls- und rücksichtsloser Rammler.

Des Weiteren waren da noch der etwas langweilige Schießer-Feinripp-Träger, der Markenfetischist, bei dem die Verpackung oft mehr wert war als der Inhalt, und der freiheitsliebende Boxershortsfan. Wie in allen Lebensbereichen galt natürlich auch bei Unterhosen: Ausnahmen bestätigen die Regel. Richtig spannend wurde es aber, wenn ein Mann sich keiner dieser Kategorien zuordnen ließ. Ein ganz »normaler« Slip war in Mareikes und meinen Augen wie eine Wundertüte – alles kann, nichts muss.

»Und, was glaubst du?«, drängte Philipp. »Was trage ich für Unterhosen?«

»Keine Ahnung. Vielleicht Boxershorts?«

»Waaaas? Diese weiten Schlabberteile, in denen alles hin und her baumelt? In denen die Spermien so durchgeschüttelt werden, dass sie anschließend nicht mehr geradeaus schwimmen können? Das ist doch wohl nicht dein Ernst, oder?« Empört stemmte Philipp die Hände in die Hüften. »Gut zu wissen, was für eine lausige Meinung du von mir hast.«

»Nein, nein, nicht die weiten Schlabberteile«, beeilte ich mich zu versichern, »die engen.« Verdammt, warum kam mir eigentlich auf die Schnelle nie irgendwas Witziges oder Geistreiches in den Sinn? Nachher, wenn ich wieder oben bin, dachte ich, fallen mir bestimmt tausend schlagfertige Bemerkungen ein, mit denen ich Philipp jetzt Paroli bieten könnte.

»Tja, wer weiß.« Philipp lächelte vieldeutig. »Wenn du wissen willst, was sich unter meinen Jeans verbirgt, musst du dir schon die Mühe machen, das selbst herauszufinden.«

Huch! War das etwa gerade ein unmoralisches Angebot gewesen? Oder einfach nur ein dummer Spruch? Hastig entriss ich Philipp meinen Slip und hängte ihn und die anderen Höschen auf die Leine zurück. Mit dem leeren Wäschekorb unter dem Arm blieb ich ein wenig unschlüssig an der Tür stehen. »Tja dann – viel Spaß noch.«

»Spaß? Du machst Witze. Das wird ein richtig harter Fight. Ich allein im Kampf gegen die Fleckenzwerge.« Ohne richtig hinzusehen, stopfte er einen dunkelblauen Pullover und ein Bündel weißer T-Shirts zusammen in die Maschine. Das Trennen von Koch- und Buntwäsche war in seinen Augen wohl eine Beschäftigungstherapie für gelangweilte Hausfrauen. »Ich komme übrigens nachher noch auf 'nen Sprung bei euch vorbei. Lili hat mich gebeten, nach eurer Küchenspüle zu schauen. Sie meint, das Abflussrohr sei verstopft.«

»Kein Wunder, wenn sie jeden Morgen tonnenweise Müsli in den Ausguss kippt«, grollte ich. Auf mich hörte die kleine Nervensäge ja nicht.

Es war nicht das erste Mal, dass Philipp uns aus der Patsche helfen musste. Seit meine Schwester bei mir eingezogen war, ging alle naselang irgendetwas kaputt. Wenn das nicht bald aufhörte, würde ich im Baumarkt ein paar Kindersicherungen besorgen!

# Kapitel 9

Ich war auf dem besten Weg, mein Leben, das seit dem Radiogewinnspiel im Chaos zu versinken drohte, wieder in den Griff zu kriegen. Der Haushalt war nur ein kleiner Anfang gewesen. Auch psychisch machte ich Fortschritte. Ich dachte nicht mehr jede Minute an Ludger, sondern nur noch maximal jede zweite.

Aber wie bei fast jedem Heilungsprozess gab es kleine Rückfälle. Als ich ein paar Tage später in der Mittagspause die Kö entlangschlenderte, kam mir schon wieder ein Typ entgegen, der Ludger zum Verwechseln ähnlich sah. Mittlerweile hatte ich mich an diese Art von Tagträumereien – oder sollte ich besser sagen: Wahnvorstellungen? – schon gewöhnt und beschlossen, sie in Zukunft einfach zu ignorieren. Wenn ich diesen Halluzinationen keine Beachtung schenkte, würden sie ganz von allein wieder verschwinden. Zumindest hoffte ich das.

Den Blick starr auf das Käsebrötchen in meiner Hand gerichtet, stapfte ich an Ludgers Doppelgänger vorüber. Doch das Double verfolgte mich hartnäckig. Und nun hörte ich zu allem Überfluss auch noch Stimmen: »Belinda! Das gibt's doch gar nicht!«

Ich war wirklich reif für die Klapsmühle!

Der Typ sah aus wie Ludger, und er sprach wie Ludger. Ja, er roch sogar wie Ludger, stellte ich fest, als er mich überschwänglich umarmte. O mein Gott, er war es, er war es wirklich!

»Mensch, du glaubst ja gar nicht, wie sehr ich mich freue, dich zu sehen.«

Die Freude war ganz auf meiner Seite! Leider fühlte ich mich außerstande, diese Gefühlsregung in Worte zu fassen. Wie oft hatte ich mir seit meiner Rückkehr aus Griechenland zurechtgelegt, was ich Ludger, wenn ich ihn jemals wiederträfe, alles sagen würde. Ganze Bücher hätte man damit füllen können. Nun gab mir das Schicksal gnädigerweise die Chance, all das loszuwerden. Ludger stand mir gegenüber – leibhaftig und noch attraktiver, als ich ihn in Erinnerung hatte – doch das Einzige, was ich über die Lippen brachte, war sein Name. »Ludger«, stammelte ich glücklich und umklammerte seinen Arm wie ein Schraubstock. Zum einen befürchtete ich, dass er sich jeden Moment in Luft auflöste, zum anderen war ich plötzlich etwas wackelig auf den Beinen.

»Ich frage mich die ganze Zeit, ob ich etwas falsch gemacht habe.« Erwartungsvoll schaute Ludger mich an.

»Falsch gemacht?« Ich durchforstete meinen Kopf nach einem halbwegs intelligenten und vollständigen Satz, doch leider baumelte an meinem Sprachzentrum ein Schild mit der Aufschrift: VORÜBERGEHEND GESCHLOSSEN!

»Vielleicht haben dir die Blumen, die ich dir geschickt habe, ja nicht gefallen ...«

Hä?!?, dachte ich. »Blumen?«, fragte ich. »'tschuldigung, aber ich kann dir da jetzt irgendwie nicht so ganz folgen.«

»Sag bloß, du erinnerst dich nicht.« Auwei, jetzt war er gekränkt. »Rosen, rote Rosen. Ein großer Strauß.«

Der Mann sprach in Rätseln. Wie konnte er mir Blumen schicken, wenn er doch gar nicht wusste, wo ich wohnte? Meine kleinen grauen Zellen nahmen etwas widerwillig ihre Tätigkeit wieder auf. Langsam begann es mir zu dämmern. Irgendein Glückspilz, der in dem Haus wohnte, das Mareike für meine Designerlegende ausgeguckt hatte, war in den Genuss von roten Rosen gekommen, ohne zu wissen, womit er diese Nettigkeit verdient hatte.

»Ach, *die* Blumen meinst du.« Das klang ja geradeso, als würde der Fleurop-Bote täglich bei mir ein und aus gehen, weil die Verehrer mich mit Grünzeug überhäuften. »Die Rosen waren toll«, schickte ich rasch hinterher. »Ich hätte mich ja auch gerne dafür bedankt, wenn ich gewusst hätte, wie du zu erreichen bist.«

Ludger runzelte die Stirn. »Meine Nummer stand auf der Karte.«

Nummer? Welche Nummer? Die Geheimnummer von seinem Bankkonto sicher nicht. Also hatte er mir vermutlich seine Telefonnummer zukommen lassen.

»Bei den Rosen war keine Nachricht dabei. Ehrlich!«

»Wenn man nicht alles selbst macht.« Nun grinste er verschmitzt. »Na egal. Was meinst du: Sollen wir warten, bis wir uns wieder zufällig über den Weg laufen? Oder wollen wir uns für heute Abend zum Essen verabreden?«

Die Wahl fiel mir nicht besonders schwer. Und so verabredeten wir uns für acht Uhr im Bella Italia, einer kleinen, urigen Trattoria ganz in der Nähe.

Unser erstes richtiges Date! Ich fragte mich, wie ich die endlos langen Stunden bis zu unserem Treffen rumkriegen sollte. Doch zum Glück ging es an diesem Nachmittag im Geschäft zu wie in einem Taubenschlag. Ich kam kaum dazu, Luft zu holen, geschweige denn, mir über den bevorstehenden Abend Gedanken zu machen.

Als ich mich kurz vor Feierabend im Hinterzimmer für die Verabredung mit Ludger zurechtmachte, gaben Markus und Jenny mir noch ein paar gut gemeinte Ratschläge mit auf den Weg.

»Nur Lipgloss, keinen Lippenstift«, empfahl Markus.

»Und sag ihm bloß nicht, dass du Verkäuferin bist!«, schärfte Jenny mir ein, während ich mir vor dem Spiegel die Haare kämmte. »Sonst lässt er dich fallen wie ein rohes Ei.«

Es sah Jenny ähnlich, die Eier mit den Kartoffeln zu verwechseln, aber in der Sache hatte sie vermutlich nicht ganz Unrecht. Ludger bewegte sich in völlig anderen Kreisen als ich. Eine unserer Stammkundinnen, die ebenfalls in der Düsseldorfer Schickeria verkehrte, hatte mir mal erzählt, dass die Schönen und Reichen der Stadt gerne unter sich blieben. Irgendwie hatte das fast schon ein wenig nach Inzest geklungen.

Mist! Wenn Mareike im Urlaub nicht solche Märchen erzählt hätte, befände ich mich jetzt nicht in dieser blöden Zwickmühle. »Früher oder später wird er sowieso erfahren, dass ich nicht die bin, für die er mich hält.«

»O. K., dann lieber später«, entschied Jenny. »Wenn er dir erst mal mit Haut und Haaren verfallen ist, kommt er nicht mehr von dir los. Dann spielt es keine Rolle, ob du Klofrau oder Ärztin, Verkäuferin oder Designerin bist.«

Nun war Jenny ganz bestimmt nicht die ultimative Ratgeberin in allen Liebes- und Lebensfragen, aber vielleicht sollte ich mir mit dem Geständnis tatsächlich etwas Zeit lassen. Bisher hatte ich von der Fashion Academy keine Absage erhalten. Noch bestand also Hoffnung ... Falls es mir gelang, einen der begehrten Studienplätze zu ergattern, war ich zwar immer noch nicht Designerin, aber zumindest auf dem besten Weg dorthin.

Als ich meinem Traummann schließlich in der gemütlichen Trattoria gegenübersaß, konnte ich es gar nicht richtig glauben. Mein Glück, das mitunter recht unzuverlässig war, hatte es ausnahmsweise einmal gut mit mir gemeint! Bis mittags war ich überzeugt gewesen, dass ich Ludger niemals wiedersehen würde. Doch nun saßen wir hier zusammen bei Rotwein und Kerzenschein, und alles, was uns jetzt noch voneinander trennte, war ein kleiner, etwas wackeliger Holztisch.

Vor lauter Nervosität gelang es mir kaum, mich auf die Speisekarte zu konzentrieren. Wie ein Erstklässler reihte ich die Buchstaben aneinander, aber irgendwie ergaben die Worte, die dabei herauskamen, keinen rechten Sinn. Als der Kellner an unseren

Tisch kam und nach unseren Wünschen fragte, bestellte ich das erstbeste Gericht, das mir ins Auge sprang: Spaghetti Arrabiata.

»Du magst es wohl gerne scharf?«, fragte Ludger, nachdem der Kellner sich wieder entfernt hatte.

Wie war das denn gemeint?! Um ein Haar hätte ich Ludger den guten Rotwein ins Gesicht geprustet.

»Nicht, dass dir die Flammen gleich aus dem Mund schlagen«, ergänzte er arglos. »Die Spaghetti Arrabiata sind hier wirklich höllisch scharf.«

»Oh. Danke für die Warnung. Ich hoffe, ich werd's überleben.«

»Das hoffe ich auch, und zwar sehr.« Mit einem warmen Lächeln griff Ludger über den Tisch hinweg nach meiner Hand.

Verdammt, so ein toller Mann hatte es einfach nicht verdient, an der Nase herumgeführt zu werden. Höchste Zeit, dass ich die Karten offen auf den Tisch legte. »Ludger, ich muss dir was gestehen ...«

»Nur zu.«

Ich wusste gar nicht, wo ich mit meiner Beichte beginnen sollte. »Die Rosen – sie sind nie bei mir angekommen. Ich wohne nämlich gar nicht in Oberkassel. Mareike hat dir eine falsche Adresse gegeben. Ich weiß auch nicht, was sie da geritten hat ...«

»Ich verstehe.«

Das bezweifelte ich allerdings stark.

»Sicher hat Mareike es nur gut gemeint. Stichwort: Datenschutz. Sehr vernünftig. Ich hätte mir eigentlich denken müssen, dass deine Freundin nicht jedem dahergelaufenen Verehrer deine Adresse gibt. Das wäre auch verdammt leichtsinnig. Ich könnte ja genauso gut ein Vergewaltiger oder ein Psychopath sein.«

Ich hätte Ludger abknutschen können! Nachdem er mir die kleine Schwindelei mit der Adresse so bereitwillig verziehen hatte, beschloss ich, Jennys Ratschläge in den Wind zu schlagen und mich endlich als Verkäuferin zu outen. »Und da ist noch etwas ...«

»Ja?« Ludgers blaue Augen ruhten erwartungsvoll auf mir.

Ausgerechnet in dem Augenblick wurde unser Essen serviert. Das war aber fix gegangen. Mit dem Kellner verließ mich auch wieder der Mut. Vielleicht sollte ich Ludger erst einmal in Ruhe seine Tortellini genießen lassen, und mir den zweiten Teil des Geständnisses für den Nachtisch aufheben.

»Was wolltest du eben sagen?«

»Keine Ahnung, hab's vergessen, wird wohl nicht so wichtig gewesen sein.« Hastig griff ich nach meinem Besteck. »Lass es dir schmecken.«

Das ließ sich Ludger nicht zweimal sagen. Er aß mit gesundem Appetit. Ich hingegen kämpfte mit jedem Bissen. Die feurige Schärfe des Pastagerichts trieb mir fast die Tränen in die Augen. Aber das war das geringste Problem. Wie bescheuert muss frau sein, beim ersten Date Spaghetti zu bestellen?! Noch dazu mit roter Soße! Vor lauter Aufregung flutschten mir die Nudeln immer wieder von der Gabel, und so dauerte es nicht lange, bis ein apartes Pünktchenmuster meine einstmals weiße Bluse zierte.

Während Ludger von seinem Segeltörn schwärmte und mir die griechischen Inseln in den leuchtendsten Farben beschrieb, bemühte ich mich verzweifelt, mit Hilfe des Löffels die Spaghetti zu mundgerechten Päckchen zusammenzurollen. Was gründlich misslang. Für Ludger musste es so aussehen, als versuchte ich, aus den langen Nudeln ein Paar Socken zu stricken. Aber falls ihm irgendetwas an dem, was ich auf meinem Teller trieb, komisch vorkam, war er rücksichtsvoll genug, es für sich zu behalten. Es reichte schon, dass die lustige Damenrunde vom Nebentisch ununterbrochen zu uns herübersah und hinter vorgehaltener Speisekarte tuschelte. Hatte ich vielleicht – wie in einem Loriot-Sketch – eine Nudel im Gesicht kleben? Sicherheitshalber kontrollierte ich im chromblitzenden Salzstreuer mein Spiegelbild.

Doch dann: Entwarnung. Ich hatte begriffen, dass die Frauen gar nicht mich anstarrten, sondern Ludger. Wer wollte es ihnen verdenken? Wahrscheinlich überlegten sie gerade, ob der smarte Beau vom Nebentisch Schauspieler oder Model war. Mein lieber Schwan, der Kerl sah aber auch wirklich unverschämt gut aus! Die griechische Sonne hatte ihn sogar noch eine Spur attraktiver gemacht. Die leuchtend blauen Augen schienen in seinem gebräunten Gesicht Funken zu sprühen. Wie Feuerwerkskörper, die am dunklen Nachthimmel explodierten.

Endlich hatten wir die Tortur des Essens hinter uns gebracht. Mehr als die Hälfte meiner Spaghetti ließ ich zurückgehen. Auf Ludgers besorgte Frage, ob es mir nicht geschmeckt habe, antwortete ich, dass es köstlich gewesen sei, nur eben ein wenig zu scharf. Und weil's so schön war, verbrannte ich mir gleich wieder den Mund: »Was hältst du davon, wenn wir den Kaffee bei mir trinken?« Auweia, war das jetzt zu direkt gewesen? »Natürlich kannst du auch etwas anderes haben – zu trinken, meine ich«, stotterte ich.

»Ein Kaffee wäre prima.«

Nachdem Ludger die Rechnung bezahlt und ich mich artig für die Einladung bedankt hatte, machten wir uns Händchen haltend auf den Weg zu Ludgers Wagen.

Ein Auto war für mich ein Fortbewegungsmittel, um von A nach B zu gelangen. Nicht mehr, aber auch nicht weniger. Wenn mich jemand fragte, was ich für einen Wagen fuhr, antwortete ich gewöhnlich: »Einen roten.« Frauen gaben sich meistens mit dieser Information zufrieden, Männer eher selten.

Automarken waren für mich nur Schall und Rauch. Die Hauptsache war doch, dass die Karre über vier Räder, ein Gaspedal, ein Lenkrad und intakte Bremsen verfügte. Alles andere war überflüssiger Schnickschnack. Na ja, mal abgesehen vom Rückspiegel, den brauchte ich gelegentlich zum Schminken.

Ludger fuhr ein schwarzes Auto. Aber nicht irgendein schwarzes Auto, sondern einen schwarzen Porsche – zumindest stand das auf dem Heck des Sportwagens. Ganz Kavalier, öffnete er mir galant die Beifahrertür seiner Luxuskarosse. Widerstrebend ließ ich mich in den kalten Ledersitz sinken. Ich ahnte bereits, was auf mich zukam. Man drücke einem Kerl ein Lenkrad in seine haarigen Pranken und schiebe ihm ein paar PS unter den Hintern, schon ist er auf einmal gehirntot. In dieser Beziehung waren alle Männer gleich.

Nachdem ich Ludger meine richtige Adresse genannt hatte, bog er an der nächsten Kreuzung nicht, wie von mir beschrieben, rechts ab, sondern preschte weiter geradeaus. Mir schwante Böses. »Du hättest an der Ampel rechts fahren müssen. Das ist der kürzeste Weg.«

»Aber über die Autobahn geht's schneller.«

»Och, ich hab's nicht eilig.«

»Egal, jetzt ist es eh zu spät.«

Das Gefühl hatte ich leider auch. Wir rasten bereits auf die Autobahnauffahrt zu. Hiiiilfe!

Mit schweißnassen Händen krallte ich mich an dem Ledersitz fest. Mein Essen lag mir plötzlich schwer im Magen. Nicht schwer genug, wie sich herausstellte. Jedes Mal, wenn Ludger das Gaspedal nach unten drückte, drohten mir die Spaghetti Arrabiata wieder hochzukommen. Ich dachte, mein letztes Stündlein hätte geschlagen. Lieber Gott, betete ich lautlos, ich werde in Zukunft auch immer hübsch brav sein und keine schlimmen Worte mehr benutzen, wenn ich diese Höllenfahrt heil überstehe.

Aber man soll ja bekanntlich lieber nichts versprechen, was man nicht halten kann ...

»Scheiße!«, fluchte ich, als ich ein paar Minuten später mit weichen Knien und Ludger im Schlepptau meine Wohnung betrat. Um ein Haar wäre ich der Länge nach hingeflogen. Verdammt, Lili! Nicht nur ihre Sporttasche, die wie üblich mitten in der Diele lag, sondern auch meine Schwester selbst hatte ich völlig vergessen. Aus der Küche hörte ich Lachen und Gemurmel. Lili hatte Besuch. Ich erkannte Philipps Stimme. Mist! Ich hatte Ludger hierhergelotst, weil ich ungestört mit ihm sein wollte. Und nun das!

Mir blieb nichts anderes übrig, als gute Miene zum bösen Spiel zu machen. Ich führte Ludger in die Küche, um die drei miteinander bekannt zu machen. Doch weiter als bis zu Ludgers Namen kam ich nicht. Lili gebärdete sich, als hätte ich den Dalai Lama höchstpersönlich mit nach Hause gebracht. »Du bist Ludger? *Der* Ludger? Wahnsinn!« Sie sprang auf und schüttelte Ludgers Hand, so als wollte sie sich davon überzeugen, dass er auch tatsächlich aus Fleisch und Blut war. »Ich bin übrigens Lili, Belindas Schwester. Mann, ist das toll, dich kennen zu lernen. Wir haben schon so viel von dir gehört!«

»Nur Gutes, hoffe ich.«

»Wie man's nimmt …«, brummte Philipp. Seine Begeisterung über Ludgers Auftauchen hielt sich offenbar in Grenzen.

»Darf man auch erfahren, wer du bist?« Ludger maß Philipp mit einem abschätzenden Blick.

»Ich bin Philipp«, sagte dieser und legte die Füße quer über die Sitzfläche des Stuhls, den Ludger gerade angepeilt hatte.

»Kann mich nicht erinnern, dass Belinda dich schon mal erwähnt hat«, parierte Ludger unterkühlt und setzte sich auf den Küchenstuhl, der am weitesten von Philipp entfernt stand.

»Du kannst dich nicht erinnern? Macht nichts.« Philipp lächelte ihn treuherzig an. »Knoblauchpillen sollen bei Vergesslichkeit wahre Wunder vollbringen. Meine Oma schwört darauf. Solltest du vielleicht auch mal probieren. Aber um dir ein bisschen auf die Sprünge zu helfen: Ich wohne hier.«

Ludger stutzte. »Du wohnst hier?«

»Philipp ist unser Nachbar«, mischte ich mich, bevor Ludger auf falsche Gedanken kommen konnte, schnell ein.

»... und Freund«, ergänzte Lili.

Während ich die Kaffeemaschine anschmiss, berichteten Ludger und ich abwechselnd, wie wir uns mittags zufällig auf der Kö getroffen hatten.

»Das war Schicksal!«, behauptete meine Schwester.

»Auf jeden Fall war es großes Glück.« Ludger warf mir einen liebevollen Blick zu. Dann fuhr er, an Lili gewandt, fort: »Ich bin tagtäglich in der Gegend. Unsere Kanzlei befindet sich nämlich auf der Königsallee.«

»Richtig, du bist Anwalt, oder? Hast du es in deinem Beruf eigentlich mit richtigen Verbrechern zu tun?«, fragte meine Schwester interessiert.

»Die größten Verbrecher sind doch die Anwälte selbst.«

Ludger überhörte Philipps Bemerkung geflissentlich. »Wenn du wissen willst, ob ich Mörder oder Bankräuber vor Gericht verteidige, so lautet die Antwort: nein. Unsere Kanzlei ist auf Wirtschaftsrecht spezialisiert.« Er lächelte Lili an. »Und was ist mit dir? Belinda hat erzählt, dass du seit kurzem studierst. Ich kann mich noch gut an mein erstes Semester an der Uni erinnern. Alles war total aufregend, neu und ungewohnt. Hast du dich schon halbwegs eingelebt?«

»O ja, ich komme ganz gut zurecht. Ich finde den Weg zur Cafeteria und zum Klo. Außerdem kenne ich bereits ein gutes Dutzend Kommilitonen, dir mir ihre Unterlagen borgen, wenn ich mal die Vorlesung schwänze.«

Ludger lachte. »Dann kann ja eigentlich nichts mehr schiefgehen.« Plötzlich richtete er seine Aufmerksamkeit wieder auf Philipp. »Und du? Was treibst du so?«

Ring frei zur nächsten Runde! Die Männer umtänzelten einander wie Boxer, die nur darauf warteten, dass der Gegner die Deckung sinken ließ.

»Ich arbeite als Moderator beim Radio.«

»Beim Radio! Erschreckend, wie das Niveau der Medien

immer weiter sinkt, nicht?« Obwohl Ludger den Satz sehr allgemein formuliert hatte, war wohl allen klar, dass diese Aussage auf einen bestimmten Moderator gemünzt war.

Hilfe, was zum Henker ging denn hier ab?! Der Beginn einer wunderbaren Feindschaft?

Die Giftpfeile sausten nur so hin und her. Bevor die beiden noch schwerere Geschütze auffahren konnten, war zum Glück der Kaffee fertig. Wie ein friedensstiftender Blauhelmsoldat schmiss ich mich, mit Zucker und Milch bewaffnet, zwischen die beiden Kontrahenten. Dank Lilis Unterstützung gelang es mir sogar, einen Waffenstillstand zu erzwingen und das Gespräch in halbwegs normale Bahnen zu lenken – obwohl das gar nicht so einfach war, nachdem Ludger auch noch von seinem Porsche zu erzählen begann. Aber er war nicht mehr so recht bei der Sache. Zwischendurch warf er immer wieder einen verstohlenen Blick auf die Uhr. Als er seine Kaffeetasse leer getrunken hatte, streckte er sich und stand auf. »Es ist schon spät. Ich muss jetzt wirklich los.«

An der Tür verabschiedeten wir uns mit einem innigen Gutenachtkuss. Natürlich war ich enttäuscht, dass ich Ludger keine Minute für mich allein gehabt hatte, andererseits brannte ich darauf, Lilis Meinung über ihn zu erfahren.

»Ich ruf dich an.« Ludger klopfte auf die Tasche seines Jacketts. »Deine Telefonnummer hab ich ja jetzt.«

Nachdem die Tür hinter ihm ins Schloss gefallen war, kehrte ich mit glühenden Wangen in die Küche zurück. »Na, hab ich euch zu viel versprochen? Wie findet ihr ihn?«

»Wow! Dein Ludger ist echt 'n toller Typ«, schwärmte Lili begeistert. Und nach einer kurzen Pause fügte sie noch hastig hinzu: »Obwohl ich persönlich ja Männer bevorzuge, die nicht ganz so perfekt sind. Du weißt schon, mehr Ecken und Kanten und so.« Der Blick, den sie Philipp dabei zuwarf, ließ keinen Zweifel daran, dass so ein kantiges Exemplar gerade neben ihr saß.

»Und warum magst du ihn nicht?« Falls Philipp für Ludger auch nur ein klitzekleines bisschen Sympathie hegte, hatte er das geschickt verborgen.

»Wie kommst du denn darauf, dass ich ihn nicht leiden kann? Schließlich kenne ich ihn kaum. Ich hab bloß generell was gegen so reiche Schnösel, die von Beruf Sohn sind.«

»Nur weil seinem Vater die Kanzlei gehört, in der er arbeitet, heißt das noch lange nicht, dass ihm alles in den Schoß fällt.« Ich war leicht angefressen. »Ludger muss für sein Geld genauso schuften wie du auch. Wenn nicht sogar noch härter.« Verflixt noch mal, wieso regte ich mich eigentlich so auf? Warum hatte ich das Gefühl, Ludger in Schutz nehmen zu müssen?

»Ich finde, man merkt ihm einfach an, dass er mit einem goldenen Löffel im Mund geboren worden ist«, beharrte Philipp auf seiner Meinung. Was war bloß los mit ihm? Neid passte eigentlich gar nicht zu ihm. Genauso wenig wie das rosafarbene T-Shirt, das er an diesem Tag trug.

»Kohle zu haben, ist doch keine Schande«, kam Lili mir zu Hilfe. »Außerdem finde ich nicht, dass Ludger den dicken Macker raushängen lässt.«

»Ach nein? Und warum fährt er dann einen Porsche?«

»Weil er im Gegensatz zu dir einen Führerschein hat«, zog Lili ihn auf.

»Und dann dieser geschniegelte Boss-Anzug ...«

»Armani«, korrigierte ich automatisch.

»Sag bloß, du stehst auf so was?!«

»Zumindest hat er Geschmack«, antwortete ich leicht pikiert. Was man wirklich nicht von jedem im Raum behaupten konnte.

# Kapitel 10

»Habt ihr oder habt ihr nicht?«, wollte Mareike wissen.

Seit ich Ludger vor zwei Wochen wiedergetroffen hatte, telefonierte ich fast täglich mit ihr, um sie über mein Liebesleben auf dem Laufenden zu halten. Die Frage, ob Ludger und ich schon zusammen geschlafen hatten, interessierte meine Freundin brennend und ließ auch jetzt nicht lange auf sich warten.

»Nein, haben wir nicht«, knurrte ich genervt. »Sex, Sex, Sex – immer geht es nur um das Eine. Es gibt doch auch viele andere schöne Dinge im Leben.«

»Ja klar, Rommee spielen und spazieren gehen zum Beispiel.«

»Spar dir die Ironie. Uns drängt doch keiner. Ludger und ich wollen uns halt erst mal richtig kennen lernen. Hab ich dir eigentlich schon erzählt, dass er genauso ein Familienmensch ist wie ich? Zu seinen Eltern hat er ein wahnsinnig enges Verhältnis.«

»Ich hoffe, ihr habt nicht nur über seine Eltern gequatscht. Hast du ihm endlich gesagt, dass du als Verkäuferin arbeitest?«

»Äh, nicht so direkt. Es hat sich einfach noch nicht die richtige Gelegenheit ergeben.«

»Je länger du wartest, desto schwieriger wird es, aus der Nummer wieder rauszukommen«, gab Mareike zu bedenken.

Bevor ich sie dezent darauf hinweisen konnte, dass sie mich schließlich in diesen Schlamassel reingeritten hatte, kündigte die Ladenglocke einen neuen Kunden an. »Sorry, Mareike, ich muss Schluss machen«, beendete ich hastig das Telefonat.

Durch das anhaltend schöne Wetter rannten uns die Leute fast die Bude ein. Die Sommerklamotten gingen weg wie warme Semmeln. Rasch eilte ich aus dem Hinterzimmer in den Verkaufsraum, doch das freundliche »Guten Tag« erstarb mir auf den Lippen, als ich sah, wer soeben das Geschäft betreten hatte.

Verdammt, was wollte der denn hier? War der Schwindel etwa aufgeflogen? Oder hatte ein dummer Zufall Ludger hierhergeführt? Mit dem Rücken zu mir sah er gerade einen Ständer mit Sommerkleidern durch.

Reflexartig legte ich den Rückwärtsgang ein und verschwand auf leisen Sohlen wieder im Hinterzimmer.

Nun saß ich in der Falle.

Völlig außer mir trommelte ich mit beiden Fäusten gegen die Klotür. »Jenny, beeil dich, es ist gerade ein Kunde in den Laden gekommen.«

»Ja und?«, klang es gedämpft aus der Toilette. »Dann bedien ihn doch.«

»Das geht nicht. Ich kann nicht.«

»Warum? Musst du auch mal? Moment noch, ich bin gleich fertig.«

»Scheiße, Scheiße, Scheiße«, jammerte ich in größter Not.

»Ja doch! Ich mach ja schon. Schneller geht's nun mal nicht.«

»Es ist nicht irgendein Kunde, es ist Ludger!«

»Ach, du meine Güte.« Sekunden später rauschte die Toilettenspülung und die Tür wurde entriegelt. Im Gehen zog Jenny die Hose ihres Leinenanzugs hoch und nestelte hektisch an dem Reißverschluss herum. »Was will er denn?«, wisperte sie an der Schwelle zum Verkaufsraum leise.

»Wenn ich das wüsste«, flüsterte ich zurück.

Zum Glück ließ meine Kollegin hinter sich die Tür einen Spalt breit offen. So konnte ich alles, was im Laden vor sich ging, mitverfolgen und schlimmstenfalls einschreiten.

»Guten Tag. Kann ich Ihnen helfen?«, fragte Jenny höflich und zuvorkommend.

»Das hoffe ich doch«, erwiderte Ludger mit einem charmanten Lächeln. »Ich suche ein Geschenk.«

»Ein Geschenk für einen Herrn oder für eine Dame?«

»Für eine Dame. Eine junge Dame.«

»Ich verstehe. Dann ist das Geschenk wohl für Ihre Freundin bestimmt?«

»Ja, kann man so sagen.«

»Hatten Sie an etwas Spezielles gedacht?«

Unschlüssig ließ Ludger seinen Blick durch den Laden wandern. »Ich weiß nicht so recht. Eine Bluse vielleicht? Damit kann man doch nicht allzu viel falsch machen, oder was meinen Sie?«

»Sie haben völlig Recht. Mit einer Bluse liegen Sie bei einer Frau immer goldrichtig.« Zielstrebig steuerte Jenny auf einen Ständer mit neuer Ware zu, die wir in der Woche zuvor erst hereinbekommen hatten.

In eine schwarze Bluse von Dolce&Gabbana hatte ich mich auf Anhieb verliebt. Stundenlang war ich um das gute Stück rumgeschlichen, unschlüssig, ob ich mir diesen Luxus gönnen sollte. Aber selbst wenn man den üppigen Mitarbeiterrabatt abzog, war die Bluse einfach viel zu teuer.

»Welche Größe trägt denn Ihre Freundin?«

Ich war gespannt, wie Ludger sich nun aus der Affäre ziehen würde. Fast jeden Tag kamen Herren zu uns ins Geschäft, die den Tabellenstand der Fußballbundesliga auswendig herunterbeten konnten, aber bei der Konfektionsgröße ihrer Ehefrau herumstotterten wie kleine Schuljungen. Mit Händen und Füßen versuchten sie, uns die Proportionen ihrer besseren Hälfte plastisch vor Augen zu führen.

Doch zu meinem großen Erstaunen kam Ludgers Antwort wie aus der Pistole geschossen: »Größe 36.«

Falsch, völlig falsch!

»Sind Sie sicher?«, fragte Jenny, die natürlich wusste, dass meine Oberweite die Knöpfe dieser Bluse explosionsartig sprengen würde.

Ein amüsiertes Lächeln umspielte seine Lippen. »Danke der Nachfrage. Natürlich bin ich sicher.«

»Also, was ich eigentlich damit sagen wollte: Dieses Modell fällt ausgesprochen klein aus.«

»Meinen Sie wirklich?« Ludger musterte das Oberteil abschätzend. »Nein, ich glaube 36 ist richtig. Diese Bluse hier dürfte meiner Freundin passen.«

Aber nur, wenn ich mich die nächsten Wochen ausschließlich von Wasser und Knäckebrot ernähren würde und mir den Busen operativ entfernen ließe. Vielleicht konnte ich die Bluse ja umtauschen, ohne dass Ludger es bemerkte. Ich musste nur daran denken, das Etikett mit der Größe rauszuschneiden.

»Man vertut sich mit dem Augenmaß leicht ...«, unternahm Jenny noch einen letzten zaghaften Versuch, Ludger zu einer 38 zu überreden.

»Das lassen Sie mal meine Sorge sein«, schmetterte Ludger ihre gut gemeinten Empfehlungen ab. »Nur mit der Farbe bin ich noch unsicher. Gibt es dieses Modell vielleicht auch noch in anderen Tönen?«

»Nein, nur in Schwarz!«

Ludger trat näher an den Kleiderständer heran und zog, ehe ihn meine Kollegin daran hindern konnte, mit sicherem Griff einen Bügel hervor. »Und was ist das?«

»Das?«, echote Jenny ein wenig dümmlich und betrachtete angelegentlich das Kleidungsstück in Ludgers Hand. »Ach so, das ist braun.«

»Aber sagten Sie nicht gerade, dass es diese Bluse nur in einer Farbe gibt?«

»Habe ich das gesagt? Stimmt, das habe ich gesagt. Aber eigentlich ist Braun ja auch gar keine richtige Farbe, sondern bloß ein dreckiger Schmuddelton. Darüber hinaus ist Schwarz viel zeitloser und würde Ihrer Freundin bestimmt besser stehen«, plapperte sich Jenny munter um Kopf und Kragen.

Ludger starrte Jenny ungläubig an, dann schüttelte er den Kopf und schaute sich misstrauisch im Ladenlokal um. Wahrscheinlich wähnte er sich bei der »Versteckten Kamera«. »Also, nehmen Sie's mir nicht übel, aber ich glaube, ich kenne meine Partnerin besser als Sie.« Man merkte ihm an, dass die allzu übereifrige Verkäuferin ihm langsam aber sicher auf den Geist ging. »Die braune Bluse ist wie für meine Freundin gemacht.«

Sicher, dachte ich. Wenn ich eines Tages vorhaben sollte, beim Film eine Karriere als Wasserleiche zu machen, dann ist die Farbe geradezu ideal für mich.

»Aber ...«

»Kein Aber«, würgte Ludger den Protest der renitenten Person kurzerhand ab. »Ich nehme die *braune* Bluse. Und zwar in Größe 36.«

»Wie Sie meinen.« An Jennys Gesichtsausdruck konnte man deutlich ablesen, was sie von Ludgers Wahl hielt: Selbst schuld. Du wirst schon sehen, was du davon hast! Und wie zur Bestätigung fügte sie noch leicht schnippisch hinzu: »Und heben Sie den Kassenbon gut auf. Sie wissen schon, falls Ihre Freundin die Bluse umtauschen möchte.«

Abermals schüttelte Ludger den Kopf. Dann begann er plötzlich wie aus heiterem Himmel zu lachen. So als hätte ihm jemand einen Witz erzählt, dessen Pointe er gerade erst begriffen hatte. »Wird gemacht. Ich hebe den Bon auf. Ich versprech's Ihnen.« Sicher würde er die Geschichte bei nächster Gelegenheit im Tennisklub zum Besten geben.

»Soll ich Ihnen die Bluse als Geschenk einpacken?«

Ludger hob abwehrend die Hände. »Um Gottes willen, bloß das nicht. Womöglich wollen Sie dann noch mit mir über die Farbe des Geschenkpapiers diskutieren.«

»Wissen Sie, normalerweise bin ich gar nicht so ...«

»Na, dann bin ich ja beruhigt.«

Während Ludger seine Brieftasche hervorkramte, betrat Markus das Geschäft, grüßte freundlich in Ludgers Richtung und steuerte im Sturmschritt auf den Hinterraum zu. Gerade noch rechtzeitig konnte ich zur Seite springen, um die Tür nicht vor den Kopf zu bekommen.

»Was treibst du denn hier? Beinahe hätte ich dich umgerannt.«

»Pssst!« Ich gab Markus ein Zeichen, sich neben mir auf die Lauer zu legen.

Mein Boss tat wie ihm geheißen und linste durch den schmalen Türspalt argwöhnisch in den Verkaufsraum. »Sag bloß, der Typ hat was gestohlen!«

»Blödsinn«, zischte ich. »Das ist Ludger.«

»*Das* ist Ludger?«

»Schhhh, nicht so laut.«

»Das ist Ludger?«, wiederholte Markus, dieses Mal ein paar Dezibel leiser.

Ich nickte.

»Also, deinen Erzählungen nach habe ich ihn mir ganz anders vorgestellt. Sagtest du nicht, dass Ludger attraktiv ist?«

»Ja, sicher.« Was sollte die Frage? »Findest du denn nicht, dass er gut aussieht?«

»Belinda-Schätzchen, langsam beginne ich an deinem Urteilsvermögen zu zweifeln. Der Kerl da draußen an der Kasse sieht nicht gut aus«, Markus warf mir einen mitleidigen Seitenblick zu, »er sieht umwerfend aus. Und Geschmack hat dein Ludger offenbar auch. Der Mann weiß, was gut ist. Er hat eine verdammt gute Wahl getroffen«, flüsterte er anerkennend.

»Danke für die Blumen.« Ich fühlte mich geschmeichelt.

»Die Bluse von Dolce & Gabbana ist wirklich ein Traum.«

# Kapitel 11

Nach seiner überfallartigen Stippvisite bei NOMEN hatte ich Ludger nicht besonders häufig zu Gesicht bekommen. Er war beruflich stark eingespannt. Offenbar betreute die Kanzlei seines Vaters keine Mandanten, sondern Pflegefälle, die nicht in der Lage waren, eine Mahlzeit allein zu sich zu nehmen. Es war zum Verrücktwerden: Andauernd hatte Ludger abends irgendwelche Geschäftsessen, die allesamt wahnsinnig wichtig waren und die er partout nicht absagen konnte.

Wenigstens fand ich auf diese Weise endlich mal Zeit, Frau Groß einen Besuch abzustatten. Wie Philipp mir bereits berichtet hatte, fühlte seine Oma sich in ihrem neuen Domizil pudelwohl. Und das lag nur zum Teil an der weitläufigen Parkanlage und an den vergnüglichen Bingo-Nachmittagen. Frau Groß hatte sich auf ihre alten Tage noch einmal bis über beide Ohren verliebt! Ihr Schwarm hieß Erwin, wohnte ebenfalls in der Villa Kunterbunt und machte ihr auf höchst charmante Art den Hof. Da konnte man glatt neidisch werden! Obwohl ich mich diesbezüglich über Ludger auch nicht beklagen konnte.

Die knapp bemessene Zeit, die wir gemeinsam verbrachten, war immer wunderschön. Mal führte Ludger mich schick zum Essen aus, mal gingen wir gemeinsam ins Kino. Vergangenes Wochenende hatte er mich sogar mit einem Musicalbesuch überrascht. Natürlich wusste ich dieses abwechslungsreiche Unterhaltungsprogramm zu schätzen, aber viel lieber wäre ich einfach mal ein paar Stunden mit Ludger allein gewesen. Und genau das schien er – aus welchen Gründen auch immer – zu vermeiden. Hatte er etwa Angst, mir zu nahe zu treten? Falls ja, war diese Sorge völlig unbegründet! Langsam wurde sogar ich ein wenig ungeduldig. Ganz zu schweigen von Mareike, die es einfach nicht fassen konnte, dass Ludger und ich immer noch nicht zusammen im Bett gewesen waren.

Nun gut, Vorfreude ist bekanntlich die schönste Freude, aber so viel Freude hielt doch kein normaler Mensch aus! Also beschloss ich, unser Liebesleben etwas anzukurbeln. Vielleicht wartete Ludger ja nur auf ein Signal von mir – und genau das wollte ich ihm an diesem Tag geben. Das Wetter war mir bei meinem Vorhaben zu Hilfe gekommen. Hoch Florian hatte sich verkrümelt und Platz gemacht für Tief Anna. Die Temperaturen waren von heute auf morgen in den Keller gepurzelt. Da erkältete man sich schnell, wenn man nicht aufpasste.

Ich hatte Ludger gebeten, mir einen Krankenbesuch abzustatten. Vermutlich war es besser, ihm nicht sofort auf die Nase zu binden, dass ich ihn unter Vortäuschung falscher Tatsachen zu mir nach Hause gelockt hatte. Ergo musste ich erst mal so tun, als wäre ich tatsächlich krank. Und genau da lag das Problem. Mir fehlte für diese Inszenierung einfach das passende Outfit! Normalerweise trug ich im Bett Sleepshirts. Ein schönes englisches Wort für verwaschene T-Shirts im XXL-Format. Genau das Richtige – um damit einen Einbrecher in die Flucht zu schlagen oder ein Auto zu polieren. Aber doch nicht, um einen Mann wie Ludger zu verführen!

Kritisch nahm ich ein T-Shirt nach dem anderen in Augenschein. Es war eher unwahrscheinlich, dass ein fetter, orangefarbener Kater Ludger zum Zugreifen animieren würde. Ein Garfield-Motiv auf der Brust fiel also auch flach. Weg damit! Der Stapel der ausgemusterten Nachthemden wuchs beängstigend schnell.

Aber dann, als ich die Hoffnung schon fast aufgegeben hatte, wurde ich doch noch fündig. Unter den Baumwollsäcken stieß ich durch Zufall auf ein Nichts aus schwarzer Seide. Perfekt!

Dank der eingearbeiteten Spitze, die jede Menge Haut durchblitzen ließ, zeigte das kurze Negligee mehr, als es verdeckte. Einer meiner Exfreunde hatte mir diesen aufreizenden Fummel mal vor Jahren zum Geburtstag geschenkt. Wenn's hochkam, hatte ich ihn zwei- oder dreimal angezogen – nur, um ihn mir ein paar Minuten später wieder ausziehen zu lassen. Die Bezeichnung »Nachthemd« sagte eben lediglich etwas über die Tageszeit aus, zu der man den knappen Fetzen trug, nicht über den Verwendungszweck. Zum Schlafen war der Traum aus Seide nämlich komplett ungeeignet. Man fror darin wie ein Schneider.

Als ich den kühlen, glatten Seidenstoff auf meiner Haut spürte, kam ich mir mit einem Mal ziemlich verrucht vor. Ich betrachtete mich im Spiegel. Mein lieber Scholli, ganz schön sexy! Diese verführerische Femme fatale sollte *ich* sein? Wow! Also, wenn Ludger das nicht in Fahrt bringen würde, dann war ihm wirklich nicht zu helfen.

Zu guter Letzt drapierte ich noch ein paar Requisiten wie Fieberthermometer, Wärmflasche, Kleenex-Box und ein paar Frauenzeitschriften rings um mein Krankenlager. Rasch noch einen Tupfer Parfüm hinters Ohrläppchen, dann war ich bereit. Wie eine Spinne wartete ich darauf, dass Ludger mir ins Netz ging.

Keine zwei Minuten später klingelte es auch schon an der Tür. Ich hatte mit Lili, die in meinen Plan eingeweiht war, vereinbart, dass sie Ludger hereinführen und sich dann verdünnisieren sollte.

Bis zu dieser Stelle lief alles wie am Schnürchen.

»Ich bin dann jetzt weg.« Lili klimperte demonstrativ mit ihrem Haustürschlüssel. Hinter Ludgers Rücken blinzelte sie mir verschwörerisch zu. »Warte besser nicht auf mich, es kann spät werden.«

»Alles klar. Viel Spaß im Kino! Amüsier dich gut.«

Nachdem meine Schwester sich verabschiedet hatte, blieb Ludger etwas unschlüssig mitten im Raum stehen.

»Hallo, fremder Mann. Lange nicht gesehen«, ergriff ich die Initiative. »Willst du mich nicht erst mal richtig begrüßen?«

»Ja, natürlich.« Er beugte sich zu mir runter und drückte mir einen flüchtigen Kuss auf die Wange. Dann zauberte er unter seiner Jacke ein Päckchen hervor. »Für dich – statt Blumen. Damit du schnell wieder auf die Beine kommst. Ich hoffe, ich hab deinen Geschmack getroffen.«

»Ganz bestimmt.« Behutsam öffnete ich das Geschenkpapier. Ich hatte den Gesichtsausdruck vor dem Spiegel bis zum Exzess geübt. Auf die richtige Mischung kam es an: ein ausgewogenes Verhältnis aus Überraschung und Freude. Das mit der Überraschung gelang mir erstaunlich gut. An der Freude hätte ich wohl besser noch etwas arbeiten sollen.

In dem Päckchen befand sich nämlich gar keine Bluse.

»Ein Seidentuch«, bemerkte ich scharfsinnig.

»Gefällt es dir?«, fragte Ludger eifrig.

Ich schluckte. »Ich ... bin sprachlos. Ich weiß gar nicht, was ich sagen soll.« Und das war nicht einmal gelogen. Ich hatte noch nie ein Seidentuch getragen, geschweige denn eins besessen. Und wenn es nach mir gegangen wäre, hätte das auch bis ans Ende meiner Tage so bleiben können. Ich fragte mich, warum sich manche Frauen so einen albernen Schlabberlatz um den Hals banden. Und viel wichtiger: Wie Ludger auf die Idee kam, dass ich zu diesen Frauen gehören könnte.

Egal, der gute Wille zählte. Und den hatte Ludger sich einiges kosten lassen. Schluck, das Tuch war von Dior.

»Danke, aber das wäre doch nicht nötig gewesen.« Selten war es mir mit dieser Höflichkeitsfloskel so ernst gewesen.

»Ach, nicht der Rede wert.«

»Sag mal, willst du nicht endlich deine Jacke ausziehen?«

»Sicher.« Ludger schlüpfte aus seiner Lederjacke und deponierte sie am Fußende der Bettcouch. Dann machte er Anstalten, sich umständlich einen Stuhl heranzuziehen.

»Ach, lass doch. Hier ist genug Platz.« Einladend klopfte ich neben mich. »Komm her zu mir.« Ludger folgte brav meinen Anweisungen. Immerhin – in meinem Bett hatte ich ihn schon mal. Wenn auch nicht unbedingt in der Stellung, die mir so vorschwebte. Himmeldonnerwetter, der Kerl saß da, als hätte er einen Stock verschluckt! Auch die Unterhaltung wollte einfach nicht so recht in Schwung kommen.

»Und wie geht's dir so? Was macht die Grippe?«, fragte Ludger gestelzt.

»Och, eigentlich fühl ich mich schon wieder ganz gut.« Was aber nicht hieß, dass sich mein körperliches Wohlbefinden nicht noch erheblich steigern ließe. Ich sah ihm tief in die Augen. »Nur nachts hab ich noch hin und wieder diese fiebrigen Träume. Du spielst darin übrigens die männliche Hauptrolle ...«

»Kalte Wadenwickel.«

»Wie bitte?«, fragte ich völlig perplex.

»Na, kalte Wadenwickel. Gegen das Fieber.«

O. K. Möglicherweise sprach Ludger mehr auf visuelle als auf akustische Reize an. Ich streckte mich und ließ dabei wie zufällig die Bettdecke heruntergleiten. Viel schwarze Spitze und noch mehr nackte Haut kamen zum Vorschein.

Ludgers Reaktion ließ nicht lange auf sich warten. »Äh ... meinst du nicht, dass du vielleicht ein bisschen zu ... wie soll ich sagen ...« Nervös befeuchtete er seine Lippen. Ein gutes Zeichen. Der Eisblock begann zu schmelzen. »Denkst du nicht, dass du etwas zu luftig angezogen bist?«

»Echt? Findest du?« Ich ließ die Bettdecke noch etwas tiefer rutschen und lächelte unschuldig.

Endlich! Ludger beugte sich leicht zu mir herüber, seine Hände näherten sich im Zeitlupentempo meinen Brüsten. Erwartungsvolle Schauer liefen mir den Rücken rauf und ein paar Sekunden später wieder runter. Ich hätte nie gedacht, dass mir in diesem winzigen Stofffetzen so heiß werden konnte. Doch anstelle meines Busens umschlossen Ludgers Finger die Bettdecke und zogen sie mit einem Ruck nach oben.

»Du möchtest doch sicher keinen Rückfall bekommen, oder?«

Der Kerl war echt 'ne verdammt harte Nuss. Hatte er seine Hormone zu Hause gelassen? Oder hielten sie gerade ein kleines Nickerchen? Hallo! Aufwachen, ihr Schlafmützen!!! So wie's aussah, war wohl etwas mehr Körpereinsatz vonnöten, um die lahme Bande in Schwung zu bringen.

»Ich hab Durst«, improvisierte ich spontan.

Sofort sprang Ludger auf. »Soll ich dir einen Tee kochen?«

»Danke, aber ich glaube, das mach ich lieber selbst. Seit Lili bei mir eingezogen ist, findet man sich kaum noch in der Küche zurecht.«

Als ich die Decke zurückschlug, zog er scharf die Luft ein. Ich schwang meine Beine über die Bettkante, sorgsam darauf achtend, dass das Nachthemdchen noch ein paar Zentimeter weiter nach oben rutschte.

Bingo! Ludgers Blick blieb an der Stelle haften, wo schwarze Seide und weiße Haut an meinem Oberschenkel effektvoll aufeinandertrafen. Na bitte, dachte ich, geht doch!

Beflügelt durch diesen Etappensieg, erhob ich mich von meinem Krankenlager. Brr, war das kalt! Ich hoffte inständig, dass Ludger die Gänsehaut an meinen Armen nicht für einen fiesen ansteckenden Hautausschlag hielt.

Als ich das Zimmer verließ, spürte ich Ludgers Blicke in meinem Rücken. Ich gab mein Bestes. Doch leider waren meinen Verführungskünsten Grenzen gesetzt. Mir fehlte die Übung – und offen gestanden auch ein wenig das Talent. Ein lasziver Hüftschwung hätte der ganzen Sache bestimmt den letzten Pfiff gegeben. Der Haken an der Sache war nur, dass das leichte Schwingen mir einfach nicht so locker flockig von den Hüften gehen wollte. Alle Versuche, diese verführerische Gangart, die ich bei anderen Frauen schon so oft bewundert hatte, einzustudieren, waren fehlgeschlagen. Mein Hüftschwung wirkte nicht sexy, sondern Mitleid erregend. Wenn bei diesem Gehinke überhaupt ein Mann auf den Gedanken käme, mir die Kleider vom Leib zu reißen, dann war er entweder Orthopäde oder Krankengymnast.

Also bemühte ich mich einfach nur, einen Fuß vor den anderen zu setzen, ohne mich dabei vor lauter Aufregung und Nervosität auf die Nase zu legen.

Als ich, mit zwei dampfenden Teetassen bewaffnet, wieder ins Zimmer kam, traute ich meinen Augen kaum. *Das* hatte ich mir nun wirklich nicht träumen lassen. Mit allem hatte ich gerechnet, etwa dass Ludger Hemmungen und Hose fallen gelassen hatte und nun leidenschaftlich über mich herfallen würde. Ja, Pustekuchen! Anstatt sich auszuziehen, hatte der Mistkerl sich wieder komplett angezogen! Gerade schloss er den letzten Knopf seiner Jacke.

»Du, Belinda, es tut mir wirklich leid, aber ich fürchte, ich muss jetzt los. Ich bin echt froh, dass du dich schon wieder besser fühlst«, versicherte Ludger, während er unruhig von einem Fuß auf den anderen trat. »Glaub mir, nichts würde ich lieber tun, als dir noch etwas Gesellschaft zu leisten, aber ich hab morgen früh einen furchtbar wichtigen Termin mit einem Mandanten. Es geht nicht anders: Ich muss wirklich noch mal ganz dringend ins Büro.«

»Tu, was du nicht lassen kannst.« Ich gab mir keine Mühe, meinen Ärger zu verbergen. Ich hatte für ihn mein Leben aufs Spiel gesetzt und mir in diesem dünnen Fummel fast den Tod geholt, und er ließ mich eiskalt abblitzen. Für ein paar staubige Akten! Dafür fehlte mir nun wirklich jegliches Verständnis. Wenn er der Liveübertragung eines Fußballspiels oder einem Date mit Cameron Diaz den Vorzug gegeben hätte – O. K., damit hätte ich unter Umständen leben können. Aber so …

»Wir holen den Abend nach. Versprochen.« Auf die Schnelle

noch ein kurzes Trostpreis-Küsschen, und dann löste er sich auch schon wie eine Fata Morgana in Luft auf.

»Das darf doch alles nicht wahr sein! Hau doch ab, du Scheißkerl«, heulte ich auf, als die Haustür hinter ihm ins Schloss gefallen war. »Und dein bescheuertes Seidentuch nimmst du am besten gleich wieder mit!«

Ich griff nach einer Schere, setzte das Tatwerkzeug präzise wie ein Skalpell an und schnitt in den teuren Stoff. Schnipp, schnapp, schnipp, schnapp! Voller Wonne sah ich zu, wie ein Streifen nach dem anderen auf den Boden segelte. Rein gefühlsmäßig kam diese Ersatzhandlung einer Kastration ziemlich nahe.

Erschrocken über meine Gedanken, ließ ich beim Stichwort Kastration die Schere sinken und hielt entsetzt inne. Vielleicht *will* Ludger ja mit mir schlafen, aber *kann* nicht, kam mir in den Sinn. Wenn man den Talkshows Glauben schenken durfte, war Impotenz fast ebenso weit verbreitet wie Hämorrhoiden oder Fußpilz. Was sprach also dagegen, dass auch Ludger ...? Für einen winzigen Moment fand ich diese Möglichkeit sogar ganz tröstlich. Zumindest bräuchte ich mir dann nicht länger das Hirn darüber zu zermartern, ob ich nicht sexy oder anziehend genug war. Ein Frauenschwarm wie Ludger hatte sicher schon so allerhand geboten bekommen. Dagegen waren meine Verführungskünste allenfalls lauwarme Hausmannskost ...

Mit hängenden Schultern beseitigte ich die kläglichen Überreste meiner Zerstörungsaktion.

Glückwunsch, Belinda! Der Abend war ja wirklich ein voller Erfolg gewesen. Zu allem Überfluss spürte ich dann auch noch ein verräterisches Kratzen im Hals. Wahrscheinlich hatte ich mir mit dieser Aktion tatsächlich eine Grippe eingehandelt.

Als Lili gegen Mitternacht nach Hause kam, saß ich mit einer Tasse Kräutertee und einer Wärmflasche am Küchentisch, suhlte mich in Selbstmitleid und grübelte darüber nach, was mit meiner erotischen Ausstrahlung nicht stimmte.

»Und? Nun erzähl schon, wie ist der Abend gelaufen?«, fragte Lili mit vor Aufregung geröteten Wangen.

»Unbefriedigend«, schniefte ich. Und damit war eigentlich schon alles gesagt.

Mareike, der ich gleich am nächsten Tag brühwarm von meinen gescheiterten Verführungsversuchen berichtet hatte, konnte sich auf Ludgers Verhalten auch keinen Reim machen. »Erst schenkt er dir ein Tuch von Dior, und dann verpisst er sich? Das passt nicht zusammen. Wenn ein Mann so viel Geld in eine Frau investiert, will er doch zumindest eine Übernachtung dafür kriegen. Es sei denn ...«

Der Rest ihrer Ausführungen ließ mir das Blut in den Adern gefrieren. Aber immerhin – die Möglichkeit bestand. Rein theoretisch. Zum Glück war Markus ein erfahrener Experte, der sich auch praktisch auf diesem Gebiet auskannte.

»Gibt es eigentlich ein eindeutiges Indiz dafür, dass ein Typ schwul ist?«, fragte ich ihn geradeheraus, als wir in einer ruhigen Stunde gemütlich im Hinterraum des Geschäfts beisammensaßen und Eis schleckten.

»Wenn ein Kerl mit Männern und nicht mit Frauen schläft, dann ist die Wahrscheinlichkeit sehr hoch, dass er homosexuell ist.«

Ich verdrehte die Augen. »Danke, das hat mir sehr geholfen.«

»Du hast schließlich nach einem *eindeutigen* Indiz gefragt.«

»Gut, dann möchte ich jetzt die zweideutigen hören.«

»Schwule Männer denken bei ›Aubergine‹ nicht an ein Gemüse, sondern an eine Farbe.« Markus feixte. »Nein, das ist natürlich völliger Blödsinn. Aber jetzt mal im Ernst: Gibt es einen bestimmten Grund, warum du das wissen willst?«

Und ob es den gab. Und so erzählte ich nun auch noch Markus und Jenny von dem Reinfall mit dem Negligee. Bald würde die ganze Stadt Bescheid wissen.

»Trotz allem – ich glaube nicht, dass dein Ludger schwul ist«, sagte Markus, nachdem ich meine Schilderung beendet hatte. »Vertrau mir, Belinda, so was rieche ich hundert Meilen gegen den Wind.«

Da konnte ich nur hoffen, dass Markus an dem Tag, an dem Ludger im Geschäft gewesen war, keine verstopfte Nase gehabt hatte. »Aber warum schläft er dann nicht mit mir?«

Jenny leckte genüsslich ihren Eislöffel ab. »Vielleicht ist er strenggläubig und will mit dem Sex bis nach der Hochzeit warten.«

Markus, ein bekennender Atheist, schlug in gespieltem Entsetzen die Hände über dem Kopf zusammen. »Jetzt mal den Teufel nicht an die Wand. Man muss doch nicht immer gleich vom Schlimmsten ausgehen. Vielleicht ist er ja auch bloß impotent.«

Jenny kicherte, ich hingegen fand das gar nicht zum Lachen. »Daran hab ich auch schon gedacht«, murmelte ich düster.

»Hör mal, das war ein Scherz.« Markus stupste mich aufmunternd in die Seite. »Glaub mir, du machst dir völlig umsonst Sorgen. Unter Garantie gibt es einen ganz simplen Grund für Ludgers Zurückhaltung. Wenn du mich fragst, hat er einfach nur Angst gehabt, sich bei dir anzustecken.«

»Meinst du?«

»Na klar! Echte Kerle fürchten weder Tod noch Teufel. Aber wehe, sie wittern irgendwo ein paar Grippeviren – dann kriegen sie Muffensausen.«

»Wahrscheinlich hast du Recht.« Markus' Erklärung klang einleuchtend. Warum war ich nicht von allein darauf gekommen? Mareike hatte mich mit ihrem Gerede schon so konfus gemacht, dass ich nicht mehr geradeaus denken konnte. Mir fiel ein dicker Stein vom Herzen. »Was ich noch fragen wollte: War Ludger noch mal hier im Geschäft, um die Bluse zurückzubringen?«

»Nicht, dass ich wüsste.«

Auch Jenny schüttelte den Kopf. »Wie kommst du darauf?«

»Weil er mir gestern ein Seidentuch von Dior geschenkt hat.«

»Und warum ziehst du dann so ein Gesicht?«, fragte Jenny empört. »Also, Belinda, das ist wirklich undankbar. Andere Frauen wären froh, wenn ihnen ihr Lover ein mickeriges Sträußchen Blumen von der Tankstelle mitbringen würde. Deiner schleppt gleich ein Seidentuch an. Und dann auch noch eins von Dior …«

»Jetzt denk doch mal nach.« Markus sprach mit Jenny wie mit einem kleinen Kind. »Ludger hat Belinda ein Tuch geschenkt. Ein Tuch, keine Bluse. Was fällt dir dazu ein?«

Jenny schlug sich vor die Stirn. Endlich schien auch bei ihr der Groschen gefallen zu sein. »Das ist in der Tat merkwürdig. Ich meine, er müsste doch wissen, dass sie keine Halstücher trägt, oder?!«

Markus verdrehte die Augen. Dann tätschelte er meine Hand. »Hab einfach etwas Geduld, Herzchen. Wahrscheinlich hat dein Ludger sich gedacht, dass eine Frau, die mit Grippe im Bett liegt, ein Halstuch viel besser gebrauchen kann. Die Bluse bekommst du bestimmt ein andermal.« Und an Jenny gewandt fügte er noch hinzu: »Manchmal frage ich mich echt, warum ich dich eingestellt habe.«

Meine Kollegin lachte unbekümmert. »Du wirst es nicht glauben, aber die Frage hab ich mir auch schon gestellt. Falls dir eine plausible Antwort einfallen sollte, kannst du sie mir ja bei Gelegenheit mitteilen.«

# Kapitel 12

Normalerweise markiert ein Polterabend den Beginn einer Ehe und nicht deren Ende. Aber Mareike hatte sich noch nie um solche Konventionen geschert. Ihre Scheidung war rechtskräftig. Endlich! Auch auf dem Papier war sie nun wieder Single, zwar ein geschiedener Single, aber Single blieb Single. Grund genug für Mareike, eine riesige Party zu schmeißen.

Während ihrer Ehe war Christian derjenige gewesen, der mit seiner Eifersucht viel Porzellan zerschlagen hatte, nun war sie an der Reihe. Dass dabei ausgerechnet das Meißner Service, ein Geschenk ihrer Schwiegereltern, dran glauben musste, war bestimmt kein Zufall. »Wer hätte gedacht, dass das hässliche Zeug eines Tages doch noch zu etwas zu gebrauchen sein würde.« Mareike pfefferte gleich einen ganzen Stapel Teller mit Karacho auf die Pflastersteine.

Nach diesem kleinen Open-Air-Programmpunkt ging die Party drinnen weiter. Mareikes Wohnung platzte fast aus allen Nähten. Es herrschte ein Gedränge und Geschiebe wie auf einem Volksfest. Alle amüsierten sich prächtig, und der Alkohol floss in Strömen. Wer ein menschliches Bedürfnis verspürte, musste sich beizeiten auf den Weg machen, denn fast immer umschwirrten Scharen von Gästen wie Fliegen die Toilettentür.

»Coole Party!« Lili prostete mir zu.

Meine Schwester und ich waren zusammen mit Philipp und seinen Bandkollegen, die später noch auftreten wollten, zu Mareike gefahren. Ludger hatte vor, direkt vom Büro aus zur Party zu kommen.

»Wo bleibt denn dein Anwalt?«, wollte Philipp wissen, nachdem wir uns am kalten Büfett gestärkt hatten.

Wenn Philipp von Ludger redete, nannte er ihn immer nur »dein Anwalt« oder schlimmer noch: »dein Winkeladvokat«. Ich hasste das!

»Vielleicht findet Ludger keinen Parkplatz. Sicher wird er jede Minute hier sein.«

Die Minute verstrich, die nächste auch, und schließlich war bereits eine ganze Stunde vergangen, ohne dass Ludger sich hatte blicken lassen. Ich rief ihn auf seinem Handy an, doch ich bekam lediglich die Mailbox an die Strippe. Nachdem ich gerade wieder einmal vergeblich versucht hatte, Ludger zu erreichen, gesellte sich Jochen zu mir. Ich war mir nicht sicher, ob Mareike ihn aus rein freundschaftlichen Erwägungen oder zur Auffrischung sexueller Kontakte auf die Gästeliste gesetzt hatte.

»Hey Belinda, wo steckt Ludger?«

»Wenn ich das wüsste.« Ich schmiss mein Handy in die Tasche zurück. »Seit circa einer halben Stunde kommuniziere ich mit seiner Mailbox. Wäre nett, wenn er mal langsam hier auftauchen würde.«

»Hast du es mal auf seinem Festnetzanschluss probiert? Vielleicht ist er nach der Arbeit noch kurz nach Hause gefahren, um sich umzuziehen.«

»Er hat in seiner Wohnung einen Telefonanschluss?«, fragte ich verdutzt.

Jochen zog amüsiert die Augenbrauen nach oben. »Natürlich hat er Telefon. Strom und fließendes Wasser übrigens auch.«

»Komisch, mir hat er nur seine Handynummer gegeben.«

»Er ist ja ohnehin nur zum Schlafen zu Hause. Du weißt doch: Einen Selbstständigen hält nur der Tod von der Arbeit ab.«

»Kein Problem. Wenn er nicht bald auf der Matte steht, dann ...« Ich fuhr mit meinem Daumen an der Gurgel entlang.

Als Philipp und seine Band zu ihren Instrumenten griffen,

glänzte »mein Anwalt« immer noch durch Abwesenheit. Verdammt, wo steckte der Mistkerl?! In meinem Inneren begann es zu köcheln und zu brodeln. Doch bevor der schlecht gelaunte Murr, der wie ein Kobold motzend auf meiner Schulter hockte, vollends die Kontrolle über mich gewinnen konnte, begann die Band zu spielen.

Wow, die Jungs waren spitze! Sie heizten mit ihrer Musik den Partygästen mächtig ein. Ich ließ mich von dem Rhythmus und der guten Stimmung mitreißen und siehe da: Schon nach kurzer Zeit war mein Ärger über Ludgers Fernbleiben verflogen.

Nach Philipps erstem Saxophonsolo geriet vor allem Lili völlig aus dem Häuschen. »Ist Flippi nicht wunderbar?!« Wie ein Flummi hüpfte sie mit glänzenden Augen neben mir auf und ab.

Die Zeit verflog im Nu. Und dann kündigte Philipp zum allgemeinen Bedauern auch schon die letzte Nummer an. »Das Stück hab ich selbst geschrieben, es heißt *Door to Door* und ist einem ganz besonderen Menschen gewidmet.«

Es handelte sich um ein sehr langsames, sentimentales Stück mit einem wundervollen Refrain. Musik, die man nicht nur hören, sondern auch fühlen konnte.

Offenbar war ich nicht die Einzige, die die Musik völlig in ihren Bann gezogen hatte. Als die letzten Töne verklungen waren, herrschte andächtige Stille im Raum. Kein Mucks war zu hören. So als traute sich niemand zu atmen, geschweige denn zu sprechen, um den Zauber des Augenblicks nicht zu brechen. Erst als von der Straße die rumpelnden Geräusche eines vorbeifahrenden LKWs durch die weit geöffneten Fenster hereindrangen, entlud sich die Spannung in heftigem Applaus, Pfiffen und begeistertem Johlen. Hier und da wurden Rufe nach einer Zugabe laut, die sich schließlich zu einem lauten Sprechchor steigerten: »Zugabe, Zugabe!«

Die Jungs spielten noch eine schnelle, fetzige Nummer, bevor sie ihre Instrumente endgültig wegpackten.

Mareike zog mich zur Seite. »Täusche ich mich, oder hat Philipp dich angeschaut, als er das letzte Lied angekündigt hat?«

»Ach Quatsch! Wenn überhaupt, dann galt dieser Blick Lili. Sie stand direkt neben mir. Die kleine Kröte versucht doch schon die ganze Zeit, Philipp zu becircen.« Sorgenvoll zog ich die Stirn kraus. »Du glaubst doch nicht, dass er darauf angesprungen ist, oder?«

»Keine Ahnung. Vielleicht hab ich mich ja auch vertan. Oder Philipp hat nur zufällig in eure Richtung geschaut.« Mareike zuckte gleichmütig die Schultern. »Übrigens hat er angeboten, für die Flöhe im Kindergarten Saxophon zu spielen. Ist das nicht toll?«

Wir hatten keine Gelegenheit, weiter über das bevorstehende Kindergartenfest zu quatschen, denn in diesem Moment erschien Ludger auf der Bildfläche. Na endlich! Die Uhr zeigte kurz nach elf. Meinem persönlichen Empfinden nach war es jedoch bereits kurz vor zwölf.

Nachdem Ludger Mareike zu ihrer Scheidung gratuliert und ihr einen riesigen Strauß Blumen überreicht hatte, knöpfte ich ihn mir vor. »Bei dir ist es aber lange acht Uhr«, fauchte ich wütend. »Ich dachte schon, du tauchst gar nicht mehr hier auf.«

»Sorry, mein Schatz, mir ist noch was dazwischengekommen, aber jetzt stehe ich dir voll und ganz zur Verfügung.« Zum Beweis seiner Worte küsste er mich ausgiebig.

Männer! Er glaubte allen Ernstes, dass er mich mit diesen Zungenspielen besänftigen konnte – und damit lag er richtig. Warum sich durch alberne Streitereien die Stimmung und die Party versauen? Hossa, der Abend war noch jung, und wir waren es auch!

Durch die weit geöffneten Fenster wehte eine angenehm warme Brise herein. Aaah, herrlich! Draußen roch es betörend nach Sommer – und nach Liebe. Na ja, und ein bisschen auch nach Grillwürstchen.

Ich war zu allen Schandtaten bereit. Mein Körper stand unter Hochspannung. An diesem Tag würde es passieren – da war ich mir ganz sicher! Ich war kerngesund und quietschfidel. Einer heißen Liebesnacht stand also nichts mehr im Wege. Doch dieses Mal wollte ich nichts dem Zufall überlassen! Ich hatte Verstärkung angefordert und mir einen Verbündeten zu Hilfe geholt: Johnny Walker. Natürlich wollte ich Ludger nicht betrunken machen, sondern nur ein bisschen lockerer ...

Mit Argusaugen wachte ich über sein Glas. Sobald es leer war, sorgte ich für Nachschub und karrte neue Getränke heran. Für mich Wodka Lemon – ohne Wodka. Einer musste schließlich einen klaren Kopf behalten. Für Ludger Whiskey Cola, mit extra viel Whiskey. Die Krux bei der ganzen Sache war der richtige Alkoholpegel. Hoch genug, damit Ludger seine vornehme Zurückhaltung endlich über Bord schmiss. Aber niedrig genug, damit er im entscheidenden Moment noch seinen Mann stehen konnte.

Während ich heftig an Ludgers Schwips arbeitete, blieb auch Lili nicht untätig. Die kleine Hexe schmiss sich auf der Tanzfläche geradezu schamlos unserem Nachbarn an den Hals. Und das war durchaus wörtlich zu nehmen. Wie ein Kätzchen schmiegte sie ihr Gesicht an Philipps Halsbeuge. Fast meinte ich, ihr zufriedenes Schnurren hören zu können. Also, das war doch wirklich ...!

Bis jetzt hatte ich Lilis Begeisterung für Philipp als harmlose Schwärmerei abgetan. Im Vergleich zu meiner Schwester war Philipp schließlich ein alter Sack! Aber Kopfrechnen war noch nie Lilis Stärke gewesen. Am liebsten hätte ich sie gewaltsam aus Philipps Armen gerissen.

Seit meine kleine Schwester auf der Welt war, hatte ich das Gefühl, auf sie aufpassen und sie beschützen zu müssen. Heute sogar fast noch mehr als früher, denn die Zeiten, in denen ihr die großen Jungs bloß an den Zöpfen ziehen oder unter den Rock schauen wollten, waren leider Gottes vorbei. Andererseits machte Philipp auf mich nicht den Eindruck, als würde er über alles herfallen, was nicht bei drei auf den Bäumen war. Ich baute fest darauf, dass Frau Groß ihrem Enkel nicht nur heiße Schokolade, sondern auch die Grundbegriffe von Sitte und Anstand eingetrichtert hatte. Ein gestandener Mann wie er hatte es doch wohl nicht nötig, sich an so einem jungen Ding zu vergreifen! Dieser Gedanke beruhigte mich fürs Erste.

Davon mal abgesehen, hatte ich mit meinen eigenen Angelegenheiten im Augenblick genug zu tun. Bei dem nächsten langsamen Stück zog ich Ludger, der bereits etliche Drinks intus hatte, auf die Tanzfläche. Klammerblues hatten wir das in meiner Teeniezeit genannt. Und ich klammerte mächtig! Wie eine Krake umschlang ich Ludger mit allen mir zur Verfügung stehenden Gliedmaßen. Während wir uns eng aneinandergeschmiegt im Rhythmus der Musik wiegten, versuchte ich, mit meinem Körper zu ertasten, ob der kleine Ludger rauskommen und spielen wollte. Doch jedes Mal, wenn ich meinte, Erfolg zu haben, machte der große Ludger einen Schritt zur Seite. Und schon war ich wieder genauso schlau wie zuvor …

»Kommst du nachher noch mit zu mir?«, gurrte ich, als das Stück zu Ende war.

Ludger hauchte mir einen Kuss auf die Nasenspitze. »Sorry, Süße, das würde ich schrecklich gerne, aber diese Kopfschmerzen … grauenvoll, sag ich dir. Ich hab das Gefühl, mein Schädel platzt. Wahrscheinlich war das doch ein Gläschen Whiskey zu viel. Ich werde mir gleich ein Taxi rufen und nach Hause fahren.«

Ich hielt viel von Gleichberechtigung. Wirklich! Zum Glück war es mittlerweile gang und gäbe, dass wir Frauen uns vom Herd entfernten – und zwar nicht nur, um im Wohnzimmer Staub zu wischen. Im Gegenzug hatten sich auch die Herren der Schöpfung in zunehmendem Maße emanzipiert: Sie schwangen den Putzlappen, legten Gesichtsmasken auf und mischten bei der

Kindererziehung mit. Toll! Aber bei allem Sinn für Gleichberechtigung: Dass Männer nun auch schon Migräne vortäuschten, um sich vorm Sex zu drücken, das ging für meinen Geschmack entschieden zu weit!

# Kapitel 13

Es war mal wieder einer dieser elenden Sonntagabende, an denen man nichts mit sich anzufangen wusste. Missmutig schlurfte ich ins Badezimmer, wo Lili sich gerade vor dem Spiegel zurechtmachte. Sie trug einen breiten roten Gürtel, den sie aus mir unerfindlichen Gründen für einen Minirock zu halten schien, dazu ein enges schwarzes Oberteil, das so weit ausgeschnitten war, dass ihre Brüste fast herauspurzelten. Entsetzt starrte ich auf Lilis Dekolletee. Heiliger Strohsack, mir blieb aber wirklich nichts erspart. »Was zum Teufel ist das?«

»Ein Delfin.«

»Schönen Dank, das sehe ich auch.«

Ungerührt tuschte Lili weiter an ihren langen, seidigen Wimpern herum. »Warum fragst du dann?«

Halt suchend stützte ich mich am Waschbecken ab. Ganz ruhig bleiben, ermahnte ich mich. Schön tief in den Bauch atmen!

»Ich hoffe doch sehr, dass das ein Hennatattoo ist, das von allein wieder verschwindet.«

»Das hoffe ich nicht. Denn dann hat der Tätowierer ein echtes Problem.«

»Problem – das ist ein gutes Stichwort«, keuchte ich, während ich vergeblich versuchte, die aufsteigende Panik niederzukämpfen. »Vor dir steht eine Frau, deren Lebenserwartung ab sofort gen null tendiert. Wenn Mama und Papa diesen Flipper auf deiner Brust sehen, werden sie mich lynchen.« Ich machte auf dem Absatz kehrt.

»Wo gehst du hin?«

»Hyperventilieren«, fauchte ich meine Schwester an. »Rühr dich nicht von der Stelle. Ich bin gleich wieder da.«

Ich taumelte in die Küche, goss mir ein Gläschen von Frau Groß' selbst gemachtem Eierlikör ein und kippte es auf ex. Aaah, was tat das gut! Ich genoss die wohlige Wärme, die sich in meinem Bauch ausbreitete. Nach dem dritten Schnapspinnchen wurde ich ruhiger. Shit happens. Es war eh nicht mehr zu ändern. Wenigstens hatte Lili für ihre Tätowierung ein zeitloses Motiv gewählt. Falls sie mit zunehmendem Alter fülliger werden sollte, würde der Delfin mitwachsen und sich in einen Walfisch verwandeln. Echt praktisch.

Mit dem vierten Gläschen Eierlikör in der Hand – schließlich konnte man nicht wissen, was für Überraschungen meine Schwester noch auf Lager hatte – kehrte ich zu Lili zurück.

Die lenkte sogleich vom Thema ab. »Warum bist du denn überhaupt noch hier? Wolltest du heute Abend nicht mit Ludger essen gehen?«

Noch so ein unangenehmes Thema. »Er hat abgesagt.«

»Was? Schon wieder? Du solltest Stornogebühren verlangen, dann wärst du bald stinkreich.«

Damit hatte Lili leider nicht ganz Unrecht. Seit Mareikes Party war schon mehr als eine Woche vergangen. In dieser Zeit hatten Ludger und ich uns noch kein einziges Mal gesehen. Das war bereits das zweite Date, das er platzen ließ. Aber schließlich konnte der Arme nichts dafür, dass er in der Kanzlei so hart schuften musste. Oder ging er mir absichtlich aus dem Weg? Verdammt, was zum Kuckuck stimmte nicht mit ihm? Oder mit mir?

»Mensch, dann geh doch trotzdem weg.« Lili fuchtelte mit dem Parfumzerstäuber vor meiner Nase herum. »Das Leben ist viel zu kurz, um hier rumzusitzen und Trübsal zu blasen. Geh mal wieder vor die Tür, amüsier dich!«

Endlich kapierte ich. »Kann es vielleicht sein, dass du mich loswerden willst?«

Lili schenkte mir den unschuldigsten Augenaufschlag, den sie in ihrem Repertoire hatte. »Wie kommst du denn darauf? Ich möchte doch bloß, dass du Spaß hast.«

Ihre übergroße Sorge um mein Wohlergehen bestätigte mich in der Annahme, dass irgendwas im Busch war. »Was hast du denn heute Abend vor?« Es gelang mir, meine Stimme einigermaßen beiläufig klingen zu lassen.

»Och, nichts Besonderes.«

»Dafür, dass du nichts Besonderes unternehmen willst, hast du dich aber verdammt hübsch gemacht.«

»Ja, findest du?« Lili lächelte zufrieden ihr Spiegelbild an und zupfte dabei ihren Ausschnitt zurecht. »Philipp kommt nachher vorbei, unsere Dusche funktioniert nämlich nicht richtig.«

Aahh ja. Jetzt wurde mir so einiges klar. Nur die Sache mit der defekten Dusche konnte ich mir nicht so ganz erklären. »Verdammt, wie hast du das denn schon wieder hingekriegt? Bei mir war die Dusche heute Morgen noch tipptopp in Ordnung.«

»Danach sieht's aber nicht aus.« Sie wies auf meine Haare, die mir in fettigen Strähnen auf die Schultern fielen. »Aber nun zu deiner Frage. Du wolltest wissen, wie ich das mit der Dusche hingekriegt hab? Das war wirklich ein Kinderspiel.« Lili deutete auf einen Dichtungsring, der zwischen ihren wild verstreuten Schminkutensilien auf dem Waschbeckenrand lag. »Ohne den kleinen Schlingel spritzt das Wasser wie verrückt in alle Richtungen.«

So viel Raffinesse war mir unheimlich. Und wir sollten Geschwister sein? Fassungslos schüttelte ich den Kopf. »Du bist wirklich ein gerissenes Luder.«

»Danke, Schwesterherz.« Sie tat, als hätte ich ihr ein dickes Kompliment gemacht. »Hin und wieder bin ich über meine genialen Einfälle selbst überrascht.« Ungeduldig trat sie von einem Fuß auf den anderen. »Also – was ist nun? Gehst du noch weg oder nicht?«

Der Gedanke, Lili in dieser Aufmachung mit Philipp allein zu lassen, gefiel mir gar nicht. Andererseits hatte ich keine Lust, rund um die Uhr den Babysitter oder Anstandswauwau zu spielen. Wenn die beiden etwas miteinander anfangen wollten, würden sie schon eine Gelegenheit finden. Außerdem wusste ich nur zu gut, wie meine Schwester tickte. Je mehr man versuchte, ihr etwas auszureden, desto stärker fachte das ihr Interesse an.

Zögernd griff ich nach dem Telefonhörer. Mareike, die froh war, den Sonntagabend nicht allein vor der Flimmerkiste verbringen zu müssen, schlug vor, ins Kino zu gehen.

Prima! Die Aussicht, den größten Teil des Abends in einem abgedunkelten Raum zu verbringen, fand ich verlockend. Dann musste ich mich wenigstens nicht stundenlang aufbrezeln. Meine Haare waren so fettig, dass das Desaster auf meinem Kopf fast als Wetlook durchging, und auch meine Klamotten hatten schon bessere Tage gesehen: ein verwaschenes T-Shirt und uralte bequeme Jeans. Lediglich der Schokoladenfleck auf dem Oberschenkel war brandneu.

In meinem Gammellook lag ich voll im Trend. Auch Mareike und Jenny, die sich uns in letzter Minute angeschlossen hatte, waren sehr »zwanglos« gekleidet. So lautete zumindest Mareikes schmeichelhafte Umschreibung für unser schlampiges Outfit.

Nach langem Hin und Her erstanden wir Eintrittskarten für eine Komödie und deckten uns reichlich mit Cola und Popcorn ein. Bis zum Beginn der Vorstellung war noch jede Menge Zeit. Wir schlenderten ziellos durch das Kinofoyer. Dabei quatschten wir über dies und das. Aber irgendwie war ich nicht ganz bei der Sache.

»Was Lili und Flippi jetzt wohl treiben?«, überlegte ich laut.

»Wörtlich oder im übertragenen Sinne?« Mareike grinste verschlagen.

»Hey, ich finde das gar nicht komisch. Als große Schwester bin ich schließlich für Lili verantwortlich. Sie ist erst neunzehn!«

»Eben, sie ist neunzehn. Also entspann dich mal wieder.« Mareike balancierte den Riesenbecher Cola und die Popcorntüte mit beneidenswertem Geschick durch die Menge. »Das erste Mal bringen die Mädels heutzutage meist schon mit vierzehn oder fünfzehn hinter sich. Sehr vernünftig, wenn du mich fragst. Was soll man unangenehme Dinge unnötig aufschieben? Eine Wurzelbehandlung beim Zahnarzt wird nicht schöner, indem man sie Ewigkeiten hinauszögert. Falls du also denkst, dass deine Schwester noch Jungfrau ist, glaubst du vermutlich auch noch an den Weihnachtsmann.«

»Oder an den Klapperstorch«, gluckste Jenny hinter ihrem Colabecher.

»Natürlich weiß ich, dass Lili schon mal Sex hatte.«

»Na bitte. Dann weiß sie ja, wie's funktioniert. Also gibt es keinen Grund, sich so aufzuregen.«

»Das sagst du so einfach! Philipp könnte ihr Vater sein.«

»Jetzt mach aber mal halblang. Philipp ist zweiunddreißig und deine Schwester ist neunzehn. Ich glaube kaum, dass jemand mit dreizehn schon Kinder in die Welt setzt.«

»Heutzutage geht das immer früher los. Das hast du doch eben selbst behauptet«, erwiderte ich trotzig.

»Und wenn schon. Außerdem will Lili Philipp ja nicht heiraten, sondern bloß mit ihm schlafen.«

»Hat sie dir das gesagt?« Ich ging hoch wie eine Rakete. »Warum redet sie mit dir darüber? *Ich* bin ihre Schwester, warum vertraut sie *mir* so was nicht an?«

Mareike verdrehte genervt die Augen. »Natürlich ist sie nicht zu mir gekommen und hat verkündet: ›Hey, tolle Neuigkeit, ich werde mit Philipp schlafen.‹ Sie hat lediglich verlauten lassen, dass sie ihn zum Anbeißen findet.«

Ich atmete auf. »Von mir aus soll sie so viel an ihm herumknabbern, wie sie möchte. Sie muss deshalb ja nicht gleich mit ihm in die Kiste steigen.«

»So, jetzt mal raus mit der Sprache, Belinda. Worum geht es hier eigentlich? Du willst mir doch nicht wirklich verklickern, dass es nur der Altersunterschied ist, der dich stört, oder?«

»Natürlich!«, erwiderte ich empört. »Was denn sonst?! Ich meine, Philipp ist wirklich ganz O. K. Er ist nett ...«

»... und sieht gut aus«, ergänzte Jenny.

»Außerdem ist er intelligent.« Mareike nippte an ihrer Cola. »Er ist weder verheiratet, noch hat er andere schlechte Eigenschaften. Sprich: Der Mann ist schwer in Ordnung. Na ja, mal abgesehen von seinem etwas eigenwilligen Geschmack in puncto Mode. Aber da muss man halt mal ein Auge – oder je nach Farbzusammenstellung auch zwei – zudrücken. Du solltest also froh und glücklich sein, wenn die beiden zusammenkommen. Es sei denn ...« Sie ließ den Satz unvollendet im Raum stehen.

»Es sei denn ... was?«

»Na ja, es sei denn ...« Wieder brach Mareike ab. »Versprichst du mir, dass du nicht gleich wieder ausflippst?«

Gar nichts wollte ich versprechen! Ein vages Kopfnicken musste reichen. Das konnte alles Mögliche bedeuten.

»Also«, Mareike holte tief Luft, »du solltest dich eigentlich freuen, wenn aus den beiden ein Paar wird. Außer du bist selbst an Philipp interessiert. Ihr hängt ja in letzter Zeit ziemlich viel zusammen. Immer, wenn ich bei dir anrufe, ist er gerade mal eben auf 'nen Sprung rübergekommen.«

»Sag mal, spinnst du?!« Ich war zutiefst entrüstet. »Natürlich ist Philipp oft bei uns. Wegen Lili. Die wohnt bei mir. Schon vergessen?«

»Na, dann ist doch alles in Ordnung.«

Ich fand es ganz und gar nicht in Ordnung, dass Mareike mir unterstellte, ich sei hinter Philipp her. Total absurd! Nichts gegen Philipp, aber schließlich gab es bereits einen Mann in meinem Leben. »Nur zur Erinnerung – auch wenn die ganze Sache etwas holperig anläuft: Ich bin in Ludger verliebt.«

Völlig unerwartet bekam ich von Jenny Schützenhilfe. »Warum in aller Welt sollte eine Frau sich für Philipp interessieren, wenn sie einen Traumtyp wie Ludger haben kann?!«

Mareike ging nicht weiter darauf ein. »Apropos Ludger. Hattest du nicht gesagt, er müsste arbeiten, Belinda?«

»Ja, leider. Der arme Kerl muss sich heute Abend durch meterhohe Aktenberge wühlen.«

»Dabei scheint er etwas die Orientierung verloren zu haben. Dahinten steht er und starrt Löcher in die Luft. So, so, arbeiten nennt man so was in Juristenkreisen also.«

»Bestimmt hat er es sich anders überlegt.« Ich strahlte. Das war doch endlich mal 'ne nette Überraschung! Während ich mir mit Mareike und Jenny im Schlepptau einen Weg durch die Menge bahnte, stutzte ich plötzlich und blieb stehen. »Moment mal, Ludger weiß doch gar nicht, dass wir ins Kino gehen wollten.«

Mareike kämpfte sich weiter vor. »Dann wird er wohl versucht haben, dich zu Hause zu erreichen, und Lili hat es ihm am Telefon erzählt.«

Obwohl ich wie wild winkte, entdeckte Ludger mich erst, als wir unmittelbar vor ihm standen. Er schien mit dem Kopf immer noch bei seinen Paragrafen und Gesetzesbüchern zu sein, denn er lächelte lediglich etwas gezwungen, unternahm aber keinen Versuch, mich zu umarmen oder mir einen Kuss zu geben. »Ach, Belinda – das ist ja ein Zufall. Ein netter Zufall natürlich«, haspelte er. Meine Güte, was war denn jetzt schon wieder los? Der Kerl benahm sich so hölzern wie Pinocchio. »Ich weiß gar nicht, was ich sagen soll. Ich bin völlig überrascht.«

Bestimmt nicht halb so überrascht, wie ich es war, als eine gertenschlanke Blondine, die mit dem Rücken zu uns das Kinoprogramm studiert hatte, sich plötzlich umdrehte und den Arm um Ludgers Taille legte. Obwohl ich mir sicher war, dass ich die Frau noch nie zuvor gesehen hatte, kam mir irgendwas an ihr sehr vertraut vor …

Die Bluse! Die Tussi trug die Bluse, die Ludger bei uns im Laden gekauft hatte.

»Willst du uns nicht miteinander bekannt machen?«, fragte die Fremde in diesem Moment.

»Doch, doch, natürlich«, versicherte Ludger für meinen Geschmack eine Spur zu schnell. Auch wenn ich sein Verhalten sehr merkwürdig fand – noch konnte es eine ganz harmlose Erklärung geben. Irgendetwas tief in meinem Inneren riet mir jedoch, besser nicht darauf zu wetten.

»Das sind Belinda und Mareike.« Ludger stockte. Er war sich offenbar nicht sicher, ob er eine nähere Definition unseres Verhältnisses riskieren sollte. Nach einem schnellen Blick auf seine Begleiterin, die ihn erwartungsvoll musterte, fügte er noch hinzu: »Äh … flüchtige Reisebekanntschaften. Wir sind uns im Klub in Griechenland über den Weg gelaufen.« Er lachte gekünstelt. »Zufälle gibt's manchmal. Die Welt ist doch wirklich ein Dorf.«

»Du sagst es.« Mit aller Kraft kämpfte ich gegen die aufsteigenden Tränen an. »Und wer hätte gedacht, dass man sich so schnell wiedersieht.«

Da Ludger keine Anstalten machte, uns im Gegenzug die Frau an seiner Seite vorzustellen, wandte Mareike sich nun direkt an sie. »Und du? Wer bist du?«

»Ich bin Jil.« Sie machte eine kurze, aber dramaturgisch äußerst wirkungsvolle Pause, bevor sie die Bombe hochgehen ließ: »Ludgers Verlobte.«

Volltreffer. Der Schlag hatte gesessen. Ich biss die Zähne zusammen, um nicht laut aufzuschluchzen. Und auch Mareike und Jenny schnappten hörbar nach Luft.

Ich starrte Jil und Ludger an, als wären sie Besucher von einem anderen Stern. Irgendwie kam mir das ganze Szenario so verdammt unwirklich vor. Wenn noch ein Ufo oder Captain Kirk ums Eck gekommen wäre, hätte mich das auch nicht weiter überrascht.

Mareike fand als Erste ihre Sprache wieder. »Ludger hat uns gar nicht erzählt, dass er verlobt ist. Was für eine nette Überraschung. Dann wollt ihr doch bestimmt bald heiraten, oder?«

Was war nur in sie gefahren? War sie übergeschnappt?! Mir stand nun wirklich nicht der Sinn danach, mit Ludgers Verlobten über ihre Hochzeitspläne zu plaudern. Mir war eh schon schlecht! Ich konnte diese Frau im wahrsten Sinne des Wortes nicht riechen. Jedes Mal, wenn der penetrante Duft ihres Parfums – ein Mix aus Maiglöckchen und Gummibärchen – zu mir herüberwehte, begann mein Magen zu rebellieren.

»Selbstverständlich wollen wir heiraten«, gab Jil Mareike bereitwillig Auskunft. »Sonst hätten wir uns schließlich nicht verlobt.«

»Und Kinder?«, bohrte meine Freundin hartnäckig weiter. »Wünscht ihr euch Kinder?«

»Nun ja, vielleicht nicht sofort.« Jil strich sich lächelnd eine blonde Haarsträhne hinters Ohr. »Aber irgendwann, wenn der richtige Zeitpunkt gekommen ist, werden wir bestimmt eine Familie gründen.«

»Wie schön, dann ist dein Verlobter also nicht impotent.«

Während mir sämtliche Farbe aus dem Gesicht wich, wurde Ludger rot bis zu den Haarwurzeln.

Eines musste man seiner Verlobten wirklich lassen: Sie war nicht so schnell aus der Fassung zu bringen. »Ludger? Impotent? Nein, wie kommst du denn auf so was?«

»Ach, nur so eine Routinefrage. Heutzutage ist doch fast jeder zweite Mann impotent. Nikotin, Alkohol, Umweltgifte und all das Zeug. Na, du weißt schon. Seid froh, dass das Schicksal es so gut mit euch meint.«

Darauf wusste Jil, ganz sprachlos vor Glück, nichts zu erwidern. Jenny nutzte die kurze Gesprächspause, um sich in Erinnerung zu bringen. »Ich bin übrigens Jenny.« Ludger, der sie offenbar wiedererkannte, warf der renitenten Person, die sich so vehement geweigert hatte, ihm die gewünschte Bluse zu verkaufen, einen wütenden Seitenblick zu.

»Belinda und ich sind Arbeitskolleginnen«, plauderte Jenny, ohne mit der Wimper zu zucken, mein sorgfältig gehütetes Geheimnis aus. O. K., O. K., ich war auch nicht immer ganz bei der Wahrheit geblieben – na und?! Verglichen mit den brisanten Informationen, die Ludger mir unterschlagen hatte, war mein kleiner Schwindel doch wohl kaum der Rede wert. Ich war mit meinem Beruf jedenfalls weder verlobt noch verheiratet!

»Die Bluse, die du trägst, ist ein ganz besonders schönes Stück«, geriet Jenny nun langsam in Fahrt. »Aber ganz unter uns, von Frau zu Frau: Wenn man zu so einem fahlen, blassen Teint neigt wie du, ist Braun einfach nicht die richtige Farbe.«

Jil erbleichte. Nun war sie in der Tat ein wenig käsig um die Nase. Während sie auf die Frage nach Ludgers Potenz locker und souverän reagiert hatte, brachte Kritik an ihrer makellosen Erscheinung sie scheinbar völlig aus dem Tritt.

Makellos – genau, das war das Wort, das Jil am treffendsten beschrieb. Die Frau war weiß Gott keine Schönheit. Dennoch wirkte sie auf eine seltsam unnatürliche Weise perfekt. So als wäre sie von Kopf bis Fuß mit Dreiwettertaft eingesprüht. Jede Wimper und jedes Stofffältchen saß genau da, wo es hingehörte. Ich war mir sicher, dass widerspenstige Haare, Augenringe oder Sommersprossen bei ihr nicht den Hauch einer Chance hatten. Das energisch vorgereckte Kinn sprach Bände. Jede Wette, dass sie es schaffte, einen Pickel mit purer Willenskraft zum Verschwinden zu bringen. Falls er sich überhaupt hervortraute … Unwillkürlich fragte ich mich, wie man es schaffte, ein dermaßen lupenreines Make-up hinzubekommen. Malen nach Zahlen? Auch ihre langen blonden Haare waren so tadellos frisiert, dass sie fast wie eine Perücke wirkten.

Jil war schlank. Extrem schlank. Zweifelsohne gehörte sie zu den Frauen, die eine geviertelte Cocktailtomate bereits für ein mehrgängiges Menü hielten. Weibliche Rundungen? Fehlanzeige. Verglichen mit dieser Frau war ich die reinste Sexbombe. Warum fühlte ich mich dann neben ihr so unzulänglich? Waren meine fettigen Haare daran schuld? Oder der Schokoladenfleck auf meiner Hose? Oder lag es ganz einfach an der Tatsache, dass Jil etwas hatte, das sich weder durch einen schönen Busen noch durch einen apfelförmigen Po aufwiegen ließ: den Mann an ihrer Seite. Ludger.

»Wir gehen dann jetzt«, hörte ich wie durch Watte hindurch von ganz weit weg eine Stimme sagen. »Schönen Abend noch.« Mareike knuffte mich in die Seite. Ich erwachte aus meiner Betäubung und sah gerade noch, wie Ludger und Jil sich umwandten und in der Menge verschwanden.

»Das gibt's doch wohl nicht«, flüsterte ich tonlos.

»Leider doch«, bemerkte Mareike grimmig. »Scheiße, du hast wirklich kein Glück.«

»Und Pech noch dazu.« Jenny streichelte mitfühlend meine Hand. »Verdammt, Belinda, warum hast du ihn so einfach davonkommen lassen? Ich an deiner Stelle hätte ihm erst einmal einen richtig kräftigen Tritt in den Arsch gegeben.«

»So viel Energieaufwand ist der Kerl doch gar nicht wert.« Mareike legte den Arm um meine Schulter und drückte mich tröstend an sich. »Mensch, was machen wir denn jetzt mit dir?«

»Ich möchte einfach nur noch in mein Bett und mir für die nächsten hundert Jahre die Decke über den Kopf ziehen.« Mist, das ging ja gar nicht! Lili würde es mir nie verzeihen, wenn ich so früh nach Hause käme.

»Warum schläfst du nicht einfach heute Nacht bei mir?«, schlug Mareike vor. »Wir quatschen in Ruhe über alles und mampfen dabei 'ne Riesenpackung Eiscreme.«

Laut Mareike gehörte Schokoladeneis in jede gut sortierte Hausapotheke. Sie musste es schließlich wissen, denn im Kindergarten kam das schmerzstillende Allheilmittel fast täglich zum Einsatz. Zwar hatte ich mir weder das Knie aufgeschlagen noch den Finger geklemmt, aber auch bei Seelenkummer wirkte Eiscreme, in größeren Dosen verabreicht, normalerweise Wunder. An diesem Tag ließ die tröstliche Wirkung bedauerlicherweise verdammt lange auf sich warten. Die halbe Jumbopackung war schon leer, aber mir ging es immer noch keinen Deut besser.

»Warum, warum, warum? Warum hat er mich angelogen?«, schluchzte ich, während ich den Löffel wie einen Dolch tief in die braune Masse stieß. »Warum hat er mir nicht gesagt, dass er schon vergeben ist? Oder warum bin ich dusselige Kuh nicht von allein darauf gekommen? Ich hätte es wissen müssen: Männer wie Ludger sind niemals solo!«

»Blödsinn!

»Ich hab echt geglaubt, dass er in mich verliebt ist. Meinst du, er hat mir alles bloß vorgespielt?«

»Nein, das glaube ich nicht. Wenn er nur auf eine kleine Affäre aus gewesen wäre, dann hätte er sich wohl kaum so standhaft geweigert, mit dir ins Bett zu gehen. Und impotent ist er nicht – das wissen wir ja nun aus sicherer Quelle.«

»Aber was wollte er denn dann von mir?«

Mareike zuckte hilflos die Schultern. »Ach, Süße, ich weiß es doch auch nicht. Glaub mir, es hat gar keinen Sinn, sich den Kopf darüber zu zerbrechen. Um Männer verstehen zu können, musst du mindestens zwanzig Semester Psychologie studiert haben.«

In Ludgers Fall würde vermutlich nicht einmal das reichen! Ich wischte mir die Tränen weg und schnäuzte energisch in ein Taschentuch. So, genug geflennt! Zumindest fürs Erste ... »Bevor ich's vergesse – ich muss eben mal kurz zu Hause anrufen.« Ich griff nach dem schnurlosen Telefon, das neben der Eiscremepackung lag, doch Mareike war schneller. »Ist das wirklich nötig, dass du die beiden störst?«

»Na hör mal, Lili wird sich Sorgen machen, wenn ich nicht heimkomme.«

»Sicher, du hast völlig Recht. Deine Schwester wird vor lauter Sorge nicht schlafen können.« Hörte ich da sanfte Ironie in ihrer Stimme? »Die ganze Nacht wird sie sich fragen, wer ihr morgen früh den Kaffee kocht und das Frühstück zubereitet. Na ja, vielleicht übernimmt Philipp das ja auch ...«

»Ja, vielleicht ... Und jetzt gib mir das Telefon.«

»Nein!«

»Aber es wird Lili doch sicher freuen zu hören, dass sie sturmfreie Bude hat.«

»Na schön.« Mareike reichte mir den Apparat. »Aber fass dich bitte kurz.«

»Sexualberatungsstelle Düsseldorf«, meldete Lili sich nach dem fünften oder sechsten Klingeln aufgekratzt. »Was kann ich für Sie tun?« Wenn mich nicht alles täuschte, war meine kleine Schwester nicht mehr ganz nüchtern.

»Hi, Lili, hier ist Belinda.«

»Belinda?« Ihrer Stimme war deutlich anzumerken, dass sich die Freude über meinen Anruf in Grenzen hielt. »Was willst du?«, fragte sie ein wenig unwirsch.

»Dir Bescheid sagen, dass ich heute bei Mareike übernachten werde.«

»Oh, das sind ja mal gute Neuigkeiten!« Der Klang ihrer Worte war wie eine warme Trommelfellbestrahlung. Durch die Leitung konnte ich spüren, dass ihr Gesicht aufleuchtete. »Dann wünsche ich euch Mädels natürlich viel Spaß bei eurer Pyjamaparty. Grüß Mareike von mir.« Schon wollte sie auflegen.

»Lili ...«

»Was denn noch?«, fragte mein Schwesterherz ungeduldig.

»Ist bei dir alles O. K.?«

»Sicher. Du kannst vielleicht Fragen stellen. Willst du auch noch wissen, ob ich was Vernünftiges gegessen habe oder ob ich warm genug angezogen bin?«, neckte sie mich.

Ja! Ja! Ja! Ich freute mich, dass Lili das Thema von sich aus angesprochen hatte. Die Vitamine waren mir völlig wurscht, aber natürlich interessierte mich brennend, was sie anhatte. Oder vielmehr: ob sie überhaupt noch etwas anhatte ...

»Mach dir mal keine Sorgen, Belinda. Ich fühl mich hervorragend. Mir ginge es allerdings noch besser, wenn du endlich auflegen würdest. War nett, mit dir zu plaudern, aber jetzt hab ich wirklich Wichtigeres zu tun.« Sie kicherte viel sagend. »Man sieht sich. Bis morgen, Schwesterlein.«

Zack, aufgelegt.

»Bis morgen.«

# Kapitel 14

Wie Mareike prophezeit hatte, sah die Welt am nächsten Morgen schon ganz anders aus: heller, sonniger – und noch deprimierender! Bei Tageslicht betrachtet, wurde mir das Ausmaß meines Beziehungsdebakels erst richtig bewusst. Ich spielte mit dem Gedanken, mich im Laden krankzumelden, aber zu Hause würde mir erst recht die Decke auf den Kopf fallen. Und so fuhr ich nach Mareikes berühmt-berüchtigtem Stehkaffee – das Gebräu war so stark, dass der Löffel fast von allein darin stand – zum Duschen und Umziehen nach Hause.

Ich fühlte mich furchtbar. Wie eine Kröte, über die eine ganze LKW-Kolonne hinweggedonnert war. Kein Wunder, denn in der vergangenen Nacht war an Schlaf überhaupt nicht zu denken gewesen. Erst hatte ich mit Mareike bis in die frühen Morgenstunden hinein in der Küche gesessen und versucht, die jüngsten Ereignisse zu verarbeiten. Was natürlich nicht einmal ansatzweise geglückt war. Danach hatte ich mich schlaflos von einer Seite auf die andere gewälzt. Dementsprechend gerädert fühlte ich mich jetzt.

Als ich mich mit letzter Kraft die Treppe hinaufschleppte, vernahm ich hinter der Kötter'schen Wohnungstür ein heiseres Bellen. Komisch, irgendwie klang Rudis Kläffen immer ein wenig nach Raucherhusten. »Halt die Klappe, sonst kommst du ins Heim«, zischte ich dem kleinen Wadenbeißer durch den Briefkastenschlitz schlecht gelaunt zu.

Als ich meine Wohnung betrat, wurde mir klar, was Dackel Rudi so erzürnt hatte. Wie ein geölter Blitz stürmte ich in die Diele und von da aus gleich weiter in Lilis Zimmer. Dort bimmelte, summte, hupte und tutete es in allen Ecken. Mitten in diesem Tumult lag Lili und ratzte stillvergnügt vor sich hin. Erst einmal brachte ich die Wecker zum Schweigen, dann kümmerte ich mich um meine Schwester. »Hey, du Schlafmütze, wach auf!« Ich rüttelte sanft an ihrer Schulter.

Die Reaktion war gleich null. Ergo musste ich mein Schwesterlein wohl etwas härter anpacken. Gesagt, getan, aber Lili rührte sich immer noch nicht.

Na gut, wenn es auf die sanfte Tour nicht funktionierte – ich konnte auch anders. Mit einem Ruck zog ich ihr die Bettdecke weg. Was nun folgte, war einfach unglaublich. Statt des erwarteten Wutausbruchs schlug Lili die Augen auf und lächelte mich so breit an, dass eine Zahnbürste quer in ihren Mund gepasst hätte.

»Guten Morgen, Schwesterherz«, nuschelte sie verschlafen.

»Hast du heute keine Vorlesung?« Ich gab ihr einen Klaps auf die Finger, als sie versuchte, mir die Bettdecke zu entwinden.

»Wen interessiert's? Ach, Belinda, ich bin ja so was von verliebt. Flippi ist einfach ein total geiler Typ.«

»Findest du nicht, dass Flippi ... äh ... ich meine Philipp ... vielleicht etwas zu alt für dich ist?«, wagte ich zaghaft einzuwenden. »Du lernst doch an der Uni so viele neue Leute kennen. Sind denn da keine süßen Jungs bei?« Dass an den Universitäten akuter Bildungsnotstand herrschte, war allgemein bekannt. Wenn darüber hinaus nun auch noch der Männernotstand ausgebrochen war, dann sah ich für die Zukunft unseres Landes schwarz.

»Süüüüße Jungs?« Lili warf mir einen entsetzten Blick zu. »Meine Güte, Belinda, ich bin auf der Suche nach einem Mann und nicht nach einem Sandkastenfreund. Außerdem musst du zugeben, dass Flippi sich für sein Alter hervorragend gehalten hat.«

»Mag sein. Trotzdem finde ich es nicht gut, dass du dich ihm so an den Hals schmeißt. Er könnte dein Vater sein!«

»Ja, und du meine Mutter«, parierte Lili verstimmt. »Genauso blöd daherquatschen tust du ja schon.«

»Tu ich nicht.«

»Tust du wohl!«

»Tu ich nicht!«

Unsere Blicke kreuzten sich wie Säbelklingen.

Schluss jetzt. Ich atmete tief durch. Hatte ich denn noch nicht genug Trouble? Musste ich mich jetzt auch noch mit meiner Schwester verkrachen?

»Mensch, Lili«, versuchte ich einen versöhnlichen Tonfall anzuschlagen. »Ich will doch wirklich nur dein Be...« Ach, du heiliger Bimbam, Lili hatte Recht! Ich klang tatsächlich schon wie meine Mutter!

»Könntest du das bitte noch mal wiederholen?! Ich hab den letzten Teil des Satzes leider nicht richtig verstanden.« Meine Schwester hielt sich demonstrativ die Hand hinters Ohr. »Spuck's schon aus! Was willst du? Meine ›Best-of-Robbie-Williams-CD‹? Da hast du leider Pech. Ich hab sie Corinna geliehen.«

»Tut mir leid«, entschuldigte ich mich zerknirscht. »Ich mach mir halt einfach bloß Sorgen.«

Lili funkelte mich böse an. »Das gibt dir noch lange nicht das Recht, mir vorzuschreiben, was ich tun soll.«

»Aber ich sage dir doch gar nicht, was du tun sollst. Ich sage dir lediglich, was du *nicht* tun sollst«, protestierte ich wenig überzeugend. Apropos. »Habt ihr denn schon ...?«

»Wenn es so wäre, würde ich es dir ja wohl kaum auf die Nase binden«, antwortete Lili genervt. »Dafür gibt es drei Gründe. Erstens: Das geht dich nichts an. Zweitens: Das geht dich nichts an. Und den dritten Grund kannst du dir sicherlich denken.«

»Es geht mich nichts an«, murmelte ich bedrückt. Selbst schuld, wenn Lili mir in Zukunft nichts mehr anvertraute. Vermutlich war es das Beste, wenn ich mich in nächster Zeit erst einmal komplett aus ihrem Liebesleben raushielt. Bis sich die Wogen wieder etwas geglättet hatten.

In den nächsten Tagen bekam ich Lili kaum zu Gesicht. Ich nahm an, dass sie die meiste Zeit bei Philipp steckte. Dafür trat Timo in mein Leben. Ein nettes Kerlchen, Biologiestudent, schätzungsweise Anfang bis Mitte zwanzig. Um sich ein paar Euro nebenher zu verdienen, jobbte er als Aushilfsfahrer für eine Gärtnerei.

Seit unserer aufschlussreichen Begegnung im Kino schickte Ludger mir nämlich fast jeden Tag frische Blumen. Rosen. Rote Rosen. Ich fragte mich, was er damit bezweckte. War das seine Art, mir zu verstehen zu geben, dass es ihm leidtat? Mit Verlaub – das war mir scheißegal. Und so stopfte ich die Blumen nebst beiliegender Karte immer sofort in den Müll. Der Einzige, der von Ludgers Blumenbombardement profitierte, war Timo. Wenn das noch ein paar Wochen so weiterging, konnte er seinen Nebenjob getrost an den Nagel hängen. Mit dem Trinkgeld, das er regelmäßig von mir bekam, hatte ich ihm bestimmt schon sein halbes Studium finanziert.

Eines Abends, Timo und ich waren längst gute Bekannte, fasste er sich ein Herz: »Darf ich dich mal was Persönliches fragen?«

»Nur zu. Frag ruhig.«

»Magst du keine roten Rosen? Ich meine, die meisten Frauen freuen sich, wenn sie Blumen geschenkt bekommen. Aber du ziehst immer ein Gesicht, als würde ich dir faule Eier oder stinkenden Fisch liefern.«

»Es kommt eben nicht nur darauf an, was man geschenkt kriegt, sondern auch von wem.«

»Die vielen Rosen kosten ein Schweinegeld. Der Typ muss dich wirklich sehr lieben.«

»Schon möglich«, knurrte ich, »aber seine Verlobte leider auch.«

Timos Gesicht hellte sich auf. »Ah, ich verstehe.«

Da hatte er mir etwas voraus. Ich drückte Timo zwei Euro in die Hand. »Schönen Tag noch!«

»He, vergiss die Blumen nicht.«

Als ich Timo den Rosenstrauß abnahm, kam mir eine Idee. »Hast du eigentlich eine Freundin?«

»Äh … nein«, stotterte Timo mit roten Ohren und schüttelte so heftig den Kopf, dass er fast ein Schleudertrauma bekam. »Ich bin Single.« Erwartungsvoll schaute er mich an.

»Na schön, aber eine Mutter wirst du doch wohl haben. Dann bringst du ihr die Rosen einfach mit.«

Timo stand die Enttäuschung überdeutlich im Gesicht geschrieben. Oje, was hatte ich nur angerichtet?! Mit meiner Frage nach der Freundin hatte ich offenbar falsche Hoffnungen in ihm geweckt. »Das geht leider nicht. Meine Eltern sind gerade im Urlaub«, murmelte er, ohne mich dabei anzusehen.

»Zu dumm. Aber weißt du was, dann machen wir das anders.« Ich zog den völlig verwirrten Timo in die Wohnung. Brav stolperte er hinter mir her. Dieses Wechselbad der Gefühle war eindeutig zu viel für ihn.

Ich griff nach einem Kuli und einem Blatt Papier und hoffte, dass der Bengel nicht glaubte, ich würde ihm meine Telefonnummer aufschreiben.

»Das ist die Adresse, an die du die Rosen in Zukunft liefern wirst, O.K.?« Ich reichte ihm den Zettel, auf dem ich Frau Groß' Namen und die Anschrift der Villa Kunterbunt notiert hatte.

Timo nickte bedröppelt. Langsam dämmerte ihm wohl, dass das ein Abschied für immer werden würde.

»Mach's gut und toi, toi, toi für dein Studium.« Ich entließ Timo in dem guten Gefühl aus meiner Obhut, dass für seine Zukunft gesorgt war. Eins wusste ich sicher: Frau Groß und ihre Mitbewohner würden sich nicht lumpen lassen und den niedlichen Biologiestudenten mit fürstlichen Trinkgeldern bei seinem Studium unter die Arme greifen.

Als ich die Blumen gerade wie üblich in den Mülleimer stopfen wollte, kamen Lili und Philipp in die Küche spaziert.

»Lass Blumen sprechen«, seufzte Lili und warf erst einen sehnsuchtsvollen Blick auf den üppigen Rosenstrauß und dann auf Philipp.

Unwirsch betätigte ich das Fußpedal des Mülleimers. »Ich hör nichts!«

»Ich auch nicht.« Philipp tat, als würde er angestrengt lauschen. »Aber was sollten rote Rosen auch schon sagen? Außer: Sorry, mir ist kein originelleres Geschenk eingefallen.«

»Du hast's erfasst.« Zornig pfefferte ich die Blumen in den Müll.

# Kapitel 15

Eine schreckliche Woche lag hinter mir. Auf dem Rückweg von der Arbeit zog ich Freitagabend Bilanz. Sosehr ich mich auch bemühte, über die Sache mit Ludger hinwegzukommen, es gelang mir einfach nicht. Diesen vermaledeiten Liebeskummer wurde man schwerer los als die Pickel in der Pubertät. Irgendwie hing mir alles furchtbar zum Hals raus. Die Fashion Academy ließ mich weiter zappeln und hüllte sich in Stillschweigen. Immer noch kein Bescheid. Und zu allem Überfluss waren die Kunden im Geschäft auf meinen Nerven herumgetrampelt wie auf einem Fußabtreter. Diese Bluse war zu rot, jene zu blau ... Ich hatte die Schnauze wirklich gestrichen voll. Zum Glück hatte ich am kommenden Tag frei! Ich sehnte mich danach, einfach nur noch die Füße hochzulegen und zu relaxen.

Doch daraus wurde nichts.

Ich trat einen Schritt zurück, um zu prüfen, ob ich mich aus Versehen in der Tür geirrt hatte. Nein, auf dem Klingelschild stand mein Name. Das war eindeutig meine Wohnung! Oder zumindest war sie es einmal gewesen, bevor eine Horde Erstsemestler sie mit Beschlag belegt hatte. Aus den Boxen dröhnte laute Musik. Dichte Rauchschwaden zogen durch die Räume.

»Kannst du mir mal erklären, was hier los ist?!«, nahm ich mir meine Schwester ärgerlich zur Brust, als ich sie endlich in der Küche gefunden hatte.

»Hey, Lili, ist das deine Mutter?«, fragte einer von Lilis Kommilitonen. Die Antwort schien ihn brennend zu interessieren. Bevor ich seine Frage empört verneinen und ihn zurechtstutzen konnte, hatte er uns bereits den Rücken zugewandt und stapfte aus dem Raum.

Nun wallten tatsächlich mütterliche Gefühle in mir auf. Mensch, Junge, du verkühlst dir die Nieren! Ich verspürte das dringende Bedürfnis, zu ihm zu gehen und ihm die schlabberige Jeans hochzuziehen – der Schritt hing ihm fast zwischen den Kniekehlen. Hätte er nicht einen Gang wie ein Cowboy und O-Beine wie ein Fußballspieler gehabt, wäre sie ihm garantiert bis auf die Füße gerutscht.

Scheiße, ich wurde echt alt!

Resigniert stellte ich fest, dass mich von den ausgelassen feiernden Erstsemestlern nicht nur ein Jahrzehnt, sondern Welten trennten! Vermutlich hielten die meisten von ihnen Woodstock für Snoopys besten Freund und die IRA für eine Boygroup. Ich fühlte mich wie ein Bewohner von einem anderen Stern, der irgendwo in der Galaxie an einer Kreuzung falsch abgebogen und nur durch Zufall hier gelandet war.

Nicht einmal vor meinem Zimmer waren die Hausbesetzer zurückgeschreckt! »Und was soll ich jetzt machen?«, fragte ich Lili und wies auf ein heftig knutschendes Pärchen, das sich auf meinem Sofa wie zu Hause fühlte. Der Knilch hatte seine Zunge so tief in den Hals seiner Freundin gesteckt, als wollte er ihr die Mandeln entfernen.

»Du könntest Philipp ein bisschen Gesellschaft leisten«, schlug Lili vor.

Meine Schwester schien Gesellschaft mit Beistand zu verwechseln. Ich versuchte, in dem Pulk der Jugendlichen Philipp zu erspähen, konnte ihn aber nirgendwo entdecken. »Wo ist er denn?«

Lili machte mit dem Daumen feixend ein Zeichen in Richtung Wohnungstür. »Hat sich in seinen eigenen vier Wänden verschanzt.«

Eine brillante Idee!

Ich schnappte mir eine angebrochene Flasche Rotwein, die auf dem Küchentisch stand. Auf den lautstarken Protest von Lilis Kommilitonen, die es gar nicht witzig fanden, dass ich ihnen den billigen Fusel entführen wollte, antwortete ich nur kurz und knapp: »Mundraub.« Morgen früh werden sie mir dankbar sein, dachte ich, von der Plörre bekommt man wahrscheinlich eh bloß Kopfschmerzen.

Bevor ich meine Wohnung – oder sagen wir: das, was davon übrig geblieben war – verließ, machte ich einen kurzen Abstecher zur Stereoanlage und drehte die Musik leiser. Netter Versuch.

Kaum hatte ich die Wohnungstür hinter mir ins Schloss gezogen, wummerten die Bässe lauter denn je durchs Treppenhaus. Ich musste zweimal läuten, bevor Philipp reagierte und öffnete.

»Gewährst du mir Asyl, lieber Nachbar?«, bat ich lachend und schwenkte die Rotweinflasche. »Meine Wohnung wird von Vandalen belagert.«

»Klar, komm rein.« Philipp nahm mir die Jacke ab und dirigierte mich ins Wohnzimmer. »Mach's dir gemütlich.«

»Wird gemacht.« Während Philipp in der Küche verschwand, um Gläser zu holen, schlüpfte ich aus meinen Schuhen und kuschelte mich mit angezogenen Beinen aufs Sofa. Endlich Feierabend! Ich begann mich zu entspannen. Ein Deckenfluter tauchte den mit hellen Weichholzmöbeln eingerichteten Raum in ein warmes, gemütliches Licht. Plötzlich fand ich es gar nicht mehr so schlimm, dass ich aus meinen eigenen vier Wänden vertrieben worden war. Ich fühlte mich hier in Philipps Wohnung sauwohl. Aus den Boxen der Stereoanlage erklang leise Saxophonmusik, und aus der Küche hörte ich das Klappern von Geschirr. Armer Philipp! Wahrscheinlich musste er erst noch spülen, weil er keine sauberen Gläser mehr hatte. Typisch Junggeselle.

Doch weit gefehlt! Wenig später zog mir ein köstlicher Duft in die Nase, und Philipp kehrte mit einem voll beladenen Tablett ins Wohnzimmer zurück. »Ich hab uns 'ne Kleinigkeit gebrutzelt. Bestimmt hast du heute noch nichts Vernünftiges gegessen.« Er drückte mir eine Gabel und einen Teller mit einem herrlich duftenden Omelett in die Hand.

Erst jetzt merkte ich, wie hungrig ich war. Hmm, köstlich! Das war das beste Omelett, das ich je in meinem Leben gegessen hatte. Ruck, zuck hatte ich alles bis auf den letzten Krümel verdrückt.

Philipp füllte die Weingläser. »Cheerio.« Wir stießen an.

»Schön, dass du vorbeigekommen bist. Auf die Weise haben wir endlich mal Zeit, um in Ruhe zu quatschen.«

»Stimmt.« Den leeren Teller auf den Knien balancierend, nippte ich an meinem Weinglas. »Warum bist du eigentlich nicht drüben auf Lilis Party?«

»Schätzungsweise aus dem gleichen Grund, der dich in meine bescheidene Hütte getrieben hat. Zu viele Youngsters auf einem Haufen – da komme ich mir vor wie ein versteinertes Fossil. Außerdem hatte ich Angst, dass ich Wahrheit oder Pflicht spielen muss.« Philipp grinste von einem Ohr zum anderen. »Oder Sackhüpfen. Darin war ich schon als kleiner Knirps auf Kindergeburtstagen 'ne Niete.«

»Kindergeburtstag? Ich dachte, der Altersunterschied macht dir nichts aus.«

»Warum sollte es mich auch stören, dass deine Schwester erst neunzehn ist? Ganz im Gegenteil, ich finde ihre Art erfrischend. In ihrer Gegenwart fühle ich mich selbst noch mal wie zwanzig.« Er feixte. »Aber nur 'ne halbe Stunde am Tag, länger kann ich das Knarren und Quietschen meiner Gelenke beim besten Willen nicht ignorieren.«

»Dann stell doch einfach dein Hörgerät ab«, zog ich ihn auf. Ich widerstand der Versuchung, Philipp weiter auf den Zahn zu fühlen. Auch wenn es mir schwerfiel: Ich musste Lili ihre eigenen Erfahrungen machen lassen. Was zwischen Philipp und meiner Schwester ablief, ging mich nichts an. Schnell wechselte ich das Thema: »Komm, Opa, erzähl mir einen Schwank aus deiner Jugend. Wie warst du denn so mit neunzehn?«

»Eine Kreuzung aus James Dean und Lucky Luke. Ein Rebell, der die Welt verbessern wollte, aber irgendein Gig oder 'ne Party ist immer dazwischengekommen. Ich glaube, das war letzten Endes auch der Grund, warum ich Journalismus studiert habe. Du wirst es nicht glauben, aber damals an der Uni hatte ich vielleicht nicht allzu viel *im*, dafür jedoch jede Menge *auf* dem Kopf.« Mit der Hand fuhr er sich durch seine strubbeligen Haare, die an der Stirn langsam zurückzuweichen begannen.

»Das kann ja jeder sagen. Hast du Beweisfotos?«

»Ja, klar.« Philipp kramte ein Weilchen in seinem Wohnzimmerschrank herum, bevor er sich, mit einem Schuhkarton bewaffnet, neben mir auf die Couch fallen ließ. »Ich nehme mir schon seit Jahren vor, die Bilder mal in ein Album zu kleben, aber ...«

»... irgendein Gig oder 'ne Party ist immer dazwischengekommen«, beendete ich seinen Satz lachend.

»Hey, du kennst mich wirklich schon sehr gut.«

In der nächsten Stunde lernte ich ihn noch besser kennen. Die Fotos zeigten Philipp in allen möglichen Lebenslagen. Sogar nackt in der Badewanne, da war er allerdings erst zwei. Auf einigen Bildern entdeckte ich auch gute alte Bekannte wieder: Frau Groß und Paul Senior. Beim Betrachten der Fotos fielen Philipp immer wieder kleine unterhaltsame Begebenheiten aus seiner Vergangenheit ein. Gut, dass er beim Radio gelandet war. Es machte ganz einfach Spaß, ihm zuzuhören.

Als ich nach der Weinflasche griff, um mir noch ein Schlückchen nachzuschenken, fegte ich mit dem Ellenbogen den Schuhkarton vom Tisch und die Fotos stoben wild in alle Richtungen auseinander. Philipps Vergangenheit lag nun ausgebreitet zu meinen Füßen.

Warum musste ich nur immer so ungeschickt sein?! »Mist! Manchmal kann ich meine Herkunft einfach nicht verleugnen. Ich benehme mich wie ein Bauerntrampel.«

»Ach was, ist doch halb so wild.«

Auf allen vieren krabbelten wir gemeinsam auf dem Teppichboden herum und sammelten die verstreuten Bilder ein. Als wir gleichzeitig nach einem Foto aus Philipps Sturm- und Drangzeit griffen – mit rebellischer Miene und wilder Punkfrisur starrte er in die Kamera –, trafen sich unsere Fingerspitzen. Eine zufällige Berührung, die nichts zu bedeuten hatte. Und doch kam es mir so vor, als wäre durch diesen kurzen Kontakt ein Stromkreis geschlossen worden. Ein Schauer durchrieselte meinen Körper. Ich bekam eine Gänsehaut, und die feinen Härchen an meinen Armen richteten sich auf.

Hastig zog ich meine Hand zurück. Obwohl die Berührung nicht länger als den Bruchteil einer Sekunde gedauert haben konnte, hatte sie mich in wilde Aufruhr versetzt. Während mein Herz pochte wie ein Presslufthammer, war der Rest meines Körpers wie gelähmt. Selbst wenn ich es gewollt hätte, wäre ich nicht imstande gewesen, mich auch nur einen Zentimeter von der Stelle zu rühren.

Großer Gott, was ging hier vor?!

Auch Philipp machte keine Anstalten aufzustehen. Im stabilen Vierfüßlerstand – kniend, den Oberkörper auf den Händen abgestützt – hockten wir uns gegenüber und starrten uns wie gebannt in die Augen. Unsere Gesichter waren sich dabei so nahe, dass ich Philipps warmen Atem an meiner Wange spürte. Die Welt schien für einen Moment stillzustehen, so als hätte jemand die Pause-Taste am Videorekorder gedrückt. Reglos verharrte jeder von uns in seiner Position. Dann, ganz plötzlich, ging ein Ruck durch unsere Körper. Keine Ahnung, was für magische Kräfte oder Naturgewalten da am Werke waren! Wie unterschiedlich gepolte Magnete wurden wir zueinander hingezogen.

Unsere Lippen fanden sich, verschmolzen miteinander, liebkosten sich zärtlich und saugten sich schließlich wild und leidenschaftlich aneinander fest. Philipp war ein fantastischer Küsser! Das fantasievolle Spiel seiner Zunge raubte mir schier den Verstand. Endlich, als ich schon glaubte, es kaum noch ertragen zu können, riss mich Philipp in seine Arme. Ich schmiegte mich an ihn und genoss die prickelnde Erregung, die meinen Körper vibrieren ließ.

Wir mussten füreinander bestimmt sein! Wie zwei Puzzleteile, die exakt ineinanderpassten. Der liebe Gott schien Philipps Halsbeuge eigens für meinen Kopf geschaffen zu haben. Eine perfekte Maßanfertigung! Ich schnupperte an Philipps warmer Haut und sog tief seinen Duft ein. Aaah, herrlich! Während Ludgers sündhaft teures Rasierwasser jeden Körpergeruch überdeckte, roch Philipp einfach nur nach Philipp. Pur und unverfälscht. Keinem Designer der Welt würde es je gelingen, einen so männlichen, verführerischen Duft zu kreieren.

Philipps Hände streichelten meinen Rücken, fuhren zärtlich die Wirbelsäule hinauf und hinunter und streiften mir schließlich ungeduldig den Pullover und das T-Shirt über den Kopf. Mein Körper pochte vor Verlangen. Mit einem sehnsuchtsvollen Seufzer vergrub ich meine Finger in Philipps Haaren. Nachdem es mir im Gegenzug endlich gelungen war, auch Philipp von seinem T-Shirt zu befreien, folgte ich mit meiner Zunge der Spur der kleinen Muttermale, die wie Städte auf einer Landkarte auf Philipps Brust und seinem Bauch verteilt waren.

Das erste Mal Sex mit einem neuen Partner ist immer etwas Besonderes. Eine Premiere – ohne Generalprobe. Die größte Schwierigkeit besteht darin, das Liebesspiel entspannt zu genießen, während man gleichzeitig versucht, den Bauch einzuziehen, den Po anzuspannen und die Kraterlandschaft auf den Oberschenkeln durch die positive Kraft der Gedanken verschwinden zu lassen. Vor allem Letzteres gelingt nie. Ist ja auch kein Wunder, denn wie soll man sich auf die Cellulite konzentrieren, wenn einem nebenbei noch tausend andere Dinge im Kopf herumschwirren: Findet er meinen Po zu dick? Gefällt ihm meine Unterwäsche? Soll ich ihm die Initiative überlassen, oder hält er mich dann womöglich für eine Schlaftablette?

In Philipps Armen dachte ich an nichts dergleichen. Wie denn auch? Da war nur Vakuum in meinem Kopf! Hätte mich in diesem Moment jemand nach meinem Namen gefragt, wäre ich ohne Telefonjoker restlos aufgeschmissen gewesen.

Die Welt um uns herum hatte in dem Moment aufgehört zu existieren, als wir uns erst mit Blicken, dann mit Küssen aneinander festgesaugt hatten. Ein Ausnahmezustand. Ein Rausch.

Als Philipp sich gerade an dem Verschluss meines BHs zu schaffen machte – irgendwie klemmte das Ding –, ließ mich ein lautes Geräusch zusammenzucken. Draußen im Treppenhaus waren ein Poltern und dann das Trappeln von Schritten zu hören. Der Rausch verflog, plötzlich war ich wieder stocknüchtern. Ich registrierte sogar das Ticken der Wanduhr. Oder, dachte ich, sind das die Geräusche der Zeitbombe, die uns jeden Moment um die Ohren fliegt?

Ich löste mich aus Philipps Umarmung und stieß ihn unsanft zur Seite. »Verdammt, was machen wir hier eigentlich?«

Anstelle einer Antwort starrte Philipp mich aus weit aufgerissenen Augen völlig perplex an.

»Scheiße, Scheiße, Scheiße.« Mit zitternden Fingern hob ich meine Klamotten vom Boden auf. Dabei vermied ich es, Philipps Blick zu begegnen. Nichts wie weg hier! Hastig zog ich mir das T-Shirt und den Pulli über den Kopf und rannte aus der Wohnung, als wäre der leibhaftige Teufel hinter mir her.

Ziel- und planlos irrte ich in der Gegend umher. Nach Hause konnte ich nicht. Erstens hatte ich keine Lust, mein Bett mit einem züngelnden Studentenpärchen zu teilen, und zweitens war ich viel zu aufgewühlt, um meiner Schwester gegenüberzutreten. Erst einmal musste ich meine Gedanken sortieren ... Und so setzte ich mich, nachdem ich ein paarmal um den Block gerannt war, in einer kleinen Grünanlage auf eine Parkbank. Verdammt, war ich denn von allen guten Geistern verlassen? Was war bloß los mit mir? Um ein Haar hätte ich mit dem Freund meiner Schwester geschlafen! Reichte es nicht, dass meine eigene Beziehung den Bach runtergegangen war? Musste ich Lilis Glück jetzt auch noch zerstören?

Gut, jeder Mensch hat gewisse Bedürfnisse. Auch ich. Und durch das ewige Hin und Her mit Ludger war es unter Umständen zu einem kleinen Hormonstau gekommen. Aber das war noch lange kein Grund, mich ausgerechnet am Lover meiner Schwester zu vergreifen.

Egal, aus welcher Perspektive man es betrachtete: Es gab keine Entschuldigung für mein Verhalten! Meine Gedanken drehten sich pausenlos im Kreis, wie ein Karussell. Mir war schon ganz schwindelig. Mit einem tiefen Seufzer streckte ich mich auf der Parkbank aus, meinen Pullover benutzte ich als Kopfkissen. Was für ein Pech, dass wir Sommer hatten! Im Winter wäre ich erfroren.

Was mir in Anbetracht der Umstände nicht die schlechteste Lösung zu sein schien.

# Kapitel 16

»Ob sie tot ist?«

»Warum sollte sie tot sein?«

»Weil sie sich nicht bewegt.«

»Vielleicht schläft sie ja auch bloß.«

Ich hörte glockenhelle Stimmen. Engelsstimmen? Halleluja! War ich im Himmel?

Plötzlich kitzelte mich etwas an der Nase. »Hatschiii!«

Als ich vorsichtig blinzelte, sah ich in die Gesichter von einem kleinen Jungen und einem kleinen Mädchen. »Siehst du, ich hab ja gleich gesagt, dass sie nicht tot ist«, sagte der Junge.

»Kinder! Ihr wisst doch, dass ihr euch von Landstreichern fernhalten sollt!« Eine junge Frau, vermutlich die Mutter, eilte herbei und zog die beiden Knirpse von der Parkbank weg.

So schnell konnte es gehen. Ein kleiner Fehltritt – und schon war man in der Gosse gelandet. Mit schmerzenden Gliedern rappelte ich mich von meinem unbequemen Nachtlager hoch und machte mich auf den Heimweg. Obwohl es erst kurz nach acht war, herrschte an diesem frühen Samstagmorgen auf der Straße bereits reger Betrieb.

Als ich die Wohnungstür öffnete, schlug mir kalter, abgestandener Rauch entgegen. Widerlich! Aber der Gestank war bei weitem nicht das Schlimmste. Der reinste Saustall war das! Lili hatte sich nicht einmal die Mühe gemacht, die überquellenden Aschenbecher auszuleeren. Im Waschbecken, auf der Fensterbank, auf dem Fernseher, ja sogar im Bücherregal entdeckte ich leere Getränkeflaschen und halb volle Gläser. Als ich umherging, um mir einen Überblick über das Ausmaß der Verwüstung zu verschaffen, knirschte es unter meinen Füßen bei jedem Schritt. Auf dem Boden lag – ein wenig lieblos arrangiert – fast die gesamte Bahlsen-Knabberkollektion herum: Chipsletten, Salzstangen, Fischlis, Pizzacracker und etliches anderes Zeug. Unter anderem Glasscherben, die von einem Bilderrahmen stammten. Ein Monet hatte dem Ansturm der Vandalen nicht standgehalten und war von der Wand gefallen. Bei genauerer Betrachtung stellte ich fest, dass der Kunstdruck, den ich Jahre zuvor auf einem Trödelmarkt erstanden hatte, völlig ramponiert war. Aber irgendwie interessierte mich das nicht wirklich. Mechanisch öffnete ich das Fenster, stopfte ein paar zerknüllte Servietten in den Müll und begann, die Gläser, die auf dem Küchentisch standen, in die Spülmaschine zu räumen. Dabei bibberte ich vor Kälte. Schnell schloss ich das Küchenfenster wieder und flüchtete mit klappernden Zähnen ins Badezimmer. Ich hoffte, dass es mir nach einer warmen Dusche besser ging.

Ich drehte den Wasserhahn auf und ließ heißes Wasser auf meinen Körper prasseln. Doch es half nichts. Selbst als meine Arme und Beine schon krebsrot waren, zitterte ich immer noch wie Espenlaub. Kein Wunder: Das Frösteln kam von innen. Vermutlich hätte ich sogar bei neunzig Grad in der Sauna gefroren.

Andere griffen in der größten Verzweiflung zur Flasche, ich zum Telefon. Obwohl mein Anruf sie aus dem Schlaf gerissen hatte, war Mareike sofort hellwach, als ich sagte, dass ich ihren Rat bräuchte. »Gib mir eine halbe Stunde, dann bin ich im Kaffeepott, O. K.?«

Ich stopfte meinen Schlüssel, das Portemonnaie und mein Handy in eine Tasche und warf einen Blick durch den Türspion. Gott sei Dank, die Luft war rein! Um nichts auf der Welt wollte ich Philipp über den Weg laufen! Ganz leise, um Lili nicht aufzuwecken, verließ ich die Wohnung. Erst als ich draußen auf dem Bürgersteig stand und meine Lunge sich gierig mit frischer Luft füllte, entspannte ich mich ein wenig. Mit gesenktem Kopf zockelte ich wie ein Aufziehfigürchen los. Rechts, links, rechts, links; meine Füße fanden ihren Weg ganz von allein. Mareike und ich gingen öfter in den Kaffeepott, um zu klönen und uns den Bauch mit Blaubeermuffins vollzuschlagen.

Als ich das Café betrat, stieg mir der tröstliche Duft von frisch aufgebrühtem Kaffee in die Nase. Hinter der Theke rumpelte, zischte und pfiff es wie auf einem Güterbahnhof. Die Espressomaschine spuckte gerade einen neuen Schwall des herrlichen koffeinhaltigen Gesöffs aus.

Auf der Suche nach einem ruhigen, ungestörten Plätzchen schaute ich mich in dem kleinen Café um. Ich konnte es nicht fassen. Ausgerechnet an diesem Morgen schien sich halb Düsseldorf im Kaffeepott verabredet zu haben.

Die Kellnerin, die alle Hände voll damit zu tun hatte, die durstige Meute mit Nachschub zu versorgen, blieb kurz bei mir stehen. »Heute ist die Hölle los.« Sie zuckte bedauernd mit den Schultern. »Kein Tisch mehr frei, tut mir leid. Setz dich doch einfach irgendwo dazu.«

Unschlüssig ließ ich meinen Blick von einem Tisch zum anderen wandern. Ganz hinten, in einer kleinen Nische, saßen zwei Frauen mittleren Alters, die sich bei einem Glas Latte Macchiato angeregt miteinander unterhielten. Die beiden sahen ganz sympathisch aus, aber an diesem Tag waren sie als Tischnachbarinnen völlig indiskutabel. Erstens konnte ich keine Mitwisser gebrauchen, und zweitens hatte ich keine Lust, den Damen als süße Beilage zum Kaffee gratis den Gesprächsstoff zu servieren. Ich wusste genau, wie so etwas ablief: Kaum waren sie wieder unter sich, würde jede Kleinigkeit durchgekaut werden. Mit dem Freund der Schwester rumgemacht ... ungeheuerlich ... was ist das bloß für eine Schlampe? Ich machte ihnen daraus nicht einmal einen Vorwurf. Wir Frauen können gar nicht anders. Es handelt sich dabei um einen ganz natürlichen Vorgang, der so automatisch abläuft wie die Verdauung.

Während Männer mit Scheuklappen durchs Leben trampeln und ihre Mitmenschen ignorieren, sofern sie nicht ein tief dekolletiertes Oberteil oder einen kurzen Rock tragen, zeigen wir Frauen stets freundliches Interesse an unserer Umwelt. Fälschlicherweise wird uns das oft als Neugier ausgelegt.

Ich entschied mich schließlich für einen Tisch an der Längsseite des Raumes, an dem ein junger Mann mit einer Zeitung saß. Perfekt. Es war erwiesen, dass Männer nicht in der Lage waren, sich auf zwei Dinge gleichzeitig zu konzentrieren. Dieses Exemplar war damit beschäftigt, die Neuigkeiten aus aller Welt zu studieren. Ich baute fest darauf, dass er dem gedruckten Wort mehr Aufmerksamkeit schenken würde als dem Geschnatter von zwei Frauen.

»Entschuldigung, ist hier noch frei?«

Die Wand aus Zeitungspapier schwang zur Seite. Ein schmales, sympathisches Gesicht und ein blonder Lockenkopf kamen zum Vorschein. Dazu braune Augen, ein energisches, kantiges Kinn und ein gewinnendes warmes Lächeln. »Fragst du nur so aus Neugier, oder willst du dich zu mir setzen?«

»Letzteres, wenn's dir nichts ausmacht.«

»Aber ganz im Gegenteil. Nimm ruhig Platz.« Mit einer einladenden Handbewegung wies er auf den freien Stuhl vis-a-vis von ihm.

Dankbar nahm ich sein Angebot an, was ich keine zwei Minuten später bereits bereute. Denn anstatt sich nun, da die Sitzordnung geklärt war, wieder seiner Zeitung zuzuwenden, ließ mein Tischnachbar seinen Blick freundlich interessiert auf mir ruhen, allzeit bereit, noch eine Zugabe seines sympathischen Lächelns springen zu lassen.

Machte ich den Eindruck, als würde ich Anschluss suchen? In Ermangelung eines Buches oder einer Zeitschrift verschanzte ich mich hinter einer miesepetrigen, abweisenden Miene. Es funktionierte. Der Typ wandte seine Aufmerksamkeit wieder dem Zeitungsartikel zu.

Unruhig rutschte ich auf meinem Stuhl herum. Wann kam Mareike bloß endlich?

»Was darf ich dir bringen?«, fragte mich die Kellnerin.

Da weder Arsen noch andere giftige Substanzen auf der Getränkekarte standen, bestellte ich einen einfachen Milchkaffee.

Ich nahm gerade den ersten Schluck, da kam Mareike durch die Tür. »Tut mir leid, dass ich dich aus dem Bett geholt habe«, begrüßte ich sie zerknirscht.

»Ach was, das braucht dir nicht leidzutun. Im Gegenteil, eigentlich bin ich sogar ganz froh, dass du mir einen Grund geliefert hast, um Michael nach Hause zu schicken. Falls er sich von der Nacht mehr versprochen hat – frische Brötchen oder eine feste Beziehung –, kann ich ihm auch nicht helfen.«

»Michael?« Verwirrt nippte ich an meinem Milchkaffee. »Hieß Michael vor zwei Wochen nicht noch Arnd?«

»Nein, da verwechselst du was. Das war Bernd.« Gleichmütig zuckte Mareike die Schultern. »Spielt ja auch eigentlich keine Rolle.« Sie winkte die Kellnerin herbei. Nach einem flüchtigen Blick in die Karte bestellte sie einen Cappuccino und ein Croissant, dann taxierte sie mich erwartungsvoll. »Aber wir sind doch wohl nicht hier, um über mein Liebes- oder sagen wir besser Sexualleben zu plaudern, oder? Jetzt mal raus mit der Sprache, was ist passiert?«

Ich wusste gar nicht, wo ich anfangen sollte. »Gestern Abend hat Lili bei uns in der Wohnung für ihre Kommilitonen eine kleine Party geschmissen. Ganz spontan natürlich.«

Mareike feixte. »Oh, oh, lass mich raten. Spontan bedeutet in Lilis Wortschatz, dass sie dir vorher nicht Bescheid gesagt hat, stimmt's oder hab ich Recht?«

»Beides«, bestätigte ich. »Als ich hundemüde und total erschossen von der Arbeit kam, musste ich leider feststellen, dass eine Horde wild gewordener Studenten meine Küche in eine

Sickergrube verwandelt hat. Saufen können die – mein lieber Scholli! Wenn ihr Wissensdurst auch nur halb so groß ist, brauchen wir uns um die Zukunft unseres Landes keine Sorgen zu machen.« Der Gedanke an die Party und an meine Wohnung, die immer noch aussah wie eine Mülldeponie, war nicht dazu angetan, meine Stimmung zu heben. »Mareike, du hättest erleben müssen, wie die sich aufgeführt haben. Ich bin mir steinalt vorgekommen. Und dann hat mich zu allem Überfluss doch tatsächlich so ein Rotzlümmel gefragt, ob ich Lilis Mutter wäre. Stell dir das mal vor: ihre Mutter!«

»Und jetzt machst du dir Gedanken, ob deine Antifaltencreme wirklich hält, was sie verspricht. Du hast mich doch wohl nicht in aller Herrgottsfrühe hierherbestellt, um von mir zu hören, dass du nicht einen Tag älter aussiehst als dreißig, oder?!«

»Aber ich bin noch nicht mal neunundzwanzig!«

»Komm zur Sache, Belinda«, ermahnte mich Mareike, ohne auf meinen Einwand einzugehen.

»Na schön. Als mir die ganze Veranstaltung zu bunt geworden ist, bin ich zu Philipp geflüchtet. Er hat für mich gekocht, wir haben zusammen ein Glas Wein getrunken, uns super unterhalten, alte Fotos angeguckt ...«

»Und dann?«, unterbrach mich Mareike ungeduldig.

Himmel, ich wünschte zum ersten Mal in meinem Leben, ich wäre Raucherin! Dann hätte ich erst einmal in meiner Tasche ausgiebig nach den Zigaretten suchen, das Päckchen umständlich hervorkramen, mir in aller Seelenruhe einen Glimmstängel anzünden und dann einen tiefen Zug nehmen können. Bis diese langwierige Prozedur abgeschlossen wäre, hätte ich bestimmt eine Idee gehabt, wie sich die hässliche Wahrheit in hübsche Worte kleiden ließe. Als Nichtraucherin konnte ich, um Zeit zu schinden, lediglich kurz an meiner Kaffeetasse nippen. »Und dann?«, wiederholte ich Mareikes Frage gedehnt. »Ja, und dann ist so eins zum anderen gekommen.«

»Eins zum anderen. So, so ...« Klang da sanfte Ironie mit? »Oder meinst du vielleicht: einer zum anderen? So, jetzt mal raus mit der Sprache: Hattet ihr Sex?«

Ich wand mich wie ein Aal unter Mareikes strengem Blick. »Äh ... ja ... offen gestanden: ein bisschen.«

»Ihr hattet *ein bisschen* Sex?!«

»Pssst.« Ich legte den Zeigefinger auf die Lippen. »Wenn ich gewollt hätte, dass ganz Düsseldorf davon erfährt, hätte ich es in die Zeitung gesetzt.«

Beim Stichwort Zeitung drang hinter der *Rheinischen Post* ein nervöses Hüsteln hervor. Zu dumm, sollte ich das männliche Geschlecht unterschätzt haben? Konnten sich die Herren der Schöpfung am Ende doch auf zwei Dinge gleichzeitig konzentrieren?

Mareike senkte gerade so viel die Stimme, dass nun nicht mehr das ganze Café, sondern nur noch unsere unmittelbare Umgebung an meinem moralischen Offenbarungseid teilhaben durfte. »Könntest du mir freundlicherweise mal erklären, wie das geht – ein bisschen Sex?«

»Wir haben uns geküsst ... und ... na ja.«

»Na ja? Philipp ist dir also an die Wäsche gegangen«, resümierte Mareike. »Verdammt, Belinda, du weißt doch, dass du keinen Alkohol verträgst.«

Anscheinend lag hier ein kleines Missverständnis vor. Einen Moment war ich versucht, durch das Hintertürchen, das sich wie durch Zauberhand geöffnet hatte, hindurchzuschlüpfen. Es war äußerst verlockend.

Ich räusperte mich. »Wenn ich ehrlich sein soll, war ich gar nicht richtig betrunken.« Ich starrte auf den rot-weißen Aschenbecher, dessen Werbeaufdruck vor meinen Augen verschwamm. »Und wenn ich *ganz* ehrlich sein soll, war ich, soweit es den Alkohol betrifft, sogar stocknüchtern«, gestand ich kleinlaut und kämpfte mit aller Macht gegen die aufsteigenden Tränen an.

»Oooh. Na ja, macht nichts.« Meine Freundin trug es mit Fassung, dass ich ihre gesamte Verteidigungsstrategie über den Haufen geworfen hatte. Nachdem der Alkohol als Sündenbock nun leider ausgeschieden war, schüttelte sie ganz fix einen neuen Schuldigen aus dem Ärmel: »Philipp ist ein toller Typ. Ich hätte es wahrscheinlich auch nicht geschafft, ihn zurückzuweisen, wenn er über mich hergefallen wäre.«

»Aber er ist nicht über mich hergefallen.«

»Ist er nicht?« Es war Mareike anzusehen, dass sie sowohl mit ihrem Latein als auch mit ihrer Geduld langsam, aber sicher am Ende war. »Dann ist die Initiative also von dir ausgegangen?«

»So kann man das auch nicht sagen. Keine Ahnung, wer den ersten Schritt gemacht hat. Plötzlich lagen wir uns in den Armen. Scheiße, Scheiße, Scheiße.« Nervös spielte ich mit dem Schokoladenkeks herum, der neben meiner Kaffeetasse lag. »Es war wie ein Rausch. Ich mag gar nicht darüber nachdenken, was passiert wäre, wenn Lilis Kommilitonen nicht plötzlich im Treppenhaus so einen Lärm gemacht hätten. Mann, war das knapp. Ich bin gerade noch rechtzeitig zu mir gekommen, um das Schlimmste zu verhindern. Mareike, was soll ich denn jetzt bloß tun?«

»Als Erstes mal aufhören, so zu gucken wie ein getretener Dackel! Außerdem weiß ich gar nicht, warum du dich so aufregst. Streng genommen ist doch überhaupt nichts passiert.«

»Also, hör mal! Philipp und ich hätten fast zusammen geschlafen.«

»Genau. Ihr habt *fast* zusammen geschlafen. Na und? Wenn mich meine Kfz-Versicherung jedes Mal hochstufen würde, wenn ich *fast* einen Unfall baue, wäre ich längst Ehrenmitglied in dem Verein. Ist doch noch mal gut gegangen. Du bist rechtzeitig auf die Bremse getreten. Das ist es, was zählt.«

»Und was soll ich deiner Meinung nach tun?«

»Zum Glück bist du nicht in Philipp verliebt, das macht die

Sache leichter. Das Beste wird sein, ihr verhaltet euch so, als hätte dieser – wie soll ich sagen –, dieser bedauerliche kleine Zwischenfall nie stattgefunden.«

Zwischenfall?! Sündenfall trifft es wohl eher, philosophierte ich.

»Aber ich hab meine Schwester noch nie angelogen«, jammerte ich, den Kopf in den Händen vergraben. »Ich muss ihr einfach die Wahrheit sagen. Das bin ich ihr schuldig.«

»Mit der Wahrheit ist das in Fällen wie diesen so eine Sache. Wem hilft sie? Doch nur dem, der sein Gewissen damit erleichtert und womöglich sogar noch auf Absolution hofft. Die meisten Geständnisse werden aus rein egoistischen Motiven abgelegt.« Mareike setzte ihre Tasse so energisch ab, dass der Cappuccino über den Rand schwappte. »Willst du meinen Rat hören? Wenn du beichten willst, geh in die Kirche oder zum Friseur. Aber verschon um Gottes willen Lili mit diesem Müll. Außerdem gibt es überhaupt nichts zu beichten.«

»Hm, ich weiß nicht...« Vielleicht hatte Mareike Recht. Mein Geständnis würde Lili verletzen und unser gutes Verhältnis belasten, ja, im schlimmsten Fall sogar für immer zerstören. Und wenn ich bis ans Ende meiner Tage von Reue und schlechtem Gewissen zerfressen würde, war das wohl meine gerechte Strafe.

»Philipp quälen bestimmt nicht solche Gewissensbisse wie dich. Vermutlich hat er den kleinen Ausrutscher längst vergessen. Bei solchen Dingen arbeitet das männliche Gedächtnis nämlich höchst selektiv.«

Hinter der Wand aus Zeitungspapier wurde es erneut unruhig. Ich hatte völlig vergessen, dass wir bei dieser kleinen Unterredung nicht unter uns waren!

»Hey!«, fauchte Mareike angriffslustig.

Die *Rheinische Post* senkte sich. »Meinst du mich?«

»Ja sicher, wen denn sonst?! Außer dir ist hier niemand so unhöflich, unsere Unterhaltung zu belauschen.«

»Es fällt mir schwer, die Ohren zuzukneifen. Ich feile noch an der richtigen Technik.«

»Schon gut, schon gut. Vergiss es. Vielleicht kannst du mir ja dabei behilflich sein, meiner Freundin die männliche Denkweise näherzubringen. Nehmen wir mal an, deine Freundin hätte eine Schwester ...«

»Entschuldige bitte, dass ich dich unterbreche. Aber ich hab keine Freundin.«

»Das macht nichts. Obwohl ...« Mareike kratzte sich am Kopf. »Du bist nicht möglicherweise schwul?«

»Nein!«, protestierte der Blondschopf empört. »Wie kommst du denn darauf?«

»Jetzt reg dich nicht gleich auf. Ist doch alles in bester Ordnung. Hetero, männlich, schätzungsweise Mitte dreißig«, resümierte Mareike zufrieden. »Irgendwann wirst du ja wohl schon mal eine Freundin gehabt haben, oder?«

»Sagen wir so: Es hat schon die eine oder andere Frau in meinem Leben gegeben. Außer meiner Mutter.«

»Perfekt. Also, dann stell dir bitte mal folgende Situation vor: Deine Freundin hat eine Schwester, eine sehr nette Schwester übrigens ...«

»Lass es gut sein«, unterbrach ich Mareike. »Ist wirklich lieb gemeint.« Meine Freundin konnte eben auch keine Wunder vollbringen. Sie war weder in der Lage, die Scheiße, die ich gebaut hatte, ungeschehen zu machen, noch die Zeit mal eben um ein paar Stunden zurückzudrehen. Leider. Dennoch hatte es gutgetan, mit ihr zu reden. »Ich hau jetzt ab.« Beim Aufstehen legte ich ein paar Geldmünzen auf den Tisch.

»Soll ich dich nach Hause begleiten?«

»Danke für das Angebot, aber da muss ich jetzt allein durch. Bestimmt wundert sich Lili schon, wo ich mich rumtreibe.«

»Sag einfach, du hättest die Zeitung geholt.« Hilfsbereit faltete unser Tischnachbar seine *Rheinische Post* zusammen und schob sie mir zu. »Deine Freundin hat übrigens völlig Recht. Ich würde den Vorfall auch nicht unnötig dramatisieren. Damit ist niemandem geholfen. Vergiss den Abend am besten.«

Doch das war leichter gesagt als getan! Als ich mit einer Tüte frischer Brötchen, die ich unterwegs gekauft hatte, zu Hause ankam, stand Lili gerade unter der Dusche. Um mich abzulenken, breitete ich die Zeitung auf dem Küchentisch aus. Unkonzentriert überflog ich die Schlagzeilen. Krieg. Gewalt. Verbrechen. Wie schrecklich! Gab es denn überhaupt nichts Erfreuliches zu berichten? Aber ich war sowieso nicht richtig bei der Sache. Meine Gedanken kreisten unaufhörlich um den vergangenen Abend. Wie hatte es nur so weit kommen können?

Ein dumpfes Surren riss mich plötzlich aus meinen Grübeleien. Ich zuckte zusammen. Verdammt, sonst war ich doch auch nicht so schreckhaft! Sogar die Zeitung, die ich in den Händen hielt, hatte zu zittern begonnen. Das lag wohl an meinem schlechten Gewissen. Oder an dem Vibrationsalarm des Handys, das ich unter der Zeitung begraben hatte.

Mechanisch drückte ich ein paar Tasten und hatte kurz darauf eine SMS auf dem Display: *Ich denke nur noch an dich. P.*

Auch mein Körper reagierte auf Knopfdruck: Gegen meinen Willen und gegen jede Vernunft wallte heiße Freude in mir auf.

»Guten Morgen!«

Ertappt fuhr ich zusammen.

Lili kam wie ein Stehaufmännchen frisch geduscht und bester Laune in die Küche gehopst. Ihr Handtuch hatte sie sich wie einen Turban um den Kopf geschlungen.

»Morgen.« So unauffällig wie möglich schaltete ich das Handy aus und schob es unter die Zeitung.

»Ah, frische Brötchen! Herrlich! Lässt unsere Haushaltskasse so einen Luxus denn überhaupt zu?« Lili griff nach ihrer Tasse und der Kaffeekanne. »Apropos Haushaltskasse: Hast du mein Portemonnaie gesehen?«

»Nein«, antwortete ich einsilbig, ohne dabei den Blick von der Zeitung zu heben.

»Und mein Handy?«

Ich seufzte. »Mensch, Lili, wenn du dein Zeug …«

»Aber ich hätte schwören können, dass ich mein Portemonnaie und mein Handy vor dem Schlafengehen auf den Küchentisch gelegt habe«, beharrte Lili hartnäckig. »So besoffen war ich nun auch wieder nicht.«

Ich hob die Zeitung, damit Lili sich selbst davon überzeugen konnte, dass sie die beiden gesuchten Objekte woanders deponiert haben musste.

»O. K., ich bin ein Schussel. Weiß der Geier, was ich mit meinem Portemonnaie angestellt habe. Aber wenigstens das Handy ist da.« Lili wollte nach meinem Mobiltelefon grapschen.

Ich gab ihr einen Klaps auf die Finger. »Pfoten weg! Das ist meins.«

»Und was ist das?« Lili wies auf einen Kratzer am Display. Die Folge einer Begegnung mit dem Straßenpflaster. Meine Schwester hatte Recht: Das war eindeutig ihr Handy!

Lili und ich hatten die kleinen Mobiltelefone zwei Jahre zuvor zu Weihnachten geschenkt bekommen. Das Christkind, oder vielmehr unsere Eltern, hatten offenbar Mengenrabatt erhalten: der gleiche Hersteller, die gleiche Farbe, das gleiche Modell. Damals hatten wir noch Späße darüber gemacht, was passieren würde, wenn wir die Handys mal aus Versehen vertauschen würden. Aber zu diesem Zeitpunkt hatte ja auch kein Mensch ahnen können, dass Lili und ich uns eines Tages die Wohnung teilen würden. Und um ein Haar auch noch den Liebhaber …

Die SMS war in Wirklichkeit gar nicht für mich, sondern für Lili bestimmt gewesen! Mareike hatte Philipp Unrecht getan. Wahrscheinlich, so dachte ich, quälen ihn die gleichen Gewissensbisse wie mich. Darum hatte er Lili nach dem Aufstehen als Erstes eine Nachricht geschrieben.

Ich schluckte und schluckte. Aber der Kloß in meinem Hals ließ sich auch mit Kaffee nicht hinunterspülen.

Während wir gemeinsam den Frühstückstisch deckten, vermied ich es, meiner Schwester in die Augen zu schauen.

»Warum bist du eigentlich so schlecht gelaunt?«, fragte Lili lauernd, als ich ihr ungeduldig die Teller entriss, die sie gerade erst aus dem Küchenschrank genommen hatte.

»Ich bin nicht schlecht gelaunt«, raunzte ich sie an.

»Das merke ich.« Meine Schwester ließ die Brötchen aus der Papiertüte in den Brotkorb purzeln. »Hat es vielleicht etwas mit Flippi zu tun?«

Ahnte sie was? Stand mir das schlechte Gewissen so deutlich im Gesicht geschrieben? Oder konnte man gar hören, dass mich die Schuldgefühle von innen auffraßen? Wie Holzwürmer, die sich mit gesundem Appetit durchs Gebälk futterten.

»Wie kommst du denn darauf?« Ich tat, als erfordere es meine volle Konzentration, Käse und Wurst auf einem Teller zu arrangieren. Ein Schinkenröllchen, ein Salamiröllchen, ein Schinkenröllchen ... Unwillkürlich entfuhr mir ein tiefer Seufzer. Gedächtnisschwund musste etwas Wunderbares sein!

»Flippi hat vorhin hier geklingelt und deine Jacke abgegeben. Die hast du wohl bei ihm vergessen. Aber irgendwie war er komisch. Er wollte partout nicht reinkommen und einen Kaffee trinken.«

»Vielleicht musste er zur Arbeit.«

»Um die Zeit? Heute Abend moderiert Philipp ›Querbeet‹. Ergo hat er Spätschicht.« Lili schien Philipps Dienstplan in- und auswendig zu kennen. »Du warst gestern ziemlich lange bei ihm drüben, oder?«

Ärgerlich knallte ich zwei Marmeladengläser auf den Tisch. »Was wird das hier? Ein Kreuzverhör?«

»Meine Güte, jetzt komm mal wieder runter. Ich dachte ja bloß, es sei vielleicht irgendetwas vorgefallen.«

»Nein, alles bestens«, log ich. »Ich hab einfach nur schlecht geschlafen.«

»Dann ist es ja gut.«

Wir setzten uns und begannen zu frühstücken. Die *Rheinische Post* hatte ich Lili überlassen. Eine Weile mampften wir schweigend vor uns hin, ich in meine Gedanken und Lili in die Zeitung vertieft.

»Interessiert dich eigentlich nicht, wie die Party gestern war?«, fragte meine Schwester plötzlich unvermittelt.

»Doch, doch!« Gottlob, das war wenigstens ein unverfängliches Gesprächsthema. »Erzähl, wie war's?«

»Geil.« Lili strahlte. »Tolle Stimmung, coole Leute. Um Viertel nach zehn war das Bier alle. Aber zum Glück gibt es ja Tankstellen.«

Ja, zum Glück! Damit sprach Lili mir aus der Seele. Das Gepolter im Treppenhaus hatte ich also Lilis Kommilitonen zu verdanken, die ausgerückt waren, um für Biernachschub zu sorgen.

»Allerdings ...«, druckste sie herum. »Da ist 'ne Kleinigkeit, die ich dir beichten muss. Wir haben doch mal abgemacht, dass wir uns immer die Wahrheit sagen, nicht?«

Autsch! Bei dem letzten Satz war ich zusammengezuckt, als hätte Lili mir das Brotmesser geradewegs zwischen die Rippen gerammt.

»Also, der Guido, der war voll wie 'ne U-Bahn morgens um halb sieben. Als er durch die Diele getorkelt ist, hat er wohl einen kleinen Zusammenstoß mit deinem Monet gehabt.«

»Ich hab's gesehen. Das Bild ist hin, bei Gelegenheit kauf ich ein neues.«

»Was ist los mit dir, Schwesterherz? Bist du krank?« Lili beugte sich über den Tisch und legte prüfend ihre Hand auf meine Stirn. »Du wirst ja auf deine alten Tage noch richtig locker.«

Wenn Lili wüsste ... Sie hatte einiges mehr als einen billigen Kunstdruck gut bei mir. Und wenn ihre Gäste die halbe Wohnungseinrichtung zerlegt hätten – über meine Lippen wäre nicht ein Wort des Vorwurfs gekommen.

Nachdem die erwartete Abreibung ausgeblieben war, widmete Lili sich erneut ihrer Zeitungslektüre. Plötzlich stieß sie einen spitzen Schrei aus. »Jetzt verstehe ich auch, warum du so neben der Spur bist.«

Ach ja?!?

Sie zeigte auf ein Foto im Lokalteil. »Das ist Ludger, oder? Und der blonde Zahnstocher an seiner Seite ist vermutlich Jil.«

Tatsächlich! Mit brennenden Augen starrte ich auf das Bild, das ich beim flüchtigen Durchblättern der Zeitung völlig übersehen hatte. Würg, der Anblick von so viel trauter Harmonie rief bei mir Sodbrennen und akuten Brechreiz hervor. Ludger hatte seinen Arm um Jils Schulter gelegt und beugte sich leicht zu ihr hinunter. Entweder hauchte er ihr gerade einen Kuss auf die Wange, oder er raunte ihr zärtliche Worte ins Ohr.

Lili begann, den Artikel, der neben dem Foto abgedruckt war, laut vorzulesen: »Anlässlich des fünfundzwanzigjährigen Bestehens der alteingesessenen Düsseldorfer Anwaltssozietät VOM HAGEN & PARTNER fand Freitagabend in den Büroräumen der Kanzlei an der Königsallee eine große Jubiläumsfeier statt, zu der nicht nur zahlreiche Mandanten, sondern auch viel Düsseldorfer Prominenz geladen war. Firmengründer Eugen vom Hagen ...« Plötzlich verstummte sie abrupt.

»Was ist?« Ich entriss Lili, die mich mitleidig anschaute, die Zeitung. Schnell hatte ich die Stelle, an der sie aufgehört hatte zu lesen, gefunden. »Firmengründer Eugen vom Hagen verkündete in seiner Festrede, dass die nächste große Feier nicht lange auf sich warten lasse. Die Hochzeit seines Sohnes Ludger vom Hagen und dessen Verlobter Doktor Julia Fabian, sei für das nächste Frühjahr geplant.«

»Er will diese dumme Kuh also wirklich heiraten!«

»Sie hat einen Doktortitel«, bemerkte ich dumpf.

»Na und? Dann ist sie halt eine promovierte Kuh. Kein Grund, deshalb irgendwelche Komplexe zu bekommen.«

Wenn sogar die Zeitung darüber berichtet, überlegte ich, muss es wohl stimmen: Ludger würde Jil, die in Wirklichkeit ganz ordinär Julia hieß, zu seiner Frau nehmen. Schluss, aus, finito. Ein Teil von mir hatte sich bis jetzt standhaft geweigert, das zu akzeptieren. Doch nun hatte ich es sogar schriftlich!

# Kapitel 17

Die Nachricht kam per Post. Ein unscheinbares weißes Kuvert, das flankiert von bunten Reklameblättchen im Briefkasten lag. Lediglich der Absender versetzte mich in helle Aufregung. Mit klopfendem Herzen wendete ich den Umschlag in den Händen, so als könnte mir das Gewicht des Briefes Aufschluss über den Inhalt geben. Studienplatz oder kein Studienplatz? Das war hier die Frage, deren Beantwortung über meine weitere berufliche Zukunft entscheiden würde. Ich hielt den Bescheid der Fashion Academy versuchsweise gegen das Licht. Aber das brachte mich auch nicht weiter.

Mit zitternden Fingern ritzte ich den Umschlag auf. Mein Privatleben war ein einziges Desaster. Da wäre es doch wohl nur fair, fand ich, wenn mir zumindest beruflich ein wenig Glück vergönnt wäre. Aber das Leben ist nicht fair. Liegt man bereits am Boden, kommt garantiert jemand vorbei und tritt noch mal drauf. »Bla, bla, bla … Wie Sie sicher wissen, haben wir nur eine begrenzte Anzahl an Studienplätzen zu vergeben. Daher müssen wir Ihnen leider mitteilen …«

Ich hatte es nicht anders verdient. Das war die gerechte Strafe. Die Strafe dafür, dass ich meine Schwester so schäbig hintergangen hatte. Davon war ich überzeugt. Mein schlechtes Gewissen brachte mich fast um. Ich schämte mich in Grund und Boden und konnte Lili kaum noch in die Augen schauen. Es gab nicht viel, was ich in meinem Leben bereute, aber ich hätte alles darum gegeben, das unrühmliche Intermezzo in Philipps Wohnung ungeschehen zu machen … Bestimmt konnte man mir an der Nasenspitze ansehen, was für eine niederträchtige Person ich war.

Aus Angst, Philipp über den Weg zu laufen, verschanzte ich mich in meinen eigenen vier Wänden. Wenn ich die Wohnung verlassen musste, um zur Arbeit zu gehen oder weil der Kühlschrank leer war, schaute ich immer erst durch den Türspion, um zu prüfen, ob die Luft rein war. Mittlerweile hatte ich kaum noch frische Klamotten im Schrank, denn ich mied den Waschkeller, als wäre er atomares Sperrgebiet. Die Gefahr, dort mit Philipp zusammenzutreffen, war einfach zu groß. Zum Glück hatte ich keine Schweißfüße! So konnte ich meine Strümpfe auch mal problem- und geruchlos zwei Tage hintereinander tragen. Aber auch mein Unterwäschevorrat ging langsam zur Neige. Über kurz oder lang würde ich mir wohl neue kaufen müssen.

Erschwerend kam hinzu, dass ich einen Zweifrontenkrieg führte. Auf der einen Seite Philipp, auf der anderen Ludger – und ich mitten drin. Denn nachdem Ludger begriffen hatte, dass er mit den Blumen bei mir nichts ausrichten konnte, ging er nun dazu über, mich mit Telefonanrufen zu bombardieren.

Beim ersten Mal war ich leichtsinnigerweise an den Apparat gegangen. »Belinda, lass dir doch erklären …«, hatte Ludger mich beschworen.

Was? Was wollte er mir erklären? Zwar war es meines Wissens etwas aus der Mode gekommen, sich zu verloben, aber die Bedeutung dieses Wortes war mir dennoch vertraut. Warum sollte ich mir also weiter von Ludger in eitrigen Wunden herumbohren lassen? Mein Selbsterhaltungstrieb und meine Reflexe waren noch tipptopp in Schuss. Und so beendete ich das Telefonat, bevor Ludger weiterreden konnte.

Aber so schnell gab er nicht auf. Das Telefon klingelte in einer Tour. Wenn der Apparat gerade mal ausnahmsweise still war, bimmelte mein Handy. Es war nicht zum Aushalten! Irgendwann hatte ich die Schnauze voll und zog einfach den Stecker aus der Wand. Und wofür hat ein Handy schließlich eine Mailbox, wenn nicht, um unliebsame Anrufe abzufangen?

Was die modernen Kommunikationsmittel betraf, waren wir nun komplett von der Außenwelt abgeschnitten. Technisch gesehen ein Rückschritt, emotional aber ein Riesenschritt nach vorne. Allerdings wäre mir auf diese Art um ein Haar der Anruf meiner Eltern durch die Lappen gegangen, die einen Besuch »androhten«, wie meine Schwester es nannte. Zum Glück hatten sie Lili schließlich auf ihrem Handy erreicht, sonst wären sie unter Garantie einfach unangekündigt aufgetaucht. Besser wir machten uns schon mal darauf gefasst, dass meine Eltern von nun an häufiger zur Visite bei uns aufkreuzen würden.

Ich war gerade dabei, den Kaffeetisch zu decken, als Lili in kurzen Jeans und einem knappen Sommertop in die Küche geschlendert kam. Die Haare, die vom Duschen noch feucht waren, hatte sie zu einem Pferdeschwanz zusammengebunden, der bei jedem Schritt neckisch auf und ab wippte.

Während ich die Servietten zu kleinen Schiffchen faltete, warf ich einen raschen Blick auf die Uhr. »Beeil dich: Mama und Papa können jeden Moment hier sein. Du musst dich noch umziehen.«

Lili sah überrascht an sich herunter. »Aber ich hab mich gerade erst umgezogen.«

»Na und?! Dann ziehst du dich eben noch mal um. Ich leih dir sogar ausnahmsweise mal meinen anthrazitfarbenen Rollkragenpullover«, bot ich, die Großzügigkeit in Person, an.

»Ein Rolli?! Bei dir tickt es doch wohl nicht richtig! Die Sonne knallt vom Himmel. Es sind mindestens fünfundzwanzig Grad! In dem Pullover werde ich elendig krepieren.«

Ungerührt zuckte ich die Schultern. »Na und, besser du als ich. Wenn Mama und Papa deine Tätowierung sehen, werden sie nämlich nicht dich, sondern mich umbringen.«

»Würde es ein T-Shirt ohne Ausschnitt nicht auch tun?«

»Nein!« Wenn so wertvolle Dinge wie mein Leben auf dem Spiel standen, ging ich lieber auf Nummer sicher.

Mit grimmiger Miene stapfte Lili aus der Küche und kehrte kurz darauf in meinem Rollkragenpullover zurück.

»Jetzt mach nicht so ein Gesicht.«

»Tut mir leid, ich hab kein anderes.« Sie fächerte sich mit einer Zeitschrift Luft zu. »Mir ist heiß. Und damit eins klar ist: Wenn ich einen Hitzschlag bekomme, bist du schuld.«

»So schnell kriegt man keinen Hitzschlag. Und nun hör endlich auf zu meckern. Sei lieber froh, dass du kein Piercing in der Nase hast. Sonst müsstest du jetzt nämlich mit einer Papiertüte über dem Kopf herumlaufen.«

Noch besser als eine Papiertüte wäre jedoch ein Knebel gewesen, der sie am Sprechen gehindert hätte.

»Passt du auch gut auf die Kleine auf?«, begann meine Mutter das Kreuzverhör, als wir uns wenig später am Kaffeetisch gegenübersaßen.

Lili zog eine Grimasse. »Fragt sich, wer hier auf wen aufpassen muss.«

»Wieso? Stimmt was nicht?« Meine Mutter horchte alarmiert auf.

»Doch, doch, alles bestens«, versicherte ich, trat einmal kurz warnend vor Lilis Schienbein und lenkte das Gespräch dann schnell in eine andere Richtung. »Ich bekomme Lili kaum noch zu Gesicht. Sie ist fast nur noch an der Uni.« Dass sie sich dort die meiste Zeit in der Cafeteria und nicht im Hörsaal herumtrieb, musste ich meinen Eltern ja nicht unbedingt auf die Nase binden.

Nachdem wir eine Weile über Lilis Studium und meine Arbeit bei NOMEN gequatscht hatten, räusperte sich meine Mutter. »Kinder, wir haben euch auch etwas mitzuteilen. Es gibt schlechte Neuigkeiten.«

Meine Schwester und ich tauschten besorgte Blicke aus.

»Nun sagt schon! Was ist los? Geht's euch nicht gut?« Allein bei dem Gedanken, dass einer der beiden krank sein könnte, schnürte es mir die Kehle zu.

»Jetzt beruhigt euch. Mit Papa und mir ist alles in Ordnung. Es geht um Tante Elfie und Onkel Günter – sie wollen sich scheiden lassen.«

»Puh!« Lili ließ geräuschvoll die angehaltene Luft entweichen. »Na, wenn's weiter nichts ist.« Sie angelte sich noch ein Stück Apfelkuchen von der Platte. »Ich dachte schon, es sei was Schlimmes.«

»Aber eine Scheidung ist etwas Schlimmes!« Tante Elfie war meine Patentante, und die Nachricht, dass sie und Onkel Günter sich trennen wollten, war ein echter Schock für mich. Wie eine Seuche griff die Scheidungsepidemie immer weiter um sich. Nun gab es sogar schon unter den Dorfbewohnern erste Opfer zu beklagen. O Mann, da konnte einem wirklich himmelangst werden!

»Irgendwie haben die beiden sich wohl auseinandergelebt«, erklärte meine Mutter.

»Wie habt ihr es denn so lange miteinander ausgehalten?«, nuschelte Lili mit vollem Mund. Ich wäre nie auf die Idee gekommen, meinen Eltern so eine Frage zu stellen. Sie waren für mich immer das Paradebeispiel einer mustergültigen, harmonischen und intakten Beziehung gewesen. Während meiner Kindheit hatte es bei uns zu Hause viel häufiger Spinat als Streit gegeben. Leider wusste man so etwas ja erst im Nachhinein so richtig zu schätzen.

»Das Geheimnis einer langen Ehe ist, sich nicht zu trennen«, erklärte mein Vater schlicht.

Ja wie, so einfach war das? Dieses Patentrezept wollte ich mir unbedingt merken.

»Zwischen euch ist doch alles in Ordnung?«, vergewisserte ich mich noch einmal sicherheitshalber.

»Natürlich. Allerdings ist es verdammt ruhig bei uns geworden. Jetzt, wo die Kleine auch noch aus dem Haus ist.« Bei diesen Worten tätschelte Mama liebevoll Lilis Hand.

»Ihr könnt Lili jederzeit wiederhaben«, versicherte ich eifrig.

»Hey, da hab ich ja wohl auch noch ein Wörtchen mitzureden«, protestierte meine Schwester empört. »Ich bin doch kein Kanarienvogel, den du einfach so verschenken kannst. Wenn du mich loswerden willst, dann …«

»Kinder! Jetzt ist aber Schluss!«

Obwohl ich dem Besuch meiner Eltern mit Schrecken entgegengesehen hatte, stellte ich fest, dass der Familiennachmittag mir richtig gutgetan hatte. Einziger Wermutstropfen: Die Scheidung von Tante Elfie und Onkel Günter, die mir einfach nicht mehr aus dem Kopf gehen wollte. Vor dem Einschlafen schwor ich mir hoch und heilig, mich nie scheiden zu lassen. Nie! Und meine Chancen standen nicht schlecht. Denn gar nicht erst zu heiraten war bestimmt der sicherste Weg, dieses hochgesteckte Ziel auch zu erreichen.

Ich hasste Gäste, die ohne Voranmeldung einfach so hereinplatzten. Meist überfielen sie einen genau im ungünstigsten Augenblick. So auch an diesem Tag. Zwar suhlte ich mich nicht im Badewasser, dafür aber in Selbstmitleid – und auch dabei wollte ich keinesfalls gestört werden. Doch der Besucher war hartnäckig, er klingelte bereits zum zweiten Mal. Was für eine Nervensäge! Beim dritten Läuten gab ich mich geschlagen und rappelte mich seufzend von der Couch hoch. Vielleicht war es ja nur Mareike, die mir brühwarm von ihrem neusten Liebesabenteuer berichten wollte. Unser Krisenrat im Kaffeepott war nicht ohne Folgen geblieben. Mareike und der blonde Zeitungsmann hatten erst die Telefonnummern und ein paar Tage später heiße Küsse ausgetauscht. Wahrscheinlich wollte Mareike mir jetzt die Fortsetzung der Lovestory erzählen. Nun denn …

Mit hängenden Schultern schlurfte ich zur Tür. Auf dem Weg dorthin warf ich einen Blick in den Spiegel, der neben der Garderobe hing. Einen Schönheitswettbewerb konnte ich in meiner derzeitigen Verfassung nicht gewinnen. Seit ich Schokolade zu meinem Grundnahrungsmittel ernannt hatte, sprossen die Pickel wie Krokusse an einem warmen Frühlingstag. Und um meine Haare hätte ich mich auch mal wieder kümmern müssen, die hatten schon Wochen zuvor eine Kur beantragt. Doch wofür der Energieaufwand?

Ich linste durch den Türspion – und sah rot. Mindestens zwei Dutzend dunkelroter Rosen, wenn nicht sogar mehr. Mareike brachte mir nie Blumen mit.

Ging dieser Terror etwa jetzt schon wieder los!

Ärgerlich riss ich die Tür auf. »Verdammt, Timo, ich dachte, ich hätte mich klar und deutlich ausgedrückt. Bring die Blumen zur Villa Kunterbunt, schmeiß sie in den Müll oder verkauf sie in der Fußgängerzone. Mach damit, was du willst, nur schaff mir das Grünzeug aus den Augen!«

Der Rosenstrauß schwang zur Seite, doch nicht Timo, sondern Ludger kam dahinter zum Vorschein.

Überraschung!

Ich zog scharf die Luft ein. Na, der traute sich was! Am liebsten hätte ich ihm seine blöden Rosen um die Ohren gehauen und ihn zum Teufel gejagt. Oder mich in seine Arme geworfen und ihn abgeknutscht. Ich war hin- und hergerissen. In mir wütete ein Gefühlschaos von der Stärke eines Orkans. Ludger nutzte meine Unentschlossenheit geschickt aus. Bevor ich mich für Möglichkeit A entscheiden und ihm die Tür vor der Nase zuschlagen konnte, hatte er auch schon blitzschnell einen Fuß über die Schwelle geschoben.

»Belinda, wir müssen reden!«

Blödsinn, ich musste nur eins: aufpassen, dass ich nicht zu tief in Ludgers Augen schaute. Ich hatte schon fast vergessen, wie unglaublich blau sie waren. Wie der Himmel an einem strahlend schönen Sommertag oder wie ein Bergsee, der ... Schluss jetzt!

»Ich wüsste nicht, was wir zwei uns noch zu sagen hätten«, erwiderte ich kühl und fixierte dabei sicherheitshalber Ludgers Nasenspitze.

»Aber ich. Bitte hör mir erst einmal zu, Belinda. Du hast wirklich allen Grund, wütend auf mich zu sein. Natürlich hätte ich dir sagen müssen, dass ich verlobt bin. Schon in Griechenland oder spätestens bei unserer ersten Verabredung in Düsseldorf. Aber mal ehrlich: Hätte ich dann noch eine Chance bei dir gehabt?«

»Natürlich nicht!« In der Öffentlichkeit pupsen, sich bei Tisch die Nägel schneiden, einer anderen Frau den Mann ausspannen – so was machte man ganz einfach nicht!

»Na siehst du. Was hätte ich denn tun sollen?« Ludgers Augen dackelten um die Wette. Schnell peilte ich wieder seine Nasenspitze an. »Ich hab mich gleich bei unserer ersten Begegnung in dich verliebt. Im Flugzeug, als dir der ganze Krempel durch die Gegend gepurzelt ist. Weißt du eigentlich, wie niedlich du aussiehst, wenn du rot wirst?«

»Heb dir die Süßholzraspelei für deine Verlobte auf!«

»Exverlobte. Glaub mir: Die Sache mit Jil und mir war im Grunde schon vorbei, als wir beide uns kennen gelernt haben«, beschwor mich Ludger. »Darum bin ich ja auch mit Jochen in Urlaub gefahren. Seit ich aus Griechenland zurück bin, wollte ich mit Jil Schluss machen.«

»Aber vor lauter Stress bist du einfach nicht dazu gekommen, stimmt's?«, unterbrach ich ihn ironisch. Ja, ja, das ist das harte Los dynamischer Jungunternehmer: Wenn sie Glück haben, schaffen sie es zwischen zwei Geschäftsterminen und einer Bypassoperation gerade mal, auf die Schnelle ein Brötchen runterzuschlingen. Wer wollte es Ludger da verübeln, dass er bei all dem Stress weder Zeit noch Muße fand, seine Verlobte in die Wüste zu schicken?!

»Ich wollte mit der Trennung bis *nach* dem Firmenjubiläum

warten. Meinen Eltern zuliebe. Das war ich ihnen einfach schuldig.«

»Deinen Eltern zuliebe?« Eins musste man ihm lassen: Für 'ne schlechte Ausrede war das ziemlich originell.

»Jils Vater ist einer der größten Mandanten, wenn nicht sogar *der* größte Mandant unserer Kanzlei.« Ludger fuhr sich aufgewühlt durch die Haare. »Er ist natürlich alles andere als begeistert darüber, dass ich die Verlobung mit seiner Tochter gelöst habe. Vorsichtig ausgedrückt sind die Geschäftsbeziehungen derzeit ein wenig angespannt. Meine Eltern wären ausgerastet, wenn ich kurz vor dem Fest die Bombe hätte hochgehen lassen. Besonders glücklich sind sie natürlich auch so nicht ... Aber früher oder später werden sie schon begreifen, dass ich nicht immer nach ihrer Pfeife tanzen kann.« Ludger seufzte. »Ich dachte, du könntest mich verstehen. Du würdest für deine Familie doch auch alles tun, oder etwa nicht?«

Er tat ja geradeso, als müsste ich ihn für sein aufopferungsvolles Verhalten auch noch bewundern! Bei allem Familiensinn: Wenn er eine Niere oder Knochenmark gespendet hätte – aber eine Samenspende war doch eher etwas ungewöhnlich ...

»Ich weiß, dass ich mich dir gegenüber nicht korrekt verhalten habe.« Ludger hielt mir mit einem bittenden Lächeln die Rosen entgegen. »Aber kannst du mir vielleicht trotzdem verzeihen?«

»Ich weiß es nicht.« Eigentlich wusste ich überhaupt nichts mehr. Zögernd nahm ich Ludger den Blumenstrauß ab, dabei stach ich mich prompt an einem Dorn. Autsch! Aus einem kleinen Kratzer an meinem Zeigefinger quoll ein Tropfen Blut hervor. Wenn ich Ludger noch eine Chance gab, lief ich dann nicht Gefahr, dass er mich noch mehr verletzte? Andererseits: Was hatte ich schon großartig zu verlieren? Beschissener als im Moment konnte es mir eigentlich gar nicht gehen. Und Traummänner waren rar, die fand man nicht an jeder Straßenecke. Die

Nachfrage war wesentlich größer als das Angebot. Eigentlich hätte ich mich glücklich schätzen sollen, dass es mir gelungen war, ein Prachtexemplar wie Ludger zu ergattern. Und eine hundertprozentige Garantie gab es in Herzensangelegenheiten sowieso nicht. Allenfalls ein Rückgaberecht ...

Man muss nur wollen, hatte meine Mutter mir früher immer eingeimpft. Und ich *wollte* Ludger verzeihen. »Ohne Ehrlichkeit und Vertrauen funktioniert es einfach nicht«, überlegte ich laut. Ha, ha, guter Scherz. Ich selbst hatte mich in letzter Zeit ja auch nicht gerade als Expertin auf diesem Gebiet hervorgetan.

»Im Prinzip stimme ich dir natürlich voll zu. Aber ich finde, es gibt Situationen, in denen es für alle Beteiligten besser ist, die Wahrheit erst einmal für sich zu behalten. Oder eine kleine Notlüge zu benutzen.«

»Denkst du da an etwas Bestimmtes?«, fragte ich spitz. »An eine vorgetäuschte Migräne zum Beispiel?«

Ludger fuhr sich mit der Hand über die Stirn, so als müsste er sich den Schweiß wegwischen. »Erinnere mich bloß nicht daran. Zu Hause hab ich mich erst mal 'ne halbe Stunde unter die eiskalte Dusche gestellt. Es wäre Jil gegenüber einfach nicht fair gewesen, wenn ich mit dir geschlafen hätte, bevor die Verlobung offiziell gelöst war.«

»Ihr Juristen habt aber eine sehr eigenwillige Auffassung von Moral.« Ich fragte mich, ob Philipp mit seiner Einschätzung, dass alle Anwälte Rechtsverdreher waren, gar nicht so daneben lag.

»Man sollte immer berücksichtigen, aus welchen Motiven ein Mensch gehandelt hat. Auch du hast sicher gute Gründe dafür gehabt, dich als Designerin auszugeben.«

»Das war ja wohl etwas völlig anderes!«, protestierte ich empört.

»Ach, wirklich? Dann verrate mir doch mal, warum du mir so einen Bären aufgebunden hast.«

Irgendetwas lief falsch. Auf einmal war ich diejenige, die sich in der Defensive befand und sich rechtfertigen musste. »Ich dachte ...« Was hatte ich gedacht? Dass Ludger sich in eine Verkäuferin nicht verlieben könnte? Dass er ein Snob war, der mich aufgrund meines Berufs keines Blickes mehr würdigen würde? Mit einem Mal erschienen mir alle Begründungen völlig albern und hirnverbrannt.

»Falls es dich beruhigt: Seit meinem kleinen Plausch mit Klaus hab ich schon vermutet, dass du mich angeschwindelt hast. Aber ich wollte es nicht von irgend so einem aufgeblasenen Fatzke, sondern von dir hören.«

»Klaus, Klaus? Ich kenne keinen Klaus.«

»Er dich dafür aber offenbar umso besser. Allerdings hatte ich den Eindruck, dass er nicht allzu gut auf Mareike und dich zu sprechen war. Kann das sein?«

Ach, du meine Güte! Plötzlich wusste ich, von welchem Klaus die Rede war. Der alte Stinkstiefel, dem Mareike an unserem ersten Urlaubsabend den Cocktail über die Hose gekippt hatte. Diese linke Bazille! Und überhaupt: Wenn ich es mir recht überlegte, war der kleine Giftzwerg nicht ganz unschuldig an der Misere. Hätte er uns nicht so herablassend behandelt, wäre Mareike nie auf die Idee gekommen, uns als Restaurantbesitzerin und Designerin auszugeben.

Irgendwie wurde ich das Gefühl nicht los, dass Ludger sich diesen Trumpf absichtlich aufgespart hatte. Wenn die Rede auf meinen Job gekommen war, hatte er sich immer schnell mit ein paar Ausflüchten oder Ablenkungsmanövern abspeisen lassen.

»Also sind wir jetzt gewissermaßen quitt«, bestätigte Ludger meinen Verdacht.

Er tat ja geradeso, als wäre unsere Beziehung ein Fußballspiel, bei dem es nach einem Eigentor in der neunzigsten Minute nun unentschieden stand!

»So, und jetzt vergessen wir die ganzen alten Geschichten und schauen nur noch nach vorne. O.K.?« Als ich nichts darauf erwiderte, ergriff Ludger meine Hand. »Irgendwie haben wir einen ziemlich lausigen Start erwischt. Anlaufschwierigkeiten, Fehlstart, schlechtes Timing, Pech, nenn es, wie du willst. Lass uns einfach noch mal neu anfangen.« Abwartend sah er mich an. »Einverstanden?«

Noch war ich nicht restlos überzeugt.

»Belinda, ich liebe dich!«

O. K., es gab schlechtere Argumente.

# Kapitel 18

Wir müssen unbedingt mehr Qi in unser Leben bringen. Eine Yuccapalme hat viel zu spitze Blätter. Ihre Pfeilform symbolisiert die Negativenergie Sha. Deine Palme stört also die Harmonie in diesem Raum.«

»Quatsch. Meine Palme tut so was nicht.«

»Natürlich tut sie das. Hier steht es doch. Schwarz auf weiß. Sieh selbst.« Lili hielt mir ein aufgeschlagenes Buch unter die Nase.

»Aber du kannst doch nicht einfach meine Palme beschneiden. Das geht nicht!«

»Doch, doch, das geht sehr gut. Schau her.« Lili nahm die Schere zur Hand und demonstrierte mir an einem Blatt, wie sie jeden Palmwedel einzeln verstümmelt hatte.

»Lili, ich hänge an der Pflanze«, jammerte ich, den Tränen nahe. »Mama und Papa haben sie mir zum Einzug geschenkt.«

»Eben, das weiß ich doch. Darum hab ich es ja auch nicht übers Herz gebracht, sie wegzuschmeißen. Ich dachte, die Blätter abzurunden, wäre ein fairer Kompromiss.«

Ächzend ließ ich mich in meinen alten Ohrensessel plumpsen – und landete unsanft auf dem Fußboden. Der Sessel, der am Morgen noch an dieser Stelle gestanden hatte, befand sich nun rechts von der Tür, genau vor dem Regal mit den Gläsern, das ebenfalls seinen angestammten Platz hatte räumen müssen.

Während ich mich wieder hochrappelte und mir mein schmerzendes Steißbein rieb, schickte ich einen verzweifelten Hilferuf gen Himmel: »Warum nur?!?«

»Du willst wissen, warum ich den Sessel umgestellt habe? Moment, das haben wir gleich.« Eifrig blätterte meine Schwester in ihrem dicken Wälzer. »Ich bin mir sicher, das hatte auch irgendwas mit den Energieströmen zu tun.«

»Dann wird es dich sicher freuen zu hören, dass im Moment jede Menge Energie durch meinen Körper fließt«, presste ich mühsam beherrscht hervor.

»Wirklich?« Lili pustete sich eine störrische Haarsträhne aus der Stirn. »Das ist ja fantastisch! Ich hätte echt nicht gedacht, dass das so schnell wirkt.«

»Und ob! Ich hab es gleich beim Betreten des Raumes gespürt. In meinem Bauch ist es plötzlich ganz heiß geworden. Verdammt, Lili, ich bin wütend. Was hast du dir bloß dabei gedacht, unsere Küche so zu verschandeln?!«

Lili zog den Kopf ein. »Ich konnte doch nicht ahnen, dass du es so schrecklich finden würdest. Philipp gefällt die neue Raumaufteilung«, murmelte sie zerknirscht. »Er meint, das Zimmer wirke jetzt viel luftiger.«

»Schon gut, schon gut.« Versöhnlich strich ich ihr die Haarsträhne, die schon wieder vor ihren Augen hing, aus der Stirn. »Vielleicht hast du ja wirklich Recht.«

Die Erwähnung von Philipps Namen hatte gereicht, um mich Lili gegenüber milde zu stimmen. Wenn meine Schwester dieser ganze Feng-Shui-Kram glücklich machte, dann würde ich ihr die Freude eben lassen und in Zukunft immer erst den schweren Sessel zur Seite schieben, wenn ich ein Glas brauchte. Zur Not konnte man ja mehrere Tage hintereinander dasselbe Glas benutzen. Was mit Socken funktionierte, musste mit Gläsern auch gehen. Ich fühlte mich Lili gegenüber immer noch schuldig. Zwar schien zwischen Philipp und ihr alles im Lot zu sein – sie war in letzter Zeit einige Male nachts nicht nach Hause gekommen –, trotzdem hatte ich ständig das Gefühl, etwas wiedergutmachen zu müssen.

»Du wirst dich bestimmt schnell an die neue Anordnung der

Möbel gewöhnen.« Lili legte das Buch beiseite. »Philipp meint auch …«

»Apropos Philipp«, unterbrach ich sie unwirsch und froh darüber, endlich ein Ventil für meine Wut gefunden zu haben. »Richte dem feinen Herrn bitte aus, dass er letzte Woche schon wieder vergessen hat, das Treppenhaus zu putzen.«

»Spinnst du? Wenn du ihm was zu sagen hast, dann mach das gefälligst selbst. Ich lege mich doch nicht mit Flippi an, nur weil du plötzlich meinst, die Frau Saubermann rauskehren zu müssen.« Sie warf einen kurzen Blick auf den Putzplan, der an der Kühlschranktür hing. »Außerdem war nicht Philipp letzte Woche mit der Treppenhausreinigung dran, sondern wir.«

»Na schön, dann haben eben wir es vergessen. Aber das ist ja auch schließlich etwas ganz anderes.«

»Interessant. Warum ist das was anderes?«

»In den fünf Jahren, die ich jetzt in diesem Haus wohne, habe ich noch nicht ein einziges Mal meinen Putzdienst versäumt. Und Philipp wohnt gerade mal ein paar Wochen hier, und schon vernachlässigt er seine Pflichten. Wenn das alle Mieter so machen würden …«

»Aber Flippi *hat* doch gar nicht vergessen, das Treppenhaus zu putzen.«

»Noch nicht. Aber er *wird* es vergessen«, orakelte ich düster. »Denk an meine Worte.«

»Ich weiß ja nicht so genau, was zwischen Philipp und dir vorgefallen ist«, meine Schwester warf mir einen durchdringenden Blick zu, »aber irgendwas scheint da mächtig schiefgelaufen zu sein.«

O nein, schoss es mir durch den Kopf, sie weiß es! Heiliger Strohsack!!! Vielleicht hatte Philipp ihr in einem Anflug von Reue unseren kleinen Ausrutscher gebeichtet. Oder er hatte sich aus Versehen verplappert. Möglicherweise redete er auch im Schlaf. Egal, auf welche Art sie davon erfahren hatte – jetzt wartete meine

Schwester bestimmt schon seit Tagen auf ein Geständnis von mir. Doch statt mich mit ihr auszusprechen, log ich ihr weiter frech ins Gesicht. Ich musste endlich mit der Wahrheit rausrücken, sonst würde ich meine Schwester ein für alle Male verlieren.

»Also, Lili, weißt du, das war so«, begann ich zaghaft. »Sicher erinnerst du dich noch an den Abend, an dem …«

»Hör auf!« Lili hielt sich die Ohren zu. »Klärt das unter euch. Ich will nichts damit zu tun haben. Schließlich seid ihr erwachsen.«

Nun, in gewisser Weise bestand genau darin das Problem.

»Wenn ihr miteinander gestritten habt, dann gebt euch die Hand und vertragt euch gefälligst wieder. Diese angespannte Stimmung ist ja nicht zum Aushalten. Als ich Flippi gestern vom Sender abgeholt habe, wollte er nicht mal mehr auf 'nen Sprung mit reinkommen.«

Puh, Entwarnung. Lili hatte keinen blassen Dunst.

»Bevor Philipp nebenan eingezogen ist, war sowieso alles besser«, maulte ich. »Als Frau Groß noch hier gewohnt hat, da …« Mitten im Satz brach ich ab.

»Was ist denn …?«

Mit einem nachdrücklichen »Psst!« brachte ich meine Schwester zum Schweigen. »Hörst du das?«

»Was?« Lili legte die Hand hinters Ohr. »Was soll ich hören?«

»Na, das Saxophongedudel.« Anklagend wollte ich auf die Küchenuhr weisen, aber leider hatte das gute Stück im Rahmen von Lilis Umräumaktion wohl auch ein neues Plätzchen zugewiesen bekommen. Da ich sie auf die Schnelle nirgendwo entdecken konnte, tippte ich stattdessen mit dem Zeigefinger auf das Glas meiner Armbanduhr. Tock, tock. »Nach acht. Es ist bereits nach acht, und der liebe Philipp dudelt immer noch seine Tonleiter rauf und runter. Lärmbelästigung ist das. Ist es denn zu viel verlangt, dass man abends nach der Arbeit seine Ruhe haben möchte? Rücksichtnahme, ein wenig Rücksichtnahme – das wäre ja wohl das Mindeste.«

Mittlerweile hatte ich mich richtig in Rage geredet. Meine Wangen glühten, und an meinen Schläfen pochte es verdächtig. Am liebsten hätte ich Philipp wegen Ruhestörung die Polizei auf den Hals gehetzt. Und das war, wie ich fand, noch die geringste Strafe, die dieser treulose Schuft verdient hatte! Ich wollte Philipp keinesfalls allein die Schuld für das, was zwischen uns passiert war, in die Schuhe schieben. Während der langen Stunden, in denen ich mich schlaflos im Bett herumgeworfen hatte, war mir jedoch ein Gedanke gekommen, den ich einfach nicht mehr loswurde: Was, wenn ich nicht die Erste war, bei der Philipp es versucht hatte? Wenn nicht mit mir, dann war er vielleicht längst mit einer anderen ins Bett gegangen. Philipp war beim Treuetest mit Pauken und Trompeten durchgerasselt. So sah's aus. Und das Schlimmste daran: Ich konnte Lili noch nicht einmal warnen, ohne mich damit selbst in die Pfanne zu hauen!

»Sonst hat dich die Musik doch auch nicht gestört.«

»Ach, papperlapapp, natürlich hat mich der Krach genervt«, log ich. »Ich war einfach nur tolerant und wollte den Hausfrieden nicht aufs Spiel setzen. Ich finde das Gedudel schrecklich. Dilettantisch und schräg.«

Lili zuckte ungerührt die Schultern. »Dann geh halt rüber und bitte ihn aufzuhören.«

»Bitten?! Wenn überhaupt, dann befehle ich es ihm. Schließlich gibt es Regeln, an die sich auch ein Herr Gernegroß zu halten hat. Ob ihm das nun passt oder nicht. Aber warum sollte ich mich mit so einem rücksichtslosen Nachbarn herumstreiten? Frau Kötter wird ihm bei nächster Gelegenheit bestimmt kräftig die Meinung geigen. Und ich hoffe, sie ist dabei nicht zimperlich.«

# Kapitel 19

Nach wochenlangem Hoffen und Harren, Auf und Ab und Hin und Her war der Premierenabend endlich gekommen. Uff, das wurde aber auch langsam Zeit! Ich war die nervenaufreibende Warterei leid. Nicht einmal das Christkind hatte mich in meiner Kindheit so auf die Folter gespannt. Ludger hatte mich zum Essen zu sich nach Hause eingeladen. Und uns war wohl beiden klar, was es zum Dessert geben würde ...

Lieber Himmel, war ich aufgeregt! Ich fühlte mich wie ein Teenager beim ersten Date. Feuchte Hände, weiche Knie, Magengrummeln und der obligatorische Pickel am Kinn – das volle Programm. Die ungewohnte Umgebung heizte meine Nervosität noch zusätzlich an. Ludger wohnte mit zwei weiteren Parteien in einem stillgelegten Fabrikgebäude, das aufwendig saniert worden war.

Nachdem er mich mit einem zärtlichen Begrüßungskuss willkommen geheißen hatte, führte er mich in seinem Reich herum. Wir begannen mit der Wohnungsbesichtigung im oberen Stockwerk. Neben einem großen Gästezimmer, das über eine separate Dusche und ein WC verfügte, befanden sich dort das Arbeitszimmer, ein kühl und funktional eingerichteter Raum mit viel Chrom und Glas, sowie das Badezimmer. Vor allem die riesige Eckbadewanne, die in ein erhöhtes Podest eingelassen war, das über drei Stufen zu erreichen war, zog mich geradezu magisch an. Obwohl die Bezeichnung Badewanne eigentlich unpassend war. Pool traf es eher. Üppige Farngewächse und mehr als ein Dutzend Kerzen, die großzügig im Badezimmer verteilt waren, verwandelten den Raum in eine lauschige Wellness-Oase. Doch wie ich kurz darauf feststellen durfte, hatte nicht nur die Badewanne in diesem Loft XXL-Format.

Nach kurzem Zögern öffnete Ludger die nächste Tür und trat einen Schritt zur Seite. »Äh ... ja, und das ist mein Schlafzimmer.«

Das riesige Bett in der Mitte des Zimmers war nun wirklich kaum zu übersehen.

»Hier schläfst du also.« Toll, Belinda! Ein ausgesprochen geistreicher Kommentar! Tiefgründig wie eine Pfütze. Was sollte man in einem Schlafzimmer auch sonst tun?! Obwohl – wenn ich mir diese Spielwiese so anschaute, fiel mir da spontan so einiges ein ...

Nach der Begehung des Schlafzimmers führte Ludger mich zurück in die untere Etage, wo sich der eigentliche Wohnbereich befand. Ich kam aus dem Staunen kaum raus. Die Wohnung war riesig! Ich wünschte, Jil wäre noch nicht ausgezogen – dann hätte ich sie wenigstens nach dem Weg fragen können, falls ich mich auf der Suche nach dem Klo mal verlief. Allein die Durchquerung des Wohnzimmers war ein Fußmarsch, den man besser nicht ohne Proviantpaket antrat. Obwohl es Platz im Überfluss gab, wirkte die Einrichtung eher spartanisch. Ein großer Esstisch, ein offener Kamin mit Sitzgarnitur und ein hohes Bücherregal – das war's im Wesentlichen auch schon.

»Und wann wird der Rest deiner Möbel geliefert?«, flachste ich mit einem schiefen Grinsen.

Die Küche, die vom Wohnbereich durch eine Theke abgetrennt war, erweckte den Eindruck, als wäre sie noch nie benutzt worden. Potz Blitz, in der Edelstahlspüle konnte man sich sogar spiegeln! Und ich dachte immer, so was gäbe es nur in der Werbung.

»Fühl dich ganz wie zu Hause«, forderte Ludger mich auf. Das war ein guter Scherz! In Gedanken verglich ich Ludgers Loft mit meiner eigenen Wohnung. Prompt bekam ich Heimweh. Nie zuvor hatte ich Klippan, Billy und den Rest der IKEA-Familie so schmerzlich vermisst!

Mit dem nötigen Sicherheitsabstand umrundete ich die strahlend weiße Couchgarnitur. Unglaublich, nicht ein einziger Fleck war zu sehen! Bei mir würde so ein Teil schon dreckig werden, wenn ich es nur aus der Ferne anschaute oder einen schmutzigen Witz erzählte. Beim flüchtigen Blättern in Katalogen und Wohnzeitschriften hatte ich mich schon oft gefragt, welcher Idiot sich wohl so empfindliche Möbelstücke kaufte. O. K., nun wusste ich es.

Während Ludger noch emsig in der Küche werkelte, schlenderte ich an dem großen Bücherregal vorbei, das vom Boden bis unter die Decke reichte. Neugierig inspizierte ich die Buchrücken. In Ludgers Privatbibliothek befanden sich juristische Fachliteratur, großformatige Bildbände, Klassiker wie Goethe und Schiller, Biografien bekannter Persönlichkeiten aus Politik und Kultur sowie einige philosophische Wälzer. Auf gut Glück zog ich ein Buch hervor.

»Du liest Kant?«, fragte ich beeindruckt.

»Kant?« Ludger schaute so entgeistert, als hätte ich ihn gerade gefragt, ob die Erde eine Scheibe ist. »Wie in Gottes Namen kommst du denn darauf?«

Ich hielt das Beweisstück in die Höhe.

»Ach so, das meinst du.« Ludger lachte. »Wenn ich ehrlich sein soll, habe ich den Wälzer noch nie im Leben aufgeschlagen.«

Ich Dummerchen! Wie naiv zu glauben, dass Bücher zum Lesen da waren. In Ludgers Kreisen wurden sie offenbar auch gerne als Dekorationsobjekt benutzt. Vielleicht verrieten wenigstens die CDs ein wenig über Ludgers Geschmack. Doch bevor ich dazu kam, seine Sammlung zu durchforsten, meldete er, dass das Essen fertig sei.

Ludger fuhr alles auf, was der beste Delikatessenladen am Platz zu bieten hatte: diverse exotische Salatvariationen, verschiedene

Fisch- und Käsespezialitäten, kleine Pasteten, Parmaschinken und allerhand andere interessant aussehende Häppchen, die ich nicht näher identifizieren, geschweige denn benennen konnte. Das war aber auch nicht weiter verwunderlich, denn Feinkost Aldi, wo ich einzukaufen pflegte, hatte diese Produkte nicht im Sortiment. Zur Abrundung des »kleinen Imbisses«, wie Ludger das opulente Mahl nannte, servierte er herrlich duftendes Ciabattabrot und einen trockenen Rotwein.

Fassungslos beäugte ich den üppig gedeckten Tisch. Ich fragte mich, ob Ludger vergessen hatte, dass er nicht mehr mit Jil zusammen war. Bei ihrem Anblick musste man als Mann ganz einfach den Wunsch verspüren, sie aufzupäppeln. Allein aus Sorge, dass sie den nächsten Winter sonst nicht überlebte. Ich hingegen hatte genug zuzusetzen und konnte der kalten Jahreszeit gelassen entgegensehen. Außerdem würde ich sowieso keinen Bissen runterbekommen, denn mein Magen war wie zugeschnürt. Ludger zuliebe stopfte ich dann aber doch artig das eine oder andere Häppchen in mich hinein.

Nach dem Essen läutete Ludger den gemütlichen Teil des Abends ein, indem er unsere Weingläser zur jungfräulich weißen Couchecke hinübertrug. Auweia, wenn das mal gut ging! Backpulver, Urin, Salz, Gallseife? Viel Zeit zu überlegen, mit welchem von Omas Hausmittelchen man Rotweinflecken im Fall der Fälle am besten zu Leibe rückte, blieb mir allerdings nicht. Mein Allerwertester schwebte noch suchend über dem Sofakissen, da zog Ludger mich bereits stürmisch in seine Arme. Seine Hände, die plötzlich überall zu sein schienen, schoben sich unter meine Bluse.

Mein lieber Scholli, der ging aber ran!

In null Komma nichts hatte er ein loderndes Feuer in mir entfacht. Was ein Leichtes war, denn nach monatelanger sexueller Abstinenz war ich so leicht entflammbar wie ein Bündel Reisig. Ein winziger Funken genügte, und schon brannte ich lichterloh.

Ludger ging es offenbar ähnlich, er kam ebenfalls schnell in Fahrt. Zum Beweis, wie sehr er sich – im wahrsten Sinne des Wortes – zu mir hingezogen fühlte, presste sich etwas Hartes gegen meinen Oberschenkel. Von wegen impotent ... Meine Hormone jubelten vor Begeisterung. Ich konnte förmlich spüren, wie eine La-Ola-Welle durch meinen Körper lief. Ich wollte mit Ludger schlafen. Jetzt, sofort – aber nicht auf diesem Sofa! Unmöglich.

Ich war weder verklemmt noch gehörte ich zu den Menschen, die das Bett für das einzig wahre, ultimative Liebesnest hielten. Es gab viele andere schöne Plätzchen, an denen man sich vergnügen konnte. Manche waren besser geeignet, andere schlechter. Meine Jungfräulichkeit und eine winzige Ecke meines Schneidezahns hatte ich beispielsweise in einem alten klapprigen VW-Käfer verloren, der nicht besonders »verkehrstauglich« gewesen war. Gott sei Dank hatte der TÜV sich ein paar Wochen später meiner Meinung angeschlossen und die alte Rostlaube stillgelegt. Zwar gab es auf Ludgers weich gepolstertem Designersofa weder ein Lenkrad noch einen Schaltknüppel, an dem man sich blaue Flecken oder schmerzhafte Rippenprellungen zuziehen konnte, aber dafür würde ich wochenlang mit einem steifen Hals durch die Gegend laufen müssen. Beim Schmusen und Knutschen vollführte ich nämlich allerhand wüste Verrenkungen. Ich schraubte meinen Kopf wie eine Giraffe in die Höhe, um ja den Polstern nicht mit dem Gesicht zu nahe zu kommen. Lippenstift- oder Make-up-Spuren auf dem weißen Stoff – das war nicht gerade die Art von bleibendem Eindruck, den ich hinterlassen wollte.

Ich war heilfroh, als der Hausherr mich aus meiner unbequemen Lage befreite, indem er zwischen zwei heißen Küssen vorschlug, unser Liebesspiel oben im Schlafzimmer fortzusetzen. Nichts lieber als das! Bereits auf der Treppe warfen wir nicht nur unsere Hemmungen, sondern auch diverse Kleidungsstücke über Bord. Meine Bluse fiel als Erstes, auf der nächsten Stufe trennten wir uns von unseren Schuhen, danach befreite ich Ludger von seinem Hemd, und so arbeiteten wir uns Stufe für Stufe immer weiter vor. Splitterfasernackt sanken wir schließlich im Schlafzimmer auf Ludgers großes Bett. Wie lange hatte ich auf diesen Moment gewartet! Ich konnte mein Glück kaum fassen. Wir küssten uns. Erst zärtlich, dann immer leidenschaftlicher und heftiger, bis wir kaum noch Luft bekamen.

Ludgers Lippen wanderten tiefer, verharrten für kurze Zeit in meiner Halsbeuge, bevor sie ihre Entdeckungsreise an meinen Schultern und am Dekolletee fortsetzten. Aufreizend langsam erkundete er mit seiner Zunge jeden Zentimeter meiner Haut. Es war kaum zum Aushalten! Ausgiebig und genießerisch schleckte er an mir herum. Ich kam mir vor wie ein Eis am Stil, das langsam, aber sicher zu einer Pfütze zu zerfließen drohte.

Los, Mann, spornte ich ihn in Gedanken an. Worauf wartest du denn noch?! Nun mach schon! Ungeduldig harrte ich der Dinge, die hoffentlich bald kommen würden. Meine Brüste fieberten Ludgers Berührung entgegen. Doch er ließ sich Zeit. Viel Zeit. Zu viel Zeit! Endlich umschloss er mit seinen Lippen meine Brustwarzen und begann zärtlich daran herumzuknabbern. Bingo! Kleine Stromstöße jagten durch meinen Körper. Gleichzeitig flogen in meinem Gehirn sämtliche Sicherungen raus.

Als Ludger sich nach einer kleinen Ewigkeit in Richtung Bauchnabel vorarbeitete, linste ich kurz unter den Augenlidern hervor – und erstarrte zur Salzsäule.

Das war ja wohl der Gipfel! Ich war nun wirklich nicht prüde, aber dass uns Ludgers Ex beim Sex zusah, das ging entschieden zu weit!

Wie immer war Jil perfekt geschminkt und tadellos frisiert. Mit leicht schräg gelegtem Kopf blickte sie von oben auf unser Treiben herab, das Gesicht zu einem überheblichen, beinahe schon ironischen Lächeln verzogen.

Um meine Blöße zu bedecken, zog ich reflexartig die Bettdecke hoch, sodass Ludger, der immer noch die Tiefen meines

Bauchnabels erforschte, unter der Daunendecke begraben wurde.

Wie vom Donner gerührt, betrachtete ich Jils Gesicht. Unglaublich! Das Porträt sah wirklich täuschend echt aus. Dem Maler war es gelungen, ein naturgetreues Abbild von Ludgers Ex auf die Leinwand zu bannen. Das war Jil – wie sie leibte und lebte.

Ich war so in die Betrachtung des Bildes versunken, dass ich Ludger komplett vergessen hatte. Bis sich sein verstrubbelter Haarschopf unter der Bettdecke hervorschob.

Er atmete schwer. »Hey, was ist los?« Wie ein Fisch auf dem Trockenen schnappte er nach Luft. »Willst du mich umbringen?«

»Äh … sorry, tut mir furchtbar leid«, immer noch hielt ich die Bettdecke vor der Brust zusammengerafft, »aber würde es dir was ausmachen, mal eben das Bild von der Wand zu nehmen?«

»Welches Bild?«, fragte Ludger völlig verdattert. »Weißt du, ich find's echt gut, wenn eine Frau im Bett mit ihren Wünschen nicht hinter dem Berg hält. Aber wenn es um die Inneneinrichtung geht – hat das nicht wirklich Zeit bis später?«

»Ich fürchte, nein. Wir werden nämlich beobachtet.« Ich wies auf Jils Porträt.

»Mist, verdammter!« Ludger schlug sich vor die Stirn. »Das hab ich völlig vergessen. O Mann, wie konnte ich bloß so unsensibel sein! Warte, das haben wir gleich.« Er krabbelte aus dem Bett, nahm das Bild vom Haken und stellte es mit der Vorderseite zur Wand auf den Boden.

Ätsch! Jetzt glotzte die gute Jil die Tapete an. Das hatte sie nun von ihrem überheblichen Grinsen. Tja, meine Liebe, wer zuletzt lacht …

»Besser?« Ludger legte sich wieder neben mich.

»Viel besser«, flüsterte ich dankbar und ließ meine Hände prüfend über sein nacktes Hinterteil gleiten. Exzellente Qualität, fest und rund. Normalerweise brachte ein knackiger Männerpo mich schnell auf Touren. Doch nichts dergleichen passierte. Die Wirkung war gleich null. Genauso gut hätte ich auch eine Wassermelone oder einen Medizinball streicheln können. Mein Körper stellte sich tot. Er reagierte einfach nicht. Alle Nervenenden schienen gekappt zu sein.

Obwohl sich Ludger alle erdenkliche Mühe gab, mich wieder in Stimmung zu bringen, hatte das kleine Intermezzo mit dem Bild wie eine kalte Dusche auf mich gewirkt. Total abturnend. Aber es war nicht nur das Bild. Statt sexueller Energie oder Spannung lag da etwas ganz anderes in der Luft …

Ich konnte mir nicht helfen, aber irgendwie roch die Bettwäsche nach Jil. Auch das noch! Ich versuchte, den Atem anzuhalten. Eine Weile funktionierte das ganz gut. Bis mein Körper mir zu verstehen gab, dass er eher bereit war, auf Liebe als auf Luft zu verzichten. Ich kapitulierte. Japsend ließ ich die Parfumdämpfe in meine Lunge strömen. Ludger, der meine Kurzatmigkeit offenbar als Zeichen von Ekstase deutete, streifte seinem kleinen Spielgefährten mit geschickten Handgriffen ein Kondom über. Schluss mit lustig. Das Vorgeplänkel war vorbei, jetzt ging es richtig zur Sache.

Während Ludger sich abrackerte und schwitzend und keuchend zu körperlichen Höchstleistungen auflief, lag ich unter ihm wie ein welkes Salatblatt.

Nun gut, der Appetit kommt bekanntlich beim Essen. Möglicherweise verhält es sich mit der Lust ja genauso, sinnierte ich.

Doch Fehlanzeige.

So konnte das nichts geben!

»Ludger«, wisperte ich zaghaft.

»Belinda«, keuchte er mit geschlossenen Augen.

»Du, Ludger«, versuchte ich es jetzt nachdrücklicher.

»Hmmm«, stöhnte er entrückt.

Na klasse! Genau so muss man sich fühlen, wenn man zu spät und völlig nüchtern auf einer Party erscheint und alle anderen

Gäste schon sturzbetrunken sind. Mit einem Unterschied: Wenn die Nummer hier so weiterlief, würde ich nicht nur zu spät, sondern gar nicht kommen …

Um noch etwas zu retten, musste ich schnellstens eingreifen. Unsanft schob ich Ludger von mir.

Im Zeitlupentempo öffnete er die Augen und betrachtete mich mit verschleiertem Blick. »Mach ich was falsch?« Zärtlich strich er mit seinen Fingerspitzen über meine Wange. »Du kannst mir ruhig sagen, wenn …«

»Das ist es nicht«, unterbrach ich ihn.

»Was ist es dann?«

»Die Bettwäsche«, erwiderte ich kleinlaut.

»Was ist mit der Bettwäsche?«

»Sie riecht … sie riecht nach …«

»Bergfrühling?«, versuchte Ludger, mir mit dem richtigen Wort auszuhelfen. »Das ist das Waschmittel. Reagierst du allergisch darauf?«

»Nein, ich reagiere nicht allergisch darauf. Das heißt, irgendwie schon …«, stotterte ich, beschämt darüber, mit welcher Engelsgeduld er auf mich einging. »Es ist nicht der Bergfrühling. Es ist Jil. Die Bettwäsche riecht nach ihrem Parfum.«

Ludger zog die Stirn kraus. »Aber das kann nicht sein. Du musst dich täuschen. Die Betten sind frisch bezogen. Ehrlich!« Er griff nach einem Kopfkissen und schnüffelte daran. Mit konzentriertem Gesichtsausdruck wiederholte er den Schnuppertest an der Bettdecke. »Stimmt, du hast Recht, jetzt rieche ich es auch. Da ist wirklich eine Spur von Jils Parfum. Was machen wir denn jetzt?«

Plötzlich kam ich mir reichlich albern vor. »Na ja, so schlimm ist es auch wieder nicht …«

Ludger sprang splitternackt aus dem Bett.

Was hatte er vor?!? Suchte er nach verborgenen Wasseradern? Mit aufgerichteter Wünschelrute lief er quer durchs Schlafzimmer.

»Weißt du was? Ich werde die Bezüge einfach schnell wechseln«, verkündete Ludger und riss die Tür des großen Einbauschranks auf. Ein böser Fehler! Denn während die Bettwäsche nur einen zarten Hauch von Parfum verströmt hatte, kam uns nun die geballte Ladung entgegen. Eine konzentrierte Duftwolke waberte durch den Raum und kroch in alle Winkel und Ritzen.

Ganz schön clever! Ludgers Ex war nicht dumm. Wie ein Hund, der an jeder Ecke sein Beinchen hebt, um sein Revier abzustecken, hatte Jil im Schlafzimmer ihre Duftmarke hinterlassen.

Ludger schien den penetranten Geruch überhaupt nicht zu bemerken. Vielleicht war seine Nase auch bereits resistent dagegen. In dem Bestreben, das Problem so schnell wie möglich aus der Welt zu schaffen, legte er sich mächtig ins Zeug. Er kämpfte mit dem Bezug der Bettdecke wie mit einem wilden Raubtier. Wenn Männer sich doch immer mit solch einem Feuereifer auf die Hausarbeit stürzen würden! Um nicht einfach nur blöd in der Gegend rumzusitzen, schnappte ich mir nun ebenfalls eine frische Wäschegarnitur und ging Ludger zur Hand.

In Rekordzeit war das Bett neu bezogen. Ein völlig überflüssiges und nutzloses Unterfangen, denn Jils Geruch hing nun stärker denn je in den Kissen. Wenn ich die Augen schloss, hatte ich das Gefühl, sie läge direkt neben mir. Kein Wunder, dass ich total blockiert war. So ein flotter Dreier war einfach nicht mein Fall! Aber ich wollte kein Spielverderber sein.

Klappe, die dritte. Alle zurück auf Ausgangsposition. Ludger vergrub sein Gesicht erneut zwischen meinen Brüsten, sein kleiner Krieger richtete sich gehorsam wieder auf und signalisierte Kampfbereitschaft – und ich? Ich lag wie eine leblose Requisite zwischen den Laken und hoffte, dass endlich jemand »Cut!« rufen und dem Spuk ein Ende bereiten würde.

Es war nicht Ludgers Schuld, wirklich nicht! Er war sogar ein ausgesprochen einfühlsamer und rücksichtsvoller Liebhaber. Ein echter Gentleman. Frei nach dem Motto »Ladies first« hielt er sich zurück und wartete mit zusammengebissenen Zähnen darauf, dass ich vor ihm zum Höhepunkt kam. Und wartete ... und wartete ... und wartete. Beeindruckend, über wie viel Selbstbeherrschung, Stehkraft und Durchhaltevermögen dieser Mann verfügte!

Gut, als erfahrener Liebhaber wusste er natürlich, dass die Erregungskurve der Frau langsamer ansteigt als die des Mannes. Kurve? Welche Kurve?!? Bedauerlicherweise handelte es sich in meinem Fall nicht um eine Erregungskurve, sondern um eine Erregungsgerade, noch dazu eine, die unterhalb des Nullpunkts verlief.

Nun bereute ich, dass ich beim Abendessen nicht kräftiger zugelangt hatte. Dum di dum di dum, das konnte eine verdammt lange Nacht werden! Ludger, so schätzte ich, würde mich nicht eher aus seinem Bett krabbeln lassen, bevor ich nicht den Gipfel der Lust erklommen hatte. Und bis dahin war es noch ein sehr, sehr weiter Weg. Ich befand mich gerade mal am Fuße des Berges, gewissermaßen an der Talstation. Von dort aus konnte ich das Gipfelkreuz nicht mal erahnen, geschweige denn sehen!

Eigentlich gab es nur zwei Möglichkeiten. Entweder machte ich mich schon mal mit dem Gedanken vertraut, dass ich mich auf dieser Matratze wund liegen würde. Oder – ach was, das kam ja überhaupt nicht infrage.

In diesem Moment verstärkte Ludger seine Bemühungen und sein Tempo. O. K., O. K., überredet. Möglichkeit zwei war doch nicht so abwegig. Warum sollte ich – Ludger zuliebe – nicht einfach einen Orgasmus vortäuschen? Wenigstens einen klitzekleinen ...

Zu dumm, dass ich über keinerlei Erfahrung auf diesem Gebiet verfügte. Ich zermarterte mir das Hirn: Wenn es stimmt, was in den Medien berichtet wird, dann spielen unzählige Frauen ihren Lovern im Bett tagtäglich etwas vor. So schwer kann das doch nicht sein! Spätestens seit dem Film *Harry and Sally* wusste doch schließlich jedes Kind, wie das funktionierte. Zusammen mit Mareike hatte ich mir die Szene, in der Meg Ryan alias Sally anschaulich demonstriert, wie man einen Orgasmus vortäuscht, bestimmt schon ein halbes Dutzend Mal angeschaut. Obwohl wir uns dabei immer wieder aufs Neue königlich amüsiert hatten, war der Streifen nach Mareikes Ansicht keine Komödie, sondern ein Schulungsvideo. Nun würde sich zeigen, was ich gelernt hatte.

Wahrscheinlich war ich nicht halb so gut wie Sally – trotzdem mussten meine Lustjauchzer halbwegs überzeugend gewirkt haben, denn plötzlich ging alles ganz fix. Als Ludger endlich mit einem Stöhnen in sich zusammensackte, fühlte ich mich, als hätte ich gerade den Mount Everest bestiegen. Ohne Sauerstoffflasche und mit geschätzten neunzig Kilo Marschgepäck auf dem Bauch.

Ich war völlig am Ende und restlos ausgepowert. Bis dato hatte ich nicht gewusst, dass die schönste Nebensache der Welt so anstrengend sein konnte! Mit einem Mal hatte ich sogar Verständnis dafür, wenn ein Mann nach dem Sex sofort einschlief. Mehr noch: Ich wünschte es mir sogar sehnlich! Denn ich selbst wollte mich einfach nur noch auf die andere Seite drehen und das Gleiche tun. Aber das konnte ich mir abschminken. Die reguläre Spielzeit war zwar abgelaufen, doch ein echter Gentleman-Lover wie Ludger ließ sich auch das Nachspiel nicht nehmen.

Ich hoffte von ganzem Herzen, dass er es sich nicht zum Ziel gesetzt hatte, mich gleich bei unserem ersten Mal mit multiplen Orgasmen zu verwöhnen. In diesem Fall musste ich leider passen. Meinen schauspielerischen Fähigkeiten waren Grenzen gesetzt.

Als ich am nächsten Morgen aufwachte, brauchte ich ein paar Minuten, um mich in der fremden Umgebung zurechtzufinden. Wo war Pu der Bär, der sonst immer an meinem Kopfende Wache hielt? Und warum stank es so widerwärtig nach Parfum? Nach und nach kehrte die Erinnerung zurück. Neben mir schlummerte Ludger. Sogar mit halb offenem Mund sah er noch zum Dahinschmelzen aus. Eine Haarsträhne hing wirr in seine Stirn, auf seinen Wangen sprossen dunkle Bartstoppeln. Seufz, so einen Mann musste man ganz einfach lieben, oder?!

Ich ärgerte mich maßlos, dass es seiner Ex gelungen war, uns unsere erste Liebesnacht zu versauen. Na ja, halb so wild, es würden hoffentlich noch viele weitere folgen. Plötzlich war ich hellwach, an Schlaf war nicht mehr zu denken.

Da meine Bluse noch irgendwo auf dem Treppenabsatz lag, schnappte ich mir das erstbeste Kleidungsstück, das mir in die Hände fiel: ein anthrazitfarbenes Herrenhemd von Ludger. Ich schlüpfte hinein und tappte auf nackten Füßen nach unten. Hach, jetzt einen schönen starken Kaffee!

Suchend drehte ich mich um die eigene Achse. Himmel sakra, in dieser Küche gab es allen erdenklichen Luxus, vermutlich sogar einen elektrischen Eierköpfer. Doch wo zum Kuckuck, grübelte ich, ist wohl die gute alte Kaffeemaschine versteckt? Unentschlossen blieb ich vor einem chromglänzenden Ungetüm stehen, über dessen Verwendungszweck ich nur vage Mutmaßungen anstellen konnte. Mit etwas Glück konnte es sich um eine Kaffeemaschine handeln – so ein hypermodernes Teil, das den Milchschaum auf dem Cappuccino mit ein paar Schokoflöckchen garnierte und einem danach die Tasse auch noch ans Bett brachte. Ich wollte lediglich stinknormalen Kaffee – zum Mitnehmen – das musste doch wohl irgendwie hinzukriegen sein.

Ich füllte Wasser ein und fütterte die Maschine mit Kaffeepulver, das ich im Küchenschrank gefunden hatte. Dann drückte ich auf gut Glück ein paar Knöpfe und wartete, was passierte.

Zuerst einmal gar nichts. Dann endlich – ein lautes Zischen. Aaah, na bitte! Jetzt tat sich was. Voller Vorfreude harrte ich der Dinge, die da kommen würden. Und es kam tatsächlich etwas – jede Menge feuchtes Kaffeepulver, das mir das verchromte Ungeheuer mit einem zornigen Grollen entgegenspie.

Schöne Bescherung! Ich sah aus, als hätte ich die Windpocken. Doch nicht nur ich war von Kopf bis Fuß mit Sprenkeln übersät, auch Ludgers Küche hatte einiges abbekommen. Es gab nur zwei mögliche Ursachen für diese Riesensauerei: ein technischer Defekt oder menschliches Versagen. Insgeheim tippte ich auf Letzteres, stritt jedoch erst einmal alles ab und gab der Maschine lautstark die Schuld: »Scheißkiste, du!«

Intelligente Technik?! Pah, lächerlich!, dachte ich. Von einem intelligenten Gerät kann man ja wohl erwarten, dass es einen auf Bedienungsfehler aufmerksam macht. Ärgerlich bückte ich mich, um in dem Schrank unter der Spüle nach Eimer und Wischlappen zu suchen.

»Falls du gerade versuchst, aus dem Kaffeesatz zu lesen – die Mühe kannst du dir sparen. Ich verrate dir gerne, wie das kleine Techtelmechtel zwischen dir und Ludger weitergeht.«

Zu Tode erschrocken, wirbelte ich herum. O nein, jetzt musste ich schon wieder in diese dämliche Visage gucken. Und das auf nüchternen Magen! »Wärst du so freundlich, mir zu verraten, was du hier treibst?«

»In deinem Fall erübrigt sich diese Frage ja wohl«, bemerkte Jil mit einem anzüglichen Blick auf meine spärliche Bekleidung spitz. Ludgers Hemd bedeckte gerade mal so mit Ach und Krach meine Pobacken. »Lass dich nicht stören! Ich wollte nur rasch ein paar Dinge abholen, die ich vergessen habe.« Sprachlos über so viel Dreistigkeit, beobachtete ich, wie Jil im Wohnzimmer umherlief und diversen Kleinkram – Kerzenständer, Serviettenringe und Vasen – in dem von ihr mitgebrachten Karton verschwinden ließ. Als die Kiste voll war, sah sie sich noch einmal prüfend im Raum um. »Ach ja, ein paar von meinen Büchern hab ich hiergelassen. Falls du Langeweile bekommen solltest – nur zu, bedien dich ruhig. Aber das brauche ich dir wohl nicht extra zu sagen. Du scheinst es mit Mein und Dein ja ohnehin nicht so genau zu nehmen«, verspritzte Ludgers Ex weiter ihr Gift. Die Tussi verfügte wirklich über jede Menge Ätzpotenzial. »Na, wie auch immer, ich habe einfach keine Lust, die schweren Schinken ständig hin und her zu schleppen. Die Mühe lohnt sich nicht. Denn ob's dir passt oder nicht: In ein paar Wochen werde ich sowieso wieder hier einziehen.«

Ja, ja, und der Mond ist aus Käse. Die vielen Haarspraydämpfe hatten der Guten wohl das Gehirn vernebelt! Ich gab vor, mich furchtbar zu langweilen und gähnte unverhohlen. Den Gefallen, auf ihr blödes Gequatsche anzuspringen, tat ich ihr nicht. Darauf wartete die blöde Schnepfe nur.

»So eine Trennung auf Zeit wirkt bekanntlich Wunder«, fuhr Jil fort. »Die Affäre mit dir hat nichts zu bedeuten. Ein kleines amouröses Abenteuer, weiter nichts. Lästig, aber schnell wieder vorbei – wie Masern oder Mumps.« Sie lächelte süffisant. »Ludger soll sich vor unserer Hochzeit ruhig noch ein bisschen die Hörner abstoßen. Falls du dir also eingebildet haben solltest, du könntest ihn mir einfach so ausspannen – vergiss es.« Sie funkelte mich wütend an. »Nur über meine Leiche!«

»Das dürfte sich einrichten lassen.« Wie hatte es Ludger nur zwei Jahre mit dieser Frau ausgehalten?

Jil griff nach der Kiste, die sie auf dem Küchenboden abgestellt hatte. »So, ich verschwinde dann mal wieder.«

»Moment, nicht so eilig. Ich glaube, du hast noch was vergessen.«

Ihr Blick wanderte umher. »Nicht, dass ich wüsste.«

Aber ich. »Die Wohnungsschlüssel!«

Jil ignorierte die Hand, die ich ihr entgegenhielt, und ließ den Schlüssel mit einer verächtlichen Geste klirrend auf die Küchentheke fallen. »Sei so gut, und richte Ludger bitte ganz liebe Grüße von mir aus«, zwitscherte sie beim Gehen, so als wären wir gute alte Bekannte, die sich zufällig an der Bushaltestelle getroffen hatten.

# Kapitel 20

Die Saat, die Jil ausgestreut hatte, war aufgegangen. Zwar gab es keinen aktuellen Anlass, um an Ludgers Aufrichtigkeit zu zweifeln, aber unsere unerquickliche Vorgeschichte war ein Nährboden, auf dem Misstrauen ganz ausgezeichnet gedieh. Eigentlich konnte ich mich nicht beklagen. Zwischen Ludger und mir lief es gut – auch im Bett. Nach unserem etwas missglückten ersten Mal hatte Ludger ein Raumdeo gekauft, das nach Pfirsichblüten duftete. Zumindest behauptete das der Hersteller. Meiner Meinung nach roch das Zeug irgendwie ein bisschen nach Toilettenduftstein, aber das war mir alle Male lieber, als ständig an Jil erinnert zu werden. Sie spukte ohnehin viel zu oft durch meinen Kopf. Seit ihrem Auftritt in Ludgers Wohnung quälten mich Zweifel, die ich einfach nicht mehr loswurde.

»Vielleicht haben die beiden ja tatsächlich bloß eine Trennung auf Zeit vereinbart«, schüttete ich Mareike beim Joggen mein Herz aus.

»Hast du Ludger darauf angesprochen?«

»Ja sicher, wir reden kaum noch über was anderes. Aber er behauptet steif und fest, dass die Sache mit Jil aus sei. Und zwar endgültig. Sie habe es nur darauf angelegt, mich zu verunsichern.«

»Sag ich doch. Und jetzt hör endlich auf, dich verrückt zu machen.«

Ich seufzte. »Die Frau wartet doch nur auf eine Gelegenheit, um sich Ludger wieder unter den Nagel zu reißen.«

»Na und? Soll sie warten, bis sie schwarz wird. Ist doch nicht dein Problem. Schließlich ist Ludger jetzt mit dir zusammen.«

»Aber was, wenn sie wirklich Recht hat? Wenn ich für Ludger

nicht mehr bin als eine nette kleine Abwechslung für zwischendurch?«

»Hallo, jemand zu Hause?« Ohne das Tempo zu drosseln, klopfte Mareike während des Laufens vor meine Stirn. »Wenn du für ihn nur ein netter kleiner Zeitvertreib wärst, würde er dich wohl kaum seinen Eltern vorstellen.«

»Das ist auch so 'ne Sache. Findest du es nicht ein bisschen zu früh dafür? Irgendwie hab ich das Gefühl, dass er nach dem Hickhack der letzten Wochen mit der Brechstange versucht zu beweisen, dass es ihm ernst mit mir ist.«

Mareike rollte die Augen zum Himmel. »Dir kann man es aber auch wirklich nicht recht machen. Mensch, freu dich doch einfach, und wittere nicht überall Probleme, wo keine sind.« Sie wischte sich den Schweiß von der Stirn. »Wann sagtest du, soll das Treffen stattfinden?«

»Nächsten Sonntag. Ein ›ungezwungenes Kaffeetrinken‹.«

Als wir in die kiesbestreute Zufahrt zum Haus von Ludgers Eltern einbogen, beschlich mich eine leise Vorahnung, dass das Kaffeetrinken womöglich doch nicht ganz so ungezwungen verlaufen würde, wie angekündigt. Nach einem scharfen Rechtsknick gaben die Bäume den Blick auf ein lang gestrecktes, villenartiges Anwesen frei, das Marilyn Monroe oder John F. Kennedy alle Ehre gemacht hätte. Für meinen Geschmack wirkte das Ganze eine Spur zu pompös und unpersönlich. Ein pausbäckiger Gartenzwerg mit Zipfelmütze und Schubkarre hätte in dieser Umgebung wahre Wunder vollbracht. Nicht, dass ich eine besondere Vorliebe für Gartenzwerge gehegt hätte, aber zumindest strahlten sie eine gewisse Bodenständigkeit aus, die ich hier schmerzlich vermisste.

Nichts, aber auch wirklich gar nichts, hatte man in diesem Retortenparadies dem Zufall überlassen. Die üppigen Rhododendronbüsche mussten mit dem Zentimetermaß gepflanzt worden sein – exakt ein Meter fünfundzwanzig Abstand schätzte ich als Laie mit ungeübtem Auge. Sorgfältig abgezirkelte Rasenflächen ließen mich unwillkürlich nach dem Hinweis BETRETEN VERBOTEN Ausschau halten. Auch wenn ich so ein Verbotsschild nirgendwo entdecken konnte, so war eins sicher: Ein Gänseblümchen hatte im Garten von Ludgers Eltern geringere Überlebenschancen als auf dem heiligen Rasen von Wimbledon.

Mit einem mulmigen Gefühl in der Magengegend stieg ich aus dem Auto. Schnell noch ein verkrampftes Lächeln für die Überwachungskamera, die über der Eingangstür hing – und dann nichts wie rein in die gute Stube!

Als ich der Dame des Hauses kurz darauf gegenüberstand, wusste ich sofort, wem Ludger sein gutes Aussehen zu verdanken hatte. Seine Mutter war eine ausgesprochen attraktive Frau, die ihre Vorzüge gekonnt in Szene setzte. Ihr Kleid war an Eleganz kaum zu überbieten. Ich hingegen hatte mich bewusst nicht so schick gemacht, um diesen »Antrittsbesuch« nicht noch unnötig hochzustilisieren. Doch jetzt kam ich mir in Jeans und Blazer reichlich fehl am Platz vor.

Anstelle einer Begrüßung warf Frau vom Hagen einen vorwurfsvollen Blick auf ihre goldene Armbanduhr. »Ihr seid spät.« Was für ein reizender Empfang! Um sie milde zu stimmen, zückte ich schnell den mitgebrachten Blumenstrauß.

»Mutter – das ist Belinda. Belinda, das ist meine Mutter«, stellte Ludger uns einander vor.

Während Frau vom Hagen mir die Hand reichte, unterzog sie mich einer kritischen Musterung. Jeder Pickel und jedes Fältchen wurde genauestens unter die Lupe genommen. »Angenehm«, war das Einzige, wozu sie sich nach eingehender Prüfung herabließ. Und selbst das war vermutlich noch eine faustdicke Lüge.

Zum Glück gab sich Ludgers Vater, ein leicht untersetzter Mittfünfziger, weniger reserviert. Allerdings war von ihm keine allzu große Unterstützung oder Fürsprache zu erwarten. In der Kanzlei mochte er der Boss sein, aber zu Hause hatte er nicht viel zu melden. Da führte seine Frau das Regiment. Vermutlich war sie auch für die scheußliche Einrichtung verantwortlich. Im Gegensatz zu Ludgers hypermodernen Möbeln stand überall nur alter Plunder herum. *Kostbarer* alter Plunder. Zwar kannte ich mich mit Antiquitäten nicht aus, aber ich war mir sicher, dass allein der Ölschinken über der Sitzecke den Wert meiner gesamten Wohnungseinrichtung übertraf.

Nachdem wir an der Kaffeetafel Platz genommen hatten und mit Getränken versorgt waren, schnitt Frau vom Hagen erst die Sahnetorte und dann ein brisantes Thema an. »Ich soll dir ganz, ganz liebe Grüße von Jil bestellen«, teilte sie ihrem Sohn übertrieben überschwänglich mit. »Wir waren gestern zusammen Golf spielen.«

Grrr, hatte ich's doch gewusst, dass ich mich vor Jil in Acht nehmen musste. Dieses hinterhältige Luder! Jetzt versuchte sie sogar über die Mutter, an Ludger ranzukommen. Eine feine Allianz, die sich da gegen mich gebildet hatte.

»Es ist wirklich bemerkenswert, was für Fortschritte Jil in den vergangenen Monaten gemacht hat«, fuhr Frau vom Hagen fort, während sie reihum jedem ein Stückchen Sahnetorte auf den Teller schaufelte. »Ich hatte nicht den Hauch einer Chance gegen sie. Aber wem erzähle ich das?! – Du weißt schließlich selbst, wie gut sie ist.« Ohne Zweifel war damit nicht nur Jils Talent beim Golfspielen gemeint. So viel war sicher: Ludgers Ex hatte bei seiner Mutter einen dicken Stein im Brett. »Hat Ludger Ihnen eigentlich schon von dem wohltätigen Projekt erzählt, bei dem seine Verlobte mitwirkt?«

»Exverlobte«, berichtigte Ludger sie mit einem besorgten Seitenblick auf mich. »Außerdem glaube ich kaum, dass Belinda das interessiert.«

»Entschuldigen Sie bitte, wie unhöflich von mir.« Ludgers

Mutter bedachte mich mit einem Lächeln, das so falsch war wie der Monet, der bis vor kurzem bei mir zu Hause in der Diele gehangen hatte. »Ich konnte schließlich nicht ahnen, dass Sie karitative Arbeit langweilt.«

Im Vergleich zu dieser Frau war eine Klapperschlange ein possierliches Kuscheltierchen!

»O nein, da irren Sie sich. Ich finde es bewundernswert, wenn sich jemand für einen guten Zweck engagiert.«

Offenbar verstand sie das als Aufforderung, eine weitere Lobeshymne auf die ach so großherzige Jil und ihre soziale Ader anzustimmen, dabei tippte Ludgers Ex lediglich die Adressliste für eine Spendengala. Aber Frau vom Hagen tat, als wäre sie die zweite Mutter Teresa. Erst als sich Jils Heiligenschein beim besten Willen nicht weiter aufpolieren ließ, wechselte sie das Thema: »Aber lassen Sie uns doch zur Abwechslung mal von Ihnen reden.«

Von mir? Muss das sein?, dachte ich. Plötzlich war ich ganz heiß darauf, noch ein paar Lobhudeleien über Jil zu hören. Aber den Gefallen tat mir Ludgers Mutter bedauerlicherweise nicht. »Es kann sich ja schließlich nicht jeder in seiner Freizeit karitativ betätigen. Dafür sind Sie sicher sportlich aktiv. Was haben Sie beispielsweise für ein Handicap?«

»Handicap?« Ich tat, als würde ich angestrengt nachdenken. »Ich glaube, meine großen Füße sind ein echtes Handicap. Versuchen Sie mal, in Größe 43 ein Paar schicke Damenpumps zu kriegen«, versuchte ich die Atmosphäre mit einem kleinen Scherz aufzulockern.

Ludgers Vater schmunzelte, seine bessere Hälfte verzog jedoch keine Miene. »Ich dachte dabei eigentlich mehr ans Golfspielen.«

»Tut mir leid. Ich spiele kein Golf.«

»Ach nein? Und was ist mit Tennis?«

»Ich fürchte, auch da muss ich passen«, antwortete ich freundlich. »Aber ich kann Rommee, Backgammon und Mau-Mau spielen ...«

»Stell dein Licht bloß nicht unter den Scheffel.« Ludger blinzelte mir zu und drückte unter dem Tisch aufmunternd meine Hand. »Belinda ist beim Tennis ein echtes Naturtalent. Mit ein bisschen Übung und ein paar Trainerstunden würde sie mich in null Komma nichts vom Platz fegen.«

Nachdem dieser Punkt nun abgearbeitet war, wandte Frau vom Hagen sich dem nächsten Themenkomplex zu. »Und was machen Sie beruflich?«

»Ludger hat erzählt, dass Sie in der Modebranche arbeiten«, startete Ludgers Vater zum ersten Mal den Versuch, sich an der Unterhaltung zu beteiligen. Vielleicht wollte er sich aber auch nur davon überzeugen, dass seine Stimmbänder noch funktionierten. »Sie sind wirklich zu beneiden. Glauben Sie mir, die Juristerei ist mitunter ziemlich trocken. Tagaus, tagein schlägt man sich mit komplizierten Paragrafen, quengeligen Mandanten und meterhohen Aktenbergen herum. Eines Tages werde ich an meinem Schreibtisch sterben – vor lauter Überdruss und Langeweile. Die bunte, schillernde Modewelt stelle ich mir dagegen ziemlich aufregend vor.«

Sapperlot, wer hätte gedacht, dass Ludgers Vater so aus sich herausgehen konnte?

»Mein Gott, Eugen. Was redest du bloß manchmal für ein dummes Zeug«, verpasste seine bessere Hälfte ihm prompt einen Dämpfer. »Gleich verkündest du uns womöglich noch, dass du es bereust, nicht Astronaut oder Feuerwehrmann geworden zu sein. Aber erzählen Sie doch mal«, forderte sie mich auf, »was genau machen Sie denn in der Modebranche?«

Kurz zuvor hatte ich im Schaufenster einer Boutique ein Schild mit der Aufschrift MODEBERATERIN GESUCHT entdeckt. Aber warum sollte ich um den heißen Brei herumreden? Ich sah Frau vom Hagen fest in die Augen. »Ich bin Verkäuferin.«

Ludgers Mutter zog ein Gesicht, als wäre sie aus Versehen in etwas Weiches getreten. »Sie sind Verkäuferin?« Ihrem Tonfall nach zu urteilen war das etwas furchtbar Anstößiges.

Ludger, der den Schlagabtausch mit sorgenvoll gerunzelter Stirn mitverfolgt hatte, räusperte sich. »In ihrer Freizeit entwirft Belinda auch eigene Kleidungsstücke, Mutter.«

»Ach ja?« Angelegentlich musterte mich Frau vom Hagen von oben bis unten. »Bluejeans?«

Ich kam mir vor wie Aschenputtel. Einziger Unterschied: Statt mit einer bösen Stiefmutter musste ich mich mit einer bösen Schwiegermutter herumschlagen. Und das war auch nicht besonders angenehm.

»Möchte noch jemand Kaffee?«, säuselte Frau vom Hagen, plötzlich wieder ganz die zuvorkommende Gastgeberin.

»Nein, danke.« Von dieser Frau wollte ich allenfalls noch eine Entschuldigung annehmen! Und Kaffee war nun wirklich das Letzte, was ich jetzt brauchen konnte. Mein Blutdruck kletterte ohnehin schon wie eine Bergziege in Schwindel erregenden Höhen herum.

Nachdem sie Sohn und Mann noch einmal nachgeschenkt hatte, nahm Ludgers Mutter nach dieser kleinen Unterbrechung das Kreuzverhör wieder auf. Sie löcherte mich wie einen Schweizer Käse. Die Fragen nach meiner Schulbildung, nach Lili und dem Beruf meiner Eltern beantwortete ich noch brav. Als sie danach aber immer noch keine Ruhe gab und wissen wollte, wie ich zu Kindern stünde, platzte mir der Kragen. »Ja, ich möchte irgendwann Kinder haben. Mindestens zwei, um Ihrer nächsten Frage gleich zuvorzukommen. Ich bin Nichtraucherin, HIV-negativ und in meiner Familie gibt es, soweit ich weiß, keine schlimmen Erbkrankheiten. Ich habe weder Schulden noch Vorstrafen. Aber falls Sie es wünschen, reiche ich in den nächsten Tagen gerne ein polizeiliches Führungszeugnis nach.«

»Hat sie nicht einen wunderbaren Humor?«, versuchte Ludger, die Situation zu retten. Vergeblich. Die Stimmung war so frostig, dass es mich nicht gewundert hätte, wenn sich kleine Eiskristalle an den Fensterscheiben gebildet hätten.

Zu allem Überfluss verkrümelte Ludgers Vater sich wenig später mit einer Zigarre in den Garten. Ludger, der, wie er sagte, noch etwas Geschäftliches mit seinem alten Herrn zu besprechen habe, folgte ihm auf den Fuß. »Entschuldigst du mich bitte einen Moment?«

Er wollte mich doch wohl nicht mit diesem Drachen allein lassen?! Er wollte nicht nur, er hatte bereits. Nachdem Ludger in den Garten gegangen war, breitete sich ein feindseliges Schweigen im Raum aus.

Rasch, rasch, ein unverfängliches Smalltalk-Thema musste her! Ich suchte nach Hinweisen, die Aufschluss über etwaige Hobbys oder Interessen des Ehepaars vom Hagen geben konnten. Fachsimpelei über Antiquitäten fiel flach. Damit, das war mir klar, schoss ich mir nur selbst ins Knie. Mein Blick blieb am Kaminsims hängen. Dort war eine kleine Bildergalerie aufgebaut, die von den Pampers bis zur Anwaltsrobe eindrucksvoll Ludgers Werdegang dokumentierte. Ein Foto, auf dem Ludger und Jil in trauter Harmonie vor einem blühenden Fliederbusch posierten, musste jüngeren Datums sein. Das Verlobungsfoto? Kein guter Aufhänger für ein Gespräch, entschied ich.

Die Stille wurde immer beklemmender. Als die angespannte Atmosphäre kaum noch zu ertragen war, wies ich auf ein Bild, das Ludger als Dreikäsehoch zeigte. »Was für ein süßer Bengel. Diese großen blauen Augen. Und wie er grinst – so, als hätte er den Schalk im Nacken. Sicher hat Ludger früher jede Menge Unfug angestellt, oder?«

Frau vom Hagen quittierte meine Frage mit einem wohltemperierten Lächeln. Das Eis schien zu schmelzen. Na bitte, ging doch! Warum nicht gleich so?

In Erwartung lustiger Lausbubengeschichten ließ ich mich in meinen Stuhl zurücksinken.

»Nun«, begann Frau vom Hagen im harmlosen Plauderton, »alle Kinder haben Flausen im Kopf, die einen früher, die anderen später. Aber in solchen Fällen ist es die Aufgabe der Eltern, Mittel und Wege zu finden, um zu verhindern, dass die Kinder Dummheiten machen oder in ihr Unglück rennen. Nicht wahr?«

Der Blick, den sie mir dabei zuwarf, signalisierte deutlich, dass ich die Dummheit war, vor der sie ihren Sohn bewahren wollte. Besten Dank, die Kriegserklärung war angekommen. Die Fronten waren geklärt. Ludgers Mutter machte keinen Hehl aus ihrer Abneigung – die ich im Übrigen auf das Herzlichste erwiderte.

Bevor ich irgendetwas sagen konnte, was ich später bereuen würde, nahm ich erst einmal eine kleine Auszeit. Ich täuschte ein menschliches Bedürfnis vor und verschanzte mich auf dem Gäste-WC. Dort verbrachte ich die nächste halbe Stunde damit, die Keramikfliesen zu zählen. Irgendwie hatte ich mir den Nachmittag anders vorgestellt. Unterhaltsamer. Als ich aus lauter Langeweile gerade damit beginnen wollte, Hüpfekästchen zu spielen, pochte Ludger von draußen gegen die Toilettentür. »Belinda, bist du noch da drinnen?«, fragte er besorgt. »Ist dir der Kuchen nicht bekommen?«

Die Sahnetorte war mir nicht auf den Magen geschlagen, wohl aber seine Mutter. Ich war heilfroh, als wir endlich wieder im Auto saßen und gen Heimat düsten.

»Sorry, ich hätte dich vorwarnen müssen.« Ludger legte seine Hand auf mein Knie. »Meine Mutter ist manchmal etwas anstrengend. Du wirst dich schon noch an ihre Art gewöhnen.«

»An Hühneraugen gewöhnt man sich leichter.«

»Sie meint es nicht böse.«

»Hast du ihren Blick gesehen, als sie erfahren hat, dass ich Verkäuferin bin?! Sie hat mich angestarrt wie ... wie eine eklige, fette Raupe, die sich in ihren Salat verirrt hat.«

»Es liegt nicht an deinem Beruf«, versuchte Ludger mich zu trösten. »Es liegt an dir.«

»Danke, das beruhigt mich ungemein.«

»Nein, nein, versteh mich jetzt bitte nicht falsch. Du trittst ein schweres Erbe an. In den Augen meiner Mutter war Jil die perfekte Schwiegertochter. Gib ihr etwas Zeit, um über Jil hinwegzukommen.«

Er tat geradeso, als hätte seine Ex ins Gras gebissen, dabei spazierte sie nur in albernen karierten Hosen darauf herum und schubste kleine weiße Bälle in ebenso kleine Löcher.

»So, und jetzt vergiss meine Mutter. Ich hab nämlich eine Überraschung für dich!« Ludger fuhr rechts ran und stellte den Motor ab. »Schließ die Augen.«

»Aber ...«

»Machst du jetzt wohl die Augen zu!«

Ich gehorchte. Widerwillig. Irgendwie konnte ich mir nicht vorstellen, dass der Tag nach so einem verkorksten Nachmittag noch mal die Kurve kriegen und etwas Angenehmes zu bieten haben würde.

Kurz darauf gab Ludger mir das Signal, dass ich wieder gucken durfte. »Tatatataaa!« Er wedelte mit zwei Flugtickets vor meinem Gesicht herum. »Du hast doch bald Urlaub, da dachte ich, es wäre schön, wenn wir zusammen verreisen würden. Zwei Wochen Amerika. San Francisco, Los Angeles, Las Vegas – na, was sagst du dazu?«

Gar nichts. Mir fehlten einfach die Worte. Wenn es so etwas wie den perfekten Moment für einen Ohnmachtsanfall gab, dann war er soeben ungenutzt verstrichen.

Ludger strahlte wie ein Kronleuchter. »Du bist sprachlos vor Freude. Stimmt's?«

»Das kann ich nicht annehmen«, stammelte ich.

»Natürlich kannst du. Du *musst* sogar. Sonst ist die Lufthansa womöglich noch beleidigt. Die zahlt nämlich dein Flugticket. Alles Gratismeilen aus dem Vielfliegerprogramm. Und was die Hotelkosten betrifft – einen Teil übernimmt die Kanzlei. Wir betreuen nämlich einen Mandanten, der vor ein paar Wochen eine Niederlassung in Los Angeles gegründet hat. Ich muss mich da nur mal kurz für ein Meeting ein paar Stündchen sehen lassen, die restliche Zeit gehöre ich ganz dir.«

»Also, ich weiß nicht ...« Natürlich war die Vorstellung verlockend, einfach mit Ludger in den Flieger zu steigen, um die halbe Welt zu jetten und alle Probleme ganz, ganz weit hinter mir zu lassen. Als da wären: Lili, der ich immer noch nicht richtig in die Augen schauen konnte. Philipp, dem ich bis jetzt erfolgreich aus dem Weg gegangen war. Die Absage der Fashion Academy, Jil und last but not least als Neueinsteiger der Woche: Ludgers Mutter, die gute Chancen hatte, in meinen persönlichen Problemcharts noch ein paar Plätze nach oben zu klettern. Außerdem war es schon immer mein Traum gewesen, wenigstens einmal in meinem Leben ins Land der unbegrenzten Möglichkeiten zu reisen. Amerika – allein beim Klang dieses Namens lief mir vor Aufregung ein Schauer über den Rücken. Andererseits konnte ich so ein kostspieliges Geschenk doch unmöglich annehmen, oder?

Ich fühlte mich außerstande, das direkt zu entscheiden. »Sei mir nicht böse, Ludger, aber da muss ich erst noch mal drüber schlafen.«

# Kapitel 21

Schlussendlich war es Lili, die mir die Entscheidung, ob ich die Reise ausschlagen sollte oder nicht, abnahm. Als ich von dem Besuch bei Ludgers Eltern nach Hause zurückkehrte, war ihre Zimmertür geschlossen. Das kam selten vor. Irgendwie hatte es sich bei uns so eingebürgert, dass immer alle Türen offen standen.

Ich kochte mir eine Kanne Tee und machte es mir mit einer Frauenzeitschrift am Küchentisch gemütlich. Ob ich Lili fragen sollte, ob sie eine Tasse mittrank? Nein, besser nicht. Wahrscheinlich wollte sie nicht gestört werden, weil sie gerade für die Uni büffelte. Obwohl ich mich gerne mit eigenen Augen davon überzeugt hätte – Lili beim Lernen zu beobachten war ein so seltenes, außergewöhnliches Ereignis wie eine Sonnenfinsternis –, widerstand ich dem Drang, an ihre Zimmertür zu klopfen.

Ich schlug die Zeitschrift auf. Doch an diesem Tag wollte es mir einfach nicht so recht gelingen, dem größten Frauenleiden – abgesehen von Männern – die nötige Aufmerksamkeit zu widmen. Anstatt mich mit meiner Cellulite auseinanderzusetzen, kreisten meine Gedanken um Ludgers Überraschung. Natürlich hatte ich Lust, mit ihm zu verreisen. Aber musste es gleich Amerika sein? Über ein Wochenende an der Mosel oder im Sauerland hätte ich mich auch gefreut. Irgendwie sträubte sich alles in mir, ein so teures Geschenk anzunehmen. Natürlich hätte ich die Reise auch selbst bezahlen können – wenn mir auf die Schnelle eine Erbschaft oder ein Lottogewinn ins Haus geflattert wäre. Ich vermutete, dass allein der Flug in die USA so viel wie ein zweiwöchiger Aufenthalt in meiner Lieblingspension auf Kreta kostete. Und meine eisernen Reserven für einen Urlaub anzutasten, kam beim besten Willen nicht infrage.

Plötzlich rissen mich merkwürdige Geräusche aus meinen Grübeleien. Was war das?! In diesem Haus entging einem aber wirklich nichts. Die Wände waren so dünn, dass sie allenfalls als Sichtschutz taugten.

Ich spitzte die Ohren. Nun war ich mir sicher: Die Laute kamen aus Lilis Zimmer. Was zuerst wie ein leises Seufzen geklungen hatte, steigerte sich nun zu einem rhythmischen Keuchen. Vielleicht war Lili heute mal nicht ins Fitnessstudio gegangen, sondern absolvierte ihr Aerobicprogramm zu Hause. Ach was, Blödsinn! Der begehbare Kleiderschrank, in dem Lili hauste und der die Bezeichnung Zimmer eigentlich gar nicht verdiente, war viel zu eng dafür! Die größte Bewegungsfreiheit bot mit Abstand noch das Bett.

Bett?! Moment mal! Sollte Lili etwa ...? Eine Tür weiter? Mit Philipp?!?

Dann ... dann ... nun, dann konnte ich es auch nicht ändern. Rasch schloss ich die Küchentür und versuchte, mich auf die wirklich wichtigen Dinge im Leben zu konzentrieren. Beispielsweise auf die Frage, ob ich ein Frühlings-, Sommer-, Herbst- oder Wintertyp war. Offenbar spielte das bei der Auswahl der richtigen Garderobe eine ganz entscheidende Rolle. Um herauszufinden, zu welchem Typ man gehörte, musste man lediglich ein paar Fragen beantworten. Ich zückte einen Kugelschreiber und machte mich an die Arbeit.

Welche Haarfarbe haben Sie? Das war leicht. Ich setzte mein erstes Kreuzchen bei »brünett«.

Das Keuchen wurde lauter.

Wie, bitte schön, sollte ich mir gleichzeitig mit den Händen die Ohren zuhalten, meine Teetasse zum Mund führen und dabei auch noch den Kugelschreiber halten? Ein ziemlich schwieriges

Unterfangen, das viel akrobatisches Geschick erforderte. Statt im Mund landete der heiße Tee schließlich auf der Hose. Autsch!

Gott sei Dank verebbte in diesem Moment das Stöhnen. Noch ein, zwei gedämpfte Seufzer, dann war Ruhe. Überrascht horchte ich auf. Kam da nichts mehr? Nach dem lautstarken Intro hatte ich gegen Ende ein bisschen mehr erwartet. Forte, wenn nicht gar fortissimo. Doch das große Finale mit dem Paukenschlag war ausgeblieben. Welch göttliche Stille! Ich begann, mich zu entspannen. Zu früh, wie sich kurze Zeit später herausstellte. Ein kurzes Rumpeln, ein leises Quietschen, dann wurde ich erneut mit lüsternen Jauchz- und Seufzlauten beschallt. Offenbar hatten die beiden Akteure lediglich die Stellung gewechselt und setzten ihr wildes Treiben nun unvermindert heftig und in der gleichen Lautstärke fort.

Während man sich nebenan so profanen, oberflächlichen Vergnügungen hingab, drang ich tief in die Geheimnisse der Typberatung ein. Nachdem ich die Frage nach Sommersprossen wahrheitsgemäß mit einem Nein beantwortet hatte, galt es, den Teint genauer zu bestimmen. Hier gab es eine ganze Reihe von Varianten. Den Schneewittchenlook, blasse Porzellanhaut mit bläulichem Unterton, schloss ich von vornherein aus. Meiner Ansicht nach war diese Hauttönung weniger ein Fall für die Typberatung als für die Notfallambulanz. Aber gut, die perfekte Frau von heute will ja bekanntlich in allen Lebenslagen gut aussehen. Unschlüssig nagte ich auf meinem Kugelschreiber herum. Ich war mir nicht sicher und schwankte, ob ich den olivfarbenen oder den goldenen Teint wählen sollte.

Himmel, wie sollte ich bei dieser Geräuschkulisse einen klaren Gedanken fassen? Ignorieren, einfach ignorieren, ermahnte ich mich und kontrollierte noch einmal so gewissenhaft alle Ankreuzmöglichkeiten, als handele es sich um den letzten Sicherheitscheck vor dem Start eines Spaceshuttles. Ich konzentrierte mich, konzentrierte mich, konzentrierte mich ... auf die zweistimmigen Lustgesänge, die durch Lilis Zimmertür drangen.

So geht das nicht!, beschloss ich dann. Völlig entnervt angelte ich eine Zewa-Rolle vom Regal, rupfte zwei kleine Stücke Papier ab, knäulte sie zusammen und stopfte sie mir in die Ohren. Na bitte, Not macht erfinderisch. Manchmal brauchte man lediglich ein bisschen Fantasie – und die hatte ich. Und zwar mehr, als mir lieb war. Denn nachdem der Ton dank der Zewa-Kügelchen nun abgestellt war, lief in meinem Kopf ein Stummfilm ab, der auch ohne akustische Untermalung alles andere als jugendfrei war.

Das hielt ja kein normaler Mensch aus! Am liebsten wäre ich in Lilis Zimmer gestürmt und hätte Philipp die Gurgel umgedreht. Hatte der Kerl überhaupt keine Skrupel? Musste er sich ausgerechnet in meiner Wohnung mit Lili vergnügen? Irgendwie fand ich das reichlich geschmacklos.

Ich nahm mir vor, schnellstens ein ernstes Wörtchen mit Lili zu reden und sie freundlich, aber bestimmt über ein paar neue WG-Regeln in Kenntnis zu setzen. Regel 1: Männerbesuch ist untersagt. Regel 2: Falls Regel Nummer 1 – aus welchen Gründen auch immer – missachtet wird, ist der Geschlechtsverkehr geräuschlos zu vollziehen. Oder ging das zu weit? Verletzte ich damit Lilis Intimsphäre? Aber was war mit meiner Intimsphäre? Auf mich nahm schließlich auch niemand Rücksicht.

Das waren wirklich tolle Aussichten! Mein Urlaub stand vor der Tür. Mich drei Wochen lang in der Küche zu verschanzen, war das Letzte, worauf ich Lust hatte. Ich griff zum Telefon und wählte Ludgers Nummer. »Ich fliege mit nach Amerika«, teilte ich ihm kurz und knapp mit, nachdem er an den Apparat gegangen war. »Unter einer Bedingung: Die Hotelkosten übernehme ich selbst.«

Meine Reisevorbereitungen liefen auf Hochtouren. Da ich mir nicht sicher war, ob mich die Amis mit nur zwei frischen Unterhosen im Gepäck einreisen lassen würden – irgendeine Hygienevorschrift verbot das bestimmt –, blieb mir nichts anderes übrig, als mich auf unsicheres Terrain vorzuwagen. Es wurde ohnehin allerhöchste Zeit, dass ich dem Waschkeller mal wieder einen Besuch abstattete. Die Wäschetonne im Badezimmer quoll schon über. Ich bückte mich, um ein Kleidungsstück, das hinter den Behälter gefallen war, hervorzuziehen.

Nanu, das T-Shirt kannte ich ja gar nicht. Ein schlichtes schwarzes Baumwollshirt mit einem Nike-Emblem auf der Brust. Gehörte das Lili? Ich schnupperte daran und ließ das Shirt dann wie eine heiße Kartoffel auf die Badezimmerfliesen fallen. Wenn der Stoff nach Schweiß, Zigarettenqualm oder altem Fett gestunken hätte – kein Problem. Aber dieser Geruch ließ meinen Magen rebellieren. Das T-Shirt war nicht von Lili, es war von Philipp!

Mit zitternden Fingern schnappte ich mir den Wäschekorb, riss die Wohnungstür auf und prallte dabei fast mit Philipp zusammen, der den Finger schon auf dem Klingelknopf liegen hatte. Offenbar musste man gar nicht vom Teufel reden, es reichte schon, an ihn zu denken.

»Hallo, Belinda.«

»Ach, hallo, Philipp.« Na bitte, das hatte doch verhältnismäßig normal geklungen. Vielleicht eine Spur zu tief, dafür aber weder krächzend noch piepsig. Den Wäschekorb fest vor die Brust gepresst, lehnte ich mich Halt suchend gegen den Türrahmen. Meine Knie waren plötzlich weich wie Wackelpudding. »Lili ist nicht da«, teilte ich Philipp kurz angebunden mit. So, und jetzt verzieh dich wieder!, setzte ich in Gedanken hinterher.

»Ich weiß, dass Lili nicht zu Hause ist. Ich hab sie vorhin im Treppenhaus getroffen.« Ohne auf meinen wütenden Protest zu achten, schob Philipp mich zur Seite und spazierte wie selbstverständlich an mir vorbei in die Diele.

»Komm ruhig rein und fühl dich ganz wie zu Hause.«

Philipp ignorierte meine bissige Bemerkung. Er sah mich durchdringend an. »Kannst du mir vielleicht mal erklären, warum du mich in letzter Zeit gemieden hast, als hätte ich eine ansteckende Krankheit?«

»Ich hab dich nicht gemieden«, behauptete ich, auch auf die Gefahr hin, dass er mir im wahrsten Sinne des Wortes an der Nasenspitze ansah, dass ich log. Ich hatte in den vergangenen Tagen so oft an der Tür geklebt und durch den Türspion gelinst, dass meine Nase vermutlich schon völlig deformiert und platt gedrückt war. Und das alles nur, um Philipp nicht zufällig im Treppenhaus über den Weg zu laufen.

»Halte mich jetzt bitte nicht für kleinkariert, aber findest du nicht, dass es langsam mal an der Zeit ist, dass wir uns über neulich abends unterhalten. Schließlich hätten wir fast zusammen geschlafen.«

»Du sagst es. Wir hätten *fast* zusammen geschlafen. Es ist doch eigentlich gar nichts passiert.«

»Du meinst, es ist nichts passiert?!«

»Ich hab ›eigentlich‹ gesagt«, erwiderte ich zerknirscht. Erneut übermannte mich das schlechte Gewissen. Was war ich nur für eine lausige Schwester! »Aber wir wissen doch schließlich beide, dass dieser kleine Ausrutscher«, ich wählte absichtlich den Ausdruck, den Mareike im Café verwendet hatte, »nichts zu bedeuten hatte.«

»So siehst du das also.«

Ich war froh, dass Philipp einen sachlichen Tonfall anschlug. Das machte es einfacher.

»Die Sache bleibt unter uns und wird sich ganz bestimmt nicht wiederholen«, versicherte ich eifrig.

»Da bin ich ja beruhigt.«

Damit wäre dann wohl alles geklärt. Gottlob, von nun an konnte ich endlich wieder unbesorgt den Waschkeller benutzen, wie jeder andere Mieter auch. Apropos ... Ich verschwand im Badezimmer, um Philipps T-Shirt zu holen. »Hier! Wenn ich mich nicht irre, gehört das dir. Waschen musst du es allerdings selbst.«

»Oh, danke.« Philipp nahm das völlig zerknautschte T-Shirt an sich. »Das hab ich schon gesucht.«

»Wirklich traurig, wenn du nicht mal mehr weißt, wo du deine Klamotten überall ausgezogen hast.« Die Spitze konnte ich mir einfach nicht verkneifen. »Und wenn du mich jetzt bitte entschuldigen würdest. Ich hab keine Zeit. Ich muss Koffer packen.«

»Koffer packen? Heißt das, du verreist?«

»Clever kombiniert.« Ich spürte den unbändigen Drang, Philipp zum Abschied noch einen reinzuwürgen. »Ich fliege mit Ludger nach Amerika.«

»Dann ist zwischen euch also alles wieder in Ordnung?«

»Sicher, die Sache mit Jil hat sich geklärt«, antwortete ich cool. Äußerlich war ich die Ruhe und Gelassenheit in Person, doch innerlich bebte ich.

»Jetzt wird mir so einiges klar.« Philipp wandte sich zum Gehen. An der Tür drehte er sich jedoch noch einmal um. »So einen Goldfisch lässt man nicht so einfach von der Angel hüpfen, nicht wahr?« Der Teil im Gehirn, der ihn normalerweise davon abhielt, beleidigende Sachen zu sagen, machte wohl gerade Pause. »Du bist doch nur ein nettes kleines Spielzeug für ihn. Wie sein Porsche. Er wird wohl nicht so geschmacklos sein, dir Geld auf das Kopfkissen zu legen, aber eine Reise nach Amerika ist natürlich auch nicht übel«, sagte er, drehte sich auf dem Absatz um und verschwand.

»Arschloch!« Natürlich ist es unfein, seine Mitmenschen mit dem bösen A-Wort zu besudeln. Aber ungemein befreiend!

# Kapitel 22

Amerika, ich komme! Ich brannte darauf, den fernen Kontinent zu entdecken. Heißa, ich fühlte mich wie Christoph Kolumbus. Auch wenn der große Seefahrer mit Sicherheit nicht halb so komfortabel gereist war.

Zum ersten Mal in meinem Leben flog ich Businessclass. Mehr als der Champagner, das tolle Essen und der zuvorkommende Service beeindruckte mich jedoch die Aussicht: Ich hatte den ganzen Flug über freien Blick auf meine Füße. Fantastisch! In der Touriklasse, wo man so eng zusammengepfercht saß wie in einer Sardinenbüchse, konnte man sie nicht sehen – und spüren nach einer Weile auch nicht mehr. In der Businessclass war das anders. Und so fühlten sich meine Füße frisch und ausgeruht, als sie das erste Mal amerikanischen Boden betraten. Wow, das war ein Wahnsinnsgefühl! Mir hätte nicht feierlicher zumute sein können, wenn mich der Präsident persönlich willkommen geheißen hätte.

Vom ersten Augenblick an war ich total fasziniert von diesem Land. Beim Anblick der Golden Gate Bridge, die majestätisch aus den Nebelschwaden emporragte, bekam ich sogar eine Gänsehaut. Ich konnte mich nicht daran erinnern, dass ich mich am Fuße der Oberkasseler Brücke schon jemals so ergriffen gefühlt hatte. In den USA war irgendwie alles eine Nummer größer. Sogar die Verpackungseinheiten in den Supermarktregalen. Es gab Chipstüten, die aussahen wie Zementsäcke! Unfassbar. Mit einer dieser Jumbopackungen konnte locker eine ganze Kleinstadt einen Fernsehabend bestreiten.

Nach drei Tagen verließen wir San Francisco und fuhren mit

unserem Mietwagen in Richtung Los Angeles weiter. Unterwegs machten wir etliche Male Halt, um zu übernachten, Sehenswürdigkeiten zu besichtigen oder die wunderbare Landschaft zu genießen. Meist waren wir den ganzen Tag über auf den Beinen und fielen abends todmüde ins Bett.

Innerlich beglückwünschte ich mich zu meinem Entschluss, Ludger auf diese Reise zu begleiten. Ich genoss jede Minute und schaffte es sogar, die Gedanken an zu Hause fast vollständig zu verdrängen. Wir befanden uns in einer komplett anderen Welt. Und Ludger tat alles, was in seiner Macht stand, um sie mir zu Füßen zu legen. Es kam mir vor, als hätte ich das Rund- um-Sorglos-Paket gebucht. Ludger war der perfekte Reiseführer und der charmanteste und aufmerksamste Begleiter, den man sich wünschen konnte. Ich brauchte nur mit dem Finger zu schnippen, und schon war er mit einem Blaubeermuffin, einer englischen Vokabel oder was immer mir gerade fehlte, zur Stelle.

Einen Tag vor Ludgers Geschäftstermin erreichten wir L.A., die amerikanische Filmmetropole, das Mekka der Schönen und Reichen. Während er seinen geschäftlichen Verpflichtungen nachging, machte ich mich, ausgestattet mit seiner Kreditkarte, auf den Weg zum Rodeo Drive, um mich in den Edelboutiquen von Kopf bis Fuß neu einzukleiden. O. K., das hier war zwar Hollywood, aber ich nicht Julia Roberts und Ludger nicht Richard Gere. Meine Version der Geschichte unterschied sich von *Pretty Woman* in einem kleinen, aber nicht ganz unwesentlichen Detail: Zwar klapperte ich tatsächlich die Boutiquen am Rodeo Drive ab, aber nicht, um hemmungslos zu shoppen, sondern um mir Anregungen für meine eigenen Entwürfe zu holen. Und davon fand ich reichlich. Ich konnte es kaum erwarten, meine Ideen zu Papier zu bringen. Aber das musste warten, bis wir wieder in Deutschland waren. Denn während unseres Trips war ich viel zu sehr damit beschäftigt, all die neuen Eindrücke, Erlebnisse und Stimmungen zu verarbeiten, die fast ununterbrochen auf mich niederprasselten.

Das nächste Highlight und gleichzeitig Endstation unserer Reise war Las Vegas. Obwohl ich keine Spielernatur war und mir das Ausfüllen eines Lottoscheins nicht mehr Nervenkitzel bereitete als das Schreiben einer Einkaufsliste, wurde ich von einer merkwürdigen Unruhe ergriffen. Die Stadt pulsierte und brodelte – vor allem nachts. Schnell passten wir uns dem Rhythmus an: Den Tag vertrödelten wir träge am Pool, und abends ließen wir uns einfach treiben, bestaunten die aufwendig inszenierten Shows, mit denen die großen Hotelpaläste um die Gunst der Gäste buhlten, und zockten im Casino. Wo sonst auf der Welt – außer vielleicht in Disney World – findet man auch eine so perfekt inszenierte Scheinwelt vor? Angefangen von den imposanten Marmorsäulen, die hohl wie Schnittlauchhalme waren, bis hin zu den falschen Wimpern und Brüsten der Kellnerinnen – ganz Vegas schien ein einziger großer Bluff zu sein. Keine Illusion, sondern verdammt real war leider Gottes das Rückreisedatum auf unserem Flugticket.

Ehe wirs uns versahen, war der letzte Abend auf amerikanischem Boden gekommen. Seufz, am kommenden Tag sollten wir nach Hause fliegen. Trotz dieser betrüblichen Aussicht wollten wir uns die Stimmung nicht vermiesen lassen. Gleich nach dem Abendessen waren wir an die Bar gegangen, um auf einen rundum gelungenen Urlaub und einen guten Heimflug zu trinken. Als wir gerade unseren ersten Cocktail ausgeschlürft hatten, stießen zwei Texaner zu uns. Die beiden hatten beim Roulette mit hohem Risiko gespielt – und gewonnen! Nun waren die Jungs völlig aus dem Häuschen und bestanden darauf, eine Runde zu schmeißen. Aus dem einen Drink wurden erst zwei und schließlich sogar drei. Die Strawberry Margaritas lösten meine Zunge. Ich hätte wetten können, dass alle Amis mich um mein perfektes »th« beneideten …

Als die Texaner sich im breitesten Slang von uns verabschiedeten, hatte ich bereits ordentlich einen sitzen. Und auch Ludger schien mir nach vier Caipirinhas nicht mehr ganz nüchtern zu sein. Seine Ohrläppchen leuchteten im Dämmerlicht der Bar wie Glühwürmchen, was bei ihm ein sicheres Zeichen dafür war, dass der Alkohol seine Wirkung entfaltete. Trotzdem dachten wir gar nicht daran, ins Bett zu gehen. Aufgekratzt ließen wir alle Stationen unserer Reise noch einmal Revue passieren. Es war alles bestens – bis Ludgers Handy klingelte.

»Meine Mutter«, stellte Ludger mit einem Blick auf das Display fest.

Die Frau verfolgte mich nicht nur in meinen Albträumen, sondern sogar bis ans andere Ende der Welt. »Wie kann man denn um diese Zeit noch anrufen?«, echauffierte ich mich mit schwerer Zunge. »Es ist schon nach elf.«

Ludger grinste. »Hier vielleicht. Aber in Deutschland ist es acht Uhr morgens. Da hat meine Mutter gewöhnlich ihre erste Runde auf dem Heimtrainer hinter sich.« Er lächelte mich entschuldigend an. »Sorry, ich muss rangehen. Immerhin ist es möglich, dass was passiert ist.«

Und ob was passiert war! Die alte Schrapnell hatte es geschafft, mir die Stimmung zu versauen. Bis eben war Deutschland noch Tausende Kilometer entfernt gewesen, nun rückte es mit jedem »Ja, Mutter« und »Natürlich, Mutter«, das Ludger von sich gab, näher und näher.

Ich hielt Ausschau nach dem Barkeeper. »Noch so 'n Erdbeershake! Obst 's gesund.« Meine Aussprache klang vermutlich etwas verwaschen und undeutlich. Was aber nicht weiter tragisch war, denn der Mann hinter der Theke verstand sowieso kein Deutsch. Dafür aber umso besser Zeichensprache. Im Handumdrehen hatte er mir eine neue Margarita gemixt.

Ha, jetzt konnte Ludgers Mutter und alle meine anderen Probleme und Problemchen sich auf was gefasst machen! Ich nahm mir vor, sie eiskalt im Alkohol zu ertränken. Langsam und qualvoll sollten sie dahinsiechen.

Während ich versonnen an meinem Strohhalm nuckelte, verfolgte ich mit halbem Ohr Ludgers Telefonat. Der Arme kam nicht besonders oft zu Wort. Sein längster Gesprächsbeitrag, soweit ich das mitgekriegt hatte, war: »Ganz wie du meinst, Mutter.«

Mit jedem Schluck verschwamm Ludger mehr vor meinen Augen, doch eins sah ich plötzlich überraschend klar: Unsere Beziehung war zum Scheitern verurteilt. Gegen Jil und seine Mutter hatte ich nicht den Hauch einer Chance. Wenn Ludger aus Rücksicht auf seine Eltern damit gewartet hatte, Jil den Laufpass zu geben, würden sie ihn früher oder später bestimmt auch dazu bringen, wieder zu ihr zurückzukehren. Verdammte Hacke! Warum ging mir das erst jetzt auf? Wieder einmal verplemperte ich nur meine Zeit mit einem Mann.

Mittlerweile waren der Barkeeper und ich ein perfekt eingespieltes Team. Er las mir jeden Wunsch von den vermutlich schon ziemlich glasigen Augen ab. Sobald ich mein Glas leer geschlürft hatte, stand bereits ein neuer, appetitlich angerichteter Cocktail vor meiner Nase. Aber offenbar hatten die quälenden Zweifel Frei-, Jugend- und Fahrtenschwimmer. Sosehr ich mich auch bemühte – sie wollten einfach nicht absaufen.

»O. K., bis morgen, Mutter.« Endlich beendete Ludger sein Telefonat.

»Das hat doch alles keinen Sinn«, brummte ich düster.

»Werden wir jetzt philosophisch? Was hat keinen Sinn? Das Leben?«, neckte mich Ludger. »Könntest du dich vielleicht ein wenig präziser ausdrücken?«

»Na, das mit uns. Sehen wir den Tatsachen doch mal ins Auge: Wir werden eine schöne Zeit zusammen verbringen, aber irgendwann wirst du ›Bye-bye, baby!‹ sagen und reumütig zu Jil zurückkehren.«

»Blödsinn. Wie kommst du denn auf so etwas?«

»Weil deine Mutter mich nie akzeptieren wird«, nuschelte ich. »Sie will Jil als Schwiegertochter. Und wenn ich deine werte Frau Mama richtig einschätze, bekommt sie immer, was sie sich in den Kopf gesetzt hat.«

Ludgers Gesicht verfinsterte sich. »Das stimmt. Aber dann wird das eben die Ausnahme.« Kämpferisch reckte er das Kinn vor. »Ich liebe dich, Belinda. Was kann ich denn noch tun, um dich von der Aufrichtigkeit meiner Gefühle zu überzeugen?« Das klang fast schon ein wenig theatralisch. Und nach einer kurzen, dramaturgischen Pause fiel er sogar vor mir auf die Knie. »Belinda, willst du mich heiraten?«

Wider Willen musste ich lachen. Es sah aber auch wirklich zu komisch aus, wie Ludger auf Knien vor meinem Barhocker herumrutschte. »Ich hab gerade heiraten verstanden, als du heiraten gesagt hast«, gluckste ich. »Ist das nicht zum Schießen?«

»Lach nicht!« Ludger stand wieder auf. »Belinda, ich meine es ernst. Willst du meine Frau werden?«

Vor Schreck bekam ich Schluckauf. »Ja ... hicks.« Eigentlich hatte ich sagen wollen: Ja, bist du denn noch zu retten? Aber so weit kam ich gar nicht, denn irgendwie hatte ich auf meinem Barhocker das Gleichgewicht verloren und plumpste Ludger wie ein nasser Sack in die Arme.

»Du hast Ja gesagt, du hast tatsächlich Ja gesagt!« Ludgers verblüffter Gesichtsausdruck war filmreif. Er schien es kaum glauben zu können. »Also, ich hab wirklich Verständnis dafür, wenn du noch etwas Bedenkzeit brauchst ...«

»Wozu?« Ich begann mich spontan für diese Eheschließung zu erwärmen. Mein ganzes Leben lang hatte ich immer vernünftig und besonnen gehandelt. Höchste Zeit, endlich mal etwas zu riskieren!

Ludger sah mich verdutzt an, dann begann er zu lachen. »Stimmt – worauf warten wir noch? Dann mal nichts wie los!«

»Wie bitte?« Meine kleinen grauen Zellen arbeiteten im Zeitlupentempo. Faule Bande! »Du meinst: Jetzt sofort?«

»Klar, warum nicht? Wir sind in Las Vegas! Oder willst du lieber noch mal drüber schlafen?«, gab Ludger mir erneut die Chance, einen Rückzieher zu machen.

Es wäre wahrscheinlich gar nicht so verkehrt gewesen, die Entscheidung zu vertagen. Schließlich gab es vor einer Hochzeit noch so dies und das zu bedenken und zu klären. Zum Beispiel die Frage aller Fragen, die sich jede Frau in einer ähnlichen Situation gestellt hätte: Was soll ich bloß anziehen?!

Als kleines Mädchen hatte ich immer davon geträumt, in einer Wolke aus weißem Taft und weißer Spitze vor den Altar zu treten. Zum Glück ändert sich der Geschmack mit den Jahren. Ein schlichteres Hochzeitsoutfit war mittlerweile ganz in meinem Sinne. Jeans und Sneakers mochten vielleicht auf den ersten Blick ein bisschen sehr schlicht erscheinen, aber das war eben echtes Understatement! Außerdem wollte ich das Glück meines Lebens nicht von solch unbedeutenden Äußerlichkeiten abhängig machen. Ich gab mir einen Ruck. »Was du heute kannst besorgen ... hicks ... das verschiebe nicht auf morgen.«

Während Ludger zur Rezeption eilte, um »die Sache«, wie er unsere Hochzeit nannte, klarzumachen, blieb ich allein mit meiner Strawberry Margarita an der Bar zurück. Machte ich auch wirklich keinen Fehler? Im Geiste ging ich noch mal meine Checkliste durch. Ludger war intelligent, humorvoll, fürsorglich, liebevoll usw. usw. Er erfüllte alle Kriterien zu hundert Prozent. Ja, mehr noch, eigentlich war er als Traumprinz schon fast überqualifiziert!

Andererseits kam die Hochzeit natürlich ein bisschen arg plötzlich. War es nicht verrückt, nach so kurzer Zeit zu heiraten? Schon, aber wäre es nicht noch viel verrückter, Ludgers Heiratsantrag abzulehnen?! Andere Frauen rissen sich ein Bein und den Konkurrentinnen die Haare aus, um sich einen Mann wie Ludger zu angeln. Ich hingegen hatte ihn bereits am Haken und musste nichts weiter tun, als die Angel einzuholen. Hmm, irgendetwas gefiel mir an diesem Bild nicht. Hatte Philipp bei unserem Streit nicht genau diesen Vergleich benutzt? Pah, Philipp, dieser Schmalspurcasanova, hatte doch überhaupt keine Ahnung!

Kurz darauf kehrte Ludger an die Bar zurück. Das war wirklich fix gegangen! Sogar mitten in der Nacht war in Vegas eine Trauung scheinbar nicht schwieriger zu bekommen als ein Hamburger mit Fritten.

Als wir ein paar Minuten später die Hotellobby durchquerten und durch den Haupteingang hinausgingen, traf mich fast der Schlag. Vor der Tür wartete eine weiße Stretchlimousine mit getönten Scheiben und livriertem Chauffeur auf uns. Es fehlte nur noch der rote Teppich! Aber ich war einfach nicht zur Hollywooddiva geboren. Mein Sinn fürs Praktische gewann schnell wieder die Oberhand. »Also, mit der Karre möchte ich nicht vor dem Supermarkt rückwärts einparken«, stieß ich aus.

Ganz Kavalier, riss Ludger die Wagentür auf und half mir beim Einsteigen. Ich wusste diese fürsorgliche Geste, die ich sonst eher albern fand, sehr zu schätzen, denn ich war ein wenig wackelig auf den Beinen. Komisch, die Schwerkraft schien auf dieser Seite der Erdkugel stärker zu wirken als bei uns zu Hause in good old Germany. Aber das war eindeutig der falsche Zeitpunkt, um sich über physikalische Gesetze Gedanken zu machen. Verzückt ließ ich mich in die weichen, mit Veloursleder bezogenen Polster sinken. Minibar, Fernseher, ein ausklappbarer Tisch ... in diesem Luxusschlitten konnte bequem eine ganze Großfamilie nebst Oma und Hund Campingurlaub machen!

Der Wagen setzte sich in Bewegung. Fast geräuschlos glitt die Limousine über den Asphalt. Den Strip hinunter, vorbei an den großen Hotels, den Casinos und blinkenden Leuchtreklamen. Im Fond des Wagens stand ein Fläschchen eisgekühlter Champagner für uns bereit. Vielleicht war es aber auch lediglich Asti Spumante oder gefärbtes Sprudelwasser – ein Fake, wie alles in Vegas. So oder so, das Zeug schmeckte göttlich. Erst prickelte und kribbelte es auf der Zunge und dann im ganzen Körper.

Ich hätte noch stundenlang so weiterfahren können. Wie ein kleines Kind starrte ich andächtig staunend durch die getönten Scheiben. Den eigentlichen Zweck dieser kleinen nächtlichen Spritztour hatte ich längst vergessen. Fast war ich ein bisschen enttäuscht, als die Limousine wenig später am Straßenrand hielt.

Ludger drückte zärtlich meine Hand. »Aussteigen, meine Süße. Wir sind da.«

Nachdem ich mich aus den weichen Polstern hochgerappelt hatte und mit Ludgers Hilfe leicht schwankend aus dem klimatisierten Fahrzeug geklettert war, wurde es mir ein wenig schwummerig. Hoppla! Sicherheitshalber hakte ich mich bei meinem Ehemann in spe ein.

Wenn Barbie und Ken – allen Trennungsgerüchten zum Trotz – jemals heiraten würden, dann garantiert hier! Kitschig, aber irgendwie ganz schnuckelig. Der Turm der Wedding Chapel erinnerte an ein weißes Baiserhäubchen: ein Zwiebelturm mit zwei schnäbelnden Tauben auf der Spitze. Möglicherweise hätte die Kapelle sogar ganz romantisch oder verträumt gewirkt, wenn da nicht diese große pinkfarbene Leuchtreklame WEDDING CHAPEL – 24 H OPEN im Vorgarten gestanden hätte. Ich konnte mir nicht helfen, aber irgendwie verbreitete das Schild dieses ganz spezielle McDonald's-Flair. Mich hätte es nicht gewundert, wenn uns der Duft von Burgern in die Nase gestiegen wäre.

»Von wegen Servicewüste!« Ludger wies grinsend auf einen Automaten mit Brautsträußen. »Für eine Wüstenstadt sind die hier in Vegas aber ganz schön auf Zack.« Er kramte ein paar Münzen aus der Tasche und warf sie in den Schlitz. »Such dir einen aus! Du hast die freie Wahl zwischen – äh ... rosa ... rosa und rosa.«

Ich war beeindruckt. Diese pfiffigen Amis dachten wirklich an alles. Irgendwo in einer Ecke stand garantiert auch noch ein Kondomautomat. Für die Hochzeitsnacht …

Ludger überreichte mir mit einer feierlichen Geste ein Gebinde aus rosa und weißen Rosen, das an Scheußlichkeit kaum zu überbieten war. Die pinkfarbene Schleife tat in den Augen weh.

»Furchtbar«, murmelte ich.

»Wie bitte?«

»Furchtbar schön, hab ich gesagt.«

»Findest du wirklich?« Ludger sah mich zweifelnd an.

»Nein, eigentlich nicht«, gab ich zu.

Aber ich konnte doch nicht nur herummeckern, mich ansonsten aber zurücklehnen und Ludger ganz allein alle Hochzeitsvorbereitungen überlassen! Es war höchste Zeit, dass ich mich etwas stärker in die Planung einbrachte. Einen Brautstrauß hatten wir nun, aber irgendetwas Wichtiges fehlte noch. Wenn ich nur wüsste, was. Statt der Erleuchtung kam ein Schluckauf. Als der sich endlich wieder verzogen hatte, fielen mir gleich zwei Dinge auf einmal ein, die man für eine Trauungszeremonie brauchte. »Wo bekommen wir denn die Ringe her? Und die Trauzeugen?«

»Keine Angst, das lass mal meine Sorge sein. Es ist für alles gesorgt.« Ludger griff nach meiner schweißnassen Hand und zog mich zur Eingangstür. »Du brauchst nicht nervös zu sein, wir heiraten doch bloß«, scherzte er aufgekratzt.

Ja, genau. Alles ganz easy, alles ganz relaxt. Heiraten, redete ich mir ein, tut gar nicht weh.

Als wir den Vorraum der Wedding Chapel betraten, tauchten wir in ein Meer aus Hunderten von kleinen Lämpchen ein. Die Lichterketten über uns an der Decke bildeten eine Art Baldachin. Heiliger Bimbam, war denn schon Weihnachten?! Bei jedem Schritt tanzten die Lichter vor meinen Augen auf und ab, und als ich den Kopf ein wenig schräg legte, schienen die hellen Punkte wie ein Feuerwerk zu explodieren.

Geblendet kniff ich die Augen zusammen. Als ich sie vorsichtig blinzelnd wieder öffnete, stand eine Gestalt in einem weißen, gold bestickten Overall vor mir. Dunkle Sonnenbrille, Gitarre, schwarze Haartolle.

»Elvis lebt«, hauchte ich ehrfürchtig.

# Kapitel 23

Als ich wach wurde, wusste ich sofort, dass etwas nicht stimmte. Mist! Irgendetwas war hier faul, verdammt faul sogar. Die Frage war bloß: was?!?

Mit dem Vorsatz, mich langsam und behutsam an das wie auch immer geartete Problem heranzutasten, blieb ich erst mal ein Weilchen regungslos liegen. Dann holte ich tief Luft, nahm all meinen Mut zusammen ... und atmete noch ein paar Mal kräftig ein und aus. Bis mir schwummerig wurde. Bevor die exzessive Frischluftzufuhr mein Gehirn komplett lahmlegen konnte, machte ich mich schließlich daran, die Lage vorsichtig zu sondieren. Ein mutiger Mensch hätte zu diesem Zweck die Augen geöffnet; ich ließ sie geschlossen. Nur nichts überstürzen!

Ich probierte zu schlucken. Vergeblich. Meine Zunge pappte an meinem Gaumen, als wäre sie dort mit Sekundenkleber festgeleimt. Was im Übrigen auch diesen widerlichen Geschmack in meinem Mund erklärte. Obendrein machte mein Magen Zicken, aber das war längst nicht so unangenehm wie das dumpfe Dröhnen des Düsenjets, der dicht über meinem Kopf kreiste. Oder befand sich das nervige Flugobjekt womöglich gar nicht *über*, sondern *in* meinem Kopf? Na, wie auch immer, für solche Nebensächlichkeiten war jetzt keine Zeit. Denn größere Sorgen bereitete mir ein anderes Geräusch, das sich aus den Tiefen meines Unterbewusstseins soeben den Weg an die Oberfläche gebahnt hatte.

Da! Da war es wieder! Ein leises Röcheln und Schnaufen, ganz dicht an meinem Ohr.

Wie von der Tarantel gestochen fuhr ich hoch, riss die Augen auf und versuchte, im Dämmerlicht etwas zu erkennen. Ich musste erst einige Male blinzeln, bevor ich schräg gegenüber ein wenig unscharf die Silhouette eines Sessels ausmachen konnte. Rechts von mir befand sich eine kleine Frisierkommode mit einem dreibeinigen Hocker davor. Und auf meiner linken Seite, wo die schnaufenden Geräusche herkamen, lugten unter der Bettdecke Teile eines muskulösen, gebräunten Rückens, eine nicht minder appetitliche Männerschulter mit einem sichelförmigen Muttermal und ein dunkler, fast schwarzer Haarschopf hervor.

O nein!!!

Ich biss mir auf die Lippen. Beinahe hätte ich laut aufgeschrien. Plötzlich bekam der Begriff Morgengrauen eine völlig neue Bedeutung, denn langsam, ganz langsam begann es mir zu dämmern: Dieser Haarschopf, oder vielmehr dessen Besitzer, war gemeinsam mit etlichen Strawberry Margaritas für das flaue Gefühl in meinem Magen verantwortlich. Großer Gott, was hatte ich getan?!? Ich war garantiert nicht die erste Frau, die sich am Morgen danach mit dieser Frage herumschlug. Was aber nur wenig tröstlich war, denn den Austausch von Körperflüssigkeiten zu bereuen ist eine Sache, den Austausch eines symbolträchtigen Schmuckstücks eine ganz andere!

Das musste man mir wirklich lassen: Ich war gründlich. Mit halben Sachen hatte ich mich noch nie zufriedengegeben. Wenn ich in die Scheiße packte, dann gleich richtig.

Meine Gedanken fuhren Karussell. Dieser verdammte Alkohol! Ich vertrug ihn einfach nicht. Doch das war keine Entschuldigung. Andere Frauen ließen sich im Suff vielleicht dazu hinreißen, mit einem Mann in die Kiste zu springen. Aber nein, mir reichte so ein bisschen Sex ja nicht. Ich musste den Kerl im Vollrausch gleich heiraten. Heiliger Bimbam, wenn das mal kein böser Fehler gewesen ist, dachte ich.

Frustriert zog ich mir die Bettdecke über den Kopf. Mit etwas Glück würde ich erstickt sein, bevor mein frisch angetrauter

Ehemann wach wurde. Die aufsteigende Erinnerung verstärkte meine Übelkeit noch.

Wie war ich nur in diesen furchtbaren Schlamassel hineingeraten?

# Kapitel 24

Nachdem die vergangenen Wochen im Zeitraffer an mir vorübergezogen waren, bestand kein Zweifel mehr: Ich steckte ganz tief drinnen – und zwar da, wo es besonders doll stinkt. Ich musste auf der Stelle mit Mareike reden! Sie würde mir helfen, Klarheit in meine Gedanken zu bringen, mich trösten und mir hoffentlich auch ein paar gute Ratschläge geben.

Um Ludger ja nicht zu wecken, krabbelte ich so leise wie möglich unter der Decke hervor, schlich auf Zehenspitzen ums Bett herum und stibitzte sein eingeschaltetes Handy vom Nachttisch. Nachdem ich die Badezimmertür von innen verriegelt hatte, gab ich mit zitternden Fingern und klopfenden Herzen dann Mareikes Telefonnummer ein.

»Komm schon, geh ran!«, murmelte ich. Aber meine Freundin schien ausgeflogen zu sein. Mist, verdammter!

Wer kam sonst noch infrage? Meine Eltern? Das war keine gute Idee. Bei diesem Problem waren sie wohl kaum die optimale Anlaufstation. Sie würden mich auf der Stelle in die Psychiatrie einweisen lassen oder vor Schreck tot umfallen, wenn ich ihnen am Telefon verkündete: »Hallo Mama, hallo Papa, ich rufe aus Las Vegas an. Stellt euch vor: Elvis lebt, und ich hab geheiratet. Ihr kennt euren Schwiegersohn zwar nicht, aber er ist wirklich ein feiner Kerl.«

Wem konnte ich mich sonst noch anvertrauen? Meine Schwester kam mir in den Sinn.

Kurze Zeit später hatte ich Lili auch schon am Apparat. »Hi, Schwesterherz, how do you do?«, flötete sie gut gelaunt, als sie meine Stimme erkannte.

Ohne überflüssiges Vorgeplänkel kam ich gleich zur Sache: »Lili, ich glaub, ich hab geheiratet.«

»Halt mal. Das ging mir jetzt etwas zu schnell ...« Na prima, dachte ich, da sind wir ja schon zu zweit. »Ich hab dich wohl nicht richtig verstanden. Vielleicht liegt es an der Verbindung. Könntest du den letzten Satz bitte noch einmal wiederholen?«

»Ich glaub, ich hab geheiratet.«

»Wahnsinn!« Lili brüllte mir so laut ins Ohr, dass meine Schädeldecke »Ready for take off« meldete.

»Mensch, warum schreist du denn so?«, stöhnte ich gequält.

»Du kannst vielleicht Fragen stellen.« Lili lachte. »Das ist ein Ferngespräch.«

Die Verbindung war hervorragend, eigentlich sogar besser, als mir lieb war.

»Herzlichen Glückwunsch, fühl dich geherzt und geknuddelt.« Dann war für kurze Zeit eine wohltuende Stille in der Leitung. »Aber was heißt hier, du *glaubst*, du hast geheiratet. Hast du, oder hast du nicht?«

»Schwer zu sagen. Ich weiß noch, dass Ludger und ich zu so einer Wedding Chapel gefahren sind. Und dann hab ich ehrlich gesagt einige Gedächtnislücken.«

»Könntest du die Sache mit den Gedächtnislücken vielleicht ein bisschen genauer definieren? Sind es viele?«

»Eigentlich nicht«, druckste ich herum. »Streng genommen ist es sogar nur eine. Aber die ist dafür ziemlich groß.«

»Ein Filmriss also«, diagnostizierte Lili messerscharf.

Besser konnte man es nicht auf den Punkt bringen. Die Begegnung mit dem King hatte bei mir nachhaltigen Eindruck hinterlassen. Aber alles, was danach passiert war, schien aus meinem Gedächtnis gelöscht zu sein. Totales Blackout. Ich konnte mich an nichts mehr erinnern.

»Warum fragst du nicht einfach deinen Bräutigam, Verzeihung, ich meine natürlich Ludger, ob ihr euch getraut habt?«

»Der schläft«, antwortete ich unwirsch.

»Na, ist ja mal wieder typisch. Immer, wenn man die Kerle braucht, sind sie nicht da oder sie schlafen.« Lili seufzte. »Tja, ich befürchte, dann kann ich dir im Moment auch nicht weiterhelfen. Obwohl – in der Regel gibt es gewisse Anzeichen, die für eine Hochzeit sprechen. Ein Ehering zum Beispiel. Vielleicht solltest du mal nachsehen, ob an deiner rechten Hand ein Ring steckt, der gestern noch nicht da gewesen ist.«

»Danke, du Schlaumeier, da bin ich schon von allein draufgekommen. Doch das ist ja gerade das Komische. An meiner rechten Hand befindet sich kein Ring. Dafür aber an meiner linken.« Ich starrte auf den schmalen Goldreif. »Kann das vielleicht heißen, dass wir gar nicht geheiratet haben, sondern nur verlobt sind?« Vor Aufregung klang meine Stimme ganz piepsig.

»Jetzt bleib mal ganz locker. Es ist alles in bester Ordnung«, beruhigte mich Lili. Und fügte, als ich nichts erwiderte, erklärend hinzu: »Die Amis tragen den Ehering immer an der linken Hand.«

Halt suchend stützte ich mich auf dem Rand des Waschbeckens ab. Damit stand der Urteilsspruch also fest: Lebenslänglich! Die Last der Indizien war geradezu erdrückend.

»Das ist ja wirklich 'ne sensationelle Neuigkeit!«, freute sich Lili, die immer noch nicht begriffen hatte, dass sich meine eigene Begeisterung in Grenzen hielt. »Aber ein bisschen unfair finde ich das ja schon«, schmollte sie nun, »einfach so klammheimlich und ohne deine Familie zu heiraten. Hast du denn nicht eine Sekunde lang an uns gedacht?«

»Nein«, gab ich wahrheitsgemäß zu. »Aber falls es dich tröstet: Du bist die Erste, die davon erfährt. Und versprich mir, dass du die Neuigkeit erst einmal für dich behältst.«

»Na hör mal, du kennst mich doch!«

»Eben.« Lili war als Geheimnisträgerin etwa genauso gut geeignet wie eine Klatschreporterin der *Bildzeitung*.

»Mach dir mal keine Sorgen, ich werde dir die Überraschung schon nicht verderben. Von mir erfährt niemand ein Sterbenswörtchen. Na, die werden bei deiner Rückkehr alle Augen machen.«

»Ja, ja, schon gut. Tut mir übrigens leid, wenn ich dich geweckt haben sollte.«

»Geweckt? Belinda, ich halte keinen Mittagsschlaf mehr, seit ich zwei bin! Hier in Deutschland ist helllichter Tag. Die Vögel zwitschern, die Sonne scheint ...«

»Und warum bist du dann nicht an der Uni?«

»Weil ich sonst nicht mir dir telefonieren könnte.« Das klang logisch. Aber irgendetwas tief in meinem Inneren sagte mir, dass Lili meine angeschlagene Verfassung und meinen verwirrten Geisteszustand schamlos ausnutzte. Und da war noch etwas – ebenfalls tief in meinem Inneren –, das mir zu verstehen gab, dass es unbedingt rauswollte und ich das Telefonat lieber ganz fix beenden sollte.

»Lili, lass uns Schluss machen.«

»O. K., dann genieß mal die letzten Stunden deiner Flitterwochen und ...«

Als Lili »und« sagte, begann ich schon zu würgen.

Die nächste Stunde verbrachte ich kniend vor der Kloschüssel und sandte, während ich mein Innerstes nach außen kehrte, konfuse Stoßgebete gen Himmel. In der einen Minute bat ich den lieben Gott, mich am Leben, und in der nächsten, mich sterben zu lassen. Doch der da oben war offenbar der Ansicht, dass ich einen Denkzettel verdient hatte, und unternahm gar nichts.

Die kleine Destillerie in meinem Inneren förderte enorme Mengen an Alkohol zutage. Ich konnte mir beim besten Willen nicht erklären, wie das ganze Zeug in mich reingekommen war. Doch eins wusste ich ganz genau: So hatte ich mir meine Hochzeitsnacht in den kühnsten Träumen nicht vorgestellt.

Ich musste noch einmal eingenickt sein, denn als ich das nächste Mal die Augen aufschlug, war es bereits hell. Durch die getönten Fenster des Hotels fiel gedämpftes Tageslicht ins Zimmer.

»Guten Morgen, Frau vom Hagen.« Ludger kraulte mir von hinten zärtlich den Nacken. Seine Stimme klang liebevoll neckend. »Na, wie fühlt man sich als frischgebackene Ehefrau?«

Nur meine gute Erziehung hielt mich davon ab, »zum Kotzen« zu antworten. Das wäre Ludger gegenüber unfair gewesen. Schließlich konnte er nichts dafür, dass mein Magen sowohl gegen die Cocktails als auch gegen die Blitzhochzeit rebellierte. Darum beließ ich es erst einmal bei einem unverbindlichen Murmeln.

»Du bist ja heute Morgen nicht besonders gesprächig. Schwelgst du noch in Erinnerungen?«, foppte mich Ludger zärtlich.

»Hmm.« Erinnerungen? Welche Erinnerungen? Ich wünschte, ich hätte welche!, versuchte ich, die aufsteigende Panik zu unterdrücken.

»Weißt du, wir sollten uns unbedingt mal über vergangene Nacht unterhalten«, begann Ludger und fuhr mit den Fingerspitzen über meine Schulterblätter.

Endlich! Ein Silberstreifen am Horizont! Sicher würde er mir gleich sagen, dass wir in der vergangenen Nacht eine Riesendummheit begangen hatten, und wir konnten gemeinsam in aller Ruhe überlegen, wie sich das kleine Malheur aus der Welt schaffen ließe. Hey, wir befanden uns schließlich im Land der unbegrenzten Möglichkeiten, da konnte doch so eine klitzekleine Scheidung kein Problem sein. Bestimmt gab es irgendwo ein nettes, mit vielen bunten Lichtern geschmücktes Drive-in, wo man zu den traurigen Klängen von *It's All Over Now* die Sache kurz und schmerzlos über die Bühne bringen konnte. Eine Scheidung und zwei Milchshakes zum Mitnehmen, bitte!

Moment mal, wieso eigentlich Scheidung? Ich wollte nicht

mit knapp dreißig schon eine Secondhandware sein. Gut, heutzutage war das nichts Besonderes mehr. Wahrscheinlich gab es mittlerweile in Deutschland mehr geschiedene Menschen als ADAC-Mitglieder. Aber warum eine Scheidung, wenn es eine viel sauberere Lösung gab? Eine Annullierung!

Jeder Idiot, der unter Alkoholeinfluss einen Passanten umballerte, ein Auto klaute oder eine Bank überfiel, konnte auf Unzurechnungsfähigkeit plädieren. Der Barkeeper bezeugte sicher gerne, dass ich in der fraglichen Nacht sturzbetrunken und ganz bestimmt nicht im Vollbesitz meiner geistigen Kräfte gewesen war. Ich hatte nicht gewusst, was ich tat! Gut, so erging es vielen, denn sonst würde wohl nicht jedes dritte Ehepaar vor dem Scheidungsrichter landen, aber das war nun wirklich etwas komplett anderes.

Außerdem: Wir befanden uns nicht in Deutschland, sondern in Amerika. Dort hatte man doch schon einen Prozess am Hals, wenn man seinen Nachbarn nur schief anschaute. Vielleicht konnte man den Menschen, der uns getraut hatte – war es eigentlich ein Er oder eine Sie gewesen? – sogar verklagen. Eine sturzbesoffene, wehrlose Ausländerin zu verheiraten, war entweder ein Fall von unterlassener Hilfeleistung oder zumindest grob fahrlässig.

Vorsichtig, um meinem Kopf jede unnötige Erschütterung zu ersparen, drehte ich mich zu Ludger um. »Gut, lass uns über vergangene Nacht reden.«

»Na schön.« Ludger richtete sich halb im Bett auf. Ich versuchte, an seinem Gesichtsausdruck zu erkennen, was er nun sagen würde, doch er verzog keine Miene. »Was hast du bloß im Badezimmer getrieben? Verrat mir doch bitte mal, warum du mein Handy in die Dusche geschmissen hast.« Ein Grinsen breitete sich auf seinem Gesicht aus. »Ich war eben auf der Toilette und hab schon gedacht, ich hätte Halluzinationen. Wäre ja kein Wunder, bei dem Restalkohol im Blut …«

Ich brachte ein gequältes Lachen zustande. »Was soll ich denn erst sagen? Wenn mich jetzt eine Mücke sticht, wird sie auf der Stelle an einer Alkoholvergiftung sterben.« Mit der flachen Hand fuhr ich behutsam über meine Stirn. »Ich kann noch gar nicht glauben, dass ich die Nacht überlebt habe. Aber es scheint so, denn wäre ich jetzt im Himmel, hätte ich bestimmt nicht so einen Brummschädel.«

»So schlimm?«

»Noch schlimmer.«

»Aber den Spaß war's wert, findest du nicht?«

Ich würde eine Ehe nicht unbedingt als einen Spaß bezeichnen. Ludger reckte und streckte sich. »Eins kannst du mir jedenfalls glauben: Diese Nacht werde ich nie vergessen.«

Wie schön für ihn!

»Ich hab sie bereits vergessen«, beichtete ich kleinlaut. Es hatte keinen Zweck, länger damit hinter dem Berg zu halten. Mein Ehemann hatte, fand ich, ein Recht zu erfahren, dass die Trauungszeremonie keinen bleibenden Eindruck bei mir hinterlassen hatte. Das Einzige, woran ich mich erinnern konnte, war Elvis. Und selbst, was ihn betraf, hätte ich nicht sagen können, ob er *Love Me Tender* oder *Jailhouse Rock* gesungen hatte. *Jailhouse Rock* wäre auf jeden Fall passender gewesen ...

Nachdem ich Ludger über das Ausmaß meines Blackouts in Kenntnis gesetzt hatte, schaute er mich verdattert an. »Das ist harter Tobak. Du weißt nicht mehr, was in der Wedding Chapel passiert ist? Nicht mal den Hauch einer Erinnerung?«

»So ist es.«

Ich konnte förmlich sehen, wie es hinter Ludgers Stirn arbeitete. Plötzlich schien ihm ein Geistesblitz gekommen zu sein. »Hey, mach dir nichts draus, mein Schatz. Wir werden einfach in Deutschland noch mal heiraten. Das geht bestimmt. Schließlich sollst du dich an den schönsten Tag in deinem Leben auch erinnern können.« Er tätschelte aufmunternd meinen Arm. »Lass mich nur machen. Wenn wir wieder zu Hause sind, müssen wir ja ohnehin noch den ganzen Papierkram erledigen, damit auch alles seine Ordnung hat.«

Das klang so gar nicht nach Scheidung. Und auch nicht nach Annullierung.

»Außerdem: Die Hauptsache ist doch, dass wir uns lieben, nicht wahr? So, Frau vom Hagen, und jetzt schwing deinen entzückenden Hintern aus dem Bett und guck, dass du unter die Dusche kommst.« Ludger gab mir einen leichten Klaps auf den Po. »Eins noch …«

»Ja?«, fragte ich hoffnungsvoll.

»Tu mir bitte einen Gefallen. Schau nach, ob du nicht zufällig auch mein Filofax oder irgendwelche anderen Dinge in der Dusche liegen gelassen hast, bevor du das Wasser aufdrehst.«

Begleitet von der elektronischen Musik der Slotmachines, machten wir uns auf den Weg ins Restaurant. Ab und an ertönte das typische Klappern von Geldstücken, die ein Einarmiger Bandit an irgendeine alte Dame auszahlte, die bereits zu so früher Stunde um ihre Rente zockte.

Während es Ludger nach einem Frühstück mit Rührei und Speck gelüstete, bestellte ich mir nur einen Tee und ein Mineralwasser. Jede kleine Sünde bestraft der liebe Gott sofort – bei den großen lässt er sich offenbar etwas mehr Zeit. Himmel, was ging's mir dreckig. Mein Kopf dröhnte, und meine Zunge war so dick belegt wie eine Pizza Spezial.

»Tee? Was ist los mit dir, schwächelst du, oder möchtest du vielleicht gern noch eine Strawberry Margarita?«, neckte mich Ludger. »Du kennst doch bestimmt die goldene Kater-Regel: Wenn man morgens mit einem Brummschädel wach wird, sollte man genau das trinken, womit man am vergangenen Abend aufgehört hat.«

Nix da! Nur über meine Leiche. Ich hatte beschlossen, jede Form von Alkohol aus meinem Leben zu verbannen. Möglicherweise nicht für immer, aber zumindest für die nächsten hundert Jahre. Außerdem konnte ich mir nicht vorstellen, jemals wieder Erdbeeren zu mir zu nehmen, egal in welcher Konsistenz. Sobald ich bloß an Erdbeerkuchen dachte, übermannte mich ein heftiges Ekelgefühl und eine quälende Sehnsucht nach der Kloschüssel. Wenn wir doch bloß schon im Flieger sitzen würden, jammerte ich im Stillen. Da gibt's wenigstens Spucktüten!

Ich pulte umständlich eine Kopfschmerztablette aus der Verpackung, steckte sie in den Mund und spülte sie mit einem Schluck Wasser hinunter. »Prost!« Auf die Wiedervereinigung der Spalttablette.

»Gibt es eigentlich Fotos?«

»Leider nein.« Ludger schüttelte bedauernd den Kopf. »Ich wollte ja welche machen lassen, zur Erinnerung. Aber du hast dich mit Händen und Füßen dagegen gewehrt. Der Fotograf konnte einem richtig leidtun. Ich glaube, du hast ihm sogar mit Schlägen und deinem Anwalt gedroht, wenn er es wagen sollte, auf den Auslöser zu drücken. Du hast behauptet, dass du schielst, wenn du beschwipst bist.«

»Tu ich ja auch.«

»Na und? Ich fand diesen kleinen Silberblick richtig süß.«

Ich fragte mich, ob Ludger einfach nur ein charmanter Lügner war oder ob er ein geklontes Kalb mit drei Köpfen auch süß finden würde.

Dass ich mit dem Fotografen so rüde umgesprungen war, tat mir im Nachhinein von Herzen leid. Nicht nur für den Mann mit der Kamera – schließlich hatte er lediglich versucht, seinen Job zu machen –, sondern auch für mich selbst. Ohne Beweisfotos, fiel mir siedend heiß ein, wird mir diese Hochzeit kein Mensch abkaufen! Ausgerechnet ich, die wichtige Dinge nie übers Knie brach, die sogar die Entscheidung, ob sie sich eine Bluse kaufen sollte oder nicht, mindestens zweimal überschlief und eine Liste aufstellte, um alle Pros und Contras gegeneinander abzuwägen, ausgerechnet ich hatte aus einer Schnapslaune heraus geheiratet!

Ludger strahlte. »Wart's nur ab. Ich werde dich auf Händen tragen!«

»Das wird nicht nötig sein«, murmelte ich. »Ich bin ganz gut zu Fuß.«

Die meiste Zeit des Rückflugs tat ich so, als würde ich tief und fest schlafen. In Wirklichkeit war ich hellwach und probierte, mich selbst davon zu überzeugen, dass ich allen Grund hatte, mich zu freuen. Ludger war der tollste Mann, den man sich wünschen konnte. Mal abgesehen von George Clooney und Brad Pitt. Ich hatte also keine Niete gezogen, sondern den Jackpot geknackt. Verflixt, und warum fühlte ich mich dann wie ein Häufchen Elend?

Da ich nicht zum Schlafwandeln neigte, blieb mir bei unserem Zwischenstopp in Frankfurt nichts anderes übrig, als kurzzeitig aus meinem Tiefschlaf zu erwachen und mit Ludger einen Kaffee trinken zu gehen. Zum Glück herrschte im Flughafenrestaurant ein solches Gewimmel und Gewusel, dass an eine ruhige Unterhaltung nicht zu denken war. Was mir sehr gelegen kam. Von Frankfurt aus war es nur noch ein Katzensprung bis nach Düsseldorf. Als der Flieger unsanft auf der regennassen Piste aufsetzte, zuckte ich zusammen. Willkommen in der Realität, Frau vom Hagen!

Andere brachten sich aus Amerika Jeans oder ein Paar Turnschuhe mit – ich einen Ehemann. Und der war im Taxi auffallend schweigsam. Geistesabwesend starrte er aus dem Fenster. »Äh … Belinda«, begann er schließlich, »sag mal, würde es dir was ausmachen, wenn wir die Sache mit der Hochzeit nicht sofort an die große Glocke hängen?«

Wie sollte ich das denn verstehen?

»Nicht, dass ich es bereue«, versicherte Ludger hastig. »Aber ich möchte einfach den richtigen Moment abwarten, um meinen Eltern davon zu erzählen. Sie brauchen vielleicht noch ein bisschen Zeit, um dich näher kennen zu lernen.«

Zwar befürchtete ich, dass das die Sache nicht besser, sondern eher schlimmer machen würde, aber ich konnte es Ludger nicht verübeln, dass er auf einmal Angst vor seiner eigenen Courage bekam.

»Und wie geht's jetzt weiter?«, wollte ich von ihm wissen.

»Wir kriegen eine Heiratsurkunde zugeschickt, und damit müssen wir ...«

»Nein, das meine ich nicht. Wie geht's mit *uns* weiter?«

»Ach, so.« Ludger lächelte mich liebevoll an. »Du könntest zu mir ziehen. Das wäre doch schon mal ein erster Schritt.«

Nur doof, dass wir den zehnten Schritt bereits vor dem ersten gemacht hatten ... Aber natürlich hatte Ludger Recht: Zusammenzuziehen erschien in Anbetracht der Situation die einzig logische Konsequenz zu sein. Und da ich wohl kaum von ihm verlangen konnte, in der Besenkammer unserer WG Quartier zu beziehen, blieb mir nichts anderes übrig, als in sein Loft umzusiedeln.

Als das Taxi vor dem Haus hielt, war Ludger sogleich zur Stelle, um sich um mein Gepäck zu kümmern. Am liebsten hätte er mir den Koffer auch noch in die Wohnung hochgetragen, doch das konnte ich Gott sei Dank verhindern. Mit einem schnellen Kuss und dem Hinweis auf den laufenden Taxameter bugsierte ich ihn ins Auto zurück. Ich brauchte Abstand, um in Ruhe über alles nachzudenken.

Während ich meinen bleischweren Koffer die Treppen hochhievte, hörte ich oben im Hausflur Stimmen und Gelächter.

Kurz darauf näherten sich Schritte, und plötzlich stand ich Philipp gegenüber. Vor Schreck wäre mir beinahe der Koffer aus der Hand gerutscht.

O nein, das hatte mir zu meinem Glück gerade noch gefehlt! Was für ein reizendes Empfangskomitee! Philipp war nicht allein. An seinem Arm hing die süßeste Versuchung, seit es Blondinen gibt. Eine Baywatch-Nixe par excellence: langbeinig, vollbusig und überaus sexy. Bei ihrem Anblick schossen mir tausend Fragen durch den Kopf. Wer war diese Frau? In welchem Verhältnis stand sie zu Philipp? Und: Wie war sie bloß in diese Hose reingekommen? Schuhanzieher? Gleitcreme? Zauberei? Na, wie auch immer, Cellulite kannte die Dame zweifellos nur vom Hörensagen, denn jede noch so kleine Vertiefung an ihren Oberschenkeln hätte sich unter den knallengen Jeans gnadenlos abgezeichnet.

Hatten die beiden gerade noch ausgelassen miteinander rumgealbert, so waren sie bei unserem überraschenden Zusammentreffen schlagartig verstummt.

»Wie man so hört, hast du geheiratet«, brach Philipp nach einer Weile das Schweigen.

Ich musste nicht lange darüber nachdenken, welches Vögelchen ihm das gezwitschert hatte. Typisch Lili. Eher schaffte sie es, quer durch den Pazifik zu schwimmen, als ein Geheimnis für sich zu behalten.

»So, hört man das?«, antwortete ich lapidar.

»Tja, dann kann man der glücklichen Braut ja wohl nur gratulieren.«

Und warum tat er das dann nicht?!

»Oh, du hast geheiratet, das ist ja wunderbar!«, gurrte der Blondschopf an Philipps Seite. »Meinen allerherzlichsten Glückwunsch!«

Ehe ich wusste, wie mir geschah, hatte sie mich an ihren üppigen Busen gedrückt und mir rechts und links ein Küsschen auf die Wange gehaucht. Philipp hingegen machte noch nicht einmal Anstalten, mir die Hand zu reichen. Seine Blicke ruhten auf mir wie kalte, nasse Umschläge. Mich fröstelte es. Unwillkürlich zog ich meine Jeansjacke enger um den Körper.

Der Pamela-Anderson-Verschnitt deutete auf mein Gepäck. »Dann kommst du wohl gerade aus den Flitterwochen zurück.« Entweder war sie so dickfellig, dass sie die unterkühlte Atmosphäre zwischen Philipp und mir nicht bemerkte, oder sie gab sich alle Mühe, die angespannte Stimmung durch ein wenig Smalltalk aufzulockern.

»Flitterwochen. Stimmt genau«, erwiderte ich gespielt munter. »Tja dann ...« Ich wandte mich zum Gehen. »War nett, euch getroffen zu haben. Ich muss mal wieder weiter.«

So schnell meine müden Beine und der Koffer, der von Stufe zu Stufe schwerer zu werden schien, es zuließen, hastete ich die Treppen hinauf. Aber es war weniger das Gewicht des Koffers als die Last meines schlechten Gewissens, die mir zu schaffen machte. Meine arme Schwester! Die Geschichte mit mir war wohl kein einmaliger Ausrutscher gewesen. Als hätte ich es geahnt! Stille Wasser waren ja bekanntlich tief. Hinter der Fassade des netten, harmlosen Kerls von nebenan kam ein Weiberheld und notorischer Fremdgeher zum Vorschein. Auch wenn ich mich damit selbst in die Pfanne haute: Ich musste Lili auf jeden Fall vor diesem Hallodri warnen!

# Kapitel 25

Wie eine Fremde schlich ich durch die leere Wohnung, die erstaunlich aufgeräumt wirkte.

Lili war ausgeflogen. Was für ein netter Empfang: keine Blumen zur Begrüßung, keine Nachricht, nichts!

Offenbar war Philipp der Einzige, bei dem meine Schwester nicht dichtgehalten hatte. Ich war mir sicher gewesen, dass der Anrufbeantworter kollabieren würde vor lauter Glückwünschen zur Hochzeit und Beileidsbekundungen von Leuten, die bereits in den Hafen der Ehe eingelaufen waren und dort Schiffbruch erlitten hatten. Doch auf dem Band befand sich lediglich ein Anruf, und der war noch nicht einmal für mich, sondern für Lili bestimmt. Also war die »frohe Kunde« auch noch nicht bis zu meinen Eltern in die Eifel vorgedrungen. Eigentlich hätte ich erleichtert sein müssen, doch irgendwie fühlte ich mich auf einmal sterbenselend. Unglücklich. Verwirrt. Deprimiert. Und furchtbar einsam. Hin und her gerissen, ob ich diese Weltuntergangsstimmung dem Jetlag oder dem Kater zuschreiben sollte, ließ ich mich neben dem Anrufbeantworter auf den Boden sinken und begann, hemmungslos zu heulen. Wasser, marsch, marsch! So geflennt hatte ich nicht mehr, seit ich Jan zu seinem Harem in die Wüste geschickt hatte.

Alle fünf Minuten versuchte ich, Mareike anzurufen. Vergeblich. Zu Hause meldete sich nur ihr Anrufbeantworter, und auf ihrem Handy war sie auch nicht zu erreichen.

Gegen sieben klingelte es. In Rekordzeit sprintete ich zur Wohnungstür. Frau Kötter, die Zeugen Jehovas, ein Versicherungsvertreter – völlig egal. Mittlerweile befand ich mich in einer Verfassung, in der mir jede Form von menschlichem Zuspruch willkommen war.

Als ich die Tür öffnete, traute ich jedoch meinen Augen kaum.

»Überraschung!«, brüllten Mareike, Lili und Jenny im Chor.

Ehe ich mich's versah, hatte ich erst die drei und dann ein Lebkuchenherz um den Hals hängen, auf dem mit weißem Zuckerguss »Just married« geschrieben stand.

»Du glaubst doch wohl nicht, dass wir dich klammheimlich heiraten lassen, ohne mit dir einen anständigen Junggesellinnenabschied zu feiern.«

»Quatschen könnt ihr später.« Jenny klatschte in die Hände. »Los jetzt, wir müssen uns sputen, die anderen werden sicher auch jeden Moment hier eintreffen.«

Völlig benommen sah ich zu, wie die Mädels Platten und Schüsseln, gefüllt mit allerhand Leckereien, herankarrten und auf dem Küchentisch zu einem kalten Büfett arrangierten.

Kurz darauf trudelten auch die übrigen Überraschungsgäste ein. In meiner Wohnung ging es zu wie im Tollhaus. Oder wie bei einer Tupperparty. Mareike, Lili und Jenny hatten wild herumtelefoniert und mehr als ein Dutzend Freundinnen und Bekannte von mir zusammengetrommelt. Was war ich gerührt! Sogar Brit und Miriam, mit denen ich gemeinsam meine Ausbildung gemacht hatte, waren gekommen.

»Da kann man ja direkt neidisch werden«, sagte Brit augenzwinkernd. »Ich hab gehört, dein Mann soll ein echter Traumtyp sein.«

Dank Jenny waren alle darüber im Bilde, was für eine »gute Partie« ich gemacht hatte.

Als ich glaubte, dass eigentlich niemand mehr fehlen könnte, schellte erneut die Türklingel.

»Hallihallo.« Eine quirlige Rothaarige mit grünen Katzenaugen und einer wilden Löwenmähne drückte mir ein Küsschen auf die Wange.

»Hallo ...« Angestrengt überlegte ich, wo ich dieses raubtierhafte Geschöpf hinstecken sollte. Wir waren ungefähr im gleichen Alter. Hatten wir vielleicht zusammen die Schule besucht? Oder das gleiche Fitnessstudio? Ich hätte meine Vergesslichkeit auf das Wetter, meine Periode oder besser noch den Jetlag schieben können, doch ich wollte den hübschen Rotschopf nicht kränken. Wer hört schon gerne, dass er seinen lieben Mitmenschen nicht in Erinnerung geblieben ist? Ich beschloss, auf Zeit zu spielen. Nur die Ruhe, früher oder später würde sich der rettende Geistesblitz schon einstellen.

»Schön, dass du da bist. Komm doch rein!« Ich hätte wetten können, dass die Frau einen Namen hatte. Aber falls er mir bereits auf der Zunge lag, blieb er dort fürs Erste kleben.

»Wo kann ich mich denn ein bisschen frisch machen?«

Ich wies auf die Tür zum Badezimmer, dann gesellte ich mich wieder zu den anderen. Fieberhaft dachte ich nach. Wer war die Frau in meinem Bad? Manchmal hatte ich wirklich ein Gedächtnis wie ein Sieb, Namen und Gesichter plumpsten dort erfahrungsgemäß besonders gerne hindurch ...

Als die Frau mit der flammend roten Mähne im Wohnzimmer auftauchte, war ich immer noch genauso schlau wie zuvor.

»Hallo zusammen! Ich bin Alex.« Selbstbewusst winkte sie in die Runde. Ich kannte keine Krankenschwester mit Namen Alex. Und überhaupt: Ich war mir ziemlich sicher, dass sie das weiße Kittelchen, das mehr schlecht als recht ihre Pobacken bedeckte, bei unserer Begrüßung noch nicht getragen hatte.

Auch meiner Schwester stand die Verwunderung über den merkwürdigen Gast deutlich im Gesicht geschrieben. Sie sprang von ihrem Stuhl auf. »Ja, aber ...«

»Lasst euch nicht stören. Ich finde mich schon zurecht.« Der Rotschopf in Schwesterntracht steuerte zielstrebig auf die Stereoanlage zu und brachte Ronan Keating mit einem energischen Tastendruck zum Schweigen.

In die plötzliche Stille hinein meldete Mareike sich zu Wort: »Sorry, Alex, aber ich glaube, du bist hier auf der falschen Baustelle gelandet.«

»Keine Sorge, das hat alles seine Richtigkeit.« Unbeirrt legte Alex Wie-auch-immer eine neue CD auf. »Die Agentur schickt mich. Man hat mir gesagt, hier würde ein Junggesellenabschied stattfinden.«

»So weit ist das auch richtig, aber ...«

»O Gott!« Alex schlug sich vor die Stirn. »Ihr habt die Sadomaso-Nummer gebucht, oder?«

»Nein, um Gottes willen, keine Sadomaso-Nummer!« Mareike hob erschrocken die Hände.

»Aber wo ist denn dann das Problem?«

»Schau dich doch mal um.« Lili machte eine weit ausholende Handbewegung. »Fällt dir nichts auf? Hier sind ausschließlich Frauen anwesend.«

»Na und? Ich bin Profi. Ich hab nichts gegen Lesben.«

»Wir auch nicht.« Mareike holte tief Luft. »Der Haken an der Sache ist nur: Wir sind keine.«

»Oh.«

In diesem Moment ging erneut die Klingel. Froh, diesem Affentheater entfliehen zu können, eilte ich zur Tür. Und bereute es, als ich Frau Kötter gegenüberstand, bitter. Die alte Schabracke war schlimmer als Herpes: Sie tauchte immer im ungünstigsten Moment auf. Ich raffte die kläglichen Überbleibsel meiner Selbstbeherrschung zusammen und lächelte die grau gelockte Dame freundlich an. »Guten Abend, Frau Kötter, was kann ich für Sie tun?«

»Das fragen Sie noch?! Na, Sie sind gut. Ich hab ja wirklich für viel Verständnis, schließlich war ich auch mal jung. Aber jeden Abend diese grässliche, laute Musik ... Erst vor zwei Tagen habe ich zu Ihrer Schwester gesagt, Frau Fischer, hab ich gesagt, so geht das nicht weiter.«

»Wir machen die Musik leiser, Frau Kötter. Versprochen.«

»Wenn Sie schon keine Rücksicht auf alte Leute nehmen, dann denken Sie doch wenigstens an die Tiere. Hunde haben so ein empfindliches Gehör. Nicht wahr, Rudi?«

In dem ganzen Tohuwabohu war mir völlig entgangen, dass Frau Kötter Begleitschutz mitgebracht hatte. Zu ihren Füßen kauerte Bodyguard Rudi, der mich aus kleinen, stechenden Augen finster musterte. Mist, mir blieb aber auch nichts erspart! Dummerweise hatte ich gerade kein Leckerli in der Hosentasche, was Rudi mir sichtlich übel nahm. Unser freundlich distanziertes Verhältnis, das auf vielen diplomatischen Bemühungen – oder sollte ich besser sagen: Bestechung? – beruhte, begann zu bröckeln. Aus seiner kleinen Hundekehle drang ein gedämpftes Knurren. Zugegeben, es war nicht Rudis Schuld, dass er aufgrund seiner kurzen Beine kaum über die Teppichkante gucken konnte. Trotzdem gefiel es mir gar nicht, wie der kleine Kläffer meine Waden anstarrte. Und sowohl mein Instinkt als auch der Sabber, der aus der Dackelschnauze triefte, sagten mir, dass Rudi die Qualität meiner Beine für gut befunden hatte.

Aber ich würde mich doch von so einem kleinen Pimpf nicht einschüchtern lassen, oder? – Und ob! Die Rolle der mutigen Heldin lag mir einfach nicht, und so trat ich im Zeitlupentempo den Rückzug an. Doch Rudi, der zu ahnen schien, dass ich mich aus dem Staub machen wollte, blieb mir auf den Fersen.

Zum Glück wurde die Aufmerksamkeit des kleinen Wadenbeißers in diesem Moment von mir abgelenkt. Durch das Treppenhaus hallten schwere Schritte, die sich rasch näherten. Kurz darauf bog ein großer, breitschultriger Hüne um die Ecke und gesellte sich zu uns. »'n Abend zusammen.«

»Guten Abend«, flötete ich gemeinsam mit Frau Kötter im Chor.

Ich war gerettet! Denn wenn es überhaupt etwas gab, das Rudi noch weniger leiden konnte als mich, dann waren es Männer in Uniform. Unser netter Briefträger konnte davon ein Lied singen. Und so wie's aussah, hatte Rudi für Polizisten genauso wenig übrig wie für die Mitarbeiter der deutschen Post.

Im Gegensatz zu mir zeigte sich der uniformierte Polizist von Rudis Drohgebärden gänzlich unbeeindruckt. Wow, das musste ja wirklich ein knallharter Bursche sein! Aber er war garantiert nicht angerückt, um mir Beistand zu leisten oder um die kleine Töle zu verhaften ... Meine Erleichterung über das plötzliche Auftauchen des Ordnungshüters verflog genauso schnell, wie sie gekommen war.

Meine Güte, was hatte Lili während meiner Abwesenheit bloß angestellt? Mit Ausnahme von Frau Kötter, dieser alten Zimtziege, war ich mit allen Mietern des Hauses immer gut zurechtgekommen. Lili musste irgendeinen Nachbarn so vergrätzt haben, dass er uns, ohne lange zu fackeln, gleich die Polizei auf den Hals gehetzt hatte.

Während ich von einem Fuß auf den anderen trat und mit einem flauen Gefühl im Magen an den unbezahlten Bußgeldbescheid in der Schublade dachte, konnte Frau Kötter ihr Glück kaum fassen. Endlich bekam sie beim Kampf um Ruhe und Ordnung in diesem Haus Unterstützung. »Herr Wachtmeister, Sie schickt der Himmel!«

Der Polizist nahm seine Mütze ab. Er schüttelte bedauernd den Kopf. »Ich enttäusche Sie ja nur ungern, aber mich schickt nicht der Himmel, sondern die Agentur *Partytime.*« Dann wandte er sich an mich. »Hallo, wenn mich nicht alles täuscht, habt ihr einen Stripper bestellt.«

Frau Kötters Augen wurden tellergroß. Sodom und Gomorrha! Das war ungeheuerlich!

Eins stand fest: Selbst wenn Kaiser Franz auf die Schnelle noch ein uneheliches Kind aus dem Hut zauberte oder die Queen sich beim Kiffen erwischen ließe – Lili und ich würden in nächster Zeit im Treppenhaus das Gesprächsthema Nummer eins sein. Auf Frau Kötter konnte man sich verlassen. Sie würde nicht eher ruhen, bis alle Mieter wussten, dass die schamlosen Frauenzimmer aus dem zweiten Stock in ihrer Wohnung wilde Orgien feierten. Sex, Drugs and Rock 'n' Roll …

Ach, scheiß doch der Hund drauf, was die anderen Leute von uns denken!, fuhr mir durch den Kopf, in ein paar Tagen ziehe ich ohnehin aus. Und wie ich Lili kannte, würde sie sich sogar geschmeichelt fühlen, dass ihr ein solch zweifelhafter Ruf vorauseilte. Was hatten wir also großartig zu verlieren?

Der Stripper schüttelte mir die Hand. »Hallo, ich bin Alex.«

Das hatte ich an diesem Tag schon mal gehört. Langsam begann ich zu begreifen, warum eine halb nackte Frau in meiner Küche stand.

»Alexander, um genau zu sein. Meine Kollegin Alexandra kennst du ja schon. Es hat da wohl eine kleine Verwechslung gegeben. Tut mir furchtbar leid. Irgendjemand in der Agentur hat Mist gebaut.«

»Schon gut, komm rein.« Ich zerrte den als Polizisten verkleideten Stripper am Ärmel seiner Uniform in die Wohnung. »Dann lass mal sehen, was du so draufhast.«

Frau Kötter schnaubte vor Empörung. »Das ist doch … also, das ist doch wirklich …«

»… ein richtig heißer Typ. Wollten Sie das sagen?«, kam ich ihr freundlich zu Hilfe. »Sorry, Frau Kötter, aber heute Abend haben wir leider geschlossene Gesellschaft. Auf Wiederschauen.« Mit diesen Worten knallte ich dem verdutzten Rudi nebst seinem völlig aus der Fassung geratenen Frauchen die Tür vor der Nase zu. Ich fühlte mich bombig. Es war wirklich an der Zeit, ein paar neue Seiten an mir zu entdecken. Ich war viel zu lange immer nur nett und brav gewesen! Und mit den Hundeknöchelchen war auch ein für alle Mal Schluss. Rudi war ohnehin schon viel zu fett.

Zur allgemeinen Erheiterung fand nun ein fliegender Wechsel statt. Das Personal und die CD in der Stereoanlage wurden ausgewechselt.

Bevor sich Alex (weiblich) von uns verabschiedete, gab Alex (männlich) seiner Kollegin noch einen gut gemeinten Ratschlag mit auf den Weg: »Heiz den Jungs richtig ein. Sie können etwas Aufmunterung vertragen.« Alexander smilte. »Als ich die Party verlassen habe, war die Stimmung etwas angespannt.«

Wie sich herausstellte, hatten die Herren auf den Buchungsfehler der Agentur nicht ganz so verständnisvoll reagiert wie wir. Der Bräutigam, der sich veralbert und um die Hauptattraktion seines Junggesellenabschieds betrogen fühlte, hatte vor Wut geschäumt. Aufgewiegelt durch den Alkohol und die anzüglichen Witze seiner Freunde, hatte er Alexander sogar mit Prügel gedroht, wenn er und seine Jungs nicht innerhalb der nächsten halben Stunde »ein paar Titten« zu sehen bekämen. Bitte schön, an uns sollte es nicht scheitern.

»Wer von euch ist denn die Glückliche?«, ergriff der smarte Stripper nun die Initiative.

Ein Dutzend Zeigefinger wurden gleichzeitig ausgefahren und richteten sich auf mich. Elende Verräterinnen! Schöne Freundinnen waren das! Genau wie sie ahnte ich bereits, was jetzt auf mich zukam.

Alex griff nach meiner Hand. O nein, bitte nicht!, flehte ich im Stillen. Ich hasste es, im Mittelpunkt zu stehen! Und unter normalen Umständen hätte ich mich wahrscheinlich auch heftig geziert und erbitterten Widerstand geleistet. Aber nach den Strapazen und Aufregungen der letzten Stunden fehlte mir dazu einfach die Kraft. Wie in Trance ließ ich mich von Alexander zu einem Stuhl in der Mitte des Raumes führen. Mir war alles egal. Sollte er doch mit mir anstellen, was er wollte. Foltern, auspeitschen oder was auch immer – Hauptsache, ich durfte dabei sitzen! Ich war so müde und geschlaucht, dass ich mich kaum noch auf den Beinen halten konnte. Kein Wunder, immerhin hatte ich durch die Zeitverschiebung seit über vierundzwanzig Stunden nicht mehr geschlafen.

Alexander setzte eine dunkle Sonnenbrille auf, stellte sich vor mir in Positur und gab Lili ein Zeichen, den CD-Player zu starten. Kurz darauf erklangen die ersten Akkorde von Tom Jones' *Sexbomb*, und der Stripper begann mit seiner Darbietung. Zum Auftakt flog die Uniformmütze durch den Raum. Wie Teenies balgten die Mädels sich kreischend um diese Trophäe. Ich wollte mir lieber nicht ausmalen, was los sein würde, wenn Alex andere, weitaus intimere Kleidungsstücke als die Mütze ins Publikum schmiss.

Bei dem ganzen Tumult hatte ich gar nicht mitbekommen, dass er die Handschellen vom Gürtel gelöst hatte. Erst als ich kaltes Metall an meinen Handgelenken spürte und es leise »klick« machte, begriff ich, dass ich an den Stuhl gekettet war. Dann ließ Alex sich von Brit ein Herz aus Sahne auf seinen durchtrainierten Oberkörper sprühen. Mir schwante Böses. Gütiger Himmel, was das für Kalorien waren!

Von dem leicht ranzigen Geschmack der Sahne mal abgesehen, gab es an Alexanders Vorstellung aber nichts auszusetzen. Keine Frage, der Mann verstand was von seinem Job! Mit kreisenden Hüften streifte er seine Uniformhose ab und stand kurz darauf in hautengen Shorts vor mir. Ups, na so was! Sein bestes Stück befand sich nun genau auf meiner Augenhöhe. Der liebe Gott war offenbar in Spendierlaune gewesen – er hatte Alex sehr verschwenderisch ausgestattet. Aber anstatt mich angemessen beeindruckt oder begeistert zu zeigen, entlockte mir der Anblick von so viel Männlichkeit lediglich ein herzhaftes Gähnen. Das war vermutlich nicht die Art von Reaktion, die Alex von seinen Kundinnen gewöhnt war. Ich hoffte von Herzen, dass sein Selbstbewusstsein an diesem Abend keinen Knacks bekam, aber mich konnte allenfalls noch mein Bett in Euphorie versetzen.

Derweil fuhr Alex unverdrossen fort, sich zu entblättern, bis nur noch seine Hand wie ein Feigenblatt sein bestes Stück verdeckte. Die Sorge um Alex' Ego war völlig unbegründet gewesen. Meine verhaltene Reaktion wurde durch das begeisterte Pfeifen, Trampeln und Klatschen der restlichen Mädels locker wettgemacht.

Nachdem Alex sich zum Leidwesen seiner Fans wieder angezogen hatte und gegangen war, nahm Mareike mich im Flur beiseite. »Täusche ich mich, oder war es nicht nur die Rührung über diese kleine Überraschungsparty, die dir die Tränen in die Augen getrieben hat? Du siehst nicht gerade wie eine glückliche, frischgebackene Braut aus.«

»Na ja, es ist alles noch so neu. Ich muss mich halt erst mal an den Gedanken gewöhnen …«

»Belinda – Süße, mir brauchst du nichts vorzumachen.«

Doch bevor ich dazu kam, ihr mein Herz auszuschütten, wurden wir von Jenny unterbrochen. »Hey, Mareike, wo hast du die Flasche Genever versteckt?«

Während Mareike dafür sorgte, dass meine Gäste nicht auf dem Trockenen sitzen blieben, verkrümelte ich mich unauffällig aufs Klo. Mein Kopf dröhnte, vor meinen Augen flimmerte es. Gottlob, das stille Örtchen wurde seinem Namen gerecht. Endlich Ruhe!

Erleichtert ließ ich mich auf den Klodeckel sinken und lehnte meinen Kopf gegen die kalten Badezimmerfliesen. Nur mal für einen Moment die Augen zumachen. Wirklich nur ganz kurz. Nur ein paar Sekunden …

Ich wurde erst wieder wach, als von draußen jemand gegen die Badezimmertür hämmerte.

# Kapitel 26

Und du bist dir wirklich sicher, dass du das durchziehen willst?« Mareike verstaute meine prall gefüllte Sporttasche in ihrem Kombi.

»Natürlich.« Energisch knallte ich den Kofferraumdeckel zu. In einer Nacht- und Nebelaktion hatte ich ein paar Sachen zusammengepackt, um zu Ludger zu ziehen. Warum das Ganze unnötig hinauszögern? Ich hatte noch eine Woche Urlaub. Die Zeit wollte ich nutzen, um mich in meinem neuen Zuhause einzuleben. Und der Umzug war nun wirklich ein Klacks. Abgesehen von meinen persönlichen Sachen sollte der meiste Kram bei Lili bleiben, denn in Ludgers Wohnung waren alle Möbel und Haushaltsgegenstände natürlich schon vorhanden. Lediglich meine Nähmaschine und den alten Ohrensessel, den ich Jahre zuvor auf dem Sperrmüll ergattert und in liebevoller Kleinarbeit wieder hergerichtet hatte, nahm ich mit.

»Es ist keine Schande zuzugeben, dass man sich geirrt hat. Jeder macht mal einen Fehler«, gab Mareike zu bedenken.

»O. K., die Hochzeit war vielleicht ein wenig überstürzt. Aber schließlich liebe ich Ludger … irgendwie. Überleg mal, was er alles für mich getan hat.« Ich umklammerte den Wohnungsschlüssel, den Ludger mir am Vorabend überreicht hatte, so fest, dass sich die Spitze schmerzhaft in meine Hand bohrte. »Er hat Jil verlassen. Und ein Zerwürfnis mit seinen Eltern riskiert. Wer weiß, vielleicht werden sie ihn sogar enterben, wenn sie von unserer Hochzeit erfahren.«

Obwohl Mareike all diese Argumente nicht akzeptieren wollte, ließ ich mich nicht beirren. Ich gab lediglich eine unmöglich geschnittene Wohnung und eine chaotische Mitbewohnerin auf, Ludger hatte viel mehr aufs Spiel gesetzt. Außerdem hatte der Umzug den Vorteil, dass ich Philipp nicht mehr ständig über den Weg lief. Das war doch auch schon was.

Als ich mein neues Domizil bezog, war Ludger noch in der Kanzlei. Nachdem ich meine Klamotten in den Schubladen und Fächern verstaut hatte, die er für mich leer geräumt hatte, suchte ich nach einem geeigneten Ort für meinen Ohrensessel. Schließlich platzierte ich ihn unter dem großen Wohnzimmerfenster. Ich träumte davon, in meinem Sessel zu sitzen, zu lesen und dabei die warmen Sonnenstrahlen im Gesicht zu spüren. Bestimmt war es in Ludgers Sinne, den Sessel dort aufzustellen. Platz gab es ja im Überfluss.

Bei seiner Heimkehr kommentierte Ludger das neue Möbelstück mit keinem Wort – trotzdem schien es ihn irgendwie zu beschäftigen. Als wir nach dem Besuch eines marokkanischen Restaurants im Wohnzimmer noch einen Absacker tranken, wanderte sein Blick immer wieder in Richtung des Ohrensessels.

»Ist was?«, fragte ich aggressiv.

»Nein, nein, was soll sein?«

»Du guckst so komisch.«

»Ich muss mich erst an diesen Anblick gewöhnen.«

»Gefällt dir mein Ohrensessel nicht?«

»Er ist wirklich sehr originell«, versicherte Ludger schnell. »Und so schön bunt.« Schweigen. Und dann: »Allerdings finde ich, dass er mit den anderen Möbeln nicht richtig harmoniert. Was meinst du?«

Ich meinte, dass es ein Fehler gewesen war, bei Ludger einzuziehen! Ich kam mir selbst vor wie ein Ohrensessel. Wie ein Fremdkörper, der einfach nicht dorthin gehörte. Nach einer kurzen Diskussion gab ich mich geschlagen und ließ es zu, dass Ludger den Sessel in die Abstellkammer verfrachtete, wo bereits meine Nähmaschine stand. Streng genommen handelte es sich nicht um eine Kammer, sondern um einen Raum, der mindestens genauso groß war wie das Zimmer, in dem ich bei mir zu Hause geschlafen hatte.

Zu Hause – wehmütig dachte ich an meine Wohnung, die Lili vermutlich längst in ein Schlachtfeld verwandelt hatte. Doch in der sterilen Atmosphäre von Ludgers Wohnung sehnte ich mich geradezu nach ein bisschen Dreck und Unordnung. Im Haushalt musste ich keinen Finger rühren. Das übernahm alles Ludgers Perle. Aber anstatt diesen Luxus zu genießen, verstärkte die Untätigkeit bei mir den Eindruck, nur Gast zu sein.

Es war normal, dass ich mich in der neuen, ungewohnten Umgebung nicht auf Anhieb heimisch fühlte, versuchte ich mir selbst Mut zu machen. Ich musste mich erst noch einleben. Das brauchte eben seine Zeit. In ein paar Tagen würde die Welt schon wieder ganz anders aussehen!

Doch am zweiten Tag wurde es nicht besser, am dritten auch nicht, und am vierten passierte schließlich das, was nie hätte passieren dürfen. Um mich über das Heimweh hinwegzutrösten, hatte ich mir Kakao gekocht – seit meiner Kindheit ein bewährtes Allheilmittel – und es mir mit der Tasse auf dem Sofa gemütlich gemacht. Ich brütete so vor mich hin, über das Leben im Allgemeinen und meines im Speziellen, da begann auf einmal der Feuermelder in der Küche durchdringend zu fiepsen. Ich hatte den Topf auf der heißen Herdplatte stehen lassen! Offenbar war die restliche Milch nun angebrannt, es qualmte jedenfalls ganz fürchterlich.

Hektisch sprang ich auf – und wusste im gleichen Moment, dass das ein Riesenfehler war. Mit schreckgeweiteten Augen und ohne etwas dagegen unternehmen zu können, musste ich mit ansehen, wie der Kakao über den Tassenrand schwappte und sich über die weißen Polster ergoss. Auweia! Völlig kopflos rannte ich hin und her. Ich wusste gar nicht, worum ich mich zuerst kümmern sollte. Das hohe, schrille Fiepsen machte mich total irre! So oder so ähnlich musste sich ein Tinnituspatient fühlen.

Nachdem ich den Topf von der Herdplatte geschubst und den Feuermelder fast aus der Decke gerissen hatte, besah ich mir den Schaden genauer. Den jungfräulich weißen Sofabezug zierte nun ein handtellergroßer, brauner Fleck. Er fiel gar nicht auf – wenn man die Augen nur fest genug zusammenkniff.

Nun war guter Rat teuer. Ich fuhr alle Reinigungsmittel auf, die Ludgers Haushalt zu bieten hatte. Mit beachtlichem Erfolg: Der Fleck wurde immer größer und größer. Rund um den Kakao hatten sich fiese Wasserkränze gebildet. Schließlich, als ich mich schon kurz vor einem hysterischen Heulkrampf befand, kam mir aber doch noch die rettende Eingebung. Ich drehte das Sofapolster um. Die einfachsten Hausmittelchen waren halt doch immer noch die besten. Na bitte, sah doch aus wie neu. Ich hoffte nur, dass Ludger nie auf die Idee kam, die Polster zu wenden!

Obwohl der Fleck nicht mehr zu sehen war, wurde mein Blick immer wieder wie magisch von dem Sofa angezogen. Ich hatte das Gefühl, das Kissen würde mich vorwurfsvoll anstarren. Nach einer Weile konnte ich die anklagenden Blicke nicht mehr ertragen. Nichts wie weg hier!, war mein einziger Gedanke.

Ich beschloss, meiner Schwester einen kleinen Besuch abzustatten. Bei der Gelegenheit wollte ich gleich ein paar Klamotten holen, die ich bei meinem überstürzten Auszug vergessen hatte, und meine Schwester vor dem blonden Gift warnen. Um sicherzugehen, dass Lili auch wirklich allein war, kündigte ich meinen Besuch telefonisch an.

Mann, tat das gut, Lili zu sehen! Mir kam es vor, als wären wir wochenlang voneinander getrennt gewesen! Nachdem wir eine Weile über belangloses Zeug gequatscht hatten, kam ich zur Sache. Ich konnte meine Schwester schließlich nicht einfach so in ihr Unglück rennen lassen.

»Und wie läuft's bei dir und Philipp?« Ich gab mir Mühe, meine Stimme beiläufig klingen zu lassen.

»Alles bestens. Wieso fragst du?«

»Ich hab ihn vor ein paar Tagen im Treppenhaus getroffen. An seinem Arm hing so 'ne blonde Barbiepuppe. Lippen hatte die, aufgepumpt wie ein Schlauchboot. Von den Brüsten wollen wir lieber erst gar nicht reden.«

»Ach, das war sicher Larissa, eine Kollegin von Flippi. Sie moderiert ›Zickenalarm‹. Hast du bestimmt schon mal gehört. Ich hab sie kennen gelernt, als ich Philipp im Sender besucht hab. Ein ziemlich heißer Feger, nicht?«

»Das kannst du aber laut sagen.« Vor meinem geistigen Auge tauchten ein Paar knallenger Jeans auf. Nach wie vor war ich mir nicht sicher, ob es sich um eine Hose oder ein Bodypainting gehandelt hatte. »Und es stört dich gar nicht, dass Philipp diese ... diesen heißen Feger mit in seine Wohnung nimmt?«

»Warum sollte es mich stören? Philipp ist auch bloß ein Mann.«

»Ja, eben!«

»Solange es die beiden nebenan nicht so laut treiben, dass ich vor lauter Krach nicht schlafen kann, gönne ich Philipp den Spaß von Herzen.«

»Also, bei aller Toleranz: Wenn Philipp mein Freund wäre ...«

Lili runzelte die Stirn. »Du glaubst doch wohl nicht, Flippi und ich ...«

Ich nickte. Doch, genau das glaubte ich.

»Nee, Schwesterherz. Da bist du aber total auf dem Holzweg.« Lili lachte, als hätte ich einen guten Witz gemacht. Dabei war mir so gar nicht nach Scherzen zumute. Im Gegenteil! Ich fühlte mich plötzlich eigenartig bedrückt.

Lili kippelte mit ihrem Stuhl hin und her. »Ich gebe gerne zu, dass ich ihn 'ne Zeit lang kräftig angebaggert habe. Ist ja auch wirklich ein toller Typ. Bedauerlicherweise bevorzugt Philipp aber wohl doch etwas reifere Frauen.« Die Art, wie sie reif betonte, gefiel mir gar nicht. Es klang irgendwie so nach Fallobst und Rheumakissen. »Obwohl – einmal hatte ich ihn immerhin schon so weit, dass er für mich gestrippt hat. Kannst du dich noch an den Abend erinnern, an dem du mit Mareike und Jenny im Kino gewesen bist?«

Natürlich konnte ich! Verglichen mit Lili war ich vielleicht alt, aber noch lange nicht senil. Außerdem: Wie hätte ich besagten Abend jemals vergessen können? Die Begegnung mit Jil hatte sich wie ein hässliches Brandloch in mein Gedächtnis gefressen.

Lilis Abend war wohl etwas vergnüglicher gewesen. Sie grinste bei der Erinnerung. »Als Philipp mit seinem Werkzeugkoffer hier angerückt ist, hab ich nur gesagt, dass die Dusche nicht richtig funktioniert. Dass der Dichtungsring fehlte, hab ich wohl leider vergessen zu erwähnen. Der Arme ist pitschnass geworden. Das Gute daran war, dass er sein T-Shirt ausziehen musste. Verdammt netter Anblick.«

Das konnte ich nur bestätigen.

»Danach haben wir noch zusammen ein paar Bierchen getrunken«, fuhr Lili fort, »aber als ich ihm ein paar Tage später etwas näher auf die Pelle gerückt bin, hat er mich freundlich, aber bestimmt abblitzen lassen.«

Meine Güte, erst jetzt wurde mir das Ausmaß des Missverständnisses so richtig bewusst. Philipp war gar nicht mit meiner Schwester zusammen! Was musste er nur von mir gedacht haben, als ich erst mit ihm herumgemacht und dann Hals über Kopf seine Wohnung verlassen hatte. »Warum hast du mir denn nicht erzählt, dass das mit dir und Philipp nicht hingehauen hat?«, fragte ich deprimiert.

»Erstens geht man mit so einer Schlappe nicht hausieren. Zweitens dachte ich, dass du sowieso mitbekommen hast, dass sich die Sache erledigt hat. Und drittens hatte ich echt keinen

Bock, von dir zu hören zu kriegen: Siehst du, ich hab dir ja gleich gesagt, dass er zu alt für dich ist.« Sie pustete sich eine Haarsträhne aus dem Gesicht. »Außerdem hab ich kurz darauf an der Uni ja auch schon Patrick kennen gelernt.«

Plötzlich fiel es mir wie Schuppen von den Augen.

»Ich denke nur noch an dich. P.«

»Ja, genau. Ist doch süß, findest du nicht? Solche Nachrichten schickt er mir am laufenden Band«, bestätigte Lili eifrig. Dann stutzte sie. »Hey, Moment mal, woher kennst du Patricks SMS? Was zum Teufel hast du an meinem Handy verloren? Du bist ja genauso schlimm wie Mama. Die hab ich auch schon mal dabei erwischt, wie sie heimlich in meinem Tagebuch gelesen hat.«

»Ich wollte nicht herumschnüffeln. Großes Ehrenwort. Ich hab nur unsere Handys verwechselt.«

»Schon gut, macht nichts. So intim war die SMS ja auch wieder nicht.«

»Ich verstehe ja, dass du mir nicht brühwarm erzählt hast, dass du von Philipp eine Abfuhr bekommen hast. Aber warum hör ich den Namen Patrick zum ersten Mal?«

»Bin ich ein Friseursalon, oder was?« Lili schob einen Stapel Bücher zur Seite. *Mediterrane Küche*, *Die kleine Kochschule*, *Kochen für alle Tage*. Na, guck mal einer an! »Außerdem«, fuhr meine Schwester fort, »war ja in den letzten Wochen gar nicht mit dir zu reden. Du hattest genug mit dir selbst zu tun. Wenn wir uns unterhalten haben, ist es meistens um Ludger gegangen. Nicht, dass mich das gestört hätte – ich meine, wofür zahlen wir eigentlich noch Fernsehgebühren? Spannender als der Sonntagabendkrimi war eure Lovestory allemal. Und das Happyend – allererste Sahne!«

Es freute mich natürlich, dass ich mit meiner Liebesgeschichte zur Unterhaltung meiner Umwelt beigetragen hatte ... Was das Happyend betraf, hegte ich persönlich jedoch immer mehr Zweifel.

Wenigstens schien meine kleine Schwester im Gegensatz zu mir mehr Glück in der Liebe zu haben. »Kann man diesen Patrick vielleicht auch mal kennen lernen?«

»Jederzeit!« Ein Grinsen überzog Lilis Gesicht wie eine Zuckergussglasur. »Aber nur, wenn du nicht versuchst, ihn mir madig zu machen. So wie bei Philipp.«

»Versprochen.«

»Ach so, eine Kleinigkeit noch. Nur damit du vorgewarnt bist und nicht gleich wieder ausflippst ...«, begann Lili ganz beiläufig, *zu* beiläufig für meinen Geschmack. Vielleicht war Lilis Begeisterung für Philipp kein Zufall gewesen. Möglicherweise stand sie auf ältere Männer und war in Wirklichkeit gar nicht mit einem Kommilitonen, sondern mit ihrem verheirateten Professor liiert. Oder dieser Patrick war ein polizeilich gesuchter Sittenstrolch, ein Transvestit oder ... oder ... oder. Ich begann, mir im Kopf alle erdenklichen Horrorszenarien auszumalen, um auf das Schlimmste vorbereitet zu sein.

»Dann schieß mal los«, forderte ich Lili auf. Obwohl ich eigentlich gar nicht hören wollte, was sie mir zu sagen hatte.

»Er hat auch ein Tattoo.«

»Wie hübsch!« Selten war ich so erleichtert gewesen.

»Und da ist noch etwas ...«

»Noch etwas?!«

»Er ist Raucher.«

Das war allerdings schon härterer Tobak. »Wenn er sich das leisten kann«, bemerkte ich spitz. Und fügte versöhnlich hinzu: »Irgendeiner muss ja schließlich dafür sorgen, dass unser Staat nicht bankrottgeht.«

»Aus dir werd mal einer schlau.« Lili schüttelte ungläubig den Kopf. »Ach, ehe ich's vergesse: Hier ist übrigens noch die Post der letzten Tage. Vielleicht solltest du dich mal langsam um einen Nachsendeauftrag kümmern.«

»Hmmm.« Flüchtig blätterte ich den Packen durch, den Lili

mir über den Küchentisch hinweg zugeschoben hatte. Die Rechnungen legte ich beiseite, die Reklamesendungen wanderten gleich ungeöffnet in den Müll. Plötzlich stutzte ich. Ein Brief trug den Stempel der Fashion Academy Düsseldorf. Was konnten die noch von mir wollen? Kondolieren? Mir 'ne lange Nase zeigen?

Ungeduldig riss ich das Kuvert auf und überflog den Inhalt des Schreibens: Bezug nehmend auf Ihre Bewerbung ... freuen wir uns, Sie ab dem nächsten Semester als Studentin der Fachrichtung Modedesign an unserer Akademie begrüßen zu dürfen.

»Bingo!« Ich reckte die geballte Faust in die Höhe.

»Was schreiben sie?« Lili sprang aufgeregt von ihrem Stuhl auf. »Sag schon! Was steht drin in dem Wisch?«

Sicherheitshalber las ich das Anschreiben noch einmal ganz in Ruhe, Wort für Wort. Dann fiel ich Lili jubelnd um den Hals. »Ein Student hat seine Bewerbung zurückgezogen. Und ich bin nachgerückt. Ab Oktober studiere ich Modedesign!«

# Kapitel 27

Als ich mein Auto auf den Parkplatz der Villa Kunterbunt lenkte, war mir ganz flau im Magen. Den ganzen Vormittag hatte ich mich schon elend gefühlt und hin und her überlegt, ob ich Frau Groß' Einladung zu ihrer Geburtstagsfeier absagen sollte. Eine Magen- und Darmgrippe – dafür hatte sie bestimmt Verständnis. In Wirklichkeit wusste ich natürlich, dass kein Virus, sondern das bevorstehende Zusammentreffen mit Philipp für meine Übelkeit verantwortlich war. Ich umkrallte das Lenkrad so fest, dass meine Fingerknöchel weiß hervortraten. Noch konnte ich umkehren.

Nix da, kneifen gilt nicht! Mit zitternden Knien stieg ich aus dem Wagen und machte mich auf die Suche nach dem Geburtstagskind. Immer dem Lärm nach ...

Im Aufenthaltsraum, der mit Unmengen von Girlanden und Luftballons dekoriert war, herrschte ein Gewimmel und Gewusel wie auf einem Ameisenhaufen. Einige Bewohner des Seniorenstifts schwangen sogar das Tanzbein. Gerade trällerte Roy Black: »Ganz in Weiß, mit einem Blumenstrauß ...« Apropos: Wo waren die Blumen?! Weil ich wusste, dass Frau Groß Margeriten liebte, hatte ich einen riesigen Strauß für sie gekauft. Der stand jetzt auf Ludgers Esstisch. Pardon: auf *unserem* Esstisch, wie Ludger nicht müde wurde, mich immer wieder zu korrigieren.

Als Frau Groß mich entdeckte, winkte sie fröhlich. »Belinda, wie schön, dass Sie gekommen sind!«, rief sie mir quer durch den Raum entgegen.

Ich schämte mich, dass ich es auch nur eine Minute in Erwägung gezogen hatte, mich vor der Geburtstagsfeier zu drücken.

Schließlich ging es nicht um Philipp, sondern um seine Oma. Das war ihr Ehrentag! Während ich der alten Dame gratulierte und ihr mein Geschenk überreichte, schaute ich mich so unauffällig wie möglich um.

»Falls Sie meinen Enkel suchen – der kommt leider etwas später. Eine Kollegin ist krank geworden, da musste Paul Junior kurzfristig im Sender einspringen.«

Ob der lieben Kollegin die Silikonkissen geplatzt waren? Aber vielleicht handelte es sich ja auch nur um eine harmlose Grippe. So oder so, die Dame hatte auf alle Fälle was gut bei mir; sie war genau zum richtigen Zeitpunkt krank geworden. Puh, Schwein gehabt, die Luft war rein! Langsam begann ich, mich zu entspannen.

»Mein Sohn und meine Schwiegertochter waren heute Vormittag schon hier. Sie haben mich zum Brunch ausgeführt«, erzählte mir Frau Groß gut gelaunt, während sie das Päckchen aufmachte. Als sie die fliederfarbene Bluse, die ich für sie genäht hatte, endlich aus dem Geschenkpapier befreit hatte, ging ein Leuchten über ihr Gesicht. »O wie schön! Belinda, die Bluse ist ein Traum!« Behutsam fuhr sie mit dem Zeigefinger über die schmalen grauen Paspeln, die dem ansonsten schlichten Kleidungsstück den eigentlichen Pfiff verliehen. »Sie werden bestimmt eine hervorragende Designerin. Ich bin stolz auf Sie. Mein Enkel hat mir erzählt, dass es mit dem Studienplatz nun doch noch gelappt hat. Wunderbar! Sie werden Ihren Weg schon machen, da bin ich mir ganz sicher. Und was Ihre Hochzeit betrifft ...« Bevor Frau Groß den Satz beenden konnte, verlangte auch schon der nächste Gratulant nach dem Geburtstagskind.

Ich fand es rührend, wie sehr sich alle darüber freuten, dass ich einen Studienplatz bekommen hatte. Mareike und Markus waren völlig aus dem Häuschen gewesen. Und Ludger hatte so viele rote Rosen angeschleppt, dass es vermutlich in ganz Düsseldorf nicht ein einziges mickriges Röslein mehr zu kaufen gab.

Da ich außer einem trockenen Brötchen und einer Tasse Hühnerbrühe an diesem Tag noch nichts runtergekriegt hatte, machte ich mich erst einmal mit Heißhunger über das Kuchenbüfett her. Als ich mir gerade das dritte Stück Torte einverleibte, blieb mir fast der Bissen im Halse stecken. Soeben hatte Philipp den Aufenthaltsraum betreten. Schock, schwere Not. Musste er denn nicht arbeiten?! Die Schwarzwälderkirschtorte schien sich in meinen Hamsterbäckchen auf wundersame Weise zu vermehren. Obwohl ich kaute und kaute, wurde der Bissen in meinem Mund nicht kleiner. O Gott, Philipp steuerte geradewegs auf mich zu!

In Sekundenschnelle legte ich mir einen Fluchtplan zurecht. Ja, so müsste es gehen. Wenn ich es schaffen würde, mit einem riesigen Satz über das Kuchenbüfett zu hechten, eine alte Dame im Rollstuhl zur Seite zu schubsen und die beiden Pfleger an der Eingangspforte mit einem gezielten Handkantenschlag außer Gefecht zu setzen, dann hatte ich eine gute Chance, Philipp zu entwischen.

Uns trennten nur noch wenige Meter. Ich fühlte mich wie ein Käfer, der die Schuhsohle, die ihn zu zerquetschen droht, näher und näher kommen sieht. Doch ich hatte Glück. Wie aus dem Nichts tauchte plötzlich Erwin, Frau Groß' Verehrer, neben mir am Kuchenbüfett auf. Das war Rettung in allerletzter Sekunde!

Rasch stellte ich meinen Teller ab. »Darf ich bitten?«

»Aber gerne.« Erwin machte eine kleine Verbeugung und reichte mir die Hand. »Ich fühle mich geschmeichelt, dass eine attraktive junge Dame wie Sie mit einem alten Tattergreis wie mir ein Tänzchen wagen will.«

Tattergreis? Von wegen! Erwin war besser in Form als die meisten Zwanzigjährigen. Er wirbelte mich so wild herum, dass mir Hören und Sehen verging. Nach einer besonders schwungvollen Drehung tippte mir von hinten jemand auf die Schulter. »Partnerwechsel!«

Als ich sah, wen Frau Groß mir als Tauschobjekt unterjubeln wollte, klammerte ich mich wie eine Klette an Erwins Arm. Doch der elende Verräter hatte plötzlich nur noch Augen für Frau Groß. Mit fliegenden Fahnen lief er zu ihr über. Mir blieb nichts anderes übrig, als gute Miene zum bösen Spiel zu machen. Verstohlen wischte ich mir meine schwitzigen Hände an der Hose ab.

Philipp zeigte auf meine Füße. »Haben die Schuhe Stahlkappen?«

»Wie bitte?«

»Also nein. Gut, dann sollte ich dich besser vorwarnen. Ich bin ein lausiger Tänzer.«

»Kein Problem.« Ich trat einen Schritt zurück. »Dann lassen wir es doch einfach.«

»Kommt nicht infrage.« Philipp zog mich in seine Arme. »Solange wir tanzen, kannst du mir wenigstens nicht davonlaufen.«

Irgendwie wollte ich das auf einmal auch gar nicht mehr ...

»Warum plötzlich so freundlich?«, fragte ich misstrauisch. Neulich im Treppenhaus hatte er mir nicht einmal die Hand gegeben.

»Du hast Recht. Reden wir nicht lange um den heißen Brei herum. Lili hat mir von eurer kleinen Aussprache erzählt. Mein Gott, Belinda, sie ist wie eine kleine Schwester für mich. Wie bist du bloß auf die Idee gekommen, dass ich ein Verhältnis mit ihr haben könnte?«

»Alle Anzeichen sprachen dafür.« Ich hatte Mühe, mich auf das Gespräch zu konzentrieren, denn Philipps Hände brannten wie Feuer auf meiner Haut.

»Verrat mir nur eins: Hast du dich deshalb an jenem bewussten Abend aus dem Staub gemacht? Du glaubst ja gar nicht, wie beschissen ich mich gefühlt habe, als du dich plötzlich so abweisend verhalten hast. Natürlich dachte ich, es sei wegen Ludger.«

»Lass doch die alten Geschichten, Philipp. Ich bin verheiratet!«

»Na und? Ich bin auch nicht perfekt.« Sein schiefes Grinsen fiel ein bisschen traurig aus. »Nein, aber jetzt mal im Ernst: Wenn du ehrlich zu dir selbst bist, wirst du zugeben müssen, dass die Hochzeit ein bedauerlicher Irrtum war, ein Fehler, ein Missgeschick, weiter nichts.«

»Mein Gott, warum begreift ihr das eigentlich nicht? Ich war es doch, die Ludger zu dieser Ehe mehr oder weniger gedrängt hat. Wenn ich ihn in Vegas nicht so unter Druck gesetzt hätte, wäre er bestimmt nie auf die Idee gekommen, mir einen Antrag zu machen.« Wir rempelten unsanft mit einem anderen Tanzpaar zusammen. Philipp hatte nicht zu viel versprochen. An ihm war wirklich kein zweiter Fred Astaire verloren gegangen. Ein Auffrischungskurs in der Tanzschule würde nicht schaden. Andererseits war da nicht viel, was man hätte auffrischen können. »Das Geheimnis einer langen Ehe ist, sich nicht zu trennen«, zitierte ich meinen Vater, während ich die nächste Karambolage durch einen Sprung zur Seite gerade noch so verhindern konnte. »Schließlich hab ich Ludger ein Versprechen gegeben: In guten wie in schlechten Zeiten …«

»Ach, Blödsinn! Du weißt doch gar nicht, was du ihm da versprochen hast!«, brauste Philipp auf. »Vielleicht bist du in dieser Wedding Chapel in Wirklichkeit zum Buddhismus konvertiert oder dem Elvis-Fanklub beigetreten.« Er kannte also alle pikanten Details meiner peinlichen Geschichte.

»Wer hat dir erzählt, dass ich mich an nichts mehr erinnern kann?«, fragte ich entsetzt, obwohl die Antwort eigentlich auf der Hand lag.

»Deine Schwester. Aber das spielt doch wohl keine Rolle, oder?«

Ansichtssache. Ich persönlich war der Meinung, dass es sehr wohl eine Rolle spielte, *wen* ich an diesem Abend umbringen würde.

Philipps nächste Frage traf mich wie ein Blitz aus heiterem Himmel: »Liebst du ihn?«

Zum Glück wirbelte in diesem Augenblick Frau Groß an uns vorüber und ersparte mir die Antwort. »Na, ihr beiden Hübschen! Amüsiert ihr euch auch gut?«

Philipp lächelte sie liebevoll an. »Ja, Oma. Alles bestens!«

»Dann ist es ja gut.«

Versonnen schaute ich Philipps Oma hinterher. »Sie sieht richtig glücklich aus. Wie ein junges Mädchen. Ist es nicht toll, wenn man sich in dem Alter noch mal verliebt?«

»Gottlob, die Chance bleibt dir ja erhalten.« Philipps Stimme triefte vor Sarkasmus. »Wenn du schon deine besten Jahre an den falschen Kerl verschenkst ...«

»Was wollt ihr bloß alle von mir? Ich hab mir die Suppe eingebrockt, und jetzt werd ich sie auch auslöffeln.«

»Na dann! Wenn du an dem Süppchen mal nicht erstickst.« Philipp schwenkte mich wie einen Crashdummy durch die Gegend. »Aber du hast mir immer noch nicht meine Frage beantwortet: Liebst du ihn?«

»Liebst du ihn? Liebst du ihn?«, äffte ich Philipp nach. »Als ob das das Einzige wäre, worauf es in einer Ehe ankommt.«

»Worauf kommt es in einer Ehe denn sonst an? Erklär's mir! Ich bin ganz Ohr. Auf das Ehegattensplitting? Und erspar mir jetzt bitte das Gesülze von gegenseitigem Respekt, Ehrlichkeit, Loyalität und diesen ganzen Schmu.«

»Das ist kein Schmu. Außerdem hätte ich es schlechter treffen können.«

»Stimmt, Ludger säuft nicht, er schlägt dich nicht ...«

»Ach, jetzt hör schon auf!«

»Es gibt sicher jede Menge Frauen, die so eine Ehe für einen guten Deal halten würden. Aber du doch nicht! Verdammt noch mal, Belinda, wach auf!«

Wir hatten aufgehört zu tanzen. Philipps rechte Hand lag

immer noch auf meinem Schulterblatt, mit der linken gestikulierte er wild in der Gegend herum. Es schien ihm völlig egal zu sein, dass wir mitten im Raum standen und die anderen Tanzpaare behinderten.

»Manchmal kommt die Liebe ja auch erst im Laufe der Zeit«, sagte ich mehr an mich selbst, als an Philipp gerichtet. »Ich kann mich doch nicht sofort wieder scheiden lassen, ohne es zumindest versucht zu haben.«

»Der Kinder zuliebe?«, unterbrach mich Philipp mit beißender Ironie. »Was soll der Blödsinn?«

»Ludger hat 'ne Menge für mich aufs Spiel gesetzt. Er hat sich von Jil getrennt und mich gegen den Willen seiner Eltern geheiratet.«

»Ausgesprochen heldenhaft. Eins muss man deinem Anwalt lassen: Courage hat er. Ich bin beeindruckt. Bloß schade, dass deine Schwiegereltern von ihrem Glück noch gar nichts wissen.«

Erschreckend, über wie viele Insiderinformationen Philipp verfügte. Grrr, Lili konnte sich schon mal auf was gefasst machen!

»Ludger wartet eben auf die richtige Gelegenheit, um seinen Eltern von unserer Hochzeit zu erzählen.« Sogar in meinen eigenen Ohren klang das ziemlich unglaubwürdig.

Philipp sah mir tief in die Augen. »Du willst mir doch nicht weismachen, dass unser gemeinsamer Abend dir nichts bedeutet hat.«

»Es geht nicht. Versteh doch!«

Er verstand. Vermutlich gar nichts. Denn plötzlich zog er mich stürmisch an sich. Ehe ich begriff, was er vorhatte, spürte ich seine Lippen auf meinen. Am liebsten hätte ich mich an ihn geschmiegt und seinen Kuss erwidert. Aber der erste Impuls ist bekanntlich nicht immer der beste. Darum holte ich aus und verpasste ihm eine saftige Ohrfeige. »Was glaubst du eigentlich, wer du bist?!«, fuhr ich ihn an.

»Der Mann, den du liebst«, erwiderte Philipp, ohne eine Miene zu verziehen.

»Und dann hat er sich umgedreht und ist einfach gegangen.«

»Entschuldige mal, was hätte er denn sonst tun sollen? Dir die andere Wange auch noch hinhalten? So viel christliche Nächstenliebe gibt's nur in der Bibel.«

Wir saßen in Mareikes Küche, tranken Tee und knabberten Schokoladenkekse.

»Wir hätten doch wenigstens noch mal über alles reden können.«

»Hat er denn Recht? Ist er der Mann, den du liebst?«

»Natürlich hat er Recht«, heulte ich auf. »Wenn ich nicht geglaubt hätte, dass er und Lili ein Paar sind, wäre ich bestimmt schon viel früher dahintergekommen. Die ganze Sache ist dermaßen verfahren. Vor lauter Grübelei habe ich in den letzten Nächten kaum ein Auge zugemacht. Ich fühl mich wie ein Zombie.«

»Du siehst auch so aus.«

»Danke, du weißt wirklich, wie du mich aufbauen kannst.«

»Und, was wirst du jetzt tun?«

»Keine Ahnung. Vielleicht auswandern. Oder besser noch: aus dem Fenster springen.«

»Das würde ich an deiner Stelle lieber nicht tun.«

»Stimmt, bei meinem Glück ist das Fenster zu riskant. Ich nehme den Kölner Dom, der ist höher.« Ich raufte mir verzweifelt die Haare. »Ich kann mir das einfach nicht erklären. Verdammt, ich war mir so sicher, dass Ludger derjenige ist, den ich liebe. Herzklopfen, weiche Knie, Schmetterlinge im Bauch – die Symptome waren eindeutig.«

»Typischer Fall von Placeboeffekt«, urteilte Mareike wie ein Chefarzt bei der Visite. »Ich meine, nach einem Kerl wie Ludger würde sich jede Frau die Finger lecken. Die Wahrscheinlichkeit, einen solchen Mann zu finden, ist etwa so groß, wie beim Tulpenpflanzen auf Öl zu stoßen.« Mareike hielt die Teekanne hoch. »Magst du?«

»Ja, bitte.« Ich ließ mir noch einmal nachschenken.

»Ganz ehrlich: Ich hätte nicht gedacht, dass es einen Mann gibt, der alle Kriterien deiner dämlichen Checkliste erfüllt. Nicht mal am anderen Ende der Welt, geschweige denn hier in Düsseldorf. Meine Güte, sogar Nichtraucher ist er!« Sie zwinkerte mir aufmunternd zu. »Kurzum: Ludger ist so 'ne Art moderner Märchenprinz. Statt hoch zu Ross kommt er in einem Porsche daher. Kein Wunder, dass du geglaubt hast, du würdest ihn lieben.«

Vorsichtig nippte ich an meiner Teetasse. »Seit ich Ludger in Griechenland kennen gelernt habe, war ich wie von ihm besessen. Erinnerst du dich noch, wie ich den fremden Jogger im Park verfolgt hab?« Obwohl mir gar nicht danach zumute war, musste ich lachen.

Mareike stimmte ein. »Sogar eine Suchmeldung übers Radio hast du aufgegeben«, gluckste sie. »Und als du Ludger durch Zufall wiedergetroffen hattest, ging das Theater weiter. Was hast du nicht alles angestellt, um ihn ins Bett zu locken!«

»Und jetzt bin ich seine Ehefrau, und da will ich ihn plötzlich nicht mehr. Verstehst du das?!« Über so viel Blödheit konnte ich nur den Kopf schütteln.

»Und ob. Als ich sieben war, hat meine Freundin eine Puppe zum Geburtstag geschenkt bekommen. Keine x-beliebige Puppe, sondern eine, die ›Mama‹ sagen und in die Windeln pullern konnte. Wochenlang hab ich meine Eltern bekniet, mir auch so eine Puppe zu kaufen. Und was soll ich dir sagen? Als ich sie dann endlich hatte, ist mir ihr Gequäke mächtig auf den Geist gegangen. Und dass sie pinkeln konnte, hat mich plötzlich auch nicht mehr interessiert.«

Ludger mit einer pinkelnden Puppe zu vergleichen, war ein

wenig merkwürdig, aber ich wusste, worauf Mareike hinauswollte.

»Könnt ihr denn die Ehe nicht annullieren lassen?«, fragte Mareike. »So wie Britney Spears? Die war doch auch gerade mal ein paar Stunden verheiratet. Nachdem sie ihren Rausch ausgeschlafen hatte, wurde der Öffentlichkeit mitgeteilt: Hoppla, war alles nur Spaß. Sie hatte ihre Gaudi, die Medien ihre Schlagzeilen, und alle waren glücklich und zufrieden.«

»Dafür müsste ich mir wohl erst mal ein paar goldene Schallplatten aus den Rippen schneiden. Und du weißt ja, wie schlecht ich singen kann ...«

Mareike feixte. »Vielleicht würde es schon reichen, wenn du ein bisschen mit Madonna rumzüngelst.«

»So oder so, ohne Promibonus läuft da sicher gar nichts.« Ich stieß einen abgrundtiefen Seufzer aus. »Normalos wie ich müssen sich mit einer stinknormalen Scheidung zufriedengeben. O Mann, und ich hab mir geschworen, dass mir so etwas nie passiert.«

»Glaub mir, es gibt Schlimmeres«, entgegnete Mareike ungerührt. »Seit meiner Scheidung geht's mir blendend.«

Und das sah man ihr auch an. Glänzende Augen, strahlender Teint, bombige Figur – da konnte man glatt neidisch werden. Ihr derzeitiger Lover schien Mareike wirklich gutzutun.

»Komm, jetzt spuck's schon aus. Was genau läuft zwischen dir und dem Zeitungsmann?« Der Zeitungsmann hieß in Wirklichkeit Christian – genau wie Mareikes Exmann. Darum nannten wir ihn nie bei seinem Vornamen. »Habt ihr jetzt eine richtige Beziehung?«

»Um Gottes willen, wo denkst du hin! Es ist mehr so 'ne Art Schnupperabo. Total locker und ohne Verpflichtungen. Wir schlafen zusammen, und zwischendurch gehen wir auch mal gemeinsam essen oder ins Kino.« Es war das Glitzern in ihren Augen, das sie verriet.

»Du bist verliebt!«

Mareike stutzte. Nachdenklich kratzte sie sich am Kopf. »Scheiße, ich glaub, du hast Recht. Dumm gelaufen. Das war so nicht geplant. Aber jetzt lenk mal nicht vom Thema ab. Wann wirst du Ludger sagen, dass du dich scheiden lassen willst?«

»Heute Abend. Ich möchte es so schnell wie möglich hinter mich bringen.«

# Kapitel 28

Die Warterei machte mich total rammdösig. Wie ein aufgescheuchtes Huhn lief ich in der Wohnung umher und versuchte, die Zeit bis zu Ludgers Rückkehr totzuschlagen. Wenn ich wenigstens etwas Sinnvolles zu tun gehabt hätte. Putzen, kochen, waschen, bügeln – völlig egal, nur nicht dumm herumsitzen. Aber leider hatte Ludgers Perle sich an diesem Vormittag schon mit Staubsauger und Wischmopp in der Wohnung ausgetobt. Alles blinkte und blitzte. Kochen fiel auch flach, denn mir fiel auf die Schnelle kein Gericht ein, das sich aus einer Flasche Champagner, einem halben Glas Mayo und ein paar Gewürzgurken zubereiten ließ.

Gegen halb neun hörte ich endlich die Wohnungstür klappern.

»Hallo, Schatz!«, rief Ludger aus dem Flur. »Ich bin wieder zu Hause.«

Wie putzig! Unwillkürlich fragte ich mich, in welcher Familienserie er diesen Spruch aufgeschnappt hatte. Nichts gegen ein bisschen heile Welt spielen, aber an diesem Abend wurde daraus leider nichts. Plötzlich wallten Schuldgefühle in mir auf. Das hatte Ludger nicht verdient! Statt eines liebevoll zubereiteten Abendessens mit Vitaminen und Kohlenhydraten würde bei uns das Thema Scheidung auf den Tisch kommen. Ziemlich schwer verdauliche Kost. Genau wie der Inhalt der Zellophanverpackung, die Ludger in Händen hielt. »Ich hab uns Sushi mitgebracht«, verkündete er gut gelaunt.

Ich mochte Fisch. Aber nur, wenn er weder wie Fisch schmeckte noch wie Fisch roch oder aussah. Goldbraune, knusprige Fischstäbchen waren O. K. – mit rohem Fisch konnte man mich jagen. Doch das war im Augenblick mein kleinstes Problem.

»Ludger, ich muss unbedingt mit dir reden«, preschte ich mutig vor, als wir uns endlich am Tisch gegenübersaßen.

»Das trifft sich gut, ich hab nämlich auch etwas mit dir zu besprechen.« Ludger tunkte sein Sushi-Röllchen geschickt in die Meerrettichsoße. Und bevor ich Luft holen konnte, kam er mir auch schon zuvor: »Ich hab heute das Angebot bekommen, ein Jahr in England zu arbeiten. Mr. Cooper, ein guter Freund meines Vaters, führt in London eine große renommierte Kanzlei. Zurzeit sucht er dringend einen Anwalt, der sich mit deutschem Wirtschaftsrecht auskennt. Dabei hat er an mich gedacht.«

»Und?«, fragte ich gespannt. »Wie hast du dich entschieden?«

»Ich hab um eine Woche Bedenkzeit gebeten.«

»Aber was gibt's denn da noch groß zu überlegen? Das klingt doch nach einer Riesenchance!«

Zwar schrieb das Trennungsjahr bei einer Scheidung lediglich vor, dass man getrennt von Tisch und Bett lebte. Aber ein paar Flugmeilen und reichlich Wasser zwischen uns konnten auch nicht verkehrt sein. Uff, wenn er aus England zurückkam, konnten wir geschieden werden und die ganze verrückte Geschichte hatte ein Ende.

»Aber ein Jahr ist ganz schön lang«, wandte Ludger ein.

»Ach, Blödsinn! Manche Leute nehmen die Lichterketten gar nicht erst vom Fenster. Kaum hat man die Weihnachtsdekoration verstaut, muss man sie auch schon wieder hervorholen. Die Zeit rast. Ein Jahr ist geradezu lächerlich kurz.«

»Würdest du denn mitkommen?«

»Ich? Nach London? Gott bewahre!« Ich biss mir auf die Zunge. Mist! Auf diese Frage war ich nicht vorbereitet gewesen. »Das englische Wetter ist nicht gerade für seine vielen Sonnenstunden bekannt. Ständig nur Regen – da wird man ja depressiv! Und dann dieses grauenvolle Essen. Mal ehrlich, welcher halbwegs normale Mensch isst schon Würstchen und Bohnen zum Frühstück?«, plapperte ich ohne Sinn und Verstand drauflos. »Außerdem geht ja im Oktober auch schon mein Studium los.«

»Und was wird dann aus uns?« Ein Paar strahlend blauer Augen ruhten fragend auf mir.

Ich wich Ludgers Blick aus und rutschte unbehaglich auf meinem Stuhl herum. »Genau darüber wollte ich mit dir reden.« Ich holte tief Luft. »Ludger, so leid es mir tut ... und wahrscheinlich hast du es ja auch selbst schon gemerkt ... also, was ich eigentlich sagen will, ist ...«

Mit leicht schräg gelegtem Kopf versuchte Ludger aus meinem Gestammel schlau zu werden. »Ich hoffe doch sehr, dass der Satz gut ausgeht.«

Bedauerlicherweise tat er das nicht. »Das mit uns beiden haut einfach nicht hin.« Puh, endlich war es raus!

Ludger legte seine Stäbchen beiseite. Sorgenvoll runzelte er die Stirn. »Natürlich hab ich gespürt, dass irgendwas zwischen uns nicht stimmt. Aber vielleicht sind das bloß Anlaufschwierigkeiten ...«

»Anlaufschwierigkeiten? Wenn das Anlaufschwierigkeiten sind, möchte ich lieber nicht wissen, wie ein Fehlstart aussieht.« So kamen wir nicht weiter. Es war wohl an der Zeit, dass ich meine Wünsche endlich klar und deutlich formulierte. »Ludger, ich will die Scheidung!«

Das heißt nicht »ich will«, sondern »ich möchte bitte«, mahnte ein leises Stimmchen in meinem Hinterkopf. Ach was! Manche Dinge – Scheidungen zählten sicherlich auch dazu – konnte man gar nicht nachdrücklich genug formulieren.

»Das geht nicht. Wir können uns nicht scheiden lassen«, bockte Ludger wie ein sizilianischer Maulesel.

»Natürlich geht das! Nenn mir einen einzigen Grund, der uns daran hindern sollte.«

»Wir lieben uns.« Irgendwie klang das mehr nach einer Frage als nach einer Feststellung.

»Das zählt nicht. Nenn mir einen zweiten Grund.«

»Na schön, wie du meinst.« Abrupt wechselte Ludger den Tonfall. »Reden wir ganz offen miteinander. Es gibt da ein juristisches Problem …« Jetzt kehrte er den Anwalt raus. Von einer Sekunde auf die andere wurde er geschäftsmäßig.

»Geht es ums Geld?« Aufgeregt sprang ich von meinem Stuhl auf. Das unbequeme Designobjekt kippelte einige Male unentschlossen hin und her, bevor es laut krachend aufs Parkett aufschlug. »Glaub mir, ich will dein Geld nicht! Ich würde nicht einen einzigen Cent von dir nehmen. Lass in der Kanzlei irgendeinen Wisch aufsetzen. Verzichtserklärung, Scheidungsvertrag, Kapitulationserklärung, ist mir völlig schnurz – ich unterschreibe alles.«

»Es geht nicht ums Geld.«

»Aber worum geht es dann?«

»Ganz einfach: Wir können uns nicht scheiden lassen, weil …«, Ludger fuhr sich nervös durch die Haare, »… weil wir eigentlich gar nicht verheiratet sind.«

Häääää? Jetzt begriff ich überhaupt nichts mehr.

»Das ist doch lächerlich. Du hast mir schließlich selbst erklärt, dass eine Ehe, die in Amerika geschlossen worden ist, auch in Deutschland anerkannt wird.«

»Immer vorausgesetzt, dass man auch tatsächlich geheiratet hat …«

»Was willst du damit sagen? Dass wir gar nicht geheiratet haben? Erzähl keinen Blödsinn. Ich weiß genau, dass wir in diese Wedding Chapel reingegangen sind.«

»Ja, reingegangen und fünf Minuten später unverrichteter Dinge wieder rausgegangen.« Ludger schnaubte ärgerlich. »Leider hat die Pfeife an der Hotelrezeption vergessen, mich darüber aufzuklären, dass man sich zuerst eine Lizenz besorgen muss. Ohne die läuft nämlich gar nichts.«

Meine Kinnlade gehorchte dem Gesetz der Schwerkraft und klappte nach unten. Diese Neuigkeit musste ich erst einmal verdauen. Ich war nicht Ludgers Frau – und würde es auch nie sein! Wie in Trance stellte ich den Stuhl wieder auf und setzte mich. Meine Gedanken überschlugen sich. Wenn ich gewusst hätte, dass wir gar nicht geheiratet hatten – mir wäre so einiges erspart geblieben! Nicht nur die ranzige Sahne, die ich dem Stripper vom Bauch geschleckt hatte ...

»Mal ehrlich, wer konnte denn ahnen, dass man so einen blöden Wisch braucht?!«, echauffierte sich Ludger. »Ausgerechnet in Vegas, wo eine Eheschließung doch angeblich ganz unbürokratisch abläuft. Mann, was war ich sauer!« Er senkte die Stimme. »Und wenn ich ganz ehrlich sein soll, auch ein kleines bisschen erleichtert.«

»Erleichtert? Ja, aber warum zum Teufel hast du mir denn dann überhaupt erst einen Antrag gemacht?«

»Das fragst *du* mich?!« Ludger schien ehrlich empört zu sein. »Was blieb mir denn anderes übrig? Du hättest mir auf der Stelle den Laufpass gegeben, wenn es mir nicht gelungen wäre, dich von der Aufrichtigkeit meiner Gefühle und meinen ernsten Absichten zu überzeugen. Außerdem ...« Ludger brach mitten im Satz ab.

»Außerdem? Was außerdem?«

»Außerdem ...«, begann Ludger stockend, »... außerdem hab ich gedacht, du würdest sowieso Nein sagen. Du bist doch sonst immer so vernünftig.« Die letzten Worte hatten fast ein wenig trotzig geklungen.

»Aber doch nicht, wenn mehr Alkohol als Blut in meinen Adern fließt!« Na, der Mann hatte Nerven! »Das ist ja wohl ein starkes Stück! Du hast mich nur gefragt, ob ich deine Frau werden willst, weil du dachtest, ich würde Nein sagen?!« Wenn das nicht ein origineller Grund für einen Heiratsantrag war!

»Nicht *nur* deshalb. Glaub mir: Ich bin wirklich in dich verliebt.« Er holte tief Luft. »Und ganz nüchtern war ich in der fraglichen Nacht natürlich auch nicht.«

»Außerdem wolltest du deinen Eltern beweisen, dass du nicht nach ihrer Pfeife tanzt, stimmt's?«

Ludger schaute betreten auf seinen Teller. »Schon möglich.« Er zerpflückte ein Sushi-Röllchen und begann dann den Fisch so akribisch zu zerlegen, als wollte er ihn sezieren.

In erster Linie fühlte ich mich natürlich erleichtert, sehr erleichtert sogar, aber entgegen jeder Vernunft auch ein kleines bisschen gekränkt. Mein Ego spielte beleidigte Leberwurst und schmollte. Verdammt, so einen Heiratsantrag bekommt man als Frau schließlich nicht alle Tage. Das ist schon etwas Besonderes! Und jetzt stellte sich heraus, dass Ludgers Antrag de facto gar nicht wirklich ernst gemeint gewesen war. Ein Bluff – wie alles in Vegas.

»Warum hast du mir denn nicht wenigstens am nächsten Morgen die Wahrheit gesagt?«

»Du sahst so glücklich aus.«

»Glücklich?!?« Ich hätte Schauspielerin werden sollen, dachte ich. Eine glänzende Karriere und reihenweise Oscars gehen mir durch die Lappen.

»Ich wollte dich halt einfach nicht verlieren. Du warst doch wie besessen von dem Gedanken, dass ich wieder zu Jil zurückkehren würde. Um dich vom Gegenteil zu überzeugen, hielt ich es für das Beste, dich erst einmal in dem Glauben zu lassen, wir hätten tatsächlich geheiratet. Mir ist an dem Morgen auf die Schnelle einfach nichts anderes eingefallen.« Ludger untermalte seine Worte mit einem kleinen hilflosen Schulterzucken. »Irgendwie hatte ich gehofft, dass die Zeit für uns arbeiten würde. Und wenn meine Eltern dich erst einmal akzeptiert hätten ...«

»Was ungefähr so wahrscheinlich ist wie ein Schneesturm mitten im August«, insistierte ich.

»... dann hätten wir hier in Deutschland ja immer noch richtig heiraten können«, fuhr Ludger unbeirrt fort. »Aber jetzt verrate du mir mal lieber, warum du dich nach ein paar Tagen schon wieder von mir scheiden lassen … äh … ich meine natürlich trennen willst. Bin ich so ein Monster?«

»Ganz im Gegenteil! Du bist der Mann, von dem ich immer geträumt habe. Du bist intelligent, einfühlsam, humorvoll …«

»Alles verdammt gute Gründe, um mich zu verlassen«, bemerkte Ludger grienend. Ich war froh, dass er schon wieder zu Scherzen aufgelegt war. Das war ein gutes Zeichen. Ohne an der Ehrlichkeit seiner Gefühle zu zweifeln, war ich mir dennoch sicher, dass er schnell über unsere Trennung hinwegkommen würde.

»So, jetzt mal raus mit der Sprache«, drängte Ludger. »Ich will keine Komplimente hören, sondern die Wahrheit. Spuck's aus. Was stört dich an mir?«

»Nichts!« Wenn man von seiner Mutter und dem weißen Sofa einmal absah. »Das ist es ja gerade. Aber mit den Gefühlen ist das halt so eine Sache. Mein Verstand kann mir tausendmal sagen, dass du mein Traummann bist. Mein Herz ist wohl etwas begriffsstutzig – es will das einfach nicht kapieren.«

»Du liebst einen anderen, stimmt's? Wer ist der Glückliche? Der Li-La-Laune-Moderator?«

Ich nickte.

Philipp! Beim Gedanken an ihn geriet mein Herz völlig aus dem Takt. Mein Puls flatterte, und in meiner Brust klopfte und wummerte es nervös. Ein Mediziner hätte vermutlich Herzrhythmusstörungen diagnostiziert. Ich war mir jedoch sicher, dass es sich einfach nur um ein frühes Stadium von Liebe handelte. Lange Zeit hatte ich das nicht wahrhaben wollen. Sogar Ludger hatte es offenbar vor mir bemerkt. Sensibel war er also auch noch. Ein Jammer, dass man sich nicht aussuchen konnte, in wen man sich verliebte. »Und du?«, fragte ich ihn. »Was wirst du jetzt tun?«

»Das Angebot von Mr. Cooper annehmen und für ein Jahr nach London gehen.«

»Wirst du Jil bitten, dich zu begleiten?«

»Auf gar keinen Fall!« Ludger schüttelte so heftig den Kopf, dass ihm eine dunkle Haartolle in die Stirn fiel. »Für Jil hat immer nur der schöne Schein gezählt. Ein gut aussehender Anwalt, noch dazu Juniorpartner einer renommierten Kanzlei – damit kann man sich sehen lassen.« Ärgerlich schob er den Teller mit den Sushis von sich. Nun war ihm also auch der Appetit vergangen. »Komischerweise ist mir das erst richtig klar geworden, nachdem ich dich kennen gelernt hab. Bei dir hatte ich nie das Gefühl, irgendwelche hochgesteckten Erwartungen erfüllen zu müssen. Wenn ich Jil einen Stern vom Himmel geholt habe, hat sie sich formvollendet bedankt und im gleichen Atemzug hinzugefügt: ›Da oben funkelt es aber noch. Vergiss nicht, die anderen Sterne auch herunterzuholen.‹«

Die Vorstellung, wie Ludger dem Mann im Mond Konkurrenz machte, am Himmel herumturnte und Sterne pflückte, während Jil unten »Mehr, mehr!« brüllte, war einfach zu komisch.

»Lach nicht, das ist nicht witzig. – Weißt du, was mich am meisten an dir fasziniert hat? Deine Bodenständigkeit. Du kannst dich auch über ein Eis freuen, wenn kein Diamantring darin versteckt ist.«

Das war mein Stichwort. Ich streifte den schmalen Goldreif von meinem Finger. Wahrscheinlich war der Ring das Einzige, was an dieser Hochzeit echt gewesen war. »Ich glaube, es ist nur fair, wenn ich ihn dir zurückgebe.«

Ludger verschränkte die Hände auf dem Rücken. »Tu mir den Gefallen und behalte ihn.« Er lächelte mich bittend an. »Zur Erinnerung.«

Nach dieser Aussprache begann ich zu packen. Ich brauchte nicht lange, um meine Habseligkeiten zusammenzusuchen. Eigentlich war ich nie richtig bei Ludger eingezogen, sondern immer nur Gast gewesen. Abgesehen von meinen Anziehsachen im Schlafzimmerschrank sowie den Kosmetikartikeln im Bad deutete nichts darauf hin, dass ich für kurze Zeit in dieser Wohnung gelebt hatte. Es sei denn, jemand drehte durch Zufall das Sofakissen um …

Noch eine letzte Umarmung und ein kleiner Abschiedskuss, dann packte ich meine Siebensachen ins Auto und düste voller Vorfreude gen Heimat. Lili würde Augen machen – und Philipp erst! Hoffentlich war er überhaupt zu Hause. Nervös nagte ich an meiner Unterlippe herum. Warum war ich mir eigentlich so sicher, dass er vor Begeisterung Purzelbäume schlagen und mich mit offenen Armen empfangen würde? Unsere letzte Begegnung war alles andere als harmonisch verlaufen und hatte dank meiner schlagkräftigen Argumente ein ziemlich abruptes Ende gefunden. Wahrscheinlich leuchteten die Abdrücke meiner Finger immer noch auf seiner Wange.

Ich konnte nicht länger warten. Ich musste das klären, jetzt sofort. Philipps Nummer war zur schnellen Nachbarschaftshilfe in meinem Handy gespeichert, doch es meldete sich nur der Anrufbeantworter: »Ihr kennt das Spiel. Nachricht bitte nach dem Piep.«

Mist. Keiner da.

An der nächsten roten Ampel schaltete ich das Radio ein. Kein Wunder, dass ich Philipp zu Hause nicht erreicht hatte, er war auf Sendung. Aus den Lautsprechern meines Autoradios drang in feinster Dolby-Surround-Qualität seine tiefe, wohlklingende Stimme: »Wenn ihr etwas verloren, gefunden oder zu verschenken habt, schickt ein Fax, eine E-Mail oder ruft mich an. Wählt einfach die 0800 …«

Sein Wunsch war mir Befehl. Ich griff erneut nach meinem Handy und tippte mit zittrigen Fingern die Telefonnummer ein.

»Rhein-Radio, Redaktion Fundgrube, Sie sprechen mit Vera Ortmanns. Was kann ich für Sie tun?«

»'n Abend, Belinda Fischer. Könnten Sie mich bitte mit dem Moderator verbinden?«

»Langsam, langsam. Wenn Sie erst einmal so freundlich wären, mir den Grund Ihres Anrufs zu verraten.«

Klasse Job!, dachte ich. Die Frau wurde für ihre neugierigen Fragen auch noch bezahlt. Was allerdings den Grund meines Anrufs betraf, so würde sie sich mit der zensierten Kurzfassung zufriedengeben müssen. Ich hatte mir jedenfalls fest vorgenommen, Philipps Namen fürs Erste aus dem Spiel zu lassen.

»Hallo? Sind Sie noch dran?«

»Also, es geht um Folgendes«, sprudelte ich los. »Ich hab den falschen Mann geheiratet. Das heißt, eigentlich hab ich ihn gar nicht geheiratet, weil man dazu nämlich eine Lizenz braucht und ich ohnehin viel zu betrunken gewesen bin. Na, ist ja auch egal, denn ich liebe sowieso einen anderen. Das Blöde daran ist nur: Er weiß es noch nicht.« Ich machte eine kurze Pause, um Luft zu holen. »Konnten Sie mir bis hierher folgen?«

»So ungefähr«, log die junge Frau am anderen Ende der Leitung höflich. »Nur sind Sie mit Ihrem Anliegen bei uns leider völlig falsch. Rufen Sie doch einfach morgen Abend noch einmal an. Dann läuft ›Herzflimmern‹. Vielleicht haben Sie da mehr Erfolg. Auf Wiederhören.«

Aufgelegt.

Ich fühlte mich unangenehm an meine Diskozeit erinnert. Was hatte ich diese aufgeblasenen, muskelbepackten Türsteher gehasst, die sich wie Petrus an der Himmelspforte aufspielten und einem den Zutritt verweigerten, weil man die falschen Schuhe, die falsche Nase oder die falschen Freunde hatte. Gut, die Schuhe und die Freunde konnte man zur Not wechseln, bei der Nase wurde das schon schwieriger. Aber schließlich war ich kein pickeliger Teenager mehr, so leicht wollte ich mich nicht abwimmeln lassen. Energisch drückte ich die Wahlwiederholungstaste.

»Rhein-Radio, Redaktion Fundgrube, Sie sprechen mit Vera Ortmanns. Was kann ich für Sie tun?«

»Belinda Fischer noch mal. Wir sind irgendwie unterbrochen worden.«

»Frau Fischer, ich habe Ihnen doch eben schon gesagt, dass ...«

»Ich weiß, ich weiß«, kam ich ihr zuvor. »Ich soll morgen wieder anrufen bei ›Herzflimmern‹, dieser Kuppelsendung ...«

»Singlebörse«, wurde ich freundlich berichtigt.

»Schön, dann eben Singlebörse. Aber verstehen Sie doch: Ich kann unmöglich bis morgen warten. Ich liebe diesen Mann.« Drohen, bestechen, beschimpfen – mir wäre jedes Mittel recht gewesen, um endlich mit Philipp sprechen zu dürfen. »Sie waren doch bestimmt auch schon mal verliebt, so richtig bis über beide Ohren«, versuchte ich an ihre weibliche Solidarität und an ihr Mitgefühl zu appellieren.

»Natürlich.«

»Sehen Sie, dann wissen Sie doch, wie das ist. Könnten Sie für mich nicht mal ein Auge zudrücken? Ich flehe Sie an! Es geht um alles oder nichts. Geben Sie Ihrem Herzen einen Stoß!«

»Ich würde Ihnen ja wirklich gerne helfen, glauben Sie mir. Aber ich bin bloß Praktikantin. Und ich hab von meinem Chef klare Anweisungen bekommen, wen ich ins Studio durchstellen darf und wen nicht.«

Seit der kleinen unappetitlichen Affäre im Weißen Haus war ja bekannt, dass Praktikantinnen gelegentlich zu einem gewissen Übereifer neigten. Ich hoffte inständig, dass sich das Engagement dieser jungen Dame auf ihre Arbeit beschränkte.

»Und Sie können wirklich keine Ausnahme machen? Nicht mal eine klitzekleine?«

»Nein, leider nicht.« Ein kurzes Zögern, dann fuhr sie fort: »Es sei denn, Sie haben etwas verloren, gefunden oder zu verschenken. Es muss ja nichts Alltägliches sein. Vielleicht etwas besonders Außergewöhnliches ...«

Ich dachte angestrengt nach. Meinen Verstand hatte ich wiedergefunden. War das außergewöhnlich genug? Aber damit würde ich bei Vera, die ihren Praktikumsplatz zu lieben schien, nicht durchkommen. Wenn nicht auf der Stelle ein Wunder geschah, musste ich unverrichteter Dinge wieder auflegen. Und das Wunder geschah. Auf den letzten Drücker fiel mir ein plausibler Aufhänger für meinen Anruf ein, der zum Motto der Sendung passte, und der auch Praktikantin Vera überzeugte.

Endlich gab sie mir ihr Go: »Bleiben Sie am Apparat, nach der nächsten Werbeunterbrechung sind Sie dran.«

Mit klopfendem Herzen wartete ich darauf, mit Philipp verbunden zu werden. Meine Finger, die vor Nervosität ganz feucht waren, krallten sich um das Handy. Eher würde ich das winzige Ding zu Brei zerquetschen als zuzulassen, dass es mir so kurz vor dem Ziel aus der Hand flutschte!

»Hallo und einen wunderschönen guten Abend, hier spricht Philipp. Wer ist in der Leitung?«

»Hallo Philipp, hier ist Belinda.«

»Belinda?«, echote Philipp so verdattert, als hätte er soeben Funksignale aus dem All empfangen. Nach der ersten Überraschung gewann der erfahrene Moderator in ihm jedoch ruck, zuck wieder die Oberhand. »Belinda, was gibt's? Hast du etwas verloren, gefunden oder noch viel besser – zu verschenken?«

»Zu verschenken.« Bei meinem ersten Anruf hatte ich mir von Philipp anfangs auch jedes Wort einzeln aus der Nase ziehen lassen. Mein Gott, mir kam es vor, als würden Jahre und nicht ein paar läppische Wochen zwischen diesen Telefonaten liegen! Seinerzeit war es Misstrauen gewesen, an diesem Tag war meine verfluchte Nervosität schuld daran, dass ich die Zähne nicht auseinanderbekam. Vor lauter Aufregung hätte ich am liebsten ins Lenkrad gebissen!

»Prima. Dann schieß mal los«, ermunterte mich Philipp. »Spann uns nicht länger auf die Folter. Was ist es? Womit willst du einen Hörer oder eine Hörerin glücklich machen? Mit einer antiken IKEA-Kommode aus dem Jahre 1980? Einem kastrierten Goldfisch?« Ich hasste diese Steigen-Sie-ein-fahren-Sie-mit-Masche, hinter der er sich verschanzte, wenn er unsicher wurde.

»Weder noch.« Ich atmete tief durch. Jetzt oder nie. »Ich möchte mein Herz verschenken«, erklärte ich ernst, ja beinahe schon feierlich. Eigentlich hatte ich angenommen, dass ich mir bei diesem Satz furchtbar albern vorkommen oder dass ich vor Scham im Erdboden versinken würde, aber das Gegenteil war der Fall. Was all die Menschen zu Hause an ihren Radiogeräten von mir dachten, ob sie mich auslachten oder gar für verrückt erklärten, war mir schnurzegal. Die einzige Person, die in diesem Moment eine Rolle spielte, war Philipp. Und er würde schon wissen, was ich ihm mit diesen Worten mitteilen wollte. Das allein zählte.

Atemlos wartete ich auf seine Antwort. Und wartete, und wartete … Die Stille in der Leitung zerrte an meinen Nerven. Das Schlimmste war die Ungewissheit. Der Kloß in meinem Hals schwoll an wie ein Hefeknödel. Mit jeder Sekunde, die verstrich, fühlte ich mich unbehaglicher und elender. Verdammt, was bildete ich mir eigentlich ein?! Möglicherweise hatte Philipp längst eine andere. Oder er wollte nach der saftigen Ohrfeige, die ich ihm verpasst hatte, nichts mehr mit mir zu tun haben.

»Ich weiß natürlich nicht …«, haspelte ich unbeholfen. Ich brach ab. Was? Was wusste ich nicht? Ob Philipp von mir die Nase voll hatte? Ob er mich noch liebte? Ob er für so etwas Albernes wie mein Herz überhaupt Verwendung hatte? »… ich könnte natürlich verstehen, wenn es niemand haben wollte … also, das Herz meine ich …«

»Oh, ich wüsste da schon einen Interessenten.« Philipps Stimme klang weich und zärtlich. »Wann kann die Übergabe denn stattfinden?«

»Jederzeit.« Das warme Glücksgefühl, das wie eine Woge über

mich hinwegschwappte, war einfach unbeschreiblich. Am liebsten hätte ich die ganze Welt umarmt!

»Gut, dann in einer halben Stunde vor dem Sender. Und Belinda ...«

»Ja?«

»Den nächsten Titel spiele ich nur für dich.«

Ich schmiss das Handy auf den Beifahrersitz, drehte das Radio auf und brauste zu den Klängen von *What a Wonderful World* durch den lauen Sommerabend.

*Don't know much about history*
*Don't know much biology*
*Don't know much about a science book*
*Don't know much about the French I took*
*But I do know that I love you*
*And I know that if you love me too*
*What a wonderful world this would be*

(Sam Cooke, Wonderful World)

*Wirf keinen Mann weg, den du noch gebrauchen kannst ...*

Michaela Möller
MEHRWEGMÄNNER
Roman
320 Seiten
ISBN 978-3-404-15860-7

Mia stellt ihren Freund Dominik, der beruflich als Islandforscher unterwegs ist, auch privat kalt, als sie mit seinem Bruder Florian eine Nacht verbringt – natürlich ohne Gefühle. Während Mia in Dominiks Arme flüchtet, landet Florian zwecks Neuorientierung bei seiner Fitnesstrainerin. Und damit sind alle Probleme gelöst. Oder fangen sie vielleicht erst an?

Bastei Lübbe Taschenbuch

*Eine wundervolle Komödie um starke Frauen, süße Babys und zweite Chancen*

Milly Johnson
DER YORKSHIRE BABYCLUB
Roman
400 Seiten
ISBN 978-3-404-15812-6

Elizabeth, Helen and Janey sind seit der Schulzeit die besten Freundinnen. Je näher ihr vierzigster Geburtstag rückt, desto sehnlicher wünscht sich Helen ein Baby. Alles hat sie schon ausprobiert, doch dann kommt sie auf die Idee, mit ihren Freundinnen ein Picknick auf einem großen Fruchtbarkeitssymbol zu machen. Dies hat Folgen, die sich die drei niemals hätten träumen lassen – denn kurz darauf werden alle drei schwanger ...

Bastei Lübbe Taschenbuch

WWW.LESEJURY.DE

# WERDEN SIE LESEJURYMITGLIED!

**Lesen** Sie unter www.lesejury.de die exklusiven Leseproben ausgewählter Taschenbücher

**Bewerten** Sie die Bücher anhand der Leseproben

**Gewinnen** Sie tolle Überraschungen